敲开北大之门

—— 圆梦未名湖 ——

冯支越　主编

SWUP 西南大学出版社
国家一级出版社　全国百佳图书出版单位

图书在版编目(CIP)数据

敲开北大之门. 圆梦未名湖 / 冯支越主编. -- 重庆:
西南大学出版社, 2022.1

ISBN 978-7-5697-0680-2

Ⅰ. ①敲… Ⅱ. ①冯… Ⅲ. ①随笔 - 作品集 - 中国 -
当代 Ⅳ. ①I267.1

中国版本图书馆CIP数据核字(2021)第081345号

敲开北大之门——圆梦未名湖

QIAOKAI BEIDA ZHI MEN——YUANMENG WEIMINGHU

冯支越　主编

项目策划: 蒋登科　张　昊
责任编辑: 张　昊
责任校对: 张　丽
装帧设计: 观止堂_未　氓
排　　版: 杨建华
出版发行: 西南大学出版社(原西南师范大学出版社)
地址: 重庆市北碚区天生路2号
邮编: 400715
印　　刷: 重庆市联谊印务有限公司
幅面尺寸: 165 mm×235 mm
印　　张: 27.75
字　　数: 460千字
版　　次: 2022年1月 第1版
印　　次: 2022年1月 第1次印刷
书　　号: ISBN 978-7-5697-0680-2
定　　价: 78.00元

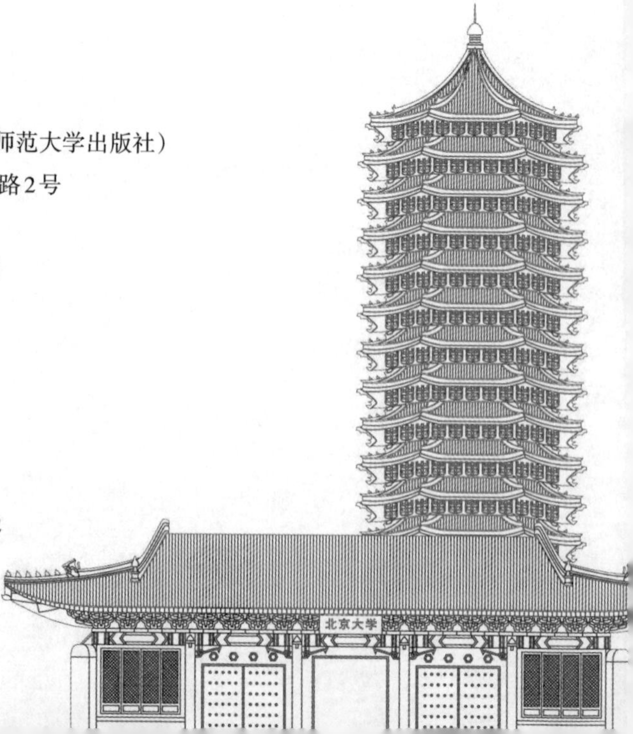

编委会

主　编:冯支越

副主编:郭　超　张　涵　刘　钘

编　委:杨若兰　张洪瑶　罗　潇　邱渝湘

　　　关汉岳　黄　鸿　杨　睿　肖　一

前 言

“未名渝音”是北京大学重庆招生组的官方微信公众号，于2015年4月上线。“未名渝音”定位于服务重庆高中学生、老师、家长，为北大重庆籍学子提供展示平台。上线至今，“未名渝音”已刊发北大在校生投稿、家长投稿、北大新闻、学科与科研、招生政策等各类文章400余篇。

多年来，北京大学重庆招生组一直秉持以人为本的工作理念，扎实细致做好中学生、家长和老师们的服务工作，积极关注和支持北大在校重庆籍学生的发展。

在工作过程中，招生组通过建立微信群、QQ群等方式为多方搭建交流咨询平台，及时解答中学生和家长的疑惑，并经常性地走进中学校园，与中学生和老师们面对面交流。每年招生组都会与众多重庆学子建立长效的沟通和联系，不但对学生们存在的各方面疑惑进行解答，还有针对性地深挖学生个人潜质，引导他们自我思考，明确个人兴趣和优势。同时，招生组充分利用北大名师的资源优势，每学期邀请不同学科的教授到各中学开展内容丰富、形式多样的博雅通识教育讲座，引导学生树立远大理想，激励学生奋战高考，激发学生的学科兴趣，丰富学生的学科视野，让北大优质的教育资源惠及更广泛的同学，这也体现了北大强烈的社会责任感。

北京大学重庆招生组一直坚持招生与培养相结合的理念，认为学生进入北大只是招生工作的起点，关心学生在校期间的发展与进步也是招生组的重要工作。多年来，众多重庆籍北大学生在学术、科研、社会工作、文化艺术等方面取得了突出的成绩。招生组持续关注着重庆籍学生的发展，力求对他们进行积极引导，并创造展示他们个人才能的平台。通过“初入燕园培训会”“新老生交流会”等活动，帮助同学们尽快熟悉了解北大，串接起各级重庆籍学生的交流和联系，帮助大家顺利完成从高中到大学的过渡，真正成为一名“热爱北大、心系天下、人格健全、学业优秀”的北大人。招生组会定期通过“未名渝音”微信公众号和北京大学招生办公室微信公众号等平台对优秀重庆籍同学进行宣传，并组织同学们利用假期返乡期间回到高中母校，分享他们在北大的学习生活感悟，激励母校同学。

这些工作在招生工作中发挥了重要作用，彰显了重庆招生组的工作理念。而随着新媒体技术的发展，以微信为代表的信息传播平台已经深刻融入人们的生活，成为人们获取信息最快捷有效的平台。适应新的信息传播模式，更好地实现传播效果，这是时代对招生组工作提出的新要求。为此，以前期招生工作内容为支撑，北京大学重庆招生组推动了“未名渝音”微信平台的创立，将政策咨询、招生信息、名师讲座、学生专稿等内容整合，形成传播更及时有效、内容更丰富全面的信息平台。

创立以来，“未名渝音”微信平台版面不断丰富扩充，已经形成了广泛而固定的读者群体，平均每周三次的推送频率保证了文章的质量和持续性。“未名渝音”的建立能够很好地对接考生、家长和老师，成为他们了解北大的重要信息渠道。“未名渝音”通过征稿，将这些在校重庆籍学子的思考和体会刊发出来，展示他们取得的成绩，激励其他重庆籍在校同学和高中生。

本书中的文章均为北大重庆籍同学所写，刊载于“未名渝音”。他们通过自己的文字回忆了自己的学习生活，抒发了成长感悟，表达了对北大的感激之情，也传达了对高中生们的鼓励和建议。我们将这些文章集结，期望能描绘出重庆学子在北大的成长足迹，祝福他们拥有更美好的未来，激励那些立志考取北大的优秀中学生们奋发向上。

未名渝音，传递燕园最强音！

目录

——　信息与工程科学部

社会科学学部

医学部

经济与管理学部

北京大學

理学部

数学科学学院

1995年,北大在数学系与概率统计系的基础上成立了数学科学学院。数学科学学院下设四个系:数学系、概率统计系、信息与计算科学系和金融数学系,拥有五个本科生专业:数学与应用数学专业、信息与计算科学专业、统计学专业、应用统计学(生物统计方向)以及数据科学与大数据技术专业。

1952年以来,数学科学学院先后为国家培养了一万多名毕业生,他们奋斗在国家建设的各条战线上,其中包括30余名两院院士。获得国家最高科技奖的吴文俊院士和王选院士是数学科学学院校友中的杰出代表。

当时只道是寻常

程晓鸥

我本不是“学神”一枚，于是摸爬滚打，鼻青脸肿，与顺遂无缘。却又何其幸哉，默默无闻，风雨兼程，和北大相识。如今看当初，旁人大概觉波折、慨艰难，实则故事中的我，当时只道是寻常罢了。毕竟真实的人生在眼前，又有何兴致与时间去渲染其沟壑，备好竹杖芒鞋速速动身，方显夸父后代的风度。我们都要追逐太阳啊。

一

2015年9月，数学联赛考试。对于竞赛的态度，我与竞赛班上其他同学也许有很大不同。他们都希望自己的努力能化成冬令营的入场券。谈论着自学时发现的优美定理，如同发现桃源；分析着参考方法里绝妙的构造，逆流而上、依藤寻瓜。而我，最初就决心走博雅计划与高考的路。学竞赛，只因我被数学的思想智慧折服，只是想做个欣赏者。数学里亦有云卷云舒：抽象与具象的统一，逼仄与豁然的转化，科学与哲思的相互启发。不过虽是欣赏，也要完成教练的基本要求，只是我决定不去做过多的拓展。对此选择，我并没有什么怯意，更感谢教练的支持。我相信自我定位能让每个人发出自己的光，而不致在星海中怅然自失。至于我，就是一个各科均衡，更适宜高考的人。母亲在高二之初常常问我何时退出竞赛。随着课业增多，她希望我将更多的精力投入到高考学科的学习中。我却总觉得,还能坚持一会儿,还能再坚持一会儿,还是舍不得那些美妙的定理和机智的思想。我并没有把握坚持到最后,只是把退出的时间定在了未来的那片雾中,心想哪天在数学里四处冲撞彻底累了倦了倒在大地上,阳光也许就会散去云雾,让我在此立下里程碑,然后释然离场吧。

可是困意倦意未曾胜出,我也就这么拖着拉着自己来到了最后一战,从竞赛班上最初近160人中的一员成为最终8人中的一分子。有时候时间真的比想象中的更快。你以为黑暗未尽,忽然旭日喷薄而出。或许是因为时间比思绪更单纯,又比行动更不受外扰,更不疾不徐、生生不息。

联赛于我,更像是一场仪式。我将在此完结我的两年竞赛生涯。走到这次联赛,我已充满感激。最初只因为热爱,就背上了行囊。也许算是朝圣,但我也清楚自己多半会在风沙中耗尽气力,却终是击碎了困惑与畏惧,了悟了选择与坚持。这样的旅行,我是第一次经历。在联赛时,我深作一揖,向过去的岁月致敬。联赛那日清晨,庄严感笼罩着我,我好像要亲自将一个时代小心卷起放在木箧中珍藏。当时心中平静而充实,同那清晨布满白云的苍穹一样。没什么可多想的了,能力已成定局,运气难以捉摸,我也在高考和竞赛间做了我所能做到的最好的权衡。来,做了这最后一套题吧。如果剑终究要入鞘,那么之前的日子一定要酣畅淋漓。

我在联赛中的稳定发挥,很大程度上要归功于这样平静又沉着的心理状态。这要感谢北大对我的历练和提醒。联赛前不久,我参加了北大的优生营,对北大的敬仰压低了我对考试结果的期望。不安与紧张如同背景音乐,不绝如缕。尤其是面对数学试题时,用相对的强项去提升总体成绩的渴求加上这样的不安竟变为焦虑。于是我第一次体会到头脑空白的滋味。心态的重要性从无数个失败成功案例中的冰冷文字变为我以身试其寒暖的疗病泉。我想我将终身受益,联赛的经历只是个开始。感谢北大。

二

联赛结束,我获得了一等奖。刚得到消息的我感慨不已,更欣喜于将全部精力投入高考学习的日子终于到来。高三上学期,我的成绩总体还算稳定。我想,“北大梦”也许并不遥远了吧。我将用博雅计划,去弥补优生营的遗憾,也为高考添一张胜券。博雅计划的初审成为我的期待,背景从红墙内的雪案萤窗渐渐变为风华路上的葱茏绿荫。期待中“优秀”似乎并不遥远,有了平时成绩做支撑便较为容易。然而之后严谨的北大却在无声地指点我,灵活宽广的思路和流畅如水的表达是我需要进一步培养的能力。

然而,当“通过”二字将一切答案抛到了高考之后,我手中的最后一根稻草被倏然抽去。进入高三以来,我第一次有些忐忑了。燕园风物,能重逢否?曾经我将梦想小心翼翼地藏起,又让它燃烧、发光如天上的星辰,如今我是否要让黑夜吞噬这一切呢?失落过后,我重整心绪。其实,我还有高考啊。看来,是真的要“近身肉搏”了。

后面的故事也并不那么顺利。月考的成绩总不尽如人意,幸运的是“二诊”和“一诊”还算考得不错。在密集的考试和密集的不尽如人意后,我愈加平和。我不再像之前那样把机会比如博雅计划作为聊以排遣的理由,开始学着“变得像一条溪水一样,对着夜色哼唱小曲”,开始更加享受过程,开始享受那些需要攀登的山峰所赐予我的奋斗者的身份。毕竟,不断生长才是生命的姿态。

三

高考前的最后一次月考,我考得也并不算太好。我常常反思自己的学习过程,并不断改进。但当我把一个个环节做得更好之后,却并没有获得想要的突破。每当这时,我就会去寻找下一个提升点。就这样,在探寻与求索中,高考临近了。

老师们常常鼓励我,他们相信我的扎实基础。我也相信将所有环节做得更好之后能够突破瓶颈。但从好几次月考的成绩来看,梦想之光还没能照进现实。那段时间,我常常会觉得自己离想要达到的高度就是一层纸的距离,但就是戳不破。阳光却又从那边透过来,芳香又清甜,犹如楼下的栀子花。高考前,班主任谢老师让我不要太在意这几次月考的表现。他觉得拥有扎实基础的我更适合全国卷的模式。我的同桌又提醒我把高考当成平时的考试来对待。我忽然想起“一诊”前,我重视它近乎高考,就是为了高考前的从容。

我终于放下心开始最后的准备了。平静地经历了高考,便要赴博雅之约。五科的笔试恰似去年优生营的考试,我必须在这个曾经跌倒的地方挥去阴霾,再度站立。一年过去了,不安已然褪去,沉着筑成性格。我想这是另一次成长,从联赛便已萌芽。就这样一一参加了笔试、面试和体测。体测结束的那天下午,是那段时间第一次闲下来,我竟很不适应。而且,高三,竟就这样结束了。

尾 声

从优生营到联赛,从博雅计划初审到高考再到博雅计划考试,这一路,黯淡沙哑有之,明媚高亢亦有之。伤时感怀有之,泥泞拓荒更有之。当时只道是寻常,今日方解,旁人的支持、自己的信念,无声又严谨地谱写着未来,时间只是演奏者罢了。

程晓鸥:毕业于重庆市第一中学,就读于北京大学数学科学学院

兴趣与习惯——让学习轻松些

罗子茗

暑假即将结束，因我性懒，又觉无话可谈，今日才勉强写出一文，不求能得到众多好评，只求这微薄的体会能得到理解并帮助到学弟学妹们。

谈及高中的经历，我其实并无太多感触。同其他几位保送生相似，我在2015年12月获得了保送资格，此后在3月参加了集训队考试后便开始了假期，算来也有5个月了。在这清闲的时间里，高中时的压力、失败的悲伤、奋发的斗志也都快被遗忘了。毕竟这些谈不上重要的感受，在时间面前都软弱无力。

相对的，我对我的"无感觉"记忆犹新。我高中学习时从不制订计划，尤其在高一时并不在意如何能学好，学习的时间和内容全凭兴趣和形势所迫(比如考文综前还是必须背书的)。于是，出于对数学的喜爱以及自己天分的自信，我参加了数学竞赛班。在我看来，数学竞赛无疑比平日的学校课程有趣，因此我总在空闲的晚自习温习数学竞赛的内容，为此我没有像诸多"学霸"那样看额外的辅导书，甚至会偶尔拖欠作业。或许是对天分太过自信以及对学校的小小叛逆，我觉得这样也能学好。此后，我高一的成绩相当稳定，在高二文理分科时被分入了实验班。

我的学习方式其实是为绝大多数老师所反对的。无计划、全凭兴趣、不听老师的建议，这完全是一个日渐堕落的"天才学生"的典范。所幸我高一时的老师并未太多责备我，我也得以由自己的路走到学校数竞的领先位置。高一暑假时的西部数学邀请赛中，我是全校唯一的一等奖；高二时的全国联赛中,我也是年级仅有的三个一等奖之一。在事实的鼓舞下,我对数学竞赛的兴趣更加浓厚,也更有信心以自己的方式走下去。

关于“兴趣”一词,想必大家已在各种场合接触过,但不知是否有人深究过“兴趣”具体为何物。我曾考虑过这个问题(虽然“兴趣”在不同语境下意思略有差异)——兴趣,简单地说就是喜欢做某事,具体而言在做某事时会得到明显的正面情感,如愉快、轻松、成就感等(当然“某事”一般是指在人们的价值观中积极的事)。特别的是,“兴趣”似乎是不易主观养成或消失的。即便时光荏苒,人的“兴趣”变化甚微。若是产生了新兴趣,定是发掘出了某事的好处,这一般得益于客观条件的改变(如做事的环境、有无人陪同、对该事件的了解程度等),而在周而复始的平凡日常中凭主观想法改变兴趣恐怕是极其困难的。同样的,兴趣的消失也主要受客观条件的影响(特别的,当事情难度变大时,做事的负面情感可能多于正面情感而导致兴趣消失)。也难免人们常说:“兴趣是最好的老师。”毕竟有兴趣去做事时会产生正面情感,而且一个“兴趣”常常会持续整个人生阶段。

因此,我认为顺应兴趣学习是十分重要的,这会让你忽略学习的艰难困苦。在那些心灵疲惫痛苦的时间里,去学一学感兴趣的事吧,切不可让时间白白浪费。不过问题在于,学习并不总让人感兴趣。出于对未来职业等的考虑,学生学习的内容并不总是有趣的,这时可以改变客观条件以让人产生兴趣(比如和朋友竞争学习),或者只好让人“习惯”学习了。

其实所谓“习惯”,无非也是对某事的坚持,时间太长以致对该事产生的情感感到麻木。若要习惯一件不感兴趣的事,便只有忍耐它带来的不快,渐渐遗忘那些不快的感觉。而对于养成习惯而言,最难的事便是开头——在开始做事前,人总会预料到事件的困难,由此产生极大的抵触情绪,这会让养成习惯的开端愈显艰难,从而在开端便失败。相较而言,如果一鼓作气地把事情坚持下去而不多想事情的难度,或许用不了多久,习惯便养成了。

就我自身而言,高二和高三阶段大多都是在习惯中度过的。每天的日程几乎固定,于是我渐渐习以为常——只要有一个不太松懈的日程,学好其实并不难。或许在外人看来,高二、高三几乎每天都在考试,高三没有休息日是非常痛苦的事情,但事实上一旦开始了这样的生活,对"痛苦"的感觉并不会很深切。从高二暑假到高三冬令营考试的5个月内,我都日复一日地复习讲义、做题、分析答案。其实这样枯燥的生活一点也不有趣,时而遇到难题导致思考数小时毫无结果,时而无法理解答案的思路只得四处请教,不过这些麻烦、不甘、难过都随着时间慢慢变淡了,留下的只是习惯。

其他人的例子也不少见。约一周前,我惊异地看见一位我校同级"学霸"在地铁上背单词,虽然我对此早有耳闻,却还是不得不赞叹他神奇的专注度。我问他为什么能够坚持,他答道"养成习惯了"。我因此感受到习惯其实并不难养成,它大概是很多人能够坚持不懈的本质吧。

再次回首高中生活,猛然发现兴趣和习惯的意义之重大——不只对我,其实对每个人都是如此。毕竟一时的热血或许在数日后便毫无踪影,但兴趣和习惯却可以围绕高中三年。也许借压力、打击、鼓励之力能让我们在短时间内忘却学习之苦,但兴趣和习惯才能让学习真正轻松。

注:1.本文关于"兴趣"和"习惯"的阐释全凭作者自己的经验和思考得来,尚未付诸实践以检验,难免有错误之处,请多多包涵。

2.不推荐我高一时不依从老师,只凭兴趣的学习方式。在空闲时间或累得不想学习的时间里应当按兴趣学习,但其实大多时间都应顺应各科老师、竞赛教练的安排。尤其老师如果推荐做额外的辅导书一定要做,即便主攻竞赛也不能置其他学科于不顾。

罗子茗:毕业于重庆南开中学,就读于北京大学数学科学学院

一路向“北”

赵康甯

第一次明白这个词的深意，是在今年年初的北大宣讲会上。

回想起来，我的中学时光恰好可以用这四个字来概括。

我与北大擦肩而过

2011年，刚刚小学毕业的我和妈妈一起第一次来到北京，参观了故宫、颐和园、长城等历史名迹之后，本以为可以一睹北大的尊容，谁曾想旅行社导游告诉我们由于时间有限，取消了到北大的行程。

于是，我与北大擦肩而过。

回到重庆，我便踏上了在巴蜀的六年求学之路。那时的我知道，踏入了巴蜀，我便离心中的高校又近了一步。而令我十分惊喜的是，在我进入巴蜀的第一年，时任北大校长就到鲁能巴蜀做了一场讲座，校园里也拉起了“北大精神引领成长”的横幅。或许，这就是我与北大的缘分吧。然而，当时初一的我并没能亲自聆听周校长的讲座。

我，又一次与北大擦肩而过。

初见北大

或许是儿时许下的“考上北清”的心愿，又或许是两次与北大擦肩的不甘，我一直怀着对北大的憧憬与向往，一直渴望着，有一天，我能踏进燕园，踏进那一方圣土。

终于，2016年的8月，我有幸参加了优生夏令营，有了踏入燕园的机会。

初入燕园，初见北大，心中震撼无比。

从学姐那里，我们了解了北大“自由”的学风。

校史馆内，我们感受着北大悠久的历史。

图书馆前，我们惊叹着她的恢宏大气。

未名湖畔，博雅塔前，我想起了当时北大官网上的一句高考祝福语：“未名湖畔遥相祝，博雅塔前待相逢。”那时的我，真的希望一年后能与北大重逢，并在这“一塔湖图”的美景中，开始我的大学生活。

奋战高考

还记得刚入明德楼时的那份惶恐，高三初期的那份紧张与不安，成绩下滑时的沮丧……这些都极大地阻碍了我向“北”的进程。而在高考奋战期间最有效地终结这些“高三综合征”的还是班主任邓老师的“鸡汤”。

其中，给我印象最深的便是贴在教室墙上的那句“努力到无能为力，拼搏到感动自己”，还有教室外面的“不要计较高三的得失，慎终如初便可华枝满春”。

高三期间，每当我遇到了一些挫折，我便会想起邓老师的话，不计得失，不断鼓励自己，不断努力拼搏，终于挺过了高三，挺过了高考。

所以，我真的要感谢我的老师，感谢我的父母，感谢与我同行的同学们，是他们的鼓励与支持，让我能在高三不畏艰难，砥砺前行。

博雅再会

2017年6月，我又一次来到了北大。这一次，是因为博雅计划。

重返燕园，心里有一种说不出的感觉。虽然上次优生夏令营只是短暂地待了几天，但周围的一切都似乎是那么熟悉。熟悉的校园、熟悉的风景、熟悉的路……

博雅计划的面试（优秀认定）分为数学面试、物理面试和综合面试。

对于一向喜爱数学而且数学成绩还算可以的我来说，数学面试结果还算可以。可是物理面试时，我就全程都是懵的。

而综合面试，真的超级具有综合性，而且超级灵活（嗯对，什么问题都会问）。我想，这也是北大"思想自由，兼容并包"的一种体现吧。

圆梦北大

2017年7月24日，录取通知书终于到了，我的高中生涯也算有了一个圆满的结局——我终于圆梦北大了！

然而，这既是结束，也是开始。

在崭新的大学生活中，还有许多东西值得我去发现、去探索、去追求。

我的向"北"之路也还未结束，我还要备好行囊，与数学科学学院的前辈们一起，踏上"努力成为一个合格的北大人"的征程。

我一路向"北"，虽前路漫漫，我心依旧。

最后，给学弟学妹们一点建议吧！

高三真的要摆正心态，落实细节。高考就是这样，在一群优秀的人中，谁的心态好，谁的错误犯得少，谁就会获胜。

而摆正心态，首先要做到不计较得失，以一颗平常心对待高三。"不要计较高三的得失，慎终如初便可华枝满春"，这是我们班主任常说的话，也在我们这一届学生中得到了验证。范仲淹也曾说过“不以物喜，不以己悲”的至理名言。当我们真正做到不拘泥于高三的得失的时候，我们会发现，身上的负累轻了许多，学习的效率自然就上去了。不仅如此，当我们不拘泥于高三的得失时，我们考前才不会那么紧张。所以，当考试考差时，告诉自己：“这又不是高考，这仅仅是暴露了我的问题而已，去解决就好啦”“还好是现在暴露了，要是等到高考才暴露就晚了”“暴露问题不可怕，怕的是暴露了问题就畏缩不前、不去解决”。

摆正心态，要试着走出自己的节奏。高三不要被他人牵着走，我们是与过去的自己比，而不是仅仅与他人比。所以，最好不要有那种“某某同学又买了啥啥啥书，我也去买一本”“某某同学又多复习了哪些东西，我放下自己的事不做也要去看”的心态。高三，应该要有自己的规划，自己的节奏。

摆正心态，还要做到感恩。感恩老师，就不会有诸多怨言；感恩父母，你将终日有爱相伴；感恩同学，校园生活才会更加和谐。当我们做到了感恩他人的时候，我们的高三就会充满正能量。当我们处理好了与周围人的关系的时候，我们的学习才真正没有了外在的负担。所以，当我们在校或在家时，不妨以一颗感恩、宽容的心对待老师、对待父母、对待同学、对待周围所有的人。同时，我们不仅要感恩他人，还要感谢过去的自己，感谢自己的每一分努力。

落实细节，这也是高三极其重要的一块。现在的全国卷，是很注重教材知识的，所以学弟学妹们在复习的时候一定要注意教材上的一些细节（比如说生物教材、化学教材的课后习题等）。除此之外，还要注意老师上课时多次强调的东西，做好笔记，及时复习。细节落实好了，我们才可以在考场上做到“简单题不丢分”，才有足够的时间去做到“难题多拿分”。

希望学弟学妹们在高三时能摆正心态，落实细节，走好自己的高三路。

我在燕园等你来。

赵康甯：毕业于巴蜀中学，就读于北京大学数学科学学院

从数竞到数院，是轮回亦是超越

冯信钦

真正下定决心选择数院时，正是在西部赛遭遇滑铁卢，痛定思痛之后。

当听到西部赛的成绩之后，我大哭了一场。也是在那时，我重新审视自己，当数学竞赛触手可及的回报与我错过时，当我想到我将来可能在数学竞赛上弄不出任何旁人期待的结果时，是否会后悔走上这条路？或者说，我选择的究竟是数学，还是竞赛？

以前我是断然不会思考这个问题的，最初，我并没有想太多就跳进去了，然而潜意识里究竟上演着怎样的好戏，我始终没把它当回事。但自从我开始思考大学的专业选择时，一切就慢慢清楚了。竞赛是未知的，然而我痴迷的，不是竞赛的未知性，而是数学本身的未知性——数学的美之所在。实话说，选择数竞抑或是北大数院都是需要胆量的，我需要做好完全忘我的准备，我需要做好接受来自学科本身和同门师兄弟挑战的准备。所幸当初选择竞赛时，那份挑战性几乎对我没有影响——这自然是因为那时没有吃过苦头，只识其趣味，便义无反顾。但西部赛的失败给了我彻底反思的机会。我领教了来自西部地区数学竞赛选手的实力，但在那种近乎绝望的心境下，当球哥（某不知名数学竞赛主教练）问我大学时会选择什么专业时，数学依旧是我脑海里跳动得最强烈的词语。我知道，至少是我对数学的热爱把我领到这条路上的。我以为，无热爱，不可入竞赛；无热爱，不可学数学。

为了这份热爱，我倒是做了许多自以为颇有意义的事。竞赛占据的不仅是我自己的时间，还有我父母的。本来我家离校很远，上下学都靠妈妈“专车接送”，但现在，让她在校门口等到12点甚至更晚显然是不大现实的。于是乎，我们决定在校内租房。可以看出来，竞赛对当时的我来说是多么严峻的挑战。我需要克服对睡眠时间减少两个小时的恐惧；我需要强忍睡意看完最后30分钟的书；我需要坦然接纳因为迟迟不离开教室，妨碍学校门卫的工作而招致的他们的不满。我相信，当我开启数学科学学院的章节时，亦将面临不一样的困境。我曾多次找数学科学学院的老师询问数学科学学院的日常问题，无非是想有个心理准备。

但以上只是竞赛的一面。每天内心最宁静的时刻，莫过于下晚自习后从自习室回家的路上。目测30米的距离，走完只需不到一分钟，但会有校园褪去白天的热闹后保留的可以如水般洗涤身心的感受。此时路灯所发出的光也是恰到好处，不刺眼，但可以隐约看清周围。周围没有一个人，仿佛我拥有整个校园。一身的疲惫在这约30米的路程中去了大半。若不是竞赛，或许我永远不会知道凌晨的中学校园是怎样一番风景。因此，我所期盼的北大生活片段之一，就是在晚上（或者第二天早上）结束一天的学习之后，绕着未名湖畔走上半圈，或者是拜访以前没有到过的某一幢楼，某一条街道。

而你若问我是否有过些许的怀疑和自我否定，答案也是必然的。撇开先前的西部赛，我也曾有过怀疑。最焦虑的时候，我甚至把我的一部分精力用来质疑数竞的选拔制度上，觉得再有能力的人也会因为制度的缺陷而被吞没。产生这种奇怪思维时正是高二下学期——已经“发疯”了很长一段时间但看不见未来的所谓“前不着村，后不着店”的时候。似乎内心对数学纯粹的热爱，在另一股强大心理作用的狂轰滥炸之下也是难以招架的。无奈之下我请教了班主任，她的一番话给予了我很大的启发：不应去在意未来的不确定性，就算失败也不会对人生有多大影响，现在需要的是全身心投入自己热爱的事业中。我怀着感恩，准备将这一道理带入大学。

几天前我去稻城雪山走了一遭，深深感到这条路和爬山是别无二致的。

即便都是沿着前人所开辟的山路向上爬,也需要选择合适的落脚石以避开近在咫尺的山崖和令人“惊喜万分”的牛粪马粪;即便知道山顶有碧蓝的牛奶湖和清亮的五色海,勃勃兴致也会被颤抖的双腿和稀薄的空气压制而难以化为力量;即便下山的人告诉你终点就快到了,你也会以怀疑的目光审视他。你看见了山顶,拼了命到了那里,才发现前方还有另一座山顶,而预想中的景致尚未映入眼帘。而当你走到终点,一览芳华后,在下山路上,亦有人询问山路之远,你鼓励性的话语换来的依旧是充满怀疑的审视。稻城雪山的十公里山路,我走了七个小时,现在觉得,我曾经也走了两年的山路。数学竞赛和数学科学学院是相接的两座山,但海拔不同,山路的陡峭程度也不同。前一座山,我勉强算是成功翻越了。我的“驴友”将同我一起开启未知的旅程。

满怀感慨地写下这些没有逻辑的话,也没有明确的目的,或是仅仅用来宣泄久积于心中的情感,或是真正意义上给高中竞赛做一个了结。但我希望,这篇文章能或多或少说出竞赛人的一些心声。

冯信钦:毕业于重庆市第八中学,就读于北京大学数学科学学院

复读一年

呙雨杭

当我接到约稿信息时,第一反应是拒绝的。因为我感觉在这么多考上北大的同学中自己只是一个很普通的学生,我没参加过竞赛、没有降分,想不到任何可写的事。后来冯老师催稿时说我是一个特别的学生,我想到了,复读一年,正是我与大多数同学的不同之处。所以,我决定写下我对这一年复读生活的一些感想,送给经过了这一年努力的我,也送给想要通过复读向理想大学再次发起冲刺的同学们。

我为什么选择复读

我2016年考了651分,并不理想。但成绩出来后我并未想过复读,那时我相信自己足够优秀,偶然的失利不会埋没我。后来,我给自己制订了暑期学习计划,但在随后的执行中困难重重。我仔细思考了自己三年来的学习生活历程,认识到自己还没有想象中的那么优秀,也没有很好的学习和生活习惯,所以高考的失利并不是偶然,而是自己以前所积累的问题的一次集中爆发,将来到大学后问题只会更严重。慎重考虑后,我做出了人生中一个重要的决定——复读,从合川中学来到南开中学复读,为了同全市最优秀的同学们学习切磋,也为了向我梦想中的北大再次冲刺。

所以,对于高考失利正在考虑复读的同学,你们是否真的考虑好了。是否想过自己的高考失利有多大的偶然因素与必然因素。如果更多的是偶然因素,那说明你本身的实力达到了自己的目标,那么一点小失利难以对你的人生产生多大影响,如果不是与理想相距甚远,我不建议选择复读,因为一年的时间中你会错过很多东西,包括同学、老师和各种学习的机会,而经过一年的复读你也并不会获得太多对自己有利的进步来弥补这些错过的东西,同时复读的不确定性也很大,很难说"值得去冒这个险"。而如果更多是必然因素导致了失利,那说明你的实力还未达到你的目标,高中三年该完成的事还未完成,而到了大学里或更宽松的环境中你将更难以解决。这样的话你可能需要复读,同时你要明确自己的目标和不足,在复读的一年里你要处处针对它们,还得主动接近优秀的同学与老师,请教学习、提升自己,这样你才能充分利用好这一年。

"复读没有什么大不了的。"

这是我去南开中学时,年级主任姚老师对我说的话。而在今年,当有想复读的同学来问我经验时,我也是这么对他说的。决定好复读后,首先就要有这样的心态,既不能因为自己多学了一年而放松,也不能为复读生的身份而自卑。复读这一年几乎不会学新东西,是十分枯燥的,但知识遗忘起来是非常快的,如果放松练习,复读生相对应届生的优势将很快被抹平,所以绝不能因熟悉而放松。相反地,有一些同学因为自己是复读生而感觉差人一等,这也不好。上一次没考好只能说明你以前有些地方忽视了,没做好。事实上,敢于复读就证明了你有过人的勇气和决心。所以,复读,真没什么大不了的,千万别觉得自己有什么不同。

自信是复读成功的第一要素

作为复读生,压力肯定是比应届生更大的,对于我来说更是如此。我从合川中学去南开中学复读,面对的将是全市最优秀的同学。去之前,我妈说:

“你以前都是年级前几名,到了南开中学后可能就垫底了哟。”也有人说复读生前期有优势,后期会被应届生超过。但我心里想:你们说的都是普通人,我身上绝不会发生那样的事。果然,我稳定在了年级前十名。今年三四月份时,因为身体原因我时常头昏,学习成绩直线下滑。当一些人开始担心我时,我坚信,自己实力足够,只是身体出现了问题。通过慢慢调整,我终于在五月份找回了状态。然而因为在四五月中确实错过了太多,我在高考模拟考试中只考了年级四十几名,最后在高考的前一天,我又因为感冒去了医院,虽然以前也有同学因此发挥失常,但我始终坚信自己有实力圆梦北大。即使到了博雅计划成绩出来,我没有得到降分,爸妈都不抱希望时,我还是这样想,也这样告诉他们:不会差的。最终结果也如我所愿。所以,说起压力,我想很少有同学能比我的体会更深,但我始终不放弃相信自己,正是基于此,我用这一年实现了自己的梦。再联系起身边一些因心态原因而留下遗憾的同学,我真心想对所有的复读同学说:不要有太大的压力,多学了一年,你们肯定会更强,自信一定是复读成功的第一要素(当然,对于应届同学,自信也同样重要)。

所有这些,都是我经过一年复读学习的一些真实感想,送给所有想通过复读实现自己的北大梦或其他理想大学梦的同学们,希望对你们会有所帮助。

呙雨杭:毕业于重庆市合川中学,复读于南开中学,就读于北京大学数学科学学院

梦

郑 洋

三年前,我以仅比招生线高两分的分数踏入了六班的大门。可以说是侥幸开启了高中三年新的旅程。即便班上一遍又一遍地呼喊着“清华在左,北大在右”,即便家中堂姐夫妇二人均是北大人,然而北大,对于此时的我来说依然是个梦,一个可望而不可即的梦。

初次接触竞赛,才知道在学习之外,还有更难、更有挑战性的竞赛。凭借着对数学的自信,我毅然决然地投入了数学竞赛的怀抱中。那个时候,我们知道通过竞赛,自己可以飞得更高,也可能摔得更惨。有太多竞赛生去了一流大学,也有太多竞赛生没出成绩,却耽搁了太多的课程。但那又如何,高峰就是用来攀登的,如果其他人能攀上顶峰,那为什么自己不行?于是,我开始了漫长的竞赛生活,日复一日,将看书、做题、休息的时间扔到了竞赛中。如果已经不愿去做梦,那梦又为什么会叫梦。

从某种意义上来说,竞赛与高考是差不多的,都是千军万马过独木桥,都需要反复乃至枯燥的练习。而数学竞赛,总会让你面临做不出题的痛苦,看着题却不知道该如何下手已经成为家常便饭。几乎每个夜晚,我都在不断思考中度过。十分钟毫无头绪太过正常,半小时没有思路也是常态,即便思考一个钟头,有时也是不停地原地打转不知从何下手。常听说某些竞赛高手有时一道题会思考几个星期,日思夜想也不曾放弃。我自知自己还没到那种境界,但也不能轻言放弃。某次我遇上了一道几何题,做了一段时间后发现还蛮有意思的，于是一头扎入其中不能自拔。正似面对残局，绞尽脑汁在敌方看似严密的防守下寻找突破口，并给对方以致命一击。我此时只有思考，忘记了身边的一切，时间飞逝而不自知，思考的过程也成为一种享受。我用三天的努力终于攻破了这道题，其成就感更是难以用语言加以描述。即便常常让我感受到做不出题的绝望的竞赛，也变得不再枯燥，反而成了繁忙学业中的享受。

学习竞赛也总会伴有考试。高一的暑假，我们也迎来了第一次竞赛的全国级考试。西部奥赛由于有其他地区的同学参加，竞争变得更加激烈，又碰巧遇上了近几年来最难的考题，使这次西部奥赛变成检验学习成果的一次重要机会。放松心态，看淡结果，沉着应对，西部奥赛成了我们的舞台，我也如愿收获一块金牌。我突然发现，梦，似乎并不是那么遥不可及。

然而，西部奥赛之后紧接着是全国联赛。源于自信或是自负，我把目标放在了冬令营名额上。这次冬令营也在本校举行，这样的机会我一定不会放过。然而并非事事遂人愿。"一试"中大题糟糕的表现，加试中擅长的几何题掉链子使我觉得无缘冬令营，以至于强攻几何题而非先做后两道大题，最终我仅仅获得了二等奖。12月20日，冬令营开幕式，我作为志愿者得以一睹开幕式盛况，也定下"明年今日，定远征他乡"的誓言。竞赛之路不可能总是一帆风顺，但我并不能就此堕落。

一次全国联赛的失利并不能代表着什么。失败是一种催化剂，让我更想去获得更高的荣耀。转眼高二也过去了。高二联赛前我在北大参加数学夏令营，面对一些未曾见过的题，仅仅获得了极少的优惠政策。联赛后我重返北大参加数学秋令营，终于获得40分降分。梦，似乎就在眼前。

2015年12月15日，江西鹰潭，第31届冬令营正式开幕。竞赛生或许有更多机会，但也近乎"一考定终身"，最为重要的考试已经到来。而我却很轻松，因为我知道，梦，已经在我手中，就等待着我去抓住它。

两天后，当我们完成所有考试，即便只有回到重庆等待约一个星期才会知道成绩,但我已明白,我做到了。梦,已经被我紧握在手中。

三年后的今天,我作为一名彻头彻尾的竞赛生,终于如愿以偿,踏入燕园。看着北大的宣传片《星空日记》,我知道,北大本就是一个追梦的地方。有时我也会想,如果我做着国家队的梦,虽然明知是痴心妄想,但那结局是否会有些不同。毕竟,那些明知是不可能的事,又是否真的是不可能呢?那些可望而不可即的,又是否真的不可实现呢?

郑洋:毕业于重庆巴蜀中学,就读于北京大学数学科学学院

物理学院

北大1913年设立物理学门，我国物理学本科教育从此开始。1952年全国院系调整后，北大物理系集原北大、清华、燕大三校物理精英成为我国高校实力最强的物理重镇。2001年，北大物理学院在原物理系、重离子物理研究所、技术物理系核物理专业、地球物理系大气物理与气象专业、天文系的基础上组建成立。

在百余年的历史征程中，北大物理学科群星璀璨、薪火相传。这里先后联合培养了郭永怀、彭桓武、杨振宁、邓稼先、朱光亚、于敏、李政道、周光召等众多享誉世界的杰出科学家。在这里学习或工作过的中国科学院院士有120多位，中国工程院院士12位。在我国23位“两弹一星”元勋中，有12位是北大物理学院的校友。这里也是我国高校中校友当选美国物理学会会士（Fellow）最多的物理院系。

燕园，燕缘，燕圆

吴　婧

你的邻居，我私下里叫他梁沐，字载荷——国之栋梁，水木清华；潜心学术，净植有加，当得起荷花之喻。

而你呢？你应叫什么名字？什么样的花才配得上你？

我想文学院有百合花的纯真，理学院有南天竹的坚韧，元培学院有飞燕草的自由，社会科学学部有凌霄花的关怀……我想你有太多面，所以你的名字迟迟不愿浮现。

一、惊鸿一瞥

2008年我第一次看见你。夏天的阳光模糊了太多画面，映在脑海里的，只有棕色的小路边翠绿的水波晕开，水波里浓郁的树木破碎，树木间静栖的鸟雀惊飞，鸟雀伴着轻柔的吉他声，浅唱低吟。

西门不大，但那皇城的漆色透露出最高学府的威严。蓝底烫金的大字是你的大名，我怔怔地看了会儿。或许我像每一个路经此地的同龄人一样，心里盛着小小的期待，却又觉得只是枉谈。

二、在你的怀里，在我的眼里

高二结束，我顶着年级综合排名第一的名头，入选了优生夏令营。

我们班中二十来人，都是重庆崽儿，一小会儿就直接切到老乡模式。谁开朗，谁稳重，谁内向，几轮游戏下来就明白。我的寝室有四个人，叶文霖健谈极了，张映雪是绘画大触，袁沁妮乖巧可爱，本人……不太着调。还有隔壁的郑雅文，文文静静的，让人很想保护。

设计班旗的那个夜晚，我和张映雪趴在寝室的地上，在劣质的蓝底布料上画着当年很火的大圣。叶文霖和袁沁妮在一边帮忙。手机里放着戴荃的《悟空》。

楼下传来不知哪个班的练舞声——三二三四！四二三四！我突然心血来潮，冲到阳台上，接着她们的声音大喊——再来一次！一二三四！二二三四！……仿佛有无言的默契，毫不相识的我们竟没有半点儿隔阂。妹子们用开心的笑容望向我的阳台，更加大声地喊出练舞的节奏……

班旗要上色，我下楼去买马克笔。不远处就是文具店，回来的路上，左手边的麻辣串小摊还冒着热气。我提了些串，淋上北方的芝麻酱，回宿舍打开时，喷香的热气和室友们的欢呼一同溢了出来。四个人毫无顾忌地坐在地上，使出浑身解数把芝麻酱裹到串上送进嘴里。旁边散落着马克笔和薯片，画了一半的旗帜上嚣张地蹲着一只马脸的猴子，一脸不屑地瞪着四个没吃过芝麻酱的南方人。

那一刻，我明明身在异乡，却觉得无比心安。心里暗暗想着，若是大学四年能在这样的氛围中度过，该有多美好。

至于后来我拔了蚊帐杆去做旗杆，差点儿把上下床整个掀翻，最后发现弄坏了床，杆子插不回去，都是后话了。

三、你的手向我伸来

查高考成绩那天，我在招生处，蹭饭。

估分在710分以上的我，怎么也不会想到，最终竟然只有697分。笑话，平时我成绩数一数二，怎么一下考到年级二十名去了？

短暂的郁闷过后，心里有个声音：就知道没有白去考博雅计划，否则现在谁捞我？

想了想，还是担心专业问题吧。我去理科咨询室遛遛。

哎呀妈呀，怎么运气这么好。是我心心念念的物理，还是个带研究生的老师。

马平老师，穿着短袖衬衫、短裤和拖鞋，是个可爱的中年男子。一开始他就像任何一个长辈语重心长地安抚："考得不好没关系啊，大学又是新起点啊，选好平台最重要啊……"

"老师，我比较想听物理啊。"

于是马老师用更大的兴致讲起了物理的课程设置和研究方向。依稀记得有一个物理和生物交叉的项目，利用人体磁场做医学诊断。还有量子理论研发出的超什么什么……

时间渐渐地过去了很久，我开始担心会耽误别人。

期间也有人开门打断，而马老师完全没有停下的意思。我有些意外——他没有因为我没上线而轻视敷衍，也没有争抢生源的巧语哄骗，只是一个带研究生的老师，向一个高中毕业的物理爱好者传授知识，干净纯粹，仅此而已。

回来后，我发微信给马老师："谢谢你，马老师。刚才向我介绍了这些新科技，还有什么平台啊之类的。我知道高考成绩后就明白可能只有靠博雅计划加分才能上北大，可能也到不了元培或者物院，但想到今后还是可以搞这些研究，心里还是挺高兴的。"

六年的中学时光里，我学会了独自走出小小的泥淖。而燕园——你却在高考这个残缺的句点上，向满身泥泞的我伸出了借力的手。说拨开云雾见太阳未免夸张，但手心传来的温度，也足够让我在星空下安眠。

四、命运的交轨

如愿以偿，我真的进入了物理学院，这个我一度以为会擦肩而过的地方。

或者说，我真的要来你家中学习了。招生时不忘看足球赛的冯老师、名字比我多个“一”的学姐、要起“狼人”满嘴跑火车的关宝宝……你家里还住着多少能人异士？又有多少好友等着我他乡重逢？只是想着便充满期待。

你是百年前怒吼的士人脊梁，我是百年后求索的青年学子。你我命运的轨迹曾蜻蜓点水地匆匆交汇，而今于此正式接轨。

牛顿告诉我，今天我以你为荣，明天你将以我为荣。冯·诺依曼告诉我，我已与你形成量子纠缠，数年后回眸一瞥时，岁月的波函数将坍缩成最美的姿态。

燕园，你最朴实悠远的名字；

燕缘，我庆幸自己有此缘分；

燕圆，你助我圆了心中梦想。

你是千万个名字，也是千万种花木。似乎任何一种设定，都狭隘了你的视界。

当我的呼唤已翻过喉头，眼前却又出现碧绿的湖水。那湖边立着一块石头，它哽住了我所有可能的呼唤。而你的名字终于浮现：

“未名。”

吴婧：毕业于重庆市巴蜀中学，就读于北京大学物理学院

燕南园里，未名湖畔
——我关于北大的那些记忆

陶朗毅

由于种种原因，我与北大的初次见面竟被推迟到了上一个暑假，优秀中学生暑期课堂开幕的时候。

那时我们三个同学一起，拖着行李箱，从地铁口出来，满心期待地走进了东门。但这之后令我颇为失望的是，暑期课堂将来自同一地区的同学们分在了同一个班级，这当然带走了用普通话交流可能带给我的新鲜感。

但很快我被其他事件从这失望中拽了出来。

比如说当天晚上的班会，学长让我们淋漓尽致地体验了一把北大民主议事的传统。老实说这让我对北大更加着迷——毕竟我对五四时期的某种北大精神充满向往，也一直揣测着蔡元培校长所提倡的“思想自由，兼容并包”的含义。在这场班会上，我们通过民主投票使二人班长制转变成六人班委会制，我竟也有幸成为其中一员。很快，我们接下了设计班旗和口号的任务。

还有在五四运动场度过的那个下午。我们这群刚刚认识的未来校友玩着游戏，配合的默契程度堪比一起学习了三年的一个班级中的同学。还有那场晚会，我惊讶于这台精彩绝伦、高潮迭起的演出竟然仅仅几天时间内就完成了准备工作。我们班并没有参演，但那些“不落俗套”、用心构筑的表演让我牢牢记住了八二班的同学们。我想，这一切源于优秀者聚集在一起所产生的魔力。

那个在五四运动场声嘶力竭的下午和那台让我赞叹的晚会，都让我难以忘怀。然而最能触动我灵魂的，却是某个傍晚的一场安静的散步。

我和小伙伴一起，抄了一条宿舍旁的小道，走进了燕南园。霎时间，我恍惚感到自己被百年前的空气包围，一阵古意从苍老的墙砖中、从爬满房屋外墙的藤蔓中渗透出来，令人肃然起敬。那一片天地，是燕园最初的学术圣地。

我们满怀敬意穿过矮墙间的小径，穿行到了未名湖边，湖畔垂柳已在傍晚的凉风中微眠，湖水在晚风中安静得不可思议。

我想也许正是这样的静谧，孕育并包容了在这里学习生活的人们的某些美好品性。

几个月后的一个晚上，我和另一位小伙伴再次沿同一条道路造访了这里。夜晚时分的燕南园，比起傍晚显得更加安静，小路旁的老屋里，透出些许光亮。站在这里，我突然又回忆起了几个月前面对元培校长的雕塑时，心中升起的那份敬意。

这个暑假，北大愈发令我痴迷。这当然由于我被这里的同学和校园所吸引，也由于我被这里的老师们吸引。

由于参加物理竞赛的原因，我有幸在浙江听到了物理学院舒幼生老师的课。那个暑假的浙江之旅注定令人难忘。

那时舒爷爷已是一位白发苍苍的老人，尽管有人搀扶却也颤颤巍巍。他走上讲台坐下，显得十分吃力。然而当他一开口时就完全不一样了。七十多岁老人的嗓音听起来平和而令人安心，言辞间充满着理性却又点缀着幽默。他很喜欢讲课，会从一个方程讲起，而后有时谈到哲学，谈到整个宇宙。我还记得他曾在某节课上，与我们认真地讨论用一个方程来涵盖宇宙的古往今来是否具有可行性，并运用严谨的逻辑思维来加以说明。

我很喜欢这样的老师。喜欢这样充满活力的老师，喜欢能将学科思想转换成语言的老师，喜欢谈天说地的老师。

我还记得舒爷爷的那句话，大约是："我不是要把我的东西直接灌给你们，你们来这儿花那么多钱,我这么做,对得起谁啊?”这颗理性的头脑里,原来还包藏着理想主义的光芒。在他的身上,我感受到了一名物理学家应有的品质。

竞赛结束之后,我把其他书一股脑儿送给了老师,唯独留下了那本有舒爷爷签名的《物理学难题集萃》当作纪念。他将他的理性与平和写进了他的书中,使读者感受到阅读的愉悦,并从中看到作者的影子。

我当时甚至想,也许北大的老师都像他这样,理性温和而富于教育者的情怀。那是我对北大老师的第一次认识,也是我第一次真切地感受到了北大的魅力。

后来,我回到学校,开始一门心思准备竞赛考试。那段时间我间或想起在北大里散步的场景,也不时想着,要是舒爷爷来做这道题,说不定他也会骂命题人真是无趣。

那段时间我也会感叹竞赛考试真是耗费人的青春,把我关在教室里做题而不能去江边吹风,但后来的日子里我却又暗自期盼着日后的大学生活能继续以物理为伴。

想来当初若不是因为物理竞赛,我也不会在暑期课堂的考试中取得还不错的成绩,也就可能与博雅计划最终的降分认定失之交臂。

去年的复赛,我误打误撞地获得了重庆市第一名,也因此与招生组的老师有了联系,也许从那时起,我有了一种被伯乐赏识的欣喜。在结束了那场于武汉大学举办的“惨绝人寰”的决赛之后,我总算回到了班级的教室里。也许是想到终于可以和同学们一起学习了,我反而感到开心。

甚至在最开始的那段总分仅有600分出头的时间,我都一点不着急,后来想起来,竟然还有些许害怕。但也许正是这种面对只能考上重点大学的考分时的淡定——我当时甚至没有想过放弃每周回家玩游戏的计划,才正好让我有足够的理性去规划高三一年的学习。

若是让我给学弟学妹们一些建议,我想说:调整好心态。它不一定表现为考试时的淡定和面对考分时的平静,也可以是在平日里对所做题目的戏谑。例如，我和同学们经常嘲弄某道题目的答案构成如何不合逻辑，如何不具有科学性。然后呢？再为之寻找合理性，说服自己相信它，理解它。前者是调整心态的需要，后者则是提高解题能力的要求。

我最终如愿以偿地收到了北大的录取通知书。当我得知我被录取到了物理学院时，我也真的兴奋了好一会儿。我把录取结果发给了一些因参加竞赛而认识的外地朋友，告诉他们我们可以9月再见。

陶朗毅：毕业于西南大学附属中学，就读于北京大学物理学院

竞赛助我圆梦北大

余思扬

高中三年来，我最难忘的还是那一段竞赛生涯。虽然我是凭借高考裸分进入了心仪的北大物理系，但是没有竞赛学习的历练，我不可能取得这个成绩。是竞赛让我完成了人生中重要的一次蜕变，成了曾经想过却自认不可能变成的那个样子。

从小学到初中，我都是迷迷糊糊走过来的，虽然有着学物理的梦，但每天也只是期待着下课放学。对于自己，对于人生，现在该做些什么，未来会怎么样，我都一片迷茫。这般混日子的我竟还有将就的成绩，也算是比较幸运了。升入高中后，我才明白，人一时的懒惰，日后总是会付出代价的。当我的英语词汇量难以应付高中英语考试时，才想起那些吃饭睡觉都在背单词的同学，我曾经认为背不背单词无所谓，但现在才知道了它的意义。当我发现我的课堂效率与课后效率都极为低下时，才知道，好的学习习惯与生活习惯是多么重要。“祸不单行”，我物理竞赛的学习也陷入了瓶颈。高一寒假的竞赛班选拔考试，一共有三次，而前两次考试，我都考得一塌糊涂。最后几天的培训，我一直在想，未来的我究竟要干什么。以前一直想着要学物理，但如果我现在连竞赛的第一步都踏不出去，那我还能干什么。怀揣着痛苦与无力感，我继续学习。幸好，有惊无险，最后一次考试的超常发挥，让我以倒数的名次进入了竞赛班。也正是这个寒假后，我决心改变自己。有些事情不自己经历，是永远不会明白的。为了将来不再感受到这样的后悔与无力，只有现在做最好的自己。

虽说有兴趣,但竞赛学习终究是有些枯燥的。要想真正学到东西,你必须沉得住气,有毅力。说来奇怪,我在竞赛上下功夫的程度,是随着时间减少的,越到后来,越觉得自己不如以前努力,但是学习效果却是越来越好。刚开始时,我拼了命地学,但感觉总在云里雾里,真正汲取到的营养很少。后来慢慢像是开窍了一样,花的精力变少了,却学了更多的东西。总结下,无论什么学科,总有个入门过程,你若能熬过去,就可以守得云开见月明。感谢初期枯燥的积累,让我最终能学有所成。最后的结果虽然也有一点遗憾,但还算是对得起我自己与帮助我的父母、老师。

在竞赛复赛考后的聚餐中,我们谈到了我这两年的竞赛学习,大家都感慨万千。正如教练所言,竞赛带给我们的不仅仅是知识,还有静心学习的能力。向来坐不住的我,竟也能安心于一方书桌,学习没有太多兴趣支撑的高考学科;竟也能形成良好的学习习惯,以往纷乱的资料书籍也都整整齐齐地归类。而这些,也是高分的必要条件。如果没有竞赛,我们的大多数时间都会在玩乐中荒废,而不是被用在这样有意义的学习中。它让我养成了随时学习的习惯,即使是放假也会过得比较充实。通过竞赛,我认识了这么多值得信赖的同学与老师。大家一起学习,共同钻研一个问题,一起欢笑一起经历。团队的力量是巨大的,每个个体都努力互相促进,让我们取得了最好的成绩。感谢这段时光,它让我真正地向理想起航。

一些竞赛心得

竞赛考试里,最需要的不是做难题的能力,而是稳定发挥的能力。把每道能够做对的题做对,你就超过了绝大部分人。大量的练习是必不可少的,做题的状态需要靠做题来维持。另外有过程的题一定要注意规范,写清楚每个步骤,做适当的标注,整洁的卷面可以让思路清晰,同时也更不容易犯错。

这种大题就算答案错了,步骤分也可以拿到。

不做题的时候多看书,比如一些大学教材也是很有必要的。做题做到烦躁的时候继续做题难免效率低下,而且会浪费好题。看看书增长一些见识,也可以加深对学科的理解。但看书的时候一定要动笔记录,干看书很容易走神。

建议晚上不要熬夜,至少睡眠时间要能保证白天精力充沛,这样效率才最高。多运动,比如每天晚上跑跑步。身体状况影响长远,这个一定要注意。

希望有能力的同学,在高中时期一定不要错过了精彩的竞赛学习,毕竟这才是青春嘛。

披沥十载,总算是不负年华,来到了北大。学弟学妹们,像我这样的人都能取得成功,你们又何尝不行?期待我们在燕园相遇。

余思扬:毕业于重庆市第八中学,就读于北京大学物理学院

心之所向

覃宇林

陶渊明曾言“少无适俗韵，性本爱丘山”，他毅然归隐，放弃官场生活，回到他心灵所向往的自然，欣然高歌：“木欣欣以向荣，泉涓涓而始流，善万物之得时，感吾生之行休。”他笔下的桃花源为世人所向往，他也为世人所赞赏与敬仰！

我想，其中无疑预示着一种生活智慧，那便是追寻自己心灵的声音！

对于我来说，能到北大继续自己的学习无疑是一件快乐的事，同时也是一件幸运的事。而这似乎恰恰预示着一种生活智慧！

为什么这么说呢？

记得初三的时候，遇到过一个很难的数学问题，那是一个关于抛物线围成的阴影部分面积的问题。老师用了好几次图形对称变换才把这个问题讲清楚，而这烦琐的步骤与思维方式大煞风景，因为这个问题本身很让人着迷！于是我下课后去问老师有没有更简单的方法来解决这个问题。老师微笑着说，其实这个问题在大学生眼里不是个问题，甚至还有一点可笑，于是他单独给我介绍了微积分的发展史，那时我听得似懂非懂。出于好奇，我买了本高等数学，看了几天后就找到了求面积的问题，看了那本书上提供的公式后，再看着那道题一步一步地用公式去套，结果算得很快而且是正确的，我感觉很神奇，于是初三那年就抱着那本高等数学看，尽管能看得懂的不多，但不知为何，我总会在空余时间看。也是从那时起我发现了自己的兴趣——数学！自然北大数学系就成了我的目标!

爱因斯坦曾言“如果欧几里得未能激起你少年时代的热情,那么你就不是一个天生的科学思想家”;人们常说“兴趣是最好的老师”,对此我也深有体会!

到了高中,尤其在高一的时候,英语是我最大的障碍。尽管我花了很多时间在英语的学习上,但几乎都没有什么特别效果,看不懂的还是不懂,有时甚至还不想听课,幸好英语老师是我们的班主任,我才不敢在课上开小差,每节课都还是“认真地听”,只是每个“QUIZ”(英语老师的小测试)几乎都要做两遍才能过关!因为每次重做的人几乎都有我,我也成了“惯犯”,老师对我的关注也变多了,但不知为何我就是没有多大进步。也许是因为从小基础就差,也许是因为我对英语根本就没什么兴趣吧!高一暑假时我无意中听说了一部漫威出品的美剧《神盾局特工》,他们说很好看,我们的英语老师也在看。于是我花了几天时间一口气看完了一部,我发现当英语说得很流利、很地道的时候很好听,恰逢那个暑假我们有一个“福利作业”——英语趣配音。那时我觉得英语很好玩,也许从那时起我才真正地开始有点喜欢英语,不再只是把它当作一个学科来看待。后来我突然之间发现学英语很快乐也很有效,不知为何,自此也一步一步地开始进步了。我想如果一个人对自己所学的东西没有一点兴趣的话,就犹如逼着一条鱼跳到沙滩上来踢球,根本没有多大效果,因为它所钟爱的是那片海洋!

高一的时候能带给我最大自信的也许就是数学与物理了,我感觉物理与数学很相似,一边抽空继续看那本《高等数学》,一边参加学校的数学竞赛培训,上了一年之后我发现问题来了,那时一周的竞赛课几乎都在做题讲题,我感觉这与自己学习竞赛的初衷相违背,我是来学习知识的,不是来做题的,于是我果断退出了数学竞赛,自己买了几本数学教材包括俄罗斯教材选译的《微积分学教程》(全三本)、《复变函数论》,还有《常微分方程》在晚自习和周末看。后来我在班上一个学习化学竞赛的同学那儿看到了一本《结构化学基础》,这本书开篇便讲了量子力学的基本理论和一些物理算符,我感觉这些东西很神奇,也很有趣,于是又买了本朗道的《量子力学(非相对论理论)》,并做了一个别人都觉得荒唐而且不可思议的决定,去参加化学竞赛。之所以这么说,是因为中途“跳槽”不仅意味着我要补习化学竞赛老师在上个学年所讲的所有课,而且还要不落下高中学业!也许是我不适合学习竞赛,也许是我一开始就误解了竞赛的作用,我只是本着学习的心去参加竞赛培训,因为高中那点知识真的太少了。我总喜欢抱着一颗求知的心去学习自己感兴趣的内容。高二学了一个学期的化学竞赛,寒假到了,问题又来了,那时老师让我们回去刷历年来的初赛试题,一共好几十套,还有一本《无机化学习题》,那时我发现来参加化学竞赛也差不多陷入了数学竞赛时的瓶颈,而我真的不喜欢这样的学习生活,真的不喜欢做题,特别是不喜欢做大量的题,于是我又选择退出了化学竞赛培训,把这部分时间花在看自己感兴趣的知识上。记得有次为了弄明白傅立叶变换而在正常上课期间从晚自习下课一直看到了凌晨5点多钟,却丝毫没有疲倦感,也许这也是兴趣使然吧!

高中阶段在理科方面我花时间最多的应该就是数学了,但60%的时间几乎都花在了自己买的几本数学书上了,高一下学期的时候我对当时看到的“高斯—蓝登变换”很诧异,我当时就进一步肯定了自己的观点,数学是最有魅力的一个理学学科。而数学的发展是学术发展的重要组成部分。而后我尝试了用微积分和最基本的牛顿第二定律导出高中整个动力学公式,自己尝试证明开普勒第二定律。于是从那时起我发现,有了物理的直觉,再加上数学这个高级工具与运算技巧,其产生的效果是无穷尽的,而这也让我更加疯狂地迷上了数学和物理。

我想我的高中生涯在竞赛上是惨败的,但可幸的是我也从未想过要在竞赛上走多远,我只是对知识充满了无限的敬畏。至少我找到了自己的兴趣,并一路这样走下来了!

到了高三下学期,我才意识到问题,高三下学期开始时那段时间,我还是以我自己的方式学习自己感兴趣的知识,完全没有意识到自己就要陷入风暴的中心。那时的第一次月考，理综科物理我考了满分，但……也许大家都懂的，生物科几乎就没写几个字，那时就被生物老师叫到办公室，而后大家都明白的，班主任也说我就是做题太少了，这个阶段一定要拼命地做题，而做题也是我很不愿意做的事，心想多做点题就为参加一个考试好像不值得，自己还有很多想要看的书等着看呢？直到后来班主任把我叫到办公室谈了一个多小时，我才明白了做题的意义。做题也是每个高三生的日常。尽管还是不太愿意，但最终我妥协了。高三下学期的最后50天，我几乎放下了自己买的那些大学数学、物理和化学教材，只要一有时间就做题，几乎是每天中午做一套英语，每天晚上做一套理综，除了偶尔问一问老师一些二阶常微分方程和相关系数的背景知识这些无关高考的话题外，几乎每天都在做题，做题也还真的有效！我想这效果应该来源于自己高中三年来的知识储备（自己自学的那些知识）吧！因为有兴趣才会去买这些书，这些书不仅充实了我的大脑，而且那些书中讲到的方法也是对思维的一种训练。而这一切都源自兴趣！

心之所向，我想那便是我最佳的前进方向！

覃宇林：毕业于彭水第一中学，就读于北京大学物理学院

瞭望浩瀚，谛听轻诉

亢　议

眼前的通知书映衬着心中最澄明的红，心中的感慨述于远方最深邃的星空。

六月，晦日，戌时。满天的霞光早已褪色，山丘失去翠绿的轮廓与夜空相接，唯有稀疏的瓦房透着微弱的灯光；夏日的乡村，空气中弥漫着一股干草的苦香，溶解在夜晚的凉风中径自钻入鼻孔，沁人肺腑，抚慰心神；耳边是蟋蟀和青蛙慷慨激昂妄图冲上苍穹的协奏曲，更为这远离城市灯火的世界添了一分温馨而生动的气息。背起那架熟悉的望远镜，拿上那张经历过岁月的木凳，我轻轻地推开屋门，借着模糊的光线和清晰的记忆爬上了数十米外的那座土坡。

我来了。

爬上土坡后转身仰望，熟悉的星空一览无余：北斗倒挂在北方，天璇天枢仍旧指向北极星；夏夜大三角依然壮丽，牛郎、织女、天津四依然是夏夜最耀眼的风景。

品味着宇宙之广博与自然之奥妙，我的心如夏夜黑蜻蜓那迎风的翅膀般颤动不已，顿生飘飘乎如遗世独立之感，或许，天上的众生也正等待着我这个熟悉的人间少年。

是的，我又来了，截然不同的心境，却怀揣始终不变的纯真。

曾几何时，我还不认得你。我像大多数同龄人一样脑子里只有白天的课堂和晚上的动画，时而遭受家长的训斥，艳羡着别家哥哥姐姐们的高考捷报。

那时候北大对我来说,正如远方等待着我的星辰,隔着邈远的时空,闪耀璀璨的荣光却又如此可望而不可即。一架意外获得的望远镜,就像一张舞会的入场券,促成了我这一生中最重要的一次邂逅:月亮占据整个视场,毫无保留地把每一处细节呈现,木星的环带若隐若现,土星与环清晰可见。虽然你不如先前在书上所见的一般绚丽,可我惊奇地发现正是现实和幻想的差异才给人带来了难以言状的惊喜与感动。或许是因为你美得真实而含蓄,仿佛一切近在眼前,奇迹却仍隐匿于背后。从此,你住进了我的心里。

因为你,高一初始我便毫不犹豫地投身于物理竞赛中。你知道吗,那是我人生中最宁静而快乐的时光。物理定律在脑中搭建的世界是那么的精致,一条条公式急切地诉说着这个理想世界的精彩与神秘,而我又有幸成为虔诚的聆听者,多少次为达到更深的理解层次和解开更难的题目而欣喜万分。我的思维也在不知不觉中变得严谨,我开始喜欢在生活中思考逻辑与效率。同时我也对广博的知识产生了前所未有的渴望,希望付诸一生以窥探你神秘面纱背后的秘密。看着平时不错的综合成绩和日益靠前的竞赛名次,我也感到梦中的北大正渐渐向我伸出双手。

然而生活虽有诗和远方,眼前的苟且却也足以让人几近窒息。高二高三交接之际,我的竞赛生活以不曾预料的惨败告终,回归高考复习的第一次考试名次也提醒着我欠缺了多少汗水。繁多的作业和考试将我的每一个夜晚都禁锢在繁华的城市里,野蛮的灯光赶跑了你曾骄傲闪耀的住民们,我的生活仿佛与那抹璀璨澄净的光相隔愈来愈远。当对未来的憧憬如蝙蝠般飞去,却又把脑袋向名为现实的冰冷屋顶撞击时,我才意识到不以辛勤付出为基础的自己不过是异想天开的化名。我不得不将目光从天边的你转向眼前的课桌,面对真实存在的迷茫和失落。

地上的世界已经进入沉睡,天上的世界却正熙攘热闹。魁梧的牧夫向西走去,西边天鹅张开双翼追逐着天鹰,天蝎盘踞在南方的低空,火红的心脏年迈却仍不止地跳动着。凝望着心宿二,我不禁想起了“参商之阔”:参宿四只能出现在寒冷的冬夜中,二者永远也不能相见。幸而人间不总是如此。

在这个关头里我选择了改变。沉迷理科的我开始欣赏语言文字的魅力,语文不再“矫揉造作”,反而因其变化多姿而引人入胜。我学着去品味欧阳修“聚散苦匆匆”的不舍,温庭筠“玲珑骰子安红豆”的相思,李白“山衔好月来”的畅快。在见不到你的日子里,我和拉斯科尔尼科夫经历了冲动的犯罪与煎熬的惩罚,和徐福贵尝尽辛酸后更坚强地活着,和梭罗孤独地欣赏瓦尔登湖的美景。在这所谓枯燥的一年中我有幸游历了不同的世界,成绩也一点点恢复,甚至达到以往不敢想象的高度。高考前,我深深感受到和北大仅有一步之遥,与你的再会也可计日而待,而内心却静如止水。等了三年的高考终在全班的静默中远去,成绩也与我的估计所差无几,我终于如愿以偿。

康德说:“有两种东西,人们愈是经常、反复地加以思考,就愈是能感受到它们给人心所灌注的时时翻新,有加无已的赞叹和敬畏,它们便是,头上的星空和内心的道德法则。”如今我终于能再看见你,能再与你促膝长谈,想诉说自己的辉煌和落寞,感动和麻木,想把一切喜怒哀乐都倾诉于你,最后在你无声的回应中落泪。但此时此刻,我的语言在你的别致前显得苍白无力,感情在你的浩渺前同样微不足道,我却能在这里继续凝望你的微笑,夫复何求?

放下望远镜时,北冕座的精美仍在眼前若隐若现,我收好望远镜,拿上木凳低头向坡下走去。手表的时针已经转过了顶端,进入七月朔日了。再过不久,心宿二便会将暑气赶到地平线以下,而我也会背起行囊走向更远的地方。但我知道我脚下永远是坚实的土地,头顶永远是深邃的星空。

亢议:毕业于巴蜀中学,就读于北京大学物理学院

Birdy

汤　杰

Our Story Begins/恍若初见

我初中开始就很喜欢的是馨广源，那个Our Story Begins系列的笔记本。每个本子的第一页，都有着一条分割线，上面写着Our Story Begins。写上名字，翻开第一页，写啊写啊，仿佛永远也写不完。突然有一天，迎接你的是白页，而不再是熟悉的隔线。它的背面，Our Story Begins的分割线，仿佛最初那一页一般干净美好。

那一刻，你知道，它的使命已经结束，一个新的本子已经写好了一句Our Story Begins，静待你接过它，翻开它，写出下一个第一页。

故事是从哪里开始的呢。小学结业考试揭榜那天？初中走过落叶林荫道那天？中考完如约去签保送协议那天？还是夏令营时，参加2013级毕业典礼那天？哪一页再翻开时都是那么干净，浅黄如同近晚五点斜倚画板的阳光，整洁如初着而略不服帖的校服，上面干净的班级、姓名，无可争议的归属，那就是我的开始。初2013级2班。高2016级2班。高2016级6班。以及，我即将迎来的，大2020级某某班。不变的姓名。偶尔写上Rink，以表示自己对小学时起的英文名字不变的坚守。恰如初中同学会上“你看起来没有变过呢”一般的惊叹，我在改变，我也没有改变。

譬如，小学结业考试揭榜那天，以第54名险获巴蜀保送生的我，对自己的未来毫无预计，北大仍在北京，我仍在重庆。譬如，初中走过落叶林荫道那天，我全部的注意力被那意义模糊的壁画夺走，而略过上午九点操场阳光下气势蓬勃的爬山虎。譬如，中考完去签保送协议那天，脑子里仍然是保送生考试中语文的驳论文，物理的玻璃里的气泡——至今仍未能有机会搞懂的亮斑暗斑还在我心头纠缠。譬如，参加高2013级毕业典礼那天，目送学长学姐们的伤感与泪水，回想小学初中时大家好聚好散的风格，觉得自己与那些人竟是如此遥远。譬如，多年以后，大学毕业，追忆起这如今的我，翻找着曾经的回忆，面对键盘，眼里倒映进夏日向晚苍蓝色的天空。

Like water, Like fish/似水如鱼

初中时，我羡慕于物理忠于客观世界的精细描述。规范、严谨，那些沉默的苦心匠作透过纸张渗入眼睛，予以视者清明——正是物理，第一次教会我用解构的双眼观察世界。夏令营里，我第一次接触到了物理竞赛。并没有什么特别的原因，我却愿意每天七点半，提前一个小时到达竞赛教室，抢占第一排靠中间的座位。复习、做习题、预习，课来得特别快，结束得也特别快，仓促间将我抛入午休、晚饭和入寝时间。毫无准备。静力学课程结束、夏令营结束，从教室里走出来的我，回到了循环八月一般的无尽夏天。那样的夏天也迎来了结束。

秋天来了。开学季，新同伴、新课程，竞赛课程却是不变地翻开了第二章动力学。照旧提前一个小时，一百四十多个人，在高一上半学期转眼减到了近六十人，人们渐渐走散，而我仍然习惯于早到，干坐着等开门成了我周末的家常便饭。高一下学期，力学课结束，我们先于高考走入了毫无了解的静电学。课程变得非常抽象，难以理解的新概念多如牛毛，裹挟在完全陌生的体系里，生生地将接受难度拔高了几个级别。从那时起，我开始将“要是再难一点，我就退赛”挂在了嘴边，满怀着愤懑与无奈，戏谑与悲哀，遇到难解之题就

说一次。一次次地说，一次次地提醒自己，没关系、不会比这还要痛苦了，还要痛苦的话，退赛不就好了。借由每一句“不如退赛”，我反复向自己指明放弃的路。亦是在反复地质问自己——“放弃，可以吗？愿意吗？”我愿意退赛吗？我问自己，比起继续忍受，我更喜欢一弃而过？我问自己，那种难以描述的、某种向往的抵抗、某种自尊的否认，或比眼前的挑战更加脆弱？只是，有一天我听竞赛教练杨老师说起，真正学竞赛到最后的人，不是凭着兴趣就能做得到的。那一刻，一种冲动促使我去举出反例。

于是，反例。我这个人，很冲动。一个冲动的人，自有他冲动的做事方法，譬如加强一个人做一件事的倾向很简单，给他强化去做这件事的理由。我开始买其他的竞赛参考书，将自己所有的竞赛资料、笔记整理好，除了高一上学期结束那一天晚上的竞赛课我实在不想去上课而“翘课”以外未缺过竞赛课。为竞赛付出得越多，我越不愿意离开竞赛教室，自然无论是谁来劝我退赛，我都不会答应了。凭着那样的惯性，我经过了自认为最难挨的第一段竞赛旅程。

在鲁能巴蜀上课的那三周多里，在反复经过中我熟悉了那些教室与那些走廊，那些白天与那些夜晚，那个面包小店，那个席殊书屋。透过玻璃望见的景色反复流转，却只来得及为自己能有这么好的空调可吹而庆幸。安徽中科大积压的雪隔夜而融化的那晚，我和几个同学一起不上晚自习而去了五六站外的相对繁华一点的地段。不太熟悉的两位数公交车、一家味道不错的小店、三本书和一杯奶茶，构成了我对那个夜晚全部的回忆。在西大附中住的那近一周时间里，每天早上和着“我只想唱歌”的鬼哭狼嚎醒来的我，每天晚上洗了澡就和着斜对面床位看韩剧电影的同学开Devil May Cry。见识少如我第一次看见寝室有充电插头，当时就高兴上了天，自然只能向大晚上还不放弃做题的各位苦劳人士表示“不好意思打扰了”。然而北大物理夏令营那次，我孤身前往。

回忆竞赛，更容易捕捉到的，是人数渐渐变少以后，与他们渐渐熟悉，渐渐开始一起经过种种与另一些人没有经过的事情。竞赛仿佛成了另一种高中生活，我与另一些人经过了那些所谓的高三生活，留下了所谓的竞赛回忆。然而，我仍然没有忘记，只身置于北京时，每天晚上十点经过的苏州街，闪烁的路灯、萧瑟的流水声是多么的冷漠。那是一个与晚自习时一起偷偷溜到小卖部买烧烤奶茶时经过的街道完全不同的风景，而现在的我意识到，这样无人陪伴的风景，在不久以后的将来，我将反复经过。

Winding Road/前路蜿蜒

知道自己竞赛之路已经走到了尽头的那一天，我有点失落，不太想继续参加高考。回到自己的班级教室，看着自己的桌子椅子上堆着的书被急匆匆地收走，更加觉得自己并不属于这里。高三一个暑假加三周的课程，虽说多半是复习，但是错过的部分并不能在现有节奏下轻易追及，那段时间每天上课时只有无可奈何地补起以前掉下的内容。这部分缺下的内容，我大概在三月份才算有底气说自己已经基本补齐了。

不过在那时候的我看来，选择是有限的，对我来说最容易承担的，只有继续高考。将竞赛书从学校收走，把高考的书和笔记拿到学校来。买了装书的架子，调整作息时间。开始习惯于听见伴着《秒速五厘米》背景音乐放出的“梦想航班即将起飞”，习惯于第三节晚自习下课以后热闹的后山和昏暗的操场。与另一个竞赛失利的同学一起约好，我们成了每晚负责教室锁门的人。渐渐不再经常去竞赛教室附近转悠发呆。我的“驻扎所”，随着书本与时间，转移到了六班教室。接受了自己已经成为一名高考生的事实，就像列车终于变轨到了另一条更需要它的道路上去。

你知道洛杉矶每天早上四点钟是什么样子吗？我不知道，但我知道几乎每天十一点半、十一点四十五、十二点、十二点十五时，明德楼的样子。保安每天大概十一点半或者十一点四十五就会出现在门前，用警棍敲着教室门要求我们快点走、锁门窗。每天我们都要和保安磨，不磨到最后一刻(一般都会晚十几分钟)，我们不会离开。离开时，几乎所有的教室都已经熄了灯。窗外是一面墙壁，没什么风景，不过很安静，而且由于在一楼，可以从窗户出入教室，如果前门被锁了也可以从窗户出去。大厅很空旷，天气好的话月光可以透过顶板玻璃照到地面上，下雨的时候也会有些许积水。除了二楼与三楼转角的那一个，所有的走廊灯都已经被关掉。保安在其他所有班走之后、我们走之前，会把楼上的教室全部检查一遍是否上锁，没有上锁的教室他会打开灯进去，检查窗户有没有关好。伴随着我们离开的脚步，保安将明德楼的大门上锁，对面正心楼的卷帘门早已落下，他就到知行楼那边去看看。四五月开始，我们渐渐有了在楼前小广场跑一会儿再回去的习惯，我就一次次地经过食堂紧锁的门后依旧开着的紫外线消毒灯，有时抬头看知行楼还能看到一两个亮着灯的房间——虽然很好奇但是从来没有机会搞懂过，那是否与保安值班室有关？毕竟知行楼的门几乎没锁过——然后顺着长长的坡道走回去，路上运气好可以遇见几只明德楼附近平时不怎么看得到的猫，它们不怎么怕人的话我就会停下来逗它们玩玩。至善楼上的钟在晚上也一直亮着，和剑桥车库门上的大灯一样，给晚归者途中洒满光亮。是的，回去的路上挺亮的，又会经过好几个保安亭，又明亮又安心。

高三生活，我最容易捕捉到的奋力拼搏的回忆，就是那渐次熄灯的明德楼和那长长的明亮的坡道。

我也记得，下了第三节、第四节晚自习，找个人和我一起去后山玩。吃来吃去，后山的东西也基本上都厌烦了，不过桂花奶绿和小面却怎么吃都吃不腻。随意的闲聊中就做好的小吃，总是在回到教室的路上就吃完，所以偶尔也会跑第二次。《看天下》每次买回去不得不很快看完，因为借了一大圈还能还回来的可能性几乎为零。白天的时候，那只猫总是躺在花台边缘，到了晚上总算勉强动一动，却仍然很不情愿让人逗，真的逗急了还咬人，一点都不可爱。

在所谓厌学情绪高涨、急需调整的日子里，晚上拖人一起来看电影什么的事情也不是没做过。通常周六的晚上十点钟就下了晚自习,实在想放松的话我们就跑到楼上去,从缓存里挑一部电影来看。高三下学期见识到了村上春树的书的魅力,于是我在晚上回家后偶尔还会翻开《世界尽头与冷酷仙境》充当睡前读物。特别喜欢《世界尽头与冷酷仙境》那种双轨式架设,并且为它的两种截然不同的笔风深深吸引,但是实在难过于它的结局,与之相比我更喜欢后来的《海边的卡夫卡》的结局,从一种无可奈何的悲伤转向略带期望的遥想,不难发现村上春树的心情已经有了改变。

看似漫长的一切,走着走着,也都走到了尽头。犹记当时高考语文考完后以为考砸了,怎么都提不起去教室复习的心情。母亲提议翘掉半节晚自习到解放碑吃了一顿,我沉默着,最后同意了。那一天,她为我买了一双很久以前我就想要的鞋,并且告诉我,不论我考成什么样,不论我以后决定走怎样的道路,她都会支持我,直到最后一步。那双鞋,我现在仍然天天穿着。

To the Ends of Agony/苦恼尽头

随着优生夏令营的开始,我告别了苏州街的旅馆,第一次住进了北大的宿舍。身边有了熟悉的人、有了可以熟悉的人,对我来说是一件非常开心的事情。不过,那时候一切都还没有"实感"。无论是宿舍边的夜宵,还是未名湖边的真心话大冒险,还是学生中心里的故事会,还是肯德基里的"狼人"游戏,还是优生营考试后紧接的面试,还是校内的定向越野,还是物理系无限拖延的院系见面会,还是五四运动场上的运动会,还是车库里的韵律操,还是校史馆、图书馆的参观,还是农园餐厅的二十七元午饭,还是……一切的一切,仿佛都没有"实感"。对于那时,心在竞赛并且相信自己能通过竞赛走出去的我来说,大概这不过是一次参观罢了。

高考完后,我有了重返此地的机会。与上次不同的是,去二教和农园不再需要有人指路,我已可以熟络地走出校门上地铁去中关村玩耍,或者找个小卖部补上错过的午饭。文史楼窗外的绿叶很像我去年看到时的样子，未名湖畔绿意盛行，苍蓝的天空上偶尔飘过淡淡的云彩，满溢着干燥阳光的北京迎来夏天。

班主任胡老师说过很多话，我唯独对其中的一句印象深刻："有些人是因为梦想而努力，而有些人则是努力了才有梦想。"犹记初入高中，懵懂的我，对未来无所规划，只望不负我高中大好时光，于是选择了努力。而在努力途中，我了解了更多我在努力之前不曾知晓的事情，于是我明白了自己的方向，渐渐地找到了自己的梦想——尽管不同于最初就有那样目标的人，我却并不觉得自己的高中毫无梦想。努力发掘的梦想，说不定会比最初印象模糊的梦想更让我感到亲切。如同天空中的飞鸟，顺着感觉不断飞翔，最终抵达了自己决定的方向。

There are bird tracks
And nothing in the sky;
Something lived,left,
And left something.
天上有空无和鸟的踪迹；
一些事发生过，离去了，并留下一些事。
——《Birdy/鸟人》

[美]William Wharton 威廉·沃顿

汤杰：毕业于巴蜀中学，就读于北京大学物理学院

化学与分子工程学院

北大化学系肇始于1910年成立的京师大学堂格致科化学门,是国立大学中最早设立的化学系,1994年更名为化学与分子工程学院。北大化学学科是国家一级重点学科和“国家理科基础科学研究和教学人才培养基地”;在历次教育部全国高校一级学科评估中均名列榜首;在全球高校化学院(系)的相关学科评估与排名中位列15名左右。化学学院目前下设有无机化学研究所、分析化学研究所、有机化学研究所、物理化学研究所和理论与计算化学研究所等5个研究所,高分子科学与工程系、应用化学系和化学生物学系等3个系。

化学学院现有教职员工203人,其中专任教师130多名,包括教授64人和副教授68人。教师中含有中国科学院院士10人,教育部国家级高层次人才22人,国家自然科学基金委员会杰出青年基金获得者39人,国家级教学名师1人,北京市教学名师3人,国家级“百千万人才”9人以及“新世纪人才”13人等。

燕园三顾，夙愿终偿

曾　庆

“条条大路通北大”，每次在招生宣讲会上聆听老师们的介绍时，这一定是他们最为看重，也最引以为傲的一点——报考途径的多元化，不也正是北大兼容并包思想的体现吗？其实，细细想来，不仅是招考，即便是略做了解，北大所提供的平台也是非常丰富的。十分幸运的是高中以来，我陆陆续续参加了几次北大组织的活动——正是在这样的过程中，理想逐渐变得清晰，奋斗也变得更有方向。

学科营——初窥学堂

高二暑假，我报名参加了暑期学堂的化学学科营。其时，我学习化学竞赛已有一年多，兴趣的累积让我隐约有了在大学学习化学的向往；而学科营则像一扇提前打开的大门，让我得以体验大学的学习环境与氛围。盛夏的七月，化学楼中，一段奇幻之旅悄然开始。

说来“奇幻”，实则辛苦。不同于其他的学科营，化学营的活动真像是一场“苦修”：短短一周，几乎所有时间都泡在实验室中，就连最后的考试，也由于时间原因放在了晚上匆匆进行。疲惫但充实，我想正是结束这次活动后我内心的真实写照。有的同学甚至开玩笑说，这一次的体验让他趁早打消了学习化学的念头。各种碎碎念间，夏令营的辛苦可见一斑。

先前，我们只能从学长们的介绍中了解到他们所在专业的大学生活，未免有“雾里看花”之嫌；而这一次活动，则是实打实地让我们提前体验了一把大学的学习生活。“纸上得来终觉浅，绝知此事要躬行”，只有亲身体验之后，才知道自己的兴趣、方向是否真的在此。我认为这一次的化学营对我意义重大，并不仅仅是赢得了优秀营员，有了参加自招考试的机会；更重要的是，在一次次动手实践过后，我笃定了自己对于化学的兴趣，也坚定了在大学中学习化学的信念。

优生营——校园一瞥

如果说学科营的生活像一台显微镜，带我们感受“一看到底”式的探索乐趣的话，那么优生营的生活则像是一台广角相机，让我们在学校进行了一次全景式的游览。相对精简的日程并没有降低活动的丰富程度，在每项精心设计的活动引导下，校园内的许多地方纷纷从地图中活了过来，深深地印入了我的脑海中。一个个孤立的坐标被连缀起来，第一次，北大在我的面前变得清晰、生动。

理教、三教，书香阵阵。在这里，我们依然能感受到考试时的紧张和焦虑，却也明白了学习生活绝不只是如此：自我介绍、“临时”干部选举、班级节目讨论……这些，不正是我们在大学生活开始时所要面临的问题吗？即使短短几天也要将这些流程走完，我想，其用心就是要我们明白交流与合作的重要。

五四体育场，欢声如雷。汗水挥洒在偌大的操场，已分不清是谁留下的了。当每位同学都拼尽全力完成任务时，大家的欢呼也许是最发自内心的吧。此时，体育场已不再只是锻炼身体的平台，更是一个教人团结的绝佳课堂。

未名湖下、博雅塔前，古风犹存。纵然人来人往，仍显静谧非常。一潭水色，两座石舫，三株细柳，不但让人内心沉静，哪怕只是停留片刻，我也能清楚地感受到：这必将成为我大学生活中难忘的一幕。

……

犹记联欢晚会时，屏幕上的一行大字："未名湖是个海洋"，此言非虚。即使只是惊鸿一瞥，也足以想见园内生活的丰富、充实。于是感叹，于是敬仰，于是笃定：望来年能推开大门，继续探索这片广阔的"海洋"。

自招、博雅计划考试——"精神"传承

高考刚刚结束，还来不及收拾忐忑的心情，又踏上了"进京"之路，匆匆准备着接踵而来的考验。好巧不巧，自招和博雅计划的笔试被安排在了同一天，于是便有了一天九小时的"超长"考试，还有连续两天的面试以及体测……经历这段"魔鬼赛程"时，高考的紧张犹存，同时又多了几分忙碌。恍惚中，这似乎就成了高考的延续——改变的是形式和地点，不变的，是一以贯之、全情投入的精气神。

潜移默化的，这样的气质已经在平常学习中为我们打下了深深的烙印。以此观之，自招和博雅计划考试倒更像是一种传承：高考，不会让这些精神消磨；相反，它们会伴随我们走过愈发深刻、艰辛的旅途。

余秋雨说："万里蹀躞，以此为归。"几度造访，行程已过万里；几多曲折，梦想终究得偿。路途尚远，前行还将继续；初心不变，步履仍然坚实。燕园生活才刚刚开始，愿与诸君共勉！

曾庆：毕业于重庆市南开中学，就读于北京大学化学与分子工程学院

生命科学学院

北大生命科学学院起源于1925年成立的北大生物学系，是我国高等院校中最早建立的生物学系之一。1952年全国高等学校院系调整时，北大、燕京大学和清华大学三校的生物学系合并，三泉汇流燕园，在此基础上于1993年成立了北大生命科学学院。

张景钺、陈桢、李汝祺、李继侗、吴韫珍、胡经甫等，这些早期留学欧美、赫赫有名的学者，成为北大生物学系的奠基人。他们培养了严楚江、徐仁、王伏雄、谈家桢、吴阶平、赵以炳、吴征镒、沈同、陈阅增、林昌善等生物学界的杰出学者，形成了一支中国现代生物学教育和科研的专家队伍，对我国生物学的发展产生了深远影响。

目前，全院168名教职员工中，有74名教授/研究员，其中包括中国科学院院士2名、国家“973”计划及国家重大科学研究计划项目首席科学家10名、国家重点研发计划项目负责人9名、国家级教学名师1名、全国模范教师1名、国家杰出青年科学基金获得者25名。2016年QS世界大学生命科学专业排名中，学院位列第38名，成为唯一进入世界前50的中国大学生物院系。

The Echo from My Heart

朱 宜

我听见回音,来自山谷与心间。

一、幸福的时光

时隔一年,再次来到重庆图书馆,从上俯瞰自修室,灯光连缀,一个个奋笔疾书的身影。

想起一年前,我亦是他们中的一员。曾经无数次对堆积如山的作业抱怨,然而现在看到那一本本似曾相识的辅导资料,我竟涌现出一份亲切而怀念的感觉。记忆总是抹去坏的,留下好的。曾经的苦恼、怀疑、疲倦已经淡去,只留下 一幕幕美好:老师上课时的一句玩笑话,下晚自习后与父母共走的一段回家路,在身心俱疲时知心好友的鼓励与陪伴,夜深人静后躺在床上的充实与满足。

有愿意为之奋斗的目标,有家人朋友的陪伴,这便是我理想的生活状态了。高三于我而言,是一段多么幸福的岁月,以至于到了考前最后的日子,竟不忍它就如此结束。我每每回望之时,都能从中吸取到力量与快乐。

二、与北大相遇

能将北大作为我崭新的起点,又是一件多么幸运的事情。

记得第一次观看北大宣传片《星空日记》时,短短的影片却能让被他人戏称为“冷血动物”的我悄然落泪。所谓共鸣,便是如此吧,能让我在别人的故事里流自己的眼泪。

梦想,真的是很美丽而又脆弱的东西,像影片中那璀璨却又遥不可及的星空,缥缈但又牵动人心,往往被搁在心灵最神圣的角落,不轻易与人言说。

那时,北大让我看到了一份对于梦想的尊重与肯定,看到了朝圣路上的一个个同行者。那一刻,北大便不再是一个高大上的符号,一个荣誉的代名词,而是真正成了The star that twinkles my dream。

三、心灵的召唤

“一个人,最大的幸运莫过于在他年轻的时候,即他年富力强的时候发现了自己的使命。”

佛语有云:一花一世界,一叶一菩提。在我们肉眼可见或不可见的世界之中,从分子到细胞,从个体到种群,从人类到生物圈,生命的奥秘就如同那寂静的星空下缓缓流淌的迷人乐章,等待着我们去聆听,又如同那无穷的宇宙中暗暗浮动的摩斯密码,等待着我们去破译。

生命科学,对我有着一种神秘的吸引力,它看似遥远高深,又好像触手可及。愿我从此能接过这重大的使命,在破译生命密码的道路上坚毅前行,步履不停。

四、生命的旅程

我始终记得那个镜头，想起时也会情不自禁地感动：电影《千与千寻》中主人公千寻乘上了那班有去无回的列车，开始了她最后的旅程。

在无穷浩渺的宇宙中，一个人的出生是极大的偶然，更是极大的幸运。“人生如逆旅，我亦是行人。”人生如此短暂，不过是一段冥冥之中不知何起、也不知何终的旅程罢了。

既是旅程，何不就沉浸其中，欢快畅游一番，拾起对生活的热爱，寻找意义与快乐，收获幸福。但是旅程，终究会有终点，若是这生命终究沦为一抔黄土，何不洒脱一点，与生活保持一段审美的距离，静静地欣赏沿途的风景。

对生活的执着与洒脱，虽是一个两难的命题，却同时成为我生命之旅中两颗指航的明星。

大学四年，将是一段美好的旅行，希望我能在奋不顾身前进的同时，也能跳出当下的人、事与情绪，品味旅行与成长的意义。

朱宜：毕业于重庆市第八中学，就读于北京大学生命科学学院

勇敢的心

王思迦

高中开始，我学习了数学竞赛，也进入了一个异常优秀的团体。为什么说异常优秀呢，这里的每个人都把“北清”的校训铭刻在心，而那时的我却带着一种不屑：他们哪里来的自信？甚至为自己的“明智”沾沾自喜。然而，随着时间的流逝，繁重的竞赛学习生活不断地打磨着这里每个人的心灵，家常便饭似的外出学习与参加学生营也让我心中北大的形象渐渐钻了出来。

学竞赛，必然苦过、累过、碎过、又涅槃过。那时，我就常哂笑自己现在不也像一个“怪物”了嘛。不知从何时起，北大也成了我行驶的方向。我看过被拒绝的优生营申请，看过人满为患的金秋数学营，看过冬令营令人窒息的分数，却没看过你。仍然记得2016年十一月底，我的两个小伙伴在CMO前夕伴我度过了我未成年的最后时光，又在十二月初，两个小伙伴纷纷获得金牌，签约北大。带着惭愧与无奈，我回到了准备高考的学习中，此刻我心中的燕园只剩了一点星光。我想机会不大了。我想大概不可能了吧！我想万一呢？我想不如试试？我想我凭什么放弃！

又一次，尝试性地提交了北大生科营的申请。又一次，我与另一伙熟悉又陌生的同学来到了燕园。但这一次，我竟被夕阳下的北大深深迷住了：这几天北京的天空出现了难得的空明，燕园的草地远离了校外的喧嚣与嘈杂，夕阳下金黄的草坪翻动着浪花，一只肥硕的猫慵懒而不失优雅地躺在石座上打着哈欠……这一次，我笔试成绩优秀，面试状态爆棚，带着一路的好心情离开燕园。

后来，我与北大生科院签约，也就此成了一名准北大学生。如今，我的另一段旅程即将开始，而这次，燕园成了起点。

想来仍忍俊不禁:读北大要什么？勇敢的心？必需的！

照例给学弟学妹们一些建议吧。

竞赛是要学的,学了是不能放弃的,体育锻炼是要做的,做了是要坚持的,游戏是可以打的,打了是要收得住的,梦是可以做的,做了是要去拼的！

王思迦:毕业于重庆市第八中学,就读于北京大学生命科学学院

城市与环境学院

城市与环境学院以地理学为主体,包含生态学、环境科学、城乡规划等多个相关学科,具有理、工、文多学科交叉的综合优势。学院拥有地理学国家一级重点学科,自然地理和人文地理两个国家二级重点学科。师资力量雄厚,共有教学科研人员86人,其中中国科学院院士4名(含双聘2名)、海外高层次引进人才2名、国家杰出青年基金获得者16名、国家优秀青年基金获得者9名、海外高层次引进人才(青年)8名。目前设有7个本科专业:环境科学、生态学、自然地理与资源环境、环境健康、人文地理与城乡规划、城乡规划(五年制工科)、国土空间规划。学院现有在读本科生约400人。

未名湖是个海洋

张书阳

圆明之园，万园之园，满池的荷莲终是不及未名湖盈堤的垂柳。虽游人如织，但也有一种经时光沉淀了的静谧。

十岁的我游玩圆明园后欣然造访北大，那时关于北大，我只知道两件事，他是遥不可及的顶尖学府，他的风景妙绝。

离开，就像离开任何一个美丽的景区一样，我不承想还会再游。

不辣的吃货天堂

因为一个在北大举行的作文比赛，我有幸再访燕园。第一天中午，胡冲乱撞进了燕南美食，遇见了麻辣香锅。虽然平时吃一根泡椒凤爪就要喝一瓶水，但自恃是重庆人，点了最辣。我只想说名不副实啊，虽然很红很红，但不麻不辣。美食常是朋友相聚的借口。我想象北大学子的小聚因着麻辣香锅，可以增添多少色彩。

那晚又逢北大学姐“放毒”，给我们看了《舌尖上的北大》。家园的冒菜配剁椒鱼头，农园的煲汤，桂林米粉，鸡腿饭深深地印入了一个吃货的脑海。还有那片子里说将心事一扫而空的酒香坛肉着实让我期待再入北大。不辣，亦不妨碍其美味。

星空下的逐梦人

坐在理教看《星空日记》,那是怎样一番体验。一个农村里从小想上天去抓星星的孩子迫于压力进了经院,但因为天文系教授的帮助,最终仍得以将星河在股掌间玩转。

放片子的学姐说,这是每个北大新生都会收到的一盘光碟。那个男孩儿眼睛里的星光将我浸透,虽然那时的我还并不怎么相信自己能进入这座顶尖学府,却明白了什么叫不忘初心,砥砺前行。

往来无白丁的向往

我自认平生没有见过如此能感染我的晚会。

那是一个不平凡的场馆(邱德拔体育馆),五星红旗曾在那里升起,透着国球金牌的荣耀。那也是一个不平凡的日子,女排姑娘荣耀归来。那时那地,暑期学堂结束前的那台晚会也如此的不平凡。

我无法空想,在一片黑暗中,数千荧光棒挥舞,织成光锦。从前我以为的朗诵,就是凭借声音的天赋故作抑扬地读完一首诗或文章,那天我才领略到了朗诵所能带给人的震撼。

暑期学堂期间,为了达成任务,我们寻找同年同月同日生的人,抢鸡腿饭。于是,"鸡腿饭失窃案"小品和集体生日晚会也应运而生。非凡的演技和编剧让你很难想象,这是萍水相逢的人在考试之余花三五个小时排练的节目。南开中学每年的"雷雨话剧节",再熟悉不过的同窗也需要近一个月才得以出品。

这或许就是优秀的人聚集在一起的力量。成绩优异的人,不是大家所想的只会做题那么简单。他们的互助自律品格和适应环境及学习能力,共同促成了让人骄傲的分数。他们笑傲考场,亦能笑傲舞台。

还难忘那群可爱的学长学姐们。他们自己写了一首歌曲，那是真正的不落俗套。当屏幕上最后打出“我在北大等你”时，我“窒息”了。当他们说着“我也参加过暑期学堂”时，他们是不是也回想起了曾经遇见的那些学长学姐们和同龄人。我多想有一天也成为北大的学生，也能当一个班的班主任，告诉学弟学妹们曾经我也和他们一样。

谈笑有鸿儒，往来无白丁。这成为我铁了心想到北大的理由。

我还记得离开北大寝室的样子，自己拖着拉杆箱久久回眸的模样。

高考后再到燕园，走过邱德拔体育馆，想起那台晚会和名师讲座；走过农园和燕南美食，想起那里的麻辣香锅；走过百讲，想起深夜和小伙伴在那里玩“狼人杀”；还有那条通往集体澡堂的路，一路上又羞羞怯怯又笑语欢歌……

很多高考失利的人，会犹豫，是选择梦寐以求的学校还是心仪的专业。我只想说，不忘初心，砥砺前行。

写在后面

为什么题目要叫“未名湖是个海洋”？不是想显得文采飞扬来吸引读者，只是纯粹因为喜爱这个句子。

其实这是有关燕园的一首诗，是那台晚会上的一个节目。所以，这是离开燕园后深切的怀恋吧，那里的人文气息，那里的人，那里本身。

张书阳：毕业于重庆市南开中学，就读于北京大学城市与环境学院

地球与空间科学学院

北大地球与空间科学学院于2001年10月26日正式成立。新组建的地球与空间科学学院由原北大地质学系、地球物理学系的固体地球物理学专业、空间物理学专业、北大遥感所以及城市与环境学系的GIS等专业组成。新成立的北大地球与空间科学学院设有5个本科生专业(地质、地球化学、固体地球物理学、空间科学与技术、地理信息系统)、3个一级学科博士、硕士授权点,并设有地质学、地球物理学、地理学、测绘学四个博士后流动站;学院共有中科院院士6名,教授51名、特聘研究员11名(国家杰出青年科学基金获得者9名,百人计划7人,国家重点基础研究发展计划首席科学家3名,北京市教学名师1名),副教授37名、副研究员1名、讲师4名。

Life is an Amazing Race

唐金潼

与北大的约定,要从一件往事说起。2010年暑假,刚从小学毕业的我的面前有一道选择题。我收到了创新作文大赛的决赛通知。我曾在网络上认识了一群喜欢写作的小伙伴,这次大赛是我们见面切磋的好机会。同时,我还想见见传说中的北大是个什么样子。与此同时,世博会正在黄浦江两岸上演。城市之美、建筑之美、文化之美、生活之美……一个园区浓缩了整个世界的精华,不出国门就能看遍世界,我没有理由拒绝。我最终选择了上海,"世界那么大,我想去看看"。我不停向朋友们道歉,约定未来再聚,又在大赛期间和他们保持着联系。照片里,我看到他们相聚时的欢乐情景,虽然失落,却没有后悔自己的决定。不过,我依然思念着北大,希望能去一次燕园,圆一个未竟的梦。

以体验营营员的身份第一次走进北大时,我惊叹于这里的卧虎藏龙。第一天的考试结束后,我选择漫无目的地逛校园,期待发现一些惊喜。我发现,即便是很不起眼的房屋,走近一看,就是某个大师曾经生活过的地方;在我面前走过的学长,也许是GPA超高的"大牛"、山鹰社的健儿、剧星的大咖……一个又一个名词刷新着我有限的认知,逐渐构建起我的信息链。这就是北大?这才是北大!我走到一片湖面,很自然地想到未名湖。但它外表并不惊艳,我以为这并非未名湖。然而抬起头,我一眼看见了一座塔,好像是博雅塔。也就是说,这里是未名湖?我好像发现了一个新的世界。我原以为,未名湖是壮观的，一眼望不到边。直到见到未名湖，我才发现，她并不大，朴素、沉静，让人安心，令人流连。接下来的几天里，我看到了这里的开放与朴实、这里的热情与宁静。大学生的活力四射、教授们各有千秋的风格，还有未来新生们短短几天内建立起的深厚感情……这就是北大，这才是北大，她一点都不神秘。营期虽然只有短短五天，但足够让我做出坚定的选择。离开时，我向深夜的燕园保证：等我回来！

刚从北大回到高中的头一两个月，我的学习热情高涨，一股乐观的情绪贯穿全身，月考更是先声夺人。走进北大，应该顺理成章。然而，在日益增加的学业压力面前，我渐渐力不从心。头一天晚上睡得不算太晚，第二天却毫无精神。我的补救并没体现出效果，状态长期低迷。当我获得“优秀营员”的消息传来时，我正准备着一次月考。我并不意外，因为夏令营考试结束后，我就感到自己发挥超常。然而戏剧性的是，我的名次很快打破了最低纪录。此时的我百感交集。一方面，我感激北大继续给我证明自己的机会；另一方面，我用这种表现来回应北大的认可，又不免满心愧疚。直到我主动走进办公室，老师才缓缓告诉我：一次次的失利，让我越发拘谨，越怕出错，结果越考不出水准。我不断回想着，发生在我身上的许许多多事情，都可以归结到这个原因。一语点醒梦中人。于是，我在台灯上，在课桌的左上角，在自己的QQ签名里，都写上了三个大字：“放开打！”每晚下自习后，我都会去体育场跑步。昏暗的灯光下，我听风的声音，感受风的触摸，在汗水中放松自己紧张的情绪。我感觉我在追逐着什么，释放着什么。跑道上，我想起手稿乐队的《超级英雄》。身边的所有人都告诉我，不要放弃，我一定能行。当然，我本来就没想过放弃，本来就没怀疑过自己的能力。同时，我也大胆地决定，放下梦想，轻装上阵。这看似自相矛盾。然而，梦想就像太阳，虽然明亮，但过于刺眼，我们不能长时间地紧盯。享受太阳的温暖，忘记太阳的存在。

经过不断调整，我终于能够驾驭高三忙碌的生活，成绩回归前列。我这才发现，高三有数不完的乐趣。办公室里派发的零食，吸引了一大群同学，实为调剂疲惫生活的佳品；各科老师独有的幽默，积累出属于一班的经典段子合集，"色香味俱全"的笑话摆成一桌盛宴；从电磁、化工、生态，到动量、有机、基因，理综也不再令我惧怕，模块之间的跳跃切换，做完只觉荡气回肠……学校广播站时常会播放音乐，虽然高三教学楼不开广播，但我们会趁着吃饭的间隙走在路上听。尽管并不会弹琴，我却总是喜欢模仿钢琴的指法，好像有一架钢琴在我的手边。想听的曲子，随时随地都能弹给自己听。趁着休息时间，球迷们经常聚在一起侃球。"小摩托"风驰电掣，我们惊叹他专治国门的威力；国足丢掉分数，我们都觉得出线无望；听到国足奇迹出线的消息，楼上楼下"喜大普奔"……我的心态就这样轻松了下来——挣脱心理束缚，才是高三的正确打开方式。最后一次月考后，我发现我高三走过的轨迹呈"V"字形：高开，低走，触底反弹。V，又恰恰是Victory的第一个字母。我的心中涌起一种宿命感——实现梦想，早已命中注定。

高考匆匆，人去楼空。教室内外张贴的海报早已被清理，办公室里的大摞资料成了废纸，手上没做的卷子送给了学弟……从这以后，属于我们的一段时光结束了。我凝望着二中校园，六年的点滴历历在目。二中始终在太白岩脚下，在闹市区里独享一份宁静。每一个在这里挥洒过青春的人，都把这里作为永远的家。虽然我如愿走进北大，但我也清楚，生活瞬息万变。我只希望自己保持冷静，继续前行。感谢生活给予我的波澜，感谢陪伴我一路走过的每个人。少年志，赤子心；北大梦，燕园情。金秋九月，再相见。

唐金潼：毕业于万州第二高级中学，就读于北京大学地球与空间科学学院

那时候的自己

杨子珍

我与北大的初次相逢是在高一那年的五月，北京游学。那时的心情可能就像孔子出游时那样轻松惬意，“浴乎沂，风乎舞雩，咏而归”，欢声笑语就这样伴随了我们一路。那时，我领略了“九龙壁彩御花芬”的故宫，见识了起伏在崇山峻岭之间的长城，参观了“春湖落日水拖蓝”的颐和园，也深深记住了北大。未名湖畔，博雅塔下，听着北大的学长学姐们的介绍，感受包围着自己的学术氛围，北大第一次不再只是心中的幻想，而是真真切切地在我眼前，在我脚下踏着的这片土地上。从此，我心中便埋下了一颗种子——考上北大！面对北大这位窈窕淑女，可能“求之不得，寤寐思服。优哉游哉，辗转反侧”就是我内心最真实的写照。那时候的我已经清晰地看到自己与北大之间的距离。可就像马云所说：“梦想还是要有的，万一实现了呢。”所以虽然有点不切实际，但那时候的自己就梦想着考上北大，那时候的自己就这样把一颗心遗失在了北大。

再次与北大相逢是高二那年暑假，参加地学夏令营。不想放过任何一个接近北大的机会，我抱着试一试的心态报名了地学夏令营，那时候的自己忐忑地等待着结果；那时候的自己狂喜地看着审核系统上的“通过”二字；那时候的自己从没有想过以后会这样一路幸运地走下来……

夏令营的日子无疑是趣味十足的，从老龙头到角山长城，从兴城到地质博物馆，从倾听老师的讲座到自己动手挖化石，从可爱呆萌的带队老师到耐心博学的讲课教授，从早到晚，从开始到结束……这一切的一切都深深地刻在了我的脑海之中。高三，最后一年的冲刺，却是自己成绩的低谷期与波动期。排名狠狠地退后一大截，然后慢慢地攀升，再一次狠狠地退步，如此重复……一次次创出新低，使我内心崩溃失落，但也深刻地让我认识到自己的不足。之后的日子里，我不断地努力挣扎，所幸“一诊”发挥得很好，给我打了一针强心剂；所幸身边还有一群哭笑打闹的小伙伴一起奋斗；所幸还有老师一直在身后为我加油打气；所幸……在这酸甜苦辣交织的高三，我体会得更多是甜，很庆幸在附中，很庆幸有你们——我的同学、老师、父母。

高考前的那个晚上，躺在床上，我只听见“扑通扑通”的心跳声传来，手心一直在冒冷汗。虽然嘴上说着不紧张，可当高考那一刻真正到来时，这种心情还是无法控制。紧张明天决定命运的考试，期待考完后的自由解脱，恐惧自己是否会面临复读的命运……翻来覆去一番，总算是把自己送入了梦乡。高考了，发卷、做题、交卷。这两天过得很是平静，内心却是风起云涌，高考就这么结束了，发挥得不好却也不差，所以裸分上北大是不可能了，我高三一年坐着的“过山车”也终于开到了终点，现在想想一切就好像梦一般。然后就是第三次与北大相逢，参加北大的自主招生，那时的我就在想：这会不会是最后一次与心中的圣地见面了，自己的一颗心早已遗失在了这片园子里。所幸我还有最后一搏的机会——自主招生。最终自己获得了北大降30分录取的资格，得到消息的那一刻内心是狂喜的，我知道自己又有了机会。现在一切都已经结束了，回首过去，觉得自己这一路走来真幸运。西南大学附属中学，很幸运选择了你，在这里，我改变了很多。

我从小就是一路疯玩长大的，没有体会过被逼着去上补习班、兴趣班的烦恼。但这种生活除了给我带来一个无忧无虑的童年外，就只有自己那不爱说话、害羞的性格了。那时候成绩很好的自己总觉得北大是一伸手就能触碰到的，那时候的自己真是无知者无畏。直到迈入高中后，现实才把我一巴掌打醒，一项项数据摆在眼前，我与北大之间仿佛有一道鸿沟，那时候的自己内心是失落与崩溃的。可又不甘心就这样放弃,在班主任老师激励人心的开学教育后,我迫切地想要追求卓越,想要做出改变,最后我也成功了,我走进了北大。我相信这只是一个开始,未来的路还很长。很喜欢汪国真的这首《热爱生命》,与大家共勉:

我不去想
是否能够成功
既然选择了远方
便只顾风雨兼程

我不去想
能否赢得爱情
既然钟情于玫瑰
就勇敢地吐露真诚

我不去想
身后会不会袭来寒风冷雨
既然目标是地平线
留给世界的只能是背影

我不去想
未来是平坦还是泥泞
只要热爱生命
一切,都在意料之中

杨子珍:毕业于西南大学附属中学,就读于北京大学地球与空间科学学院

朝圣路上

江世豪

高中三年,不知不觉就到达了终点。我们完成了最后的冲锋,最后的努力,最后的期待。有落寞,有欢喜,如鱼饮水,冷暖自知。一路朝圣,北大在梦中,缓缓过渡到现实。从高一北京游学燕园一瞥,到高二工学夏令营的深入体验,再到博雅计划的考试,一路是过客匆匆,总没有归属感,到暑假尘埃落定,终有满足之意,幸运且幸福。这里,我最感恩的便是我的班级,我的老师们。我们沉静,但不死板;埋头,同时快乐。偶见北大宣传,是可口的佳肴挑动味蕾,天天念叨,则成了咬不动的牛皮。或许,这美妙的班级氛围,配上自己的努力,积淀成了我圆梦北大的最大动力。

班级氛围:沉静而快乐

我们不需要高昂的口号,最讨厌一天到晚欢呼、鼓掌、心灵鸡汤。我们班最擅长的便是静下来。一直以来,我最不喜欢的就是矫情。每天跑操时,我们都会"回声嘹亮""我要上北大""我要上清华",似乎振奋人心,然而我却对之有些淡漠。声音是给别人听的,热忱是给自己品的。不要觉得对于所有的苦涩时光,信心便是良药,还得"技术过硬"。心灵鸡汤可口,我却不甚爱之。润物细无声的高三里,我甚少思量过北大,魂牵梦萦的渴望也许算是打搅注意力的"困扰"。我亦不是随遇而安,更不可能做到如世外高人般看淡一切。

私以为,“昼思夜寐”地梦想更多是去迎合自己骄傲的眼光,“毫不在意”地学习则是对自己能力不足的逃避,都太极端。尽力做到最好,便不顾忌最后的结果。晚自习尚未开始便已经全班安静,这就是我们的学习生活。

班主任:“妈妈”般的存在

张小华,名字虽不起眼,却是最美班主任。她营造了最不一样的班级氛围,真正的“家”的氛围。她自称“妈妈”,简简单单。高一、高二,一次次活动,她永远是幕后最认真的推动者和鼓励者。在运动会前亲自指导排练,嘴上说还有最后一次,手上却五指伸开,于是我们一遍遍排练直到完美。我们班体育几乎都拿不了名次,这没有关系,她只在意精神的坚持,班级的团结。“没关系,我们入场式是第一嘛!”当然运动会后她也会带我们去吃火锅,红油翻滚,花椒蹦跃,火锅作为重庆麻辣鲜香的烙印,那热闹的氛围最适合班级聚会,确为美味与心情齐飞。

即使是在外地学习,她也不忘给班上的人带点食物回来。中秋月圆,她带着我们在操场吃水果和月饼,唱响歌曲;元宵佳节,她和我们一起在食堂大吃汤圆。有此亲民之师,吾等之幸啊。印象很深的一件事是高三最初一段时间,我的文言文翻译特别差,因此和前桌每天被拉到办公室翻译文言文,同时上课被高频抽词。在一张词类活用的卷子上,老师截取了一些没有上下文的句子,于是,我不知道比干是人名,不知道放翁是陆游,不知道甘茂是宰相,不知道项羽名籍,因此闹出许多笑话。比如翻译比干为“比我能干”,放翁为“放逐山水的老翁”,甘茂为“变得甘甜,长得茂盛”,籍为“书籍”,还犯了其他很多文法错误,被同学改编的青花瓷中写道“哀人名乱翻译……”于是我开始下定决心,要好好学文言文。再好的老师最初看到我的试卷也是一头雾水,旋即又捧腹大笑,不过她并不放弃,帮助,帮助,再帮助。大量的翻译练习终于让我的文言文突飞猛进。这就是张老师对每一个同学的责任心。

班会课:紧张之外的轻松

高三班会,唱响小组原创歌曲,或许算是一大特色活动了。(以下选自我改编的歌曲)

十 年

如果我的高三没有奋斗我不会发现
我难受怎么说出口
只有破碎的梦如果
对于明天没有要求
去大学就像旅游成
千上万个门口
没有一所是属于你
时光既然不能逗留
何不在最美的时候
一边泪流
一边奋斗
十年之前
小明追小红鸡兔还同笼
小强还是人名
陪在乘法口诀表左右
举着渐渐有力的小手
十年之后
我得诺贝尔
你是CEO
看着你的笑容
再也找不到悲伤的理由

青春年华我们邂逅
何不在最美的时候
一边泪流
一边奋斗
十年之前
加法混减法
看图要写话
天空还是蓝色
陪在锄禾日当午左右
希望渐渐更上一层楼
十年之后
我到加拿大
你去叙利亚
想起高三时光
再也找不到后悔的理由
成功背后总有很多奋斗
直到离开附中多年以后
才明白
我的奋斗不仅为你而有
也为自己而有

每每唱响,全班捧腹大笑。当然班会课不止这么“丰富”。我们玩丢手绢、老鹰捉小鸡等“小学一年级”活动,或许有人说,高三了还不害臊啊,可我们就是很开心,游戏与年龄无关嘛,这样的活动既好玩,又能锻炼身体,就够了。高三的成人礼暨百日誓师大会后,班主任为我们班的同学们上了最动人的一次班会课。关于成人,关于未来。一次班会,让我们意识到我们必须对自己有责任和义务,我们是成年人,法律是我们坚强的盾牌,同样也是我们不能去触及的底线,我们必须承担自己的责任,我们已经完全“独立”,任何人也不能为我们的行为负责了。之后便到了一个动人心魄的环节——分发蛋糕。家长们买了两个巨大的奶油蛋糕跟我们分享，不知是谁开头，一场“蓄谋已久”的恶战拉开了帷幕，同学们心里的小恶魔捣蛋鬼的“洪荒之力”爆发了。高三即将毕业，我们却开始了抹蛋糕奶油，全部自带三岁孩子即视感，头发上、衣服上、脸上，全是白花花的一片，吵闹的笑声不绝于耳，亲密战友顷刻互相“背叛”，“世纪大战”一触即发。成人，但我们不忘初心，这份激情快乐的纯真，只有我们能够感受啊！

结语：朝圣之路，步履铿锵

一直很喜欢尼采的一段话：“谁终将声震人间，必长久深自缄默；谁终将点燃闪电，必长久如云漂泊。”一路漂泊，追梦北大，朝圣是一辈子的征程，踏入北大的骄傲不是终点，踏出北大的辉煌不是终点，过上好生活也不是终点，退休安然也不是终点。每个人都是在，永远在，朝圣路上。

江世豪：毕业于西南大学附属中学，就读于北京大学地球与空间科学学院

念念不忘，终有回响

杨可欣

一

那年十五岁。

乖张，锐利，抖机灵。

绚丽的高中生活画卷似乎已然徐徐展开。

如同闯入大观园的刘姥姥，眼前的一切精彩到不可思议。

我本就不是个喜静之人，却又贪恋独处，纵然在短暂的自我对弈中似乎摸索出一些宁静的诀窍，但就算迷失在心脏的脉动和血液的流淌之间，窗外蝉鸣依旧勾人探望。

贪心。

就像什么都想要的小孩，揽下了几乎所有的活动，从黑板报的绘制到节目的策划，从招徕社员到筹划运动会入场……

不过，那场辩论赛，我确乎是败北了，结结实实哭了一场。

在物理课以一种难以想象的速度变难时，那点屈指可数的骄傲在某一个时刻终于破裂开来，而碎片，插到了那点赖以生存的机灵上。

不能再这样——当发现时，已经有点晚了，对吗？

没有梦想……真的？

还记得那个下午，在纸上工工整整写下“北大”的自己吗？而孩提时的玩笑又有多少能够起效？

无限的迷惘和惶恐涌来，窗外蝉鸣黯然。

二

还记得初三那个晚自习，被高中的化学竞赛教练神神秘秘地拉出教室。

“你知道化学……竞赛吗？”

“先把高中教材看完，记得哦，必修一二、选修四。”

点了点头，脑海中一片茫然。

过两天，同一栋楼的走廊上，他再次叫住了我。

“高一下学期了……”

“可我……还没有看完……必修……”

“那你在干吗？缤纷节吗？辩论赛吗？创新大赛吗？”

“嗯……”

“算了，直接看大学教材吧。”

他想了想，想说什么似的，却又离开了，留下失望的背影。

我呆呆地趴在栏杆上，恰好可以俯瞰一年前的那条走廊。

而几个月前的寒假，化学竞赛阶段小测验上60分的同学可以免去假期作业以专心攻读竞赛。

而怎么算最多只有50分的我却收到了教练的电话。

“可欣恭喜你哦，上60分了。假期要好好看书。”

“怎么会……”

“不多不少，刚好60分，惊喜吧？”

他的声音，温柔中杂着得意，大有放水成功后的满足感。

一年前的走廊上，他也是这样的语气。

三

不能再这样了,真的。

从北京游学回来以后,那个载满活动安排的日程本翻开了新的一页。

不要辜负你的天赋——数学老师的声音同样清晰在耳畔。

用了半个学期,把期末考试排位攒到了年级第一,就像“人民币玩家”一样突然发迹。在竞赛疆域异军突起,开始令那些原来排位更高的玩家刮目相看。

临考前一晚,我在床上翻来覆去,眼巴巴挨到天亮,揣着一肚子莫名的慌张走进考场。模考成绩十分理想。

那又怎么样,关键时刻,链子一样掉。

被师长报以巨大希望的我,最终只侥幸进入省队选拔。而最为讽刺的是,以差一名的身份止步于省一等奖,无缘冬令营。

“你还想进北大吗?你可以振作起来吗?”

等收拾东西搬回高三教室的空位,对着一摞摞闲置已久的高中课本发呆。多希望那是一场梦,藏匿在大观园最温柔的影壁后。

四

把竞赛书本叠好,似乎是想要封存上一段珍贵的回忆。

那又有什么办法呢,毕竟,落下的高考学业,总分一片惨淡。

刷单词的日日夜夜摞起,阅读量攀升,数学套卷做了一本又一本,我还在和过失性失分死磕,当一个“高考狗”……独一无二的体验。

有人说,没有高三的人生是不完整的。

这一年里,看似繁忙的课业学习,倒不如传说中那样“洪水猛兽”。

反而,排名和分数的兜兜转转,模拟考试的步步临近,手感的起起伏伏,疲倦时的黯然无助，状态大好时的心态回旋，来自自招考试的压力忙碌，这一切，对意志发起了更为猛烈的冲锋。

To do list 长到没有边际，而亲手划掉的快感无与伦比。北大，北大，是心里绵延不绝的呼唤。

感谢那些相伴左右的伙伴。

一起吃饭时，累得一句话不说也不觉得尴尬的闺蜜，月考兵荒马乱时并肩坐在露台上分析每一个失分点的“战友”，充满热血一起去蓝色跑道上跑步的夜晚(虽然确实没有坚持下去)……

这是最好的时代，纵然荆棘满地，冒雨前行，却似乎很是能找到乐子。

曾经一起戏谑着“所有数的相等性”的竞赛“坑友”，现在拍着肩膀笑言：“你这个解几大题的方法，很有当年鼓捣竞赛的影子嘛。”

试图去寻找一道小题的“奇技淫巧”，或是吐槽一发命题人选项设置得让我钻了空子。

在词汇测试中进行猜词大赛，竟然还乐此不疲。

手抄导数大题的标签过程，抄着抄着也越发有了灵气，索性把十套卷子的压轴题都抄了一遍，再擦掉重做。(这是个好办法，值得一试!)

学着改掉自己以为“潇洒”的英语书写习惯，乖乖做“衡水体”的裙下之臣。练完一页，还“恬不知耻”地反复欣赏。

这个世界上没有什么是一道力电综合大题解决不了的，如果有，那就再搭上一道导数。

回首看来，在这样的高三时光里，我幸运地通过了博雅计划，可以说是雪中送炭，救命稻草。高考结束后的北上博雅计划考试，是化学暑期学堂后与北大的再次相逢，燕园的温柔把我紧紧包裹。五科笔试一下午考完的全新酸爽体验，面试时主考官眼里愈加欣赏的闪亮光彩，半梦半醒里，夜闯燕园深处时那种扑面而来的迷醉……在拿到“降分通知”的那一刻，如同深山里面的钟鸣，在松涛里荡漾。

五

现在，我独自坐在电脑前，黑夜茫茫，只听见隐隐的蝉鸣。感谢一路以来悉心关爱我的师长和朋友们，感谢博雅计划，感谢在我高考成绩并不那么理想时依然给我宝贵机会的招生老师们。那个跌跌撞撞的少年来了，北大，烙印着那个午后熨帖的阳光，烙印着深夜的灯火，烙印在脑海深处，抚慰了迷惘和惆怅。

未名，念念不忘，终有回响。

高考结束后我独自在家收拾书本，细抚着或新或旧的折痕，看着或竞赛或高考的笔记，那一个乖张、任性、抖机灵的小女孩，被收藏在心底。她长大了，可以迎接更汹涌的海浪，可以沉入更安谧的境界。

“人一辈子还有很长。”

那天考试结束，路灯下，教练这样说。

人的一辈子很长啊，未名湖边的桃花开了又落，粼粼的波光里，又是一个新的故事了。

杨可欣：毕业于重庆市西南大学附属中学，就读于北京大学地球与空间科学学院

心理与认知科学学院

北大心理与认知科学学院是目前国内第一个进入ESI世界排名前百分之一的心理学院系。在QS世界大学排名中，心理学院一直位列大陆高校心理学院/系的榜首，在QS发布的2020年世界大学学科排名中，北大心理与认知科学学院（心理学科）排名世界第47位。历年Elsevier中国高被引学者榜单中，心理学院人数均位居大陆心理学教学科研单位前列。心理与认知科学学院设有基础心理学和应用心理学两个本科专业。

心理学院师资力量雄厚，共有教授13人，研究员12人，副教授16人，助理研究员1人，讲师5人。其中包括“万人计划”领军人才1人、“万人计划”青年拔尖人才1人、国家杰出青年科学基金获得者3人、中国青年科技奖获得者3人、国务院政府特殊津贴专家3人、百千万人才工程国家级人选2人、国际心理科学联合会青年科学家奖获得者1人、求是青年科学家奖获得者1人、国家优秀青年基金获得者4人、青年973项目首席科学家1人、教育部新世纪优秀人才4人、北京市教学名师2人。

青春大概

郭子涵

数着等着怕着望着，青春已时日无多

初入高中时，我并没有任何明确的，关于未来大学的目标。那段时间，我从未为所谓梦想而奋斗，只是会感受到成绩变动带来的偶尔的惊喜或者失落。高一一年，我都在享受靠初中基础不用拼命用功就能获得不错成绩的轻松。生活中更多的不是做题，而是为吃一碗铁板饭和好友排40分钟长队以及在傍晚菩提叶缝隙投下的余晖中谈笑风生的悠闲自在。到了高二，我突然发现曾经一起嬉戏打闹的小伙伴们开始谈起梦想，谈起自己的努力让自己离理想大学越来越近。这时我才开始慌张，因为自己对前路的迷惘，因为自己竟然从未思考过别人已经为之奋斗了一年。可我又苦于自己的成绩不够拔尖，无法像他们一样随口说出“想上清华北大”，却不甘让目标低人一等。幸运的是，在迷惑失落中度过了挣扎的一年后，音乐素养和成绩还算达标的我，被老师和学校领导选中参加北大艺术特长生冬令营，让我可以因为艺术方面的降分把梦做得更远一些。

哭过笑过恋过恨过，仿佛是一梦蹉跎

于是我开始了漫长的孤独旅程。为了冲击艺术冬令营，学校特意找到专业声乐老师为我训练。第一次见面，声乐老师对我的演唱频频摇头，否定了我之前的发声方法。因为基本功不扎实，老师为我制订了每周三次的训练计划。这意味着我必须为来回路程和声乐课时间腾出两到三个小时，也就是翘掉部分自习和考试，还得在路上赶落下的作业；每天晚上必须花半个小时复习声乐课内容，包括枯燥的气息和发声练习。一次次训练后，虽然声乐水平在提高，可是学习压力却越来越大，自己也在不断怀疑，牺牲学习时间去做一件未必有结果的事是否值得。好在我每次带着堆积的问题去办公室找各科老师时，都会得到详细的解答和适当的引申以及信任和支持；朋友们也一路陪伴着我，用藏在玩笑话下的鼓励让我的烦恼和忧愁随操场的晚风飘走。最终我选择了坚持，并且在2016年北大艺术特长生考试中获得了20分降分。其实20分的分数让我很为难，因为仅凭20分，依照之前的考试成绩，我很可能与北大无缘。不过当我回到重庆时，班主任老师得知我获得降分的消息后，只是对我说："平稳心态，脚踏实地，你就会成功。"这让我沉静不少，也让我更忘我地投入到复习中去。按照老师的建议，我舍弃了高一、高二更多强调机械重复的学习方法，更注重方法和效率，剪贴错题，总结易错点，配合做综合卷子寻找题感。最后面对高考，我心里很平静，也考出了算是超常的成绩，不负努力。

也许还有遗憾，甚至很多，但我相信共你，没有白活

最后，作为一位艺术特长生，希望更多的有艺术功底的学弟学妹们能通过这条路实现自己的梦想，并且尽早确立目标，选对老师，开始专业训练（我高二时才开始正规训练才导致后来时间各种紧张，如果早一点开始，或许时

间上能比较自如)。虽然过程有些艰辛,但付出的努力终会有回报。最后,推荐一下北大合唱团,不仅是很专业的合唱团,而且是很温馨的集体哦,欢迎大家加入!

注:标题引用自北大合唱团学长王上演唱的《青春大概》歌词

郭子涵:毕业于重庆市巴蜀中学,就读于北京大学心理与认知科学学院

“King of Freestyle”
——记北大给我的关键词：自由、包容

陈潇爽

“嘿，你有Freestyle吗？”戏谑的语气在这个郁热的夏天掀起热潮，无论是表情包的轰炸，还是网友的恶搞，都仿佛给“Freestyle”这一词添上了一抹玩笑色彩。综艺本为博人一笑，但我不知道有多少人在关注着另一个形式的“Freestyle”——在今年的布达佩斯国际泳联世锦赛上，我也是偶然发现了这一巧合，但几天的比赛之后，即将步入燕园的我在发现巧合的讶异之余，也有了几分思索。

自　由

自由泳（Freestyle）的竞赛规则几乎没有任何的限制，被冠以“自由”之名，其同时也是速度最快的一种泳姿。然而，竞技体育的残酷、来自国人的期许、来自对手的嘲讽，却让这项赛事里的拼搏者略显得不那么自由。

我曾在高一暑假有幸读到了熊培云的《自由在高处》，自由——一个看似虚无缥缈的概念，却是北大给我最深的烙印。

初见北大是在五年级暑期的夏令营中，一群未谙世事的小学生，只识这个园子里是中国最好的大学，以游客的身份走马观花，只求到此一游而未曾奢求能有朝一日以北大学生的身份进入燕园。

于是真正意义上的初见要推移到六年后,高二暑假参加北大优秀中学生夏令营的经历让我第一次深入感知了北大的点滴。还未到达北大之前,便有很多学长向我赞叹道:“北大就是一个你有了什么想法就能大胆去做的地方。”进入这个园子后,自由的氛围无处不在。从“百讲”前的吉他声,到未名湖畔的情侣与虫鸣;从进入81班组织同学们自由创作的班旗,到运动会上“八一八一,把把第一”响亮的口号;从如火如荼排练出的“Cups”杯子舞,到邱德拔体育馆最后的视听盛宴。一切的一切都充盈着自由的气息。

七天放飞自我的燕园行后,我又回到了高三“焚膏继晷”的生活中,考试的频繁和备考的压力仿佛又将我禁锢在了方寸之地,但心怀北大梦,但求“在有限世界中做自由人”。每一个倦怠的晚上,我都以短短20分钟的阅读作结。《自由在高处》也算是我阅读次数最多的一本书。书中有一篇文章写的是“曼德拉的光辉岁月”,曼德拉以“Long Walk to Freedom”为主题来回溯自己的一生,“与自己对话。曼德拉的幸运在于他很早就发现了自己的天命,并且坚持到了人生的最后”。也许我为心中的那个园子奋斗的短暂年月,与曼德拉27年的牢狱生活相比微不足道,但伟大之人与我等平凡之人都有自己的Long Walk。

如今,提笔写下这段文字的我也终究是挣脱了高考的束缚,即将步入我心中的燕园,在那里书写我以后的漫漫人生路。

有时,我可能脆弱得一句话就泪流满面,
有时,也发现自己咬着牙走了很长的路。

——莫泊桑

这是中国仰泳运动员徐嘉余在经历了100米夺冠后,因压力过大200米仅位列第五的起落后,在自己微博上写下的话,巧合的是,这句话也躺在我的笔记本上陪伴了我两年。谈不上有什么成绩可以追溯的我,从前怯懦地只让它安于纸上，从未向人表露，但现在想借这个契机，将其送给不论是竞技体育体制下压力巨大的运动员还是挑灯夜战的学子，他们每一个人都有自己的泪流满面，也有他们咬紧牙关的长路。

也许，人生前18年的种种禁锢与压力，都是为了在北大能追求更高的自由。

包 容

金牌的光辉固然耀目，但暂时失利后心中不灭的希望和来自他人的支持才是暗夜里的明灯。为胜者喝彩，但也包容每一个失利的人。

包容，也是北大给我的另一个关键词。

“未名湖是个海洋，诗人都藏在水底。”北大就是如此的海纳百川，迎接她的每一位风尘仆仆的诗人，并用时间为其洗礼。

高考的重压之下，有人超常发挥金榜题名，也有人重大失误跌入谷底，对于不幸成为后者的我似乎考试后的日子更为煎熬，庆幸的是我来到燕园参加了博雅人才培养计划的面试。令我印象最为深刻的是物理面试的面试官，她是一位70多岁但面貌年轻的老教授，并未学习过物理竞赛的我面对错综复杂的物理问题一知半解，是眼前这位慈眉善目的老奶奶循循善诱并一直鼓励我，面试完还与我话家常，我一时很难将物理教授与和蔼的老人这两个身份重叠在一起。

最终，博雅计划获得宝贵的50分降分的我终于圆了自己的北大梦，在我高考失利之时，感谢我的父母、朋友、老师，还有那个120年风雨中走过的北大，感谢他们没有从我的人生中“撤资”。

结 语

“我们总是盼望着自由来临时，将迎来光辉岁月，其实光辉岁月并非只在将来,更在我们承受并拒绝苦难之时。”

愿你我在各自的生活中都能做自己的King!

自由在高处,自由在燕园。

陈潇爽:毕业于重庆市第一中学,就读于北京大学心理与认知科学学院

信息与工程科学部

信息科学技术学院

北大于2002年在原电子学系、计算机科学技术系、信息科学中心和微电子学研究所的基础上，正式组建成立信息科学技术学院。学院现有教职工398人，其中中国科学院院士4人、中国工程院院士2人，并涌现出一批出色的中青年骨干；全日制学生2667人，其中本科生1279人，研究生1388人，是北京大学规模最大的教学单位，每年为社会输送大批优秀人才。

学院学科建设覆盖计算机科学与技术、电子科学与技术、信息与通信工程、软件工程4个一级学科，其中计算机科学与技术、电子科学与技术为国家重点一级学科，计算机软件与理论、计算机应用技术、物理电子学、微电子学与固体电子学、通信与信息系统为国家重点二级学科。按2013年度US News的评价体系，北大“电子工程”学科排名第36位，“计算机科学”学科排名第35位；按ESI的评价体系，北大的“计算机科学”“工程”学科均进入全球研究机构的1%。2015年QS全球大学学科排名，在计算机科学与信息系统学科中，北大名列第36位，为中国内地高校之首。

行到水穷处，坐看云起时

刘佩举

犹记去年今日，阴阴夏木，黄鹂啼啭。因优生夏令营，我得以有幸拜望燕园百顷盛景。未名湖光，不亚邺水朱华；博雅塔影，犹胜岳阳诗赋。古韵绵长的燕园，仿佛一幅从容铺展的长卷，书香墨色，力透纸背，在那个碧空晴朗的八月，与尚且懵懂的我，神思交汇。

那是一种难以描绘的奇妙体验，仿佛徜徉于莫奈画笔下捉摸不透的光与影。往昔岁月，每个灵魂都曾独自在书页间匍匐寻觅着荧荧星光，走向它，为它收心敛性。而当走进北大，我们却豁然发现，这是一条浩瀚的星河。如同远古燧人氏的火苗，薪尽火传，于此聚集，遂成燎原之势。每一颗星子，都不免察觉到自身的渺小，却又被激励着蓄积更多的能量，渴望下次的耀眼。忽地想起千年前杏坛之上，孔子与其弟子们砥砺学术，各修己德，大抵也是这般吧。睽违一年，我终于有幸再次走入这座集文采传承与技艺创思于一身的殿堂。此情此景，忆起燕园于我心湖投下的隽影，以及高中三年的金戈铁马，单薄的言辞已经难以叙尽我心中的感慨。姑且写下这三言两语，作为思潮的一朵浪花。

记得木心说过："有时，人生真不如一句陶渊明。"高中三年赐予我最深刻的颖悟便在于此。人生何尝不是寄居于世间的一场旅行呢？真正能带入灵魂的，不是沿途的风景，也不是肩上的行李，而是皮囊之下寄存的心境。欢声笑语，悲情离歌；大江东去，小桥流水。经历过这些，仍能淡定从容地继续前往。笃定，自持，不为杂念所染，不为胜负所困。“我心素以闲，清川澹如此。”高中快节奏的生活，如同沙场上急促的擂鼓与紧绷的弓弦。征途的每一个念头都关系到城池的得失。失败与摔打成为兵家常事。逆境袭来，往往如“无物之阵”。没有谁能完全规避路上的彷徨与失措。我们只能选择始终如一的从容与坦然。

三年里成绩下跌得最惨不忍睹的是在高二下学期。即使我自知那段时间学习状态一直不算好，但猛然间滑落到九十几名，还是有些猝不及防，那个夜晚着实有些难熬。我沉默地看着天花板，任凭思绪杂乱地延伸开去。春天的风很柔和，隐约地夹着花香，像是叹息一般。“凛冬将至。”这是那一晚，不断在我耳边回响的言语。那时，我还没有足够深刻的体悟使内心宁静，从容面对，只觉得惨痛的过失值得反省。再加上自知知识体系已漏洞百出，只好凝神静气，尽力弥补。没有丝毫的胜算，不过是带着赌的意味。纵使面前没有柳暗花明的迹象，我也别无选择。后来成绩终于逐渐回温，我却不再有从前那种程度的欣喜，高三一年偶有跌宕波动，我也不再如上次那般凄惶无助。虽然仍旧显得稚嫩浅显，我却已然逐渐摸索到这份坦然的心境：胜固欣喜，败也从容。曾听人说过一个比方：掷石于杯中，水波大兴；掷石于湖海，略起微澜耳。

六月。满楼栀子清芬。站在走廊上，我常常会在脑海中重温逝去的三年时光。《一代宗师》中宗二说：“世间所有的相遇，都是久别重逢。”感谢重庆市第一中学的恩赐，感谢路途上的老师和同窗，感谢遇见的种种良机与挑战，让我结识了一个新的自己。在逆境中保持宽阔的视野和充沛的信心；在顺境中不断修养自身，允执厥中。高考之后，生活显得更为平和与悠然。于灯下慢慢回忆，连缀此文时，不经意地抬头看见母亲正在整理些什么，低头细心温柔的模样，我已看了许多年。心头一动，又忆起些许小事。

高一时，我独自去市一中读书，路途漫漫，舟车颠簸。城市繁弦急管，校园清朗秀丽，同窗友善和睦，却仍然让我感到无枝可栖。夜深常辗转难寐，我第一次明了离愁与萧索,还有对未来的迷惘。惊醒我的,是父母赶路来时扬起的风尘。他们辞去朋友邀约,推掉事务应酬,换来每个周末的迢迢车程,从家里来看我一眼,困顿颠簸,披星戴月,三年从未间歇。厚重的一沓车票,像是父母眼角眉梢逐年深刻下去的皱纹。我极力忍耐,还是红了眼眶。彼时的我终于了悟,我已经没有时间做无意义的踌躇与彷徨,除了眼下的笔尖晃动,书页飞舞,已经没有别的能够对得起父母不辞辛劳地奔波和上千个日子的殷殷挂牵。所幸,今夏燕园地接纳让这一切不被辜负。期待九月燕园再会。

刘佩举:毕业于重庆市第一中学,就读于北京大学信息科学技术学院

烟雨犹觉义结新，只身孤影向未名

马辛宇

未名湖畔。

我与友人同游，漫步于烟雨中。盛夏的暑意，稍稍褪去。那是去年八月，我俩有幸相聚数学夏令营，原本深刻的友谊，便在数日的相处磨合中愈发浓厚，从此结义，相约初秋之时，共赴北大。

迎霞湖旁。

我独自漫步，深知约定不可勉强。造化弄人，友人不得齐聚一方。看罢盛暑一池菡萏，却不忍道别。菡萏开得素雅，擎着一盏盏白色的明灯，似是为我践行，又似挽留。我一笑，回首，只身孤影，向未名。

我这位友人，寄托了我高中三年对母校的眷恋，同样，寄托着我与北大不解的情怀。念及旧情如许，不舍如斯，作文一篇，谨记友人、一中与北大。

一

无疑，竞赛，给我的高中生活带来了不少乐趣与色彩，历练了我的思考能力，同样也让我认识了这位友人。

竞赛的路我走得一向坎坷，在不断地摸索中，逐渐成长。高一时只闻友人之名，而不知其何许人也。直至高一暑假，前后座，我们同样向往着北大；到高二，竞赛班同桌，一起做题，一起听讲，一起交流意见，在积累着竞赛经验与知识的同时，友谊逐渐敲开了我俩的心门。

而我对竞赛的感激，绝不只停留在收获这一位友人上。我更要感激，它带给我严谨的思维模式与对未知的无限向往，使我矢志不渝地追随着，更生发出对数学、对学术无上的景仰与热爱。不论是如何晦涩难懂的方法，在我看来都是一支动作复杂的舞蹈，演绎愈烈，便愈引人神往。竞赛终了，收获了一块冬令营铜牌，虽说过程艰辛，也颇有遗憾，但收获更多的是一种本真的快乐，一种因为收获了许多智慧而生的由衷之乐，似是嫩苗，尽管在树荫下不见天日，却仍贪婪吮吸着每一滴上天恩赐的雨露。

竞赛路上，不孤单，值得我一生回味。

二

竞赛把我与友人带到了北大。

我自打小时候起，就在心中埋下了一颗北大的种子。我热爱北大，一如它每时每刻在我耳边呢喃，使我为之奋斗不已。有幸，我也终在高二时目睹了北大的真容，也在友人的鼓舞下，对北大的信念更为笃定。

引文中的那段经历，实在使我难忘，亦因我首次近距离接触北大。这片神往的学术胜地，让我心潮澎湃。还记得在申请参加北大数学夏令营的自荐信中，我说：“愿意做一只孤鹜，在落霞中，畅游在未名湖这一片学术的海洋。”兹时未料我与友人相约共进北大，谁知一语成谶，我确成为一只孤鹜独翔，但这片海洋也仍旧不断吸引着我，使我无悔前行。

友人与我在数学夏令营中，同住一个寝室，寝室恰巧就只有我们两人。于是熟悉感冲破了一切的陌生，我们开始无话不谈，友谊似是无限拉近了两人的距离，话匣子如决堤之河不休。一起考试，一起听课，似乎我们就在经历北大的大学生活，享受北大校园里每一寸阳光，每一场雨……而我们也因北大的一段经历，成为“铁哥们”，同时坚定了我们共同考进北大的决心与信心。

造化弄人，随后两次赴北大，也未与友人一共过。但这绝未丝毫动摇我们对北大笃定的信念。身为逐梦人，不论是遥不可及的梦，还是唾手可得的梦，只要我们用心追随它，过程再苦，结果再缥缈虚幻，梦境也终会使自己开怀。

而关乎北大，那博雅塔边的一汪湖水，那治学严谨又兼容并包的氛围，那一块牌匾下古风犹存的大门，无时无刻不催人奋进。在我亲身体会过北大之美后，我心中对于北大的执念一日一日愈发坚定，我告诫自己，要用日复一日的不懈努力，来换取一次美梦成真。因此，回到高三生活中，我便锲而不舍，固执的渴望鞭策着我，北大的学术激励着我，使我无畏地面对一切。

果然，这用心追随的梦，开出了一场灿烂花事，繁盛如斯，正是我梦中的样子。

北京大学之路，独行者，也有自己的春天。

三

毕业后，与友人重回母校——重庆市第一中学。

我俩结结巴巴地读着一篇以前从未注意过的《重庆市第一中学赋》，东张西望地在培训楼那已改成物资中心的教室外徘徊。

二教楼的藤蔓自顾自长着，猖獗地攀附着那间我曾写过多少竞赛临考知识点的教室。送走一届毕业生，送走一位老师傅，送走一季绚烂花事，送走一载不悔春秋。从一条长下坡，到一堵深蓝底烫金字的墙，那天傍晚的阳光窸窣地穿梭过了百年老树的丰硕史诗，映在脚边的，唯剩日影斑驳，仿佛一段路，便是三年。

那个装满了历史痕迹的项家院，任由来来往往上学放学的学子们打量着。古韵攀过了那扇黑漆木门，略有褪色，从院子里溢到院子外，然后在树间游弋，四处驻足，偶尔在小树林中织起了网，偶尔在青草地上任意徜徉，紧接着，便占据了这校园的每个角落。院子里端庄的四角顶，朴素的四合院，相得益彰。它就这样安然地、泰然地处在校园一隅，不论人心浮动，世事繁华,都只岿然不动,仿佛扎根在了历史的安谧处,不顾万事叨扰。

而这秉性,似乎流淌在每个一中人的血液中。因为我们都还记得,校训壁上永远没变过的那八字箴言:明理崇德,求知求真。

四二一广场的游龙鸣钟,能否再为我响一次?图书馆旁蝉鸣的聒噪,能否再让我心生波涛?食堂中一碗碗精致的饭菜,能否再让我垂涎三尺?高考最后数日步及教学楼,教室里早已坐好了下一届学子,眼前却还有准考证穿梭的影子,仿佛那些人、那些记忆永远不会散去。寻着自己遗失的物件,妄想它还健在,却被友人叫回过神来,方知它活在我的记忆里,如一粒种子,生了根,开出花来。

可是,谁能抹去一中带给我的三年高中时光?收获了逆袭的成长,收获了一群不散的兄弟,收获了多少赶不尽的作业,收获了多少苦尽甘来的喜悦,收获了一场高考无悔的冒险,收获了数位呕心沥血的恩师,收获了友人难忘的情谊……

一中,带给了我青春,带给了我这一切。后生不才,仅以拙笔一书,记一次与友人同游,更记我挚爱的母校,重庆市第一中学。

歌乐山高,嘉陵水长,唯我学校,一市之光。

结　语

空里流光光似水,尘里看花花仍静。无谓繁星照千里,直教相隔更相思。燕园百年教人羡,歌乐山麓催人行。烟雨犹觉义结新,只身孤影向未名。

马辛宇:毕业于重庆市第一中学,就读于北京大学信息科学技术学院

庭外秋几许，梦回再未名

马辛宇

楔　子

前文作成，意犹未尽。此文不再提及他人，只单纯抒发我与燕园的情怀，记录一路历程。前路漫漫，诚惶诚恐；顾往忆昔，深悟以往之不谏，方知来者之可追。由此，再作文一章。承古人怀瑾握瑜，学骚客舞文弄墨，或为班门弄斧，还望众读者指摘。

一

昔我往矣，杨柳依依，今我来思，雨雪霏霏。著文之时，秋意方始。不禁念起初入高中时的自己。漫步于校园秋雨中，期许着三年后自己可以灿烂地跨出一中大门。或许开头与结尾我都料到，然而个中滋味，便是我那时未曾想过的。一场花事，人们只会在意它开得绚烂与否、香气醉人与否，却绝不曾问它酝酿了多长岁月、经历过多少风雨。而在经历了三年跌宕的高中生活后，我明白了，功夫绝非朝夕而成，愈发美好的结局背后往往藏着使人黯然神伤的历程。是啊，如今又将前赴燕园，无疑是个崭新的开始。而我亦不再彷徨，不复迷惘，在未名湖畔不知多少鲜花争相斗艳，而我定会享受这场花事的历程。正因未知，所以迷人。正是“昔我往矣，杨柳依依，今我来思，雨雪霏霏”。三年前，我迷恋北大的“杨柳依依”，因此梦寐以求，而今，在三年的艰难跋涉后，北大已不再陌生，它是雨雪，是北国风光，是终圆的梦。

二

“当时只道是寻常。”素来喜爱清代词人纳兰性德，尤其一阕《浣溪沙》：“谁念西风独自凉？萧萧黄叶闭疏窗。沉思往事立残阳。被酒莫惊春睡重，赌书消得泼茶香。当时只道是寻常。”

最后一句“当时只道是寻常”不只是刻画了纳兰性德对亡妻的思念，更有一种无限的落寞与惆怅，而于我而言，更是对三年学业生涯的综述。

（一）竞赛篇

身为数学竞赛人，似乎注定多磨难。竞赛班选拔考试后剩160余人，主动退赛、劝退、裁员……我们数竞班在最后高二冲刺时只剩下了8个人。记得考联赛前一天，主教练王老师称我们是“二十分之一的缘分”，我们8个人一起去聚了餐、看了电影、打了球……只为了缓解压力。这一路走来，实属不易。学业压力与竞赛压力并存，竞赛生不得不从高一开始过上高三生活，没有周六，只有周日休息。而对我，高一时似乎并没有对竞赛投入太多心血，却也有在竞赛班里考到第一的水平，我开始暗喜自己的选择和异禀的天赋。可后来，进入高二，最后留下的8人，个个身手不凡，似乎伯仲之间，想考第一绝不为常事，此时，我开始紧张，开始在竞赛上下功夫。到高二那个暑假，没日没夜地沉浸在数学的海洋中，从教练的讲义到自己整理的技巧，那块写满了纲外知识点小贴士的黑板，那被藤蔓爬满了的窗户……那时大家已经没了相互竞争的压力，只剩下共同努力，希望能一起进冬令营。可造化弄人，我是唯一的幸运儿。于是我承起8个人的希冀，深感责任重大，不敢懈怠。放下了平时学习，单独一间教室内的自习，让我对竞赛愈发迷茫。CMO

(中国数学奥林匹克)让人不知所措,曾经有条不紊的解题思路在它面前却显得单薄无力。故此,我仅仅收获了一枚铜牌,心有不甘之余,还是深感此时已回天乏术。高一时,只认得竞赛能力强是寻常;高二时,只认得共同努力轻取冬令营是寻常;进营后,只认得做题套路是寻常;获铜牌时,只认得做幸运儿是寻常……可变数毕竟不以人的意志转移,当时只道是寻常啊,叹上百回,又有何用?

(二)高考篇

高考毕竟是人人都会走的路,我在这路上,虽说坎坷,也有遗憾,但我无悔。高一时,学业并不理想,可当时的我虽抱未名之梦,却以为将入燕园之门,未多些努力。直至下学期被班主任狠狠批评一番,才觉悟过来,稳在前十,偶上前三。再后来,竞赛修成,重提高考,也迅速找到状态,还算轻松。可我并不愿意提及众人皆提的类似"月考重大失误使我警醒"一类的话题,不论多么成功的人,背后必定有难言的挫折。索性不提罢了。说起来,我并不是一个成功人士。三上北京,仅获十分降分;高考一搏,却发挥失常。但我想,若是努力过,能获得个不错的结果,留些遗憾,未尝不是一种美。只是,不要再重蹈"当时只道是寻常"的覆辙,不再感叹从前的自己如何,每一次环境的改变,都意味着对自己的清零;每一场华丽的冒险,都意味着把自己放空。从前都是过往云烟,一吹即散,烟雾散尽,前途漫漫,迷津未卜,若叹当时是寻常,还有何作为?因此,面对燕园,虽然未知,但我无畏。

三

乐趣,除了学习,定当源于素日生活。爱运动,在乒乓台边拉吊切削,在羽毛球场跳杀缠斗,在网球场上挥汗如雨……都是我。爱写作,常常作赋写词,有感抒怀,尤爱婉约词派。爱音乐,引吭高歌,肆意徜徉于各种风格。但凡事有度,趣过了头,便入迷。若是无法自控者,仍应以大局为重,舍去一些趣味,纵欲过度,便无法自拔。如何平衡学习与玩耍,便是各位应自行修炼的一大法器了。

结语:致燕园

天地之间,乾坤朗朗。上古文脉,源远流长。风起云涌,燕园始张。承中华千年精髓,传学术万古流芳。燕园之慕,自幼始成。然万千学子皆求学于此,不由愈发苦读,宇宙大如斯,品类盛如此,不敢丝毫怠慢。朝花夕拾,朝露夕酿,史中狂流,燕园中浪,尽待后生采撷。今幸入燕园,迷津未卜,不畏艰险,挑灯前探。实应怀兼济之心,严本真之为,上下求索,方不枉燕园学子之名。时不我待,燕园之光,还看今朝!

马辛宇:毕业于重庆市第一中学,就读于北京大学信息科学技术学院

我的转变

李幸林

从育才中学到北大这一路走来,回首才发现令我印象深刻的不是得知结果后一瞬间的欣喜,而是在实现目标这一过程中所收获的改变。无论是高考还是博雅计划,真正让我感激的不是最后一个简单的分数,而是为之奋斗的沉浸。“尽吾志而不能至者,可以无悔矣”,结果说到底不过是对过程的评判,无非是过程的附属品罢了,而真正显得珍贵的往往是过程中的成长。无论是对价值观的塑造,去重新认识我过往所秉持的真理,还是对心态的良性调整,让我能以一颗恬淡之心对待生活的起与落,北大早在与我未曾谋面之前就已馈赠我许多。在此笔录,借以感怀。

从盲从到认识

在没接触北大之前,我几乎没有问过自己想去北大的真正原因,一直以来都是盲目地接受外界的认知,认为只有考上北大才算有出息。所以当初我的动力就仅仅是为了满足我那小小的虚荣心,为了获得外界的认可。可是不久,我就发现我错了,北京大学值得我去追寻的原因绝非如此简单。经过高二暑假的北京大学之游,我明白北京大学的标签不是自带的光环,不是拿来炫耀和昭示的,北京大学的标签更代表着一种责任,一种担当,诚如前人所说:“一旦佩戴上北京大学的校徽,心中就会升腾起一种被选择的庄严感。”你可以选择滥用这一份荣耀,为自己谋福利,也可以选择接受这一份责任,去为生民立命。而事实证明,选择后项的人往往会为社会创造更大的价值，更能在历史中留下自己的身影。毕竟构建历史的从来不是功利者，而是理想者。北大之游让我重新审视当初自己不纯的动机，我发现自己的想法与这座园子的精神多么格格不入。羞愧，最终化为改变，而这次改变让我更加认清了自己前行的方向，让我迈向北大的步伐更加稳健和清晰，而不是之前的混沌与盲从。我知道有一所园子值得我去追寻，而这与外界无关，是内心声音的召唤。

对唯学习论的否定

这个转变发生在申请参加优生营的准备过程中。最初我并没怎么上心，认为无非是成绩好就行。可当面对要填写的各种奖项和特长时，我陷入了迷茫。我发现自己从小学到现在基本没接触过什么技能学习，而一直在为学习成绩的高低起伏“挣扎”。“两耳不闻窗外事，一心只读圣贤书”的状态似乎伴随了我大部分的义务教育学习阶段。曾经也想过以此为借口，为自己开脱。但身边却又不乏拥有诸如辩论高手，钢琴十级之类头衔的同学，于是只好无奈地承认自己眼界太低，只是简单地服从“学习好，考好学校”这种重复的规律。体制只是提供了一个大方向，个人总有自由选择的权利。我们又何必拘泥于这一个方向，何必让一个方向黯淡我们其他的闪光点呢。素质教育是自己给自己的，而应试教育只不过是作为一种选拔方式罢了，我们无须对其过多指摘。我们所要做的无非是适应它，但同时不被它改变。

考试心态调整

之前的我总是害怕失败，因而对每一次成绩的好坏都格外关注。也正是这样，考试时总免不了提心吊胆，总是害怕哪里又出错，总要反复演算与思考，企求达到完美。可事实是这样反而浪费了宝贵的时间，对于成绩的提高没有任何实质性的帮助。虽然我一直遵循着这并不合理的行为，但好在高中前期的知识并不算难，也就平安无事地度过了每一次的考试。可这种方法还是不可避免地显露了它的弊端。在优生营的考试中,我第一次尝试在限时下完成难度突增的试卷,其结果是纠结于一两道无关紧要的题,而浪费了整体的时间。究其根本,无非是我性格中卑微的完美主义和平时早已种下的苦果酿成的。患得患失是我的一个痼疾,可是为了顺应考试,我不得不做出改变。高三时我尝试以能达到的最快速度去完成试卷,希望在速率和效率之间找到平衡点。其结果明显高于我的预期,提高速度并没有我想象中的那么艰难,反而给了我一种淡然的心境去对待考试,让我不必因思虑结果的好坏而瞻前顾后,而是专注于解题的过程,单纯地享受其中的乐趣。不念过去,不问将来,做好当下亦足矣。

如今,我已来到这片土地,我相信这里还有很多的东西值得我用四年时间去探索、体会。而我的成长也必将和这座园子构建起千丝万缕的联系,期待在燕园遇见一个更好的自己。

李幸林:毕业于育才中学,就读于北大信息科学技术学院

谢谢你，灯光师

颜　开

人的大脑，就像一个庞大而繁杂的数据库，总有不计其数的数据被粗暴地插入，然后随随便便地被抛弃到阴暗的角落，直到某一天，彻底地因为内存的限制，从数据库里悄悄隐去。然而，有一些数据，它们执拗地存活着，迟迟不肯被默然地忘却——而这句话，就是一条无法被忘却的数据。

第一次听到这句话，是在高一上学期的地理课上。

一个理科班的地理课，总归是有些无聊的。毕竟，面对大部分怀揣着“学此科无用”想法的同学和他们桌子上下摆放着的那一本本《四级英语词汇书》《重难点手册》和《教材完全解读》，没有流金铄石的热度，怎么可能使课堂沸腾起来。

“好了，现在我们来看PPT上总结的晨昏线的十个特点……灯光师，谢谢你。谢谢你，灯光师！”说罢，地理老师以一副电视台主持人的语气与动作，潇洒地将手指向了坐在电灯开关旁边的同学。那个同学突然如梦初醒，操作着电灯开关，却不幸总是和应该正确摁下的那个开关键失之交臂，整个教室突然间闪烁起来。这时，沉闷的气氛终于被打破了，大家情不自禁地把注意力转移到课堂上，为眼前的这一幕小小闹剧笑了起来。

后来，这句话成了我们地理老师的口头禅。虽然，作为理科生的我，已经很久没有亲耳听到这句话了。但在脑海里，我却会不自觉地时不时想起——因为，灯光师的确是值得感谢的一个角色。固然，主角是一部戏中的灵魂人物。但是，缺少了灯光师，整个舞台布景就会黯淡无光，而主角也会缺少光彩。走过高中三年，尽情演绎自己人生的我，又亏欠了多少灯光师一个诚挚的感谢？我知道，我能有幸取得今天的一点成绩，在舞台上收获些许关注，背后都离不开无数灯光师的默默付出——有些全心全意，有些只是举手之劳，还有些甚至是无心插柳……

谢谢你，灯光师——我的父亲和母亲

我家的亲戚朋友们，特别是有孩子的，会感叹我和父母关系的融洽，会追问："为什么你们的关系这么好呢？孩子大了一般不愿意和父母多说话。"

是啊，为什么呢。我想，那是因为——他们不知道。

他们不知道，从我上幼儿园开始，我们家每天都会有一段"亲子时间"，让我有机会把开心的和不开心的事情都无所顾忌地对父母说出来；他们不知道，从小学开始，父母就从不把我当成小孩子看待，有事都是共同商量，以理服人，而我从没有过挨打的记忆；他们不知道，从初三上晚自习开始，只因为我说过一句"回家还要和你们聊天，学习时间不够了"，父母就坚持四年，几乎每天放学来接我，不为安全，只为在回家的路上一起顺便聊聊"今天"；他们尤其不知道，在高三这一年，为了节约时间，我和爸妈每晚二十来分钟的散步回家时间，变为了几分钟的车程，而在那辆车每晚走过两公里的短暂回家路程时，车上究竟发生了什么。

刚从竞赛场上回到冲刺高考的教室时，我的前路曾经一片漆黑，心情因而有些沮丧。怎见得，有文为证：

既归明德，学益奋进。一日三餐，无鲜肥滋味之享；六科百练，有夜半钟声之悲。三更灯火，膏明长自爇；十节课堂，雁默为不才。七点既去，蜀雨为拂书囊灰；九时方回，秦风长使帽带垂。其艰难辛苦如此，然常为失误所困，忝列班级中后。做题中，抬头环顾，诸生危坐，肃然之景，令人冷汗长流；行路时，举目四望，稚子晏然，失意之情，使余难寓怀。呜呼！迷轩辕于大雾，不遇玄女；困袁洪于长图，偏逢二郎。猛志常在，未逆常羊之殁；高山无边，谁怜王屋之翁？

当我每次塌陷在副驾驶座的座椅上的时候，我的标准动作大概是抬起头，把右手摊在额头上，然后沉重地叹一口气，回味着那些并不好看的成绩。从天窗里映出来的，往往是暗褐色的浓厚云层，散射着地上不夜城的灯火，遮蔽了天上广寒宫的银光。而这个时候，我的左手，那只因为主人的失落和疲惫已经筋疲力尽的手，往往会伸向坐在后座上的母亲。而母亲也心领神会地抓住我伸来的手，就这样轻柔而坚定地紧紧握着。当我心情足够好的时候，我会跟母亲讲今天在学校里发生的事情，而母亲也会认真地听；心情不好的时候，我就一直沉默着不愿说话，而母亲就会故意不停地认真瞎猜原因，直到把我逗得开口说话为止。如果我仍然保持沉默，父亲就会开始漫无边际地、用戏谑的口吻，在我面前我侃侃而谈最近的天下大事。而这时候，我妈会半开玩笑地说一句："你爸爸又开始胡说八道了，好好开车哟！"

短短几分钟的车程，在羲和已去，望舒未来，星君风流云散的夜晚，父母在我心里投下的柔和灯光，已经很大程度地驱散了一天下来诸多不顺利的事情堆积而成的重重暗影。

谢谢你，灯光师——我的老师们

当我用书本在自己和同学之间筑起深沟高垒的时候，是我小学时的莫老师，设计了一个小小的游戏，告诉我除了书本，还应该有朋友，失去朋友就像失去一双眼睛；在头一次接触到对我们而言稍有些艰深晦涩的初中数学时，是我初中时的赵老师，用连珠的妙语点亮了整个课堂，让教室里荡漾着轻松愉快的微风；在我们即将在熹微的晨光中踏上通往异乡的大赛征途时，是我的竞赛教练黄老师，在呕心沥血地为我们挑选完最后的练习题之后，还要尽职尽责地用镜片后那双因为长期盯着屏幕有些发红的眼睛，为我们寻找最物美价廉的吃住环境；在我们正被大考搅动着心弦，或是满目萧然、感极而悲，或是心旷神怡、其喜洋洋之际，是我的高中班主任"发哥"，发下一罐旺仔牛奶，在传递着祝福、安慰和告诫的同时，语重心长地提醒我们：革命尚未成功，同志仍需努力！

而在这一群为我照亮那漫长修远的求学征途的灯光师中，难忘的，还有我高一、高二时的语文老师——江老师。

我初次给她留下印象，大概是高一的第一节语文课。那一天，我急切地冲上去向她请教应该读些什么书培养语文素养——刚刚因为中考语文吃了败仗的我，此时颇有点惊弓之鸟的意思，对语文这一科特别重视。

"那读的时候，有没有什么要做的呢？"

"你就把一篇散文的思想感情归纳下来，好的句子做一些解析。哦，不用按答题格式写，想到什么写什么。"

"那写完之后怎么知道写对没有呢？"

"拿给我看。"

从那以后，我的几乎所有课外练习——包括自己找的历年高考诗歌鉴赏、散文集，只要我去请教，她都一一为我耐心评讲，就这样坚持了一年半。高二时的创新作文初赛，她认真地为我审阅了我那长达5000字的初稿，把一篇5000字的科幻小说，精简到了2900字，并最终铺就了我通向全国总决赛的第一步。

不过真是对不起，最后在高考场上，依然是语文，让我和700分失之交臂，多少为高考留下了一点缺憾。

此外，我要特别感谢的灯光师，还有我的物理老师"婷姐"。

当我的成绩因为二轮复习难度提升而剧烈波动，甚至在小考中考出不及格的成绩、无颜面对她时，她从来没有应付过我——这样一个因为一学期没来上课而在学业上苦苦挣扎的学生。“不要慌，按我说的去做，二轮复习结束之后，你的实力将会发生天翻地覆的变化。”

即使是高三最紧张的时候，她也会认真地和我一起探讨那些奇思妙想，那些千奇百怪、远远偏离了考试方向的天马行空的物理模型——“因为，你们的视野不应该局限于应试。”

高考前三周，当她突然罹患重病，需要立即进行手术，术后两周内都不能来上课的时候，她对医生说的是——“可不可以让我先回去，等高考完了之后，再来治疗？”

我记得，当我的班主任“发哥”高考前突然发了40度的高烧时，他也是这么说的。

所以，我知道，在那些试卷和习题永无止境地倾泻的夜晚，那栋与住宅区近在咫尺又与世隔绝的明德楼里，发光的，绝不仅仅是头顶的日光灯。

当我终于看到了自己285分的理综成绩时，突然想起了一首老歌：

胜利时他将会得到，他期待的一切
和那永远明亮的，金黄色的灯光
……

对了，还有高一时的口语外教。

高考前的那几天，我在电梯里偶遇了他。由于自感状态不太好，我正挂着一副怅然若失的表情。一向开朗随和的他和我打过招呼之后，就问我最近过得如何。我猝不及防，吞吞吐吐地回答了一句：“并不……那么好。”

这时，他突然停了下来，用他那一贯洪亮的嗓门，认真地对我说：“下次我再问你的时候，你应该回答‘我现在好极了！’”

电梯到了，他滑着滑板、哼着小曲，一溜烟地离开了。

但那句话,却一直在我耳畔,留到了高考的那一天。

谢谢你,灯光师——我的同学们

我们在一起,就像一个武侠小说中的小帮派,每天隐居在知行楼的一个角落,天天以武会友,偶尔接到请帖,就一起去远方参加一年一度的“比武大会”;我们在一起,就像一群奇怪的“狐朋狗友”,在别人匆匆忙忙赶回去上晚自习时,我们却大摇大摆地一边天南海北地神侃,一边不慌不忙地出门吃晚饭;我们在一起,就像古希腊的毕达哥拉斯学派,在白板和草稿纸上反复推演,反复讨论,直到机房前的白板被早已不堪重负的板擦抹成了灰里透黑……在那段每天考试时间在五个小时到八个小时浮动的艰难征途中,在每天对着一行行代码一小时一小时地找一个错别字的残酷磨炼中,队友的存在,无疑为这段昏天黑地的生活打上了一抹醒目的亮色。

其实,我们这样的相互鼓励、相互帮助、相互学习,不正是彼此做了对方的灯光师吗?

因此,我坚信,有一些人、有一些事、有一些话语、有一些帮助,是我们不应该忘却的——就像地理老师课堂上的那句“灯光师”和我人生旅途中的那些灯光师们。前者点亮了的,是一节课堂;后者照亮了的,是一段人生。

其实,我们在自己的人生道路上,又何尝不应该时不时地为别人的舞台,做一次灯光师呢?或许我们没有精力为每一个人都全力以赴地奉献,或许我们的灯光在别人的成功之路上,显得太过微弱而不值一提。但是,璀璨的星海,不正是由无数因遥远而显得黯淡的星辰,汇聚而成的吗?

我们在一起,就像一滴水融入另一滴水,就像一束光簇拥着另一束光。因为我们知道,唯有点亮自己,才有个体的美好前程;唯有簇拥在一起,才能照亮国家的未来。

谢谢你,灯光师。

但愿,将来的自己,也能听见别人对我说出这句话。

颜开:毕业于重庆巴蜀中学,就读于北京大学信息科学技术学院

三年光阴，从彷徨到自信

曹瑛典

侃侃以前的那些事

进入高中的第一年，我毫不犹豫地选择了住集体宿舍，因为觉得自己已经长大了，要脱离父母独立生活。每天早上七点左右，同寝室室友互相匆匆叫着起床，匆匆地穿好衣服，匆匆地冲向食堂买一两个馒头，然后匆匆地冲进教室。时间紧迫，但一路上我们仍开着玩笑，甚至在刚踏进教室铃声就响起时，还要彼此庆幸没有迟到。每到午餐、晚餐时，大家成群结队进军食堂，吃饭时也少不了闲聊和调侃。同学间的闲聊、调侃为紧张、繁重的学习生活注入了“润滑剂”。

但“润滑剂”不能完全解决成长中的烦恼。当这种烦恼袭来时，我总是在晚自习结束的铃声响起后，第一个抱着书包冲回寝室。在其他室友回来之前，小小的寝室便成了我的单人“KTV包房”。锁上门，不开灯，打开音乐播放器，或者是K歌软件，便“忘我”地大胆唱起来。学习的压力在这短短的几分钟内释放，心中的烦恼全部化为一句句歌词。没有人看见，没有人听到，至少这时，我可以不在乎任何人，自由地表达最真实的感受。那时我最喜欢的一首歌是《夜空中最亮的星》，心里珍惜的朋友、兄弟，都被我当作夜空中最亮的星，大家总会在彼此最失落、最无助的时候，像星星一样互相陪伴，彼此指引方向。高一快结束时，由于面临着高二要分班的现实，这首歌中多了些不舍。因为不知道后来有哪些朋友能继续在一起,想到此事,心中总有一些焦虑。踏入高二,才发现五位室友一个也不与我同班。仔细回忆才发现,我并没有在那时完全地表述过自己心中的不舍与珍惜,就连无意间说了一些冒犯甚至伤害别人的话后,也没有好好说一声“对不起”。唉,那些晚上在寝室里畅聊的日子,那些周末在羽毛球场上挥汗如雨的日子,那些一起上课、互相解答疑问的日子再也回不去了。带着不舍和淡淡的伤感,我开始了高二的生活。

高二时,我所在的班参加各种竞赛的同学很多,大多数人恨不得有“三头六臂”,把学习、竞赛、个人兴趣都搞好,同学间的交流比高一时少了许多。老师上课的节奏也与高一时大为不同。由于需要投入更多时间准备科技创新大赛,也因为那种伤感心情的影响,我高二第一学期的学习状态一度低迷。焦虑、不安成了我那段时间的常态,但不想同父母讲,不愿给他人听。好在这一切都被班主任看在眼里。班主任“发哥”平时给人以热血澎湃、雷厉风行的感觉,但我每次因为各种原因去找他谈心时,他总能放下手中正在忙的事情,静静地听我述说,慢慢地帮我分析原因,稳稳地道一声“不要着急”。正是那一声“不要着急”,给了我极大的信心和支持。他让我明白:烦躁的状态下不可能承受得住繁重的学习压力。直到科技创新大赛的准备工作顺利推进,学习状态也得到调整,对自己、对未来的信心逐渐坚定起来。带着必胜的信心和勇气,我参加了全国第31届青少年科技创新大赛(以下简称科创)。

科技创新大赛板块

学习上的根本逆转是在我参加青少年科技创新大赛等一些比赛后发生的。参赛的指导方面,学校的老师肯定比我更有经验,比赛的细节方面其他人(比如高楚桐同学)已经介绍得很清楚,在此我只说说一些心得。

科创的路，是靠自己一步一个脚印走出来的，这里本没有路，当我们走过后，便成了路。每一个项目都得靠自己去摸索未来的方向，虽然指导老师会给出一些宏观的指导，但是发现问题、分析问题、解决问题、总结分析的漫长过程得靠自己去体会、去感悟；社会调查、请教专家、查阅论文、编写代码等工作都得依靠自己的努力完成。在此过程中，我学到的不仅是专业知识技能，也不仅是科学研究方法，还有更为重要的科学探究精神：严谨、敏锐、创新、务实……印象最深刻的是比赛前一个月的准备冲刺阶段，小小的科创教室里，我们一遍遍梳理着自己的工作，一遍遍我们模拟着比赛的展示过程。每次在展板前讲解时，我们都会获得一种极大的满足感和成就感——一种自己的能力和工作终于可以得到认可的期待和激动。这种心情会激发出一种由衷的自信，也正是这种自信能帮助我们更完美地展示自己的项目，这是一种良性循环。比赛中途，虽然出现了电脑坏掉，不能顺利展示项目的关键问题，但凭着积累的操作经验和即时应变能力，再加上老师和科创同学们的场外援助，这个问题最终被解决，我们在所有评委专家面前完整地展示了所有内容。

参赛中最紧张的是最后一天的颁奖典礼，虽然我对自己的项目有一定信心，但对能不能拿到理想的名次还不太有把握。记得念到我的名字时，我的双手早已紧握得麻木，当我站上一等奖的领奖台时，我对自己说：我终于做到了！高中以来的第一个梦想实现了，最解气，也最深刻。参赛成功使我的学习有了更多动力，紧接着学校中的那一次大考，我也考出了从未有过的好成绩。这让我明白：只要有目标、能坚持，充分相信自己，就会成功！

紧接着的“明天小小科学家”奖励活动中，面对各位专家甚至院士的答辩、展示过程中我也更加自信、自如。也正是在这些比赛中积累的经验、学习到的能力，帮助我在北大自主招生的面试中面对12位专家时有了稳定的发挥。虽然准备和面试的过程并不如理想中的那么顺利，但最终还是拿到了40分降分，助我如愿进入北大。

学习方法简单分享

我的学习成绩并不是最优秀的，大部分的学习方法和其他人也没有什么不同。值得一提的是，我喜欢用活页本记笔记，记错题，做总结。因为做总结时常会出现无法估计板块内容多少的问题，而活页本可以添纸减纸的优点能有效解决这个问题。并且一个活页本中可以包含多个学科，多个板块，甚至自己的日记都可以添加到其中。

在生活方面，一定要固定自己的睡眠时间，尤其是午睡，高中的休息时间很宝贵，深度高效的睡眠是很有必要的。

最后专门腾出这样一个板块，是想鼓励看到这里的读者尝试着写写信。不管是写给同学还是写给老师，不管是因为感谢还是因为抱歉，（当然并没有因为喜欢某人而写过情书）我都曾写过长长短短的信。有时不方便传达的情谊（尤其是对男生来说），用一封信、一段话就可以解决，并且还能恰当地表示自己的诚意。其实，只要有那份珍惜朋友，珍惜身边的人的心情，写一写东西也是自己情感的输出，也会让自己的心情更舒畅。我在高一和高三时有过写日记的习惯，但并没有给自己规定每天都写，只是有时学习压力大，或者其他事让自己有心事时便写一写。那些文字，在现在看来，无论是消极时写下的还是高兴时写下的，都在诉说着以前这个叫作曹瑛典的高中生的故事。

结　语

三年来想说感谢的、想说抱歉的人有很多，也有些人已经通过写信表达了心意。高中艺术节一起精心准备节目的你们，运动会1000米跑后围过来帮助、鼓励过我的你们，寝室中一起生活、互相体谅过的你们，和我一起打羽毛球的你们，一起去嘉临江边看夜景的你们，一起去解放碑喝茶自习的你们，科创时互相鼓励指导的你们，还有问过问题的同桌的你们，心里想说的千言万语都汇成“感谢”二字。因为我的冲动而无意冒犯到的同学，一直在包容我的各种缺点却还一直支持我、帮助我的老师和父母，希望这句“抱歉”和“感谢”说的还不算太晚。

岁月变迁，时光流逝，究竟经历过什么事，我们可能终有一天会记不清。但轻闭双眼，仍传来某人的笑声，想必那将会是那时最珍贵的宝物。愿你我心中所珍惜的岁月，永远如夜空中的星一样闪耀。

曹瑛典：毕业于重庆巴蜀中学，就读于北京大学信息科学技术学院

我的路

刘韫辉

我是一只可爱的“竞赛狗”，将课余时间奉献给了竞赛，一路拼搏，拿到自招，走进了北大(准确地说，写下这篇文章时还没有走进呢……)。我想和大家分享的，就是我在竞赛路上的故事和一些心得。

竞赛之路

初　中

说起来，我初中就开始学竞赛了。那时候我们铁中组织了一个兴趣班，每天中午大家一起聚在机房听老师讲一些计算机基本知识，学一学C语言，做一做USACO(美国计算机奥林匹克竞赛)，讨论一下NOIP(全国青少年信息学奥林匹克竞赛)初赛题(是的就是初赛题……)，膜拜NOIP复赛题，甚至根本不知道什么是NOIP……

我在初中任班长时，每天中午有很多班级的琐事需要处理(其实不过就是检查+监督)，兴趣班我常常迟到(幸好机房就在我们班附近)……加之同学们都是高中的学长，因此刚开始学的几个月里，确实常常有掉队的感觉。但是一起学习不知道究竟有什么用处的OSI模型(开放式系统互联通信参考模型)的划分时的茫然、一群一点没有接触过编程语言的人一起钻研C语言教程时的坚定、一群刚刚学会基本语法就开始一起做USACO，甚至讨论一道简单的语法题都能讨论一周的天真美好时光，以及和比自己年长的同学一起学习、一起讨论、一起进步的成就感，还有在现在看来确实简陋的环境，都在我的心灵中种下了一颗名为“在这条路上走下去吧”的种子。

初二，参加NOIP2013复赛，我获提高组二等奖。

初三，NOIP2014复赛，我获提高组一等奖。

高　中

高中，进了巴蜀中学，确实看到了不一样的风景。初中时听听讲、做做作业就能轻易拿到第一名的“美好时光”显然在“汇聚巴蜀英才”的巴蜀中学化为过往云烟……大家更懂得规划时间，懂得分配精力，懂得注重积累，懂得积极学习……

然后我开学第一次月考，考了理科第三名，文科第一名。

当然这绝对是炫耀(一个挑事的微笑)。

当然……炫耀之后的结果……大家都懂。

我的学习成绩一路下降。高一上学期末退到前十，高一下学期末退到前二十。

那么，竞赛方面呢?

很“遗憾”……高一时我的竞赛水平，一直是同学中的高水平。

高一，开学后两个月开始的NOIP2014，我获一等奖，位列重庆市第28名，同年龄段及更低年龄段全市第五名、本校第一名。

高一之后的那个暑假，为了备战大约四个月后举行的NOIP2015，大家决定进行集训。

既然是为了考试的集训，当然少不了考试。为了激励自己，我们决定奖励第一名一瓶可乐。

那个暑假，我拿可乐拿到手软。

高二，NOIP2015，我获一等奖，位列重庆市第八名，同年龄段全市第七名、本校第三名。

排在我前面的两位本校同学，一位是每晚奋战至午夜之后的“超强小子”，一位是高一上学期沉迷某淘X公司游戏和贴吧、高一下学期突然觉悟，发奋图强一路赶上的“黑马”。

很正常。考试考得好考得差都很正常。

接下来，是省队选拔的准备时间。

我继续一路浑浑噩噩。用自己所谓的套路：“用学科的观点学竞赛。”沉迷于背板子、分析出题人套路、琢磨如何打字打得更快。

完全忽略了，在竞赛中最重要的究竟是什么。

“智慧”，这个看起来十分玄学的词汇，是回顾往昔的我现在看来竞赛中最重要的素质。获取资源的能力、触类旁通的能力、抽象解构的分析力、近乎本能的判断力、降维升维的组织力、组合重构的创造力、不断前进决不退缩的毅力等，共同组成了我心目中的“智慧”。

我呢？充其量在资源力、触类旁通以及抽象解构中有一定的能力，其他方面……还差得远呢。

省队选拔前两天，我感冒了。

省队选拔前一天，我感冒初愈了。

省队选拔的时候到了。

DAY 1

6:40起床，7:20从学校出发，7:40到了信科楼下面。然后开始聊天。sjwk2017说：“一般图匹配带花树，感觉好紧张啊。”LwOGai在背《管子》，感觉好强啊。所以我开始默默地背《大学》，才背了一半开头就记不得了……然后就开考了。

考完感觉很沮丧。于是回来复习了一下数论，写了一下可持久化，然后对着一个平衡树调了半天……回家就睡了……

DAY 2

和之前略微不一样，今天没有闲聊，感觉气氛略凝重。

考完出来在休息室等结果。BZ那边感觉气氛蛮好，在讨论（摆龙门阵？）YZ三个老爷们感觉很悠闲地耍手机，我们几个焦躁地坐着……然后xinyue说成绩出来了……于是去看，发现我考了450分，本校倒数……整个人都不好了……

高考加油。

回到原点

人生是在不断地回溯自己过去的基础上展望未来、决定现在。想要知道我的未来，首先要知道我的原点。

我从哪里来？

父母都是重点中学教师，从小生长在学校家属区，见证过一届又一届高中学生的成长。年轻时富有冲劲的老爸老妈常常向往能够培养出考上北大清华的学生，导致我小时候以为世界上只有两所大学（事实上一开始以为只有一所）。

鉴于我初中时考到区第一名的辉煌，以及高中时以第一名入校的得意。

回望过去的种种，说不定，我的未来就是她呢。

我想要考北大。我想要成为中国最强综合大学中的一员。我想要在这里积淀，想要在这里走得更远。我想和最强的人一起，变得更强。

既然明白了自己的远方，剩下便只顾风雨兼程。

竞赛完之后，我把所有用过的题目、数据、工具和论文全部拖到一个文件夹里,单击右键,打开属性……

之后的故事,就没什么好讲的了。只需要一个结尾,一个光明的结局。

我拿到了北大电子信息类的自招降分,而且今年考上了。

给大家的一些话

我写下的不只是故事,更是人生。我将自己的人生写在这里,将自己的卑微疮疤暴露在这里,希望读者能够从中看到我的懈怠和拼搏、失意与反思,能够守住自己的原点、成为心目中的自己。

迷失过自己,拷问过自己,超越过自己。

唯有汗水能浇灌出成果。

在我的人生里,每一个与我善意者,都是我生命的宝物。

与我一起生活、学习的父母、老师、朋友、战友、同学……我不知道应该如何形容大家的地位。此刻,只有用最朴素的话来表达我的感情:"谢谢,我爱你们。"

珍惜眼前。珍惜身边人。

刘韫辉:毕业于重庆巴蜀中学,就读于北京大学信息科学技术学院

Show'Em What You're Made of

唐溯珧

前　言

迟迟不敢写这篇文章，是因为我以为过了一两个月再来回顾自己的高中生涯时心情不会那么激动，却没想到一开始写就痛哭流涕……

当我看到高考成绩的那一刻，如同当初在北大信息学夏令营拿到降60分的认定时一样，惊讶却又坦然。是的，这是我理应得到的，虽然有一些运气成分。

进入北大的路终究是艰难的，无论是竞赛还是高考。

竞赛篇

最开始接触竞赛的时候，是初中在宏帆八中读书时，信息科目陈俊老师突然叫我星期天下午两点去沙坪坝本部科技楼三楼机房，我一脸懵地去了那里后才知道那里有一个编程班。当时的我只是把这当成一个兴趣班，想着多学一点东西总不会错，就留了下来。初二时和学长去十一中比赛(玩了一趟)，第一天，满分600分而我只考了95分。我有些沮丧，就没有再去本部上课了。

到了高中,我才知道当年那个兴趣班是信息竞赛班,当年十一中的那个比赛是NOIP(全国青少年信息学奥林匹克竞赛)……总之初中就只是C++入门而已。

后来我问陈老师,为什么当初在我们班里只叫了我一个人去上课。她说,初一上期末考试有六道编程题,只有我一个人做了题……

原来,机遇真的只会留给有准备的人。

高中开始正式搞竞赛应该是竞赛实验班25班成立之后。

高一暑假8月开始备战NOIP2015,我对自己信心十足,结果成绩却是倒数第一……之后是重庆市的若干次四校集训,成绩还是倒数第一……

第一次倒数第一,我安慰自己,马虎大意,发挥失常而已。

第二次倒数第一,我安慰自己,正常正常。

第三次、第四次、第五次、第六次、第七次……

我曾怀疑自己是否真的适合搞信息竞赛。如果连省级第一名都拿不到,我这一年多的时间岂不是白费了。我是不是真的很差劲……沮丧,失望,然后是绝望……我辜负了众多老师的期望,我对不起父母的全力支持。我明明当初答应了王甜甜(另一名信息学竞赛女选手)要陪她到省级选拔赛,对不起,我可能要失约了……

那段时间,我多次跑到空无一人的六楼去痛哭,也多次去找班主任去谈心。那段时间,我迷恋上了Backstreet Boys的歌《Show 'Em What You're Made of》:

The gloves are off ready to fight
摘下了手套,我严阵以待
Like a lion I will survive
像头狮子一样,最终我会活下来
Will I will I
会吗?会吗?
You gotta stand for something even if you stand alone

你必须为了某种理由而战，即使你孑然一身
Don't be afraid it's gonna be alright
别害怕，一切将会好转

直到NOIP的前一天，何老师专门找到我。他说，他相信我的实力，相信我能在关键的时候考出自己的水平，毕竟我是以信息学竞赛第一名的成绩考入25班的。我很是惊讶，何老师为何如此相信一个一直考倒数第一的人。但是，我没有问，也不想问。

那晚，我失眠了。我想了很多，忽然间觉得竞赛这一路走来，我成长了很多，收获了很多。竞赛锻炼了我的自主学习能力，自我管理能力，让我学会了如何合理地分配时间，更重要的是我认识了很多志同道合的人，我们在一起奋斗，我并不孤单……

无论成绩如何，我无悔无憾。我所要做的，就是Show 'Em What You're Made of（让人们知道你真正的实力）。

是的，我已经准备好了。

NOIP2015，我的成绩排名重庆市第四，本校第一。

我惊讶万分却也觉得理所应当。

之后，是省选（省级选拔赛）的准备时间。

四人小组机房，互相学习、竞争、讨论。时间虽短暂，却也异常充实。省选模拟赛，惩罚最后一名唱歌，那段时间我唱了不少。虽依旧是倒数第一，却没有了NOIP时的慌乱。

我能做的，只有Show 'Em What You're Made of。

我从来就不是那个最聪明的人，我只是一个不懂事的倔强女孩罢了。之所以说自己倔强，是因为我要证明自己从来不比谁差，我希望未来的路是我主动选择的，而非被迫选择的。我的省选目标是凭实力考进省队。

省选，我的成绩排名重庆市第八。

也就是在省选之后，我开始想过读北大了。信息学夏令营是我梦想起飞的翅膀，机试成绩一般般，我本已经做好了最坏的打算，可当我拿到签约书的时候，我惊呆了，是无条件降60分！我以为是我太幸运了。直到高考结束，有人告诉我是因为我面试时给老师留下了深刻印象（关于我的自招面试技巧详见最后）。

原来，机遇从来不会无缘无故地降临。

高三篇

我依稀记得学长给我的留言："没高三的人生不完美。"刚刚竞赛退役的我就只是笑笑，却根本不懂这句话的深意。

经历过高三，才会知道高三这一年努力的回报不只是所谓的高等大学文凭，它决定了你在怎样的城市、怎样的学校和怎样的一群人学习。经历过高三，才会珍惜和自己一起拼搏的老师、同学们。经历过高三，才会知道曾经流过的血和汗是值得的。

遇到瓶颈期成绩止步不前时，我多次找过班主任罗老师，告诉她我的焦虑。我害怕自己考不上北大，降60分都考不上还能读什么学校。我害怕让他们失望。最重要的是，我害怕让自己失望。

"竞赛那么难，你都走过来了。高考又有什么难的呢？"

"万一我高考发挥失常没考上，那我不就成了八中的'千古罪人'，'遗臭万年'？"

"如果你真的没考上，我会告诉你的父母以及25班的所有老师包括你的教练，叫他们不要批评你。我看到你真的已经很努力了。所以你一定可以考上。"

那时的我觉得前路一片黑暗。同时回归高考的同学们已经恢复到年级前50名，而我还在100名左右徘徊不前。就像当初NOIP前一样，拼命向前冲却撞得头破血流。我知道努力不一定就会有成果，却依旧因为看不见成果而不甘心、失望。

我满怀信心，相信自己能回到前50名，却被年级100多名的现实无情地敲醒。我开始怀疑，当初的信心是否只是自己的狂妄自大。

我依旧会在夜深人静的时候，独自一人痛哭，然后擦干眼泪，去做自己该做的事情。

无论如何，我都不能放弃。25班每一个人都在努力，他们没有放弃的理由，同样，我也没有。

每做完一套题，我会认真地看完参考答案，分析自己的错误思路，比对自己的方法和参考答案的方法。月考之前，我会把这个月做过的套题全部翻一遍，把错过的题以及当时的错误思路重新过一遍。

偶然得闲时，和赵兰昕聊天。她说："如果你只有650分的水平，担心考试发挥失误，只考得到630分。那你就把水平提高到670分！"

百日誓师，我们一起喊下这样的誓言：瞬息三年砥砺，我们钟情竞赛，矢志不渝；走遍万水千山，我们拜师结友，求真问道；极步九天五洋，我们潇洒转身，直面高考；把握百日燃情，我们不舍昼夜，高歌猛进；华山一朝争霸，我们运笔如剑，笑傲苍穹！他年重相聚首，峥嵘在目，无悔今生。

突然间觉得和他们在一起真好……

"二模"跌到谷底，正好应了那句："学着学着就发现上帝为你关上了英语的窗，顺便带上了数学的门，塞上了物理的排水口，还堵死了化学的下水道，就连语文的狗洞都拿水泥砌上了。"我跟瞿凡轶说："我这次被'炸飞'了，应该'炸'到300名去了。"他笑了笑说："绝对不会有你想象中那么糟糕。"排名下来后，200名左右。"你看嘛，这次已经考得不能再差了。按八中以往的水平你都已经考上了，你已经稳了。"

平静下来后，我找各科老师分析问题，针对薄弱知识点和易错题型进行了专门训练。

高考前，我对自己说，我已经准备好了。

最终，高考时我考出了高三以来的最高水平。

以前30名的水平来到八中，最后以前30名的水平离开八中，不知这是否只是一个巧合。

遇见他们，是我此生莫大的幸运。

关于自招面试

面试你可以提前准备的，只有自我介绍了……面试老师一定会从你的自我介绍中问一两个问题，那么你可以先在你的自我介绍之中挖一两个“坑”，慢慢引导老师提问，这样才能胸有成竹，不慌乱。比如我的自我介绍中就提到我曾用编程来排座位，面试老师就会问我这个程序的实现过程。

当然，你也可以提前准备一些问题，比如说为什么选择xx学校，你对高考、竞赛和考级的看法，你如何看待当下个人隐私泄露的问题，身为一个信息学竞赛女选手你觉得你和男生的区别是什么(个人特别讨厌这个问题)。这些都是我在北大、华中大等学校面试时遇到过的问题，面试的问题不一定有标准答案，你只需要体会你对这个问题的思考，切忌泛泛而谈和随波逐流。

后　记

写完自己的高中生涯，我也渐渐恢复了平静。无论我有多么留恋，这段时光都不会再回来了。高中，既是煎熬，也是历练。

愿诸君怀揣希望之火，在黑暗之中点亮一条通向光明的路。

最后，用一句电影台词与诸君共勉：

Hope is a good thing, maybe the best of things, and no good thing ever dies.

唐溯珧：毕业于重庆第八中学，就读于北京大学信息科学技术学院

仅此而已的故事

瞿凡轶

说到分享经验可就真的难为我了。高中学习上,我自认为算个学霸,因为每次考试成绩还不算难看,但我自认为不是“学神”,因为每次我都没法登顶,在一个尴尬的位置上上下不得;竞赛成绩好像也还说得过去,毕竟进了决赛,但我真正做的也仅仅是每个竞赛生都会做的做题与总结,进决赛的资本也仅仅是扎实的基本功与他人没有的运气,离真正的“竞赛大神”差了十万八千里。我个人并没有太多独到的见解或特别的经验值得与他人分享,这篇文章仅仅是我高中生活的回忆录,我希望能用这篇文章记录下高中三年生活中真正触动我内心的人和事。

初　章

现在回想起来,高一上学期的生活就像一场梦,既美好又让人迷茫。

最初得知被分配到高一9班时,我还有点失望,因为传闻说全年级三个实验班中,9班同学的中考成绩相比其他两个班要逊色一些,由此得出结论,9班是三个实验班中最差的一个。但没过多久,这种传言便不攻自破了。9班主要由两种人构成,一是元气少年,二是终极学霸,这让整个9班既充斥着青春活力的气息,又不乏良好的学习氛围。更难能可贵的是,虽为实验班,我们的班主任却并没有给我们太多条条款款的束缚,各种活动从不参与规划，任由全班同学自由发挥，这让9班变成了一片自由的沃土。每次组织活动，都会有不同的同学展现出独特的才华，让你不由发出“我从不知道原来他这么优秀”一类的惊叹。一时间，整个9班人杰辈出，也正是在9班，我坚定了学习物理竞赛的想法。

最初选择学习竞赛纯粹是因为不愿自己平庸地度过高中生活，确实没想过在联赛中去拼得很好的成绩。一是因为八中当时的竞赛实力确实不强，二是因为自己信心不足。因为缺乏动力，我整个高一上学期根本没在竞赛上花费太多心思，而是沉浸在初入高中的快乐与新奇中。直到高一上学期接近期末，学校宣布成立竞赛实验班时，一切才有所改变。

改 变

可能是我过于敏感，当学校即将成立竞赛实验班的消息传出后，班上的气氛似乎有了点微妙的变化。

表面上看，9班还是以前那个9班，但“竞赛党”与“非竞赛党”之间似乎有一种隐隐的隔阂。这种隔阂并非任意一方出于恶意故意为之，而是整个班级下意识地分成了两个集团。竞赛生们开始抱团活动，非竞赛生们与竞赛生的往来似乎也有所减少。我在当时只是隐隐感觉班上的气氛和以往不同，但因为变化过于微小，直到离开9班以后我才真正意识到它。就在这种微妙的氛围中，我进入了25班。

高一下学期的生活不堪回首。说不堪回首并不是因为竞赛班要求太严或是竞赛学习过于辛苦，而是因为25班是临时决定建立的，各方面工作还不够完善。班级教室位于教学楼的角落，外面就是施工工地，有一段时间我们甚至因为不堪工地的吵闹无奈搬了教室。竞赛教室也只是每个楼层班级与班级之间的一个个小教室，非常简陋。学校里关于竞赛实验班的设立也不乏质疑声。但对于25班师生来说，最大的困难其实是经验的缺乏。竞赛实验班怎么办，谁也说不清。大家只有一步一步摸索着往前走。那段时间，老师、学生、家长，所有人心里都没有底。但老师们总是尽职尽责，并且一脸自信地鼓励我们，家长们将他们的忧虑埋在心里，同学们也真正告别了高一上学期懒散的状态，开始有了自主学习的意识。现在回想起来，那段时光虽然艰难，却又让人心生感动。

高二时第一次参加联赛发生了一个小插曲。鉴于我们高一“划水”的时间太长，毫无疑问，这次联赛成绩一点都不好看（虽然题目不算难），对于这一点，我们都有心理准备。考完后，有一个同学以无所谓的态度对待自己的成绩，也有一个同学比较较真心里很难过，两人间因此爆发了参加物理竞赛以来的第一次冲突。虽然很不愉快，但也正是这场小冲突，让很多同学真正端正了学习竞赛的态度，我也是其中一员。

进入高二后班级总算进入了正轨。搬进了新教学楼，占据了靠近楼梯的教室（非常利于班上同学们抢饭），整个一楼所有教室都设置成了竞赛教室（方便晚上吃夜宵），不仅宽敞，而且晚上还不熄灯，于是所有25班的同学们都走上了熬夜的不归路。成绩开始有一些波动，不过因为我们有一定的心理准备，还算不慌不忙。整个高二可以说是平静如水，大家都拿出了全部的干劲儿全力冲刺。

邂　逅

一直向往北大，去北京旅游也曾去过北大，但当时晕头转向地转了一圈也没留下什么深刻印象，真正意义上与北大的第一次邂逅是在高二参加北大的学科营时。

学科营之后又参加了优生营与金秋营，一直到最后的博雅自招考试。几趟下来整个北大南部的地形我已经了如指掌，甚至可以暂时担任导游为一起到北大的同学们介绍北大。在高中之前，我从未想过我能进入北大。

小学时北大清华只是“神话”，初中时虽然成绩不错，但好像和以后能不能考上北大没什么关系，直到进入高中，确认自己能适应高中的学习节奏，并选择学习竞赛后，我才真正把北大清华当作我的目标。但在当时，“北大清华=顶尖大学”，只是一个模糊的概念，直到高二与两所学校有了接触，我才真正明白了二者的区别。正如两所学校的校园一般，清华大学道路横平竖直，方方正正，北大则是蜿蜒曲折，曲径通幽，清华沉稳，北大灵动。但身处清华却总让我感觉过于庄严肃穆，北大的自由却让我倍感亲切。高一时因为坚定要学习工科，我其实更偏爱清华，但就是在这一次又一次与北大的邂逅中，我的心渐渐转向了北大。

终　章

高二暑期可谓波澜壮阔，我也从此与北大结缘。

高三最后一次联赛，我出人意料地进入省队，杀进决赛，虽然决赛考得挺糟糕，但仍远远超出了我的预期。决赛之后没有休息，也没有时间多想，我马上又投入到了高考的冲刺学习，两年的竞赛生活就这样略显平淡地结束了。

可能是在两年多的竞赛学习过程中吃了不少苦，高考冲刺阶段虽然任务繁重，却也没有让我感到过于疲惫。不仅是我，整个25班大部分同学都是如此。即使自己的考试成绩相比以前有很大的下滑，大家也都自信满满，游刃有余。整个高三前期大部分考试，25班都无法与其他实验班抗衡，但就是凭着这股自信与韧劲儿，25班在最后几次大考乃至最后的高考中都在年级里拔得头筹。

相比于其他实验班，25班显得很另类。平时晚上，最晚熄灯的教室一般是25班教室，考试期间，最早熄灯的教室一定是25班教室。我看到的25班同学最明显的一个优点就是善于调节自己的心理压力。每次大考临近前，大家都会适当放松来缓解自己的紧张情绪。还记得高考考前最后几天冲刺时,每到下课时间,其他实验班的同学们大都在座位上埋头苦干,而25班的许多同学会选择去打羽毛球,根本不像马上就要高考的样子。实际上,一下课就去打羽毛球的几位同学高考时都考得很好。

我想,无论是25班的成功,抑或是我的成功,都离不开两年竞赛学习对我们的影响。学习竞赛并最终在联赛中获得成功的终究只有极少部分同学,在25班同样有学习两年竞赛最终却一无所获的同学。无论最终竞赛成绩如何,大家在这两年的时间里一定会有更为宝贵的收获,这就是竞赛学习的意义所在。

作为"竞赛党"的一员,我的高中生活可能与很多同学不尽相同,竞赛生的生活可能也并没有大多数人所想的那样满是艰辛与痛苦。我的高中三年也许并不平凡,但现在想想,也不过是仅此而已的故事而已。我相信,未来还有更精彩的故事在等着我。

瞿凡轶:毕业于重庆市第八中学,就读于北京大学信息科学技术学院

我的奋斗“辛酸史”

许登钦

烟雨江南说过:“人在年轻的时候总会有些莫名的坚持,并且以此感动着自己,却时常会在不经意间让真正重要的东西从指间流走。”我想用这句话来诉说我的高中不是最全面的却是我最喜欢的。回首自己的高中生涯,高一只留下了同学们的欢声笑语,艺术节上玩“cytus”游戏的“黑历史”以及逃课后玩游戏的罪恶感。高二和高三才是我最珍惜的,那是我失去一些东西同时收获一些东西的阶段。我没有什么文笔,亦没有什么精彩的想法。这一切都是回旋在我脑海深处最深刻的记忆。

在高三开始,正沉浸于高二夏天竞赛胜利的同时,我失去了我的同桌。她选择奔赴澳大利亚,我的右桌变成空白。回溯到我高二每个星期六前往大学学习理论知识,放弃在学校自习的时候,那段时间是我高中最黑暗的时间。当时我的想法是别人要么在学校自习,要么钻研学科竞赛,而我却在大学中徘徊。如果竞赛失利,那么他们的学科知识与更高层次的方法可以帮助他们在今后的高考冲刺中取得先机。而我如果失败,则一无所有。再加上我当时看了一些黑暗动漫,于是陷入了无可名状的焦躁,感觉生活变成了一潭死水,直到现在我还心有余悸。不过我还有我的两个同桌。他们参加了生物竞赛和数学竞赛,当时压力也巨大。但是不管我脾气如何暴躁,他们都会默默包容我,从来没有一次对我失去耐心。得益于此,我终于走出了低谷,而且在高二还拿到了北大夏令营的资格。时间推移,我拿到了竞赛的胜利。而在那个暑假,我最好的同桌在竞赛失利的时候选择了远赴澳大利亚。

于是我的高三从空白的右桌开始。坦白来讲,当时我的内心十分失落,就这样失去了我的好同桌。但是高三可不会给你迷茫的机会,在一张张卷子的“摧残”下,我也只好打起精神面向挑战。虽然内心有一丝不舍,有一丝牵挂,但在未来与梦想面前如摧枯拉朽。我认识到一个现实:如果我没有完成我的梦想,那么我的思绪只会是一个笑话。一个只会一辈子掩埋在心中的笑话,一个成为苦涩记忆,最终成为青春遗憾的笑话。所以我不敢停顿,不敢松懈。高三时我的日程和多数同学没有什么不同。大家都是“高一做人,高三当狗”。白天自习与上课无缝衔接。第一节、第二节下课我基本上是直接睡过去的。不少亲身经历过的同学也都知道这两个课间是很难利用的。我自己至今也认为适当的休息是必需的,但是上课的时候绝对不能睡着,因为我们不知道上课时老师讲的这些知识点是否会在高考中出现,并且我们也不能养成这种惰性。两个课间的休息可以保证接下来对上课时间的充分利用。这笔“投资”是值得的。于是到了第三节课,睡了两个课间的我们终于“化身成人”开始认真听讲。接下来的课间我一般用来做作业。中午吃了饭之后我建议同学们进行针对性练习。我语文、英语相对比较差,中午时间一般就用来做英语卷子和语文阅读。然后一定要午睡,一定要午睡,一定要午睡。重要的事情说三遍！半个小时到一个小时的午睡,可以保证你整个下午乃至晚自习时精力充沛,当然精力过于旺盛的同学另当别论。下午和上午说实话没什么差别……除了自己更加清醒之外(好像很关键的样子哦)。最佳情况,就是我们可以在晚自习第一节下课前搞定所有的卷子,开始自己的独立学习。我一直认为晚自习的独立学习是分出胜负的关键,这时候一个学生的自主性和独立学习能力将受到考验。我一般都是做卷子,一开始分科做,后来熟练了一晚上可以做一套英语卷子、一套理综卷子。到了最后基本上做不完老师发的卷子……日程很简单但是有很重要的提醒:早上可以适当地休息,但是不能输给自己的惰性。上课一定要全神贯注，课上的时间永远比课下的时间更高效。一定要抽出时间做针对性练习，“木桶理论”我就不多说了，想要考上清华北大一定要面面俱到。

在我的征途中，我特别感谢我的老师们，尤其是我的语文老师。在她的鞭策下我每天都坚持社科文阅读练习。在一个个夜晚我都会在办公室里聆听着语文老师的耐心教诲与鼓励。语文学习没有什么法宝，只有多读多练，我高三每一天晚自习回家都尽量抽出时间看作文素材。旅程万分辛苦，但是我知道我的奋斗不是为了我一个人。我的梦想不是由我孤独地完成，我有同学的陪伴，我有老师的鼓励，有我和自己的约定。同时感谢我在这些年看过的动漫，不管是治愈满满的，还是放松的，都让我在繁忙日程中喘了口气。它们化作了我的力量，引导我走出自己的世界，拥抱更广阔的未来。

夏日终至，我通过高考和自主招生的稳定表现叩开了北大的校门。我终于实现了自己的梦想。在拿到通知书的那一刻，我的内心无比平静，我觉得我做了自己应该做的事情。一切的一切，都是努力奋斗的回报。

高中生涯中，我曾经迷茫，曾经失落，甚至跌落过谷底，但是我从来没有放弃过我的梦想，也从来没有背叛过我想要追求的东西。如果北大清华是一个梦，那么你只有比其他人更加想要触及它，才可以胜出。我选择了背负更多的责任，选择了直面内心，选择了破釜沉舟，最后终于一脚踏入了我的幻想乡。我很幸运，没有让我的未来与理想从我的指尖流走。我顽劣但不固执。我失去了迷茫的自己，迎来了新的挑战与路途。只要你热爱生命，一切都在预料之中。

许登钦：毕业于重庆巴蜀中学，就读于北京大学信息科学学院

工学院

北大工学院现设有7个系，以及国家重点实验室、北京市工程科学与新兴技术高精尖创新中心等多个重要研究机构，它们中不少已经进入世界先进学科的行列。工学院有四个双一流学科，包括力学、材料科学与工程，控制科学与工程，机械、航空航天和制造工程。其中力学学科在第四轮学科评估中被评为A+学科。工学院现拥有7个本科专业、13个博士专业(学术型11个，专业型2个)、14个硕士专业(学术型11个，专业型3个)。

学院教师实行国际通行的聘任制度，现有院士10人(含双聘)。目前正式教研系列教师107人，其中海外高层次计划人才(含青年项目)、国家杰出青年科学基金获得者、国家优秀青年基金等60余人，自2013年至今，北大工学院有三位教师入选中国科学院院士，一位教师入选美国工程院院士。工学院是北大高端人才比例最高的学院之一。

Memory to Revive

袁瑞鑫

我这人很少能感受到强烈的快乐或是痛苦。高一时浑浑噩噩,什么都不懂,跟着大家笑,跟着大家哭;高二时沉默了许多,自己一个人学着玩着,就算考试前夜补一晚上的“番”第二天也能考得不赖,喜欢在大家闹腾的课间静静地练几笔书法;高三,大概是因为高考的逼近,我又少了几分不羁,跟着大家去走廊朗读,跟着大家在周末去教室自习,成绩却连续下滑。不管是高二的如鱼得水,还是高三的举步维艰,我都没有感到什么值得纪念的欣喜或是痛苦。就这样吧,我想。恃才的那个人是我,平庸的那个人依旧是我,既然我没有什么非争不可的第一,也没有什么非握不可的执着,我便能坦然接受所有的自己。其实不只是人与人之间有差异,不同时期的自己也会不同,能提醒学弟学妹们的,就是要注意不同时期转变不同的学习方法。

北大于我,就如同那句“斯人若彩虹,遇上方知有”,在去年的体验营、在真正接触到北大之前,我都不曾认真思考过什么是大学,什么是北大,以及北大于我的意义。只身前往北京,我没有什么准备,也没有满怀憧憬,就像完成任务一样踏入了燕园。五天后的晚上,我却在博雅塔下与来自天南海北的几位同学畅谈了一夜,最后离开了燕园,带着不舍。尽管那几位同学有的将要前去上海、浙江,有的去了隔壁,也有的将和我在燕园相会,我想那几天于我的意义是极大的。一所优秀的大学能给予我们的,自然有知识和素养,但我想一所思想自由,兼容并蓄的大学更能使我们的思想与别人交流碰撞后得到升华。

高三的最后一个月，我开始有些慌了，我有我的执着，但压力将我拖进现实，我突然明白，考入北大，并不是我理所应得的，不是到了那个时间就会有人把我拉上去，是需要我自己踮起脚尖去触及的。于是我开始了埋头苦干的一个月，尽管最后高考的成绩不尽如人意，我也不后悔。现在，我的教室还在那里，里面坐着的是新一届的高三学生。我曾励志成为世界上最坚强的人，以为不会对过去有什么不舍。等这段时光真正过去，我还是会想起在我低谷时同学给我的加油小纸条，还是会感到强烈的不舍。罢了罢了，谁让我是个人呢。

报到后三天，考了一场英语，踢了一场球，也算是正式成为大学生了，其实生活也只是刚刚把她更美好的一面展示给我们，我们也只能算刚刚起步。跟其他考入北大的“大神”相比我算不上考场上的佼佼者，既然如此，我就跟大家聊聊生活吧。我在高三的时候在“未名渝音”里看到一位哲学系的学长写某哲学系教授在开学第一课上讲“思想中的我，要写得大一些”，从此我就记住这句话了。各位在高中时期或许会被现实的学业压力压得只顾着做题、只顾着背书，对考试无益的事一律不做，与考试无关的书一律不看，我并不是谴责这种勤奋，我只是不建议大家这么极端，在此我想和大家谈谈两点感想。

首先是留意生活。生活中有很多美好的事情，学习也不是唯一充实自己的途径，请各位留意身边的人、身边的事。在轻轨上一次偶然望向江边景色的经历，很可能是今后多年你对这片土地的回忆；在上学途中偶然多看一眼的背影，也很可能是你若干年后回想过去时，所能忆及的这片土地上的人。我们将会在接下来的道路上忘掉很多东西，谁又知道将会剩下些什么？我唯一能够确定的就是，善于留意生活的人，他的回忆往往是美好的。

其次是学会独处。我并不是让大家变得孤僻，只是希望大家能够体悟孤独，并从中成长。高考不仅考应试能力，还考察承受能力，而一个较成熟的人，往往能承受得更多。高中生不可能靠四处闯荡、增长经历来变得成熟，但可以通过读书来增长阅历，通过独处来让心理变得更强大。高中生活再美，也不是我们的归属，一个人去跑跑步，一个人去看看书，高中生应该有自己的世界，而总是不习惯一个人做事情的人，很难让自己的世界变得丰富。希望各位都能成为内心强大的人。

袁瑞鑫：毕业于重庆市涪陵实验中学，就读于北京大学工学院

完美旅程

王国丞

引　言

原本高考之后想安安静静地放松一下，就没有打算写这篇文章。其实更主要的原因还是由于我天生内向的性格并不擅长表达自我，可以说是有一点淡淡的害羞吧。可是，自从九月三日起进入这个校园，这里的一切无时无刻不在感染着我。思想自由让每一个人都可以发出他自己的声音，每一个人都可以勇敢地站起来表达自己的内心。因此，时间虽然有些晚了，但是我仍然决定提起笔，去书写我对过去几个月时光的怀念。

未入燕园

说实话，我高三最后一学期的状态是不怎么好的，几次的考试对我打击很大，感到自己已经不再如“当年”那么“风流”了。我以为是我的知识体系出了问题，于是每天拼命做题以求巩固熟练，可是似乎效果并不明显。那时，每次周考完第二天，我们都会蜂拥进办公室，四处翻找自己的卷子，然后，静静地在老师办公桌前排着队等待老师的“点评”，这样一次一次的重复后，我隐隐感觉到自己的问题还是出在心态上。我开始刻意地去暗示自己，我的机会还多,今年、明年、后年……最后终于等到了高考,不出意外,还是没有调整到我原来满意的位置,第一天数学考完后我就差点哭了。我不是一个爱哭的人,别人问我感觉怎么样,我都会抬起头笑笑:“感觉不错。”当天,我并没有在意第二天还有理综和英语,来到了江边新开发出来的沙滩上。我是第一次来这里,江面吹来的凉风,桥上闪烁的灯光,脚底软软的沙子,让我忘记了数学考试的失利。晚上八点,我回到家,躺在床上就睡着了。第二天起床准备理综和英语,心里轻松了不少,平平静静的,像往日上学时一样,第二天就这样过去了。

考试的结束并没有让我放松多少,我匆匆忙忙地赶到北京参加博雅计划面试。我从来没有见过这种形式的面试,让我们给教授讲题。在学校里我也经常给同学讲题,我也没有什么好紧张的,就暂且把教授当成我的同学吧。最让我记忆深刻的是最后的综合面试,两个教授面容和蔼可亲,就像亲人一样,和我聊天,和我谈心。我完全放开了,甚至忘记了这是一场考试。北大,就仿佛亲人一般,在关心你的成长。这里,可以找到家的感觉。

初入燕园

九月三日,我踏进了燕园,正如《星空日记》所说,北大,是中国唯一一个不用怕人嘲笑你的地方。她不再像我想象中那么遥远,如今的我,站在她圣洁的土地上,感受未名湖与博雅塔所富有的情怀,感受社团招新的热烈,感受作为北大学子的荣耀。浓郁的文化氛围,竟让我产生了超凡脱俗之感。但是,对于我来说,“北大人”这三个字是沉重的,它对我的思想提出了很高的要求,它需要我们不仅仅是做一名优秀的学生,更多的是具有一种傲骨与国家情怀。未名湖畔,每一幢古老的建筑,仿佛都在述说着这个故事。我不敢奢望在这里有多么的优秀,只是不想有愧于“北大人”这个称号。

就在前两周,我去百年讲堂观看了心理剧《完美旅程》,生动的表演让我记忆犹新，我感到在这短短的一个月中，我的心理发生了较大的转变。我的视野变得开阔，我的行为更加文雅，我的性格变得更加成熟。这可谓一种“慎独”，因为你在社会上做每件事时，都会想到自己是以一个“北大人”的身份而存在。

一路走来，高考也就像是一次完美旅程一样，虽然其中有许多地方并不那么完美，但正是这样才让我对那段岁月保持着怀念，所以我有理由说，这仍然很完美。

王国丞：毕业于重庆市云阳中学，就读于北京大学工学院

我的自招之路——告别"一考定终生"

高楚桐

最开始构思这篇文章时,我想写写我与姐姐高英桐的故事。毕竟,"姐弟同上北大"多少也算是一段佳话。但回首自己的高中生涯,我觉得它更加精彩,想要分享给大家的想法便油然而生了。

前　言

重庆市自主招生初审通过名单公布时,我的名字同时出现在了北大、清华两所大学的名单中。亲戚朋友甚至我的初中老师们多将这份名单理解为录取名单,纷纷向我发来贺电:祝贺楚桐,同时被北大、清华录取!

我又囧又尬地给他们解释:啥是自主招生,通过自招初审离自招降分差了十万八千里;自招降了分也不能保证一定会被录取……

这样一个小误会,引发了我的很多思考:现行高考体系下,自主招生的作用在学生群体、家长群体中乃至教师群体中被严重忽视,社会上多数人对自招没有概念,许多学生(特别是所处中学平台不够高的学生)、家长以为大学对自己高中生涯成功与否的唯一评判标准就是高考成绩,抑或是奥林匹克联赛的排名。因此,他们很可能错失了许多使大学发现自己才能的机会。

我是幸运的:我有一个已经走过一遭高考路、考入北大的亲姐姐替我探索了上北大的多元化道路。我背后有巴蜀中学这样一个广阔的平台,它让我得以接触到科技创新、学科营、博雅计划、领军计划,让我告别“一考定终生”的高考模式。但更多的学生是不幸的,没有榜样式的姐姐,没有能提供广阔平台的学校,没有获得那么多关于自招的信息。在这场学校间、学生间信息不对称的竞争中,掌握信息较少的一方,只得被迫将高考那一条窄之又窄的独木桥视为唯一的升学机会。

新时代的升学途径,实际上是三驾马车:高考裸分、竞赛、自主招生。前两驾马车大多数学生都较为熟悉,而自招这驾马车,相对来说与普通学生距离较远。因此,作为巴蜀中学今年唯一一个同时通过了博雅计划、领军计划、北大自招、清华自招初审并最终获得北大自招40分降分的学生,我觉得自己有这个能力、更有这个义务将自己的自招经历分享出来,为家长们、学弟学妹们详细地介绍一下自招的庞大体系,为大家的“北大梦”筑桥。

一、竞赛生的自招体系——竞赛营

这段文字送给那些犹豫是否参加竞赛、是否退出竞赛的学弟学妹以及学弟学妹的家长们。

我不是竞赛生。但我的同窗多有竞赛生,我的同窗多有没在联赛中取得好成绩的竞赛生——但其中很多人都如愿以偿地获得了分量极重的降分。

我听到的一些声音说道:现在竞赛比以往更艰难了。以往保送好大学的门槛低一些,现在要想保送北大至少得国家集训队。此言不假,但在我眼中,竞赛不是更难了,而是它的评价体系变得更多元化了——换句话说,竞赛已经从保送时代,进入了自招时代。在自招时代,你有不止一次机会向大学展示你的学科特长——联赛、各种夏令营、金秋营……只要把握住了一次机会,你的大学梦便不再是梦了。

举一个极其典型的例子。我的同窗,高2017级重庆市理科状元杨馥玮,是一名搞物理竞赛的同学。他极具天赋又极其刻苦,并有着极其强大的自律性和时间规划能力。然而没人能保证有能力者在每次考试中都能发挥出自己的最佳水平——玮哥便在物理联赛中止步于省赛复赛,没有进入省队,更不用说铜牌、银牌、金牌了。但2016年秋季,他通过参加北大物理金秋营,拿到了北大60分降分,发挥出了本应属于自己的强劲实力。

这样的例子在巴蜀不胜枚举。事实上,巴蜀2017届真正靠联赛金牌保送的,有且仅有生物竞赛的三人而已。我那些在联赛中失利的同窗们,最终通过各种营向北大清华证明了自己的能力、获得北大清华60分以上降分的,则有16人(不完全统计)。而获得其他高校降分的,更是数不胜数了。

因此,正在竞赛征途上的同学们,要饱含信心与热情,等待你们的有很多次考试——而你只需把握住其中一次机会。这一次机会便能让你获得高校的认可。

Tips:联赛前后,北大都有各种竞赛营(数学夏令营、物理化学金秋营、生命科学营、信息营等),请务必时刻留心。具体信息请关注北大招生网站。

二、科技创新

科技创新(科创)是自主招生的一条重要途径,也是我的本业。科创自招大概分为这样几步:

(一)建立项目

如果说,高中学科学习和竞赛学习培养的是我们解决问题的能力,那么科创培养的便是我们发现问题的能力。我们需要留意生活中遇到的难题,以此出发,利用自己平时积累的课内、课外知识去构建自己的解决方案。在此过程中,我们会遇到诸多意想不到的问题,只有不断扩充自己的知识去解决它们;在此过程中,我们得以跳出高中学习的框架,获得探究性学习的能力。

就我自身而言，我的团体项目“大型超市‘秒结算’不再是难题——一种基于RFID无线射频识别技术的智能超市结算系统的设计与制作”便来自高一寒假与两名小伙伴的一次糟糕的购物经历。超市里低下的结算效率让我们思考：能不能用我们爱好的技术手段，实现商品的快速扫描？作为高中生，也是电子技术发烧友的我们，在接触了电学、物理等课程知识后，主动找到老师，将我们的想法与老师交流后，开始将其付诸实践，来解决目前超市排队收费缓慢等问题。同时，在日常生活中，我们留意到高速公路上的ETC以及食堂饭卡所使用的射频技术，不禁想：我们可否在商品结算环节用上射频识别（RFID，Radio Frequency Identification）技术，让商品自动地完成结算？带着这个灵感，我们深入探究，了解了什么是RFID技术以及RFID技术的理论依据，为我们后期的设计奠定了基础。老师对我们的想法给予了大力支持，并利用学校在该方面的资源协助我们研究。开学后，我们正式进入实验室，通过学习教材、查阅资料、老师指导，一步步将我们的构想推向现实。

（二）省赛

流程：

a.论文初评

b.现场答辩

c.专项奖答辩

完成市场前景分析、方案选取、产品模型制作、测试评估与优化后，我和两名小伙伴独立完成了论文的撰写，参加了重庆市省赛。最终，我们不出所料地拿到了重庆市团体类项目第一名的好成绩。由此进入了国赛的初审。

（三）国赛

流程：

a.论文初评

b.专家答辩

c.专项奖答辩

准备国赛时,一方面我们对作品的细节不断地进行打磨,持续地改进作品;另一方面我们不断提高自己的表达能力,以应对国赛中更加频繁,也更加“刁钻”的专家问题。

2016年的暑假,我们奔赴上海,参加了科技创新国赛。上海滩夜景瑰丽,华东师大烈日灼人,国赛现场精彩纷呈。最终,银牌到手,鸣金收兵。

科创国赛正式开始前,我们去了一趟上海滩。那个夜晚,令人无法忘却。我们科创组四人,挤在人潮里,沐浴在光影中。夜深了,一面是摩天大楼的繁华,一面是人烟散尽的沉寂,四人走在街头,心中确乎生出了一场大逃亡的快感——从繁重的课业中暂时脱逃,更是从高考的束缚中暂时脱逃,跳入了一个高中学业框架之外的奇妙旅程。那晚的徜徉,是场自由的徜徉,也是场无用的徜徉。但谁在乎呢?“自由而无用”,亦是一种高超境界。

(四)自主招生笔试、面试

若拿到金牌,那么自主招生降分便是十拿九稳(若初审拿到优秀评级可直接参加面试)。北大要求必须获得金牌才能参加自主招生,而我没有拿到金牌。但是,正如前文所讲,竞赛并不囿于联赛奖牌,我没入围科创类自招,却因科创的经历入围了北大工学营的初审,一路考试过关斩将,拿到了40分降分。

总结一下,科创带给我的几点收获。其一是发现问题并解决问题的能力。科创是一次探究性学习的冒险。在此过程中,我们可以初步了解科研的基本思路,探究性学习的方法,产品研发的基本步骤……这都是一般高中生不能接触到的宝贵财富。科创使我逐步认识到:作为科研工作者,一要具有扎实的学科素养和专业知识,二需兼有敏锐的洞察力和坚韧的精神。

其二是表达能力,科创考核的方式最主要的是专家答辩,这就需要我们拥有良好的表达能力与思辨能力。事实上,最初我的表达能力在团队中一直处于“吊车尾”的状态：开场白忘词、结巴；回答问题逻辑混乱，拖泥带水……经过科创的锻炼，我自信自己的言谈与往昔不可同日而语。而该能力的提升亦可用于自招、领军计划、博雅计划的面试中：自我介绍时，我有其他高中生没有的科创经历可讲，使自己的人格更加立体；回答面试考官的问题时，我能回想起科创时训练的思维与表达技巧，使自己的答案逻辑清晰、简明扼要。

其三是时间规划能力，说来奇怪，我高中成绩提升最大的时期是高二下学期，而那段时间正是我科创最忙碌的时期：参加省赛，准备国赛……也许正是比其他人多了一份担子，让我意识到时间的宝贵，从而提高了我的时间规划能力。也许，这也是许多竞赛生“回归”后成绩能快速回升的原因吧。

最后则是身心的充实与愉悦。每周，我来回50公里，去重庆理工大学学习数电、模电、程序、单片机等电子技术基础知识，写Code，焊电路，那是一种身体的劳累与内心的充实奇妙地混合在一起的极乐状态。以中有足乐者，不知疲惫为何物。人生有多少这种既能做自己感兴趣的事、又能在此过程中收获硕果（升学机会）的机会呢？科创，爽哉乐哉！

Tips：

1. 找寻自己的兴趣，建立自己的项目。父母和学校的社会资源是我们能利用的宝贵财富，需要自己去争取。

2. 注意项目的现实性。把握好现实与创新的度。对于太过前沿、高端的研究，评委会打心底怀疑项目的现实性。有时候，项目的“不成熟”反而是一个优势。当然另一方面，太简单的项目无异于小发明、小制作，不可能在追求锐意创新的科创大赛中取得好成绩。

3. 表达能力是科创的灵魂之一。评委评价的不只是项目本身，更是参赛选手的个人素质。

4. 一个项目，多次利用。我借着项目参加了全国青少年科技创新大赛、清华大学“登峰杯”、北大学科营（若是个人项目，还能参加“明天小小科学家”赛事。我的学长,巴蜀中学2016级许登钦便凭借“明天小小科学家”称号参加了北大自招并获得降重本优惠)。和竞赛一样,等待我们的有多场考核,只需抓住其中一次机会,我们便是成功者。

三、学科营

流程

a.提交申请,初审考核。初审,有两方面要求:一个是学习成绩,一个是参与的活动、项目等。就我而言,因成绩较好,又有科创项目,因此初审过关。两方面都有权重,但并不是说一定要两方面兼备。所以,同学们要勇于尝试。说不定就过关了呢。

b.奔赴北大参加夏令营,并在北大参加测试——以工学营为例,测试包括:数理化笔试、综合面试、实践考核。

c.“优秀营员”。测试成绩靠前者(大概是前五分之一,数据有待考核)高考结束后参加自招笔试,无面试,根据笔试成绩决定降分力度(从不降分,降10分到60分)。

学科营是北大的特色。每年夏天,工学院、信科院、环科院、考古学院等便会组织面向全国高二学生的学科营,又名暑期课堂。我在2016年7月参加了工学营,既与博雅塔、未名湖、图书馆邂逅,又结识了一大群志同道合的朋友,那是我2016年夏天最美好的一次遇见。同时,我在笔试、面试考核中取得了好成绩,获得了“优秀营员”称号,由此参加学科营自招获得了40分降分。

(一)班级活动

包括:班委竞选和节目策划。

总体原则是有能力就上,没能力别硬上。竞选班委、组织班级工作、为节目出力肯定会刷印象分(传言称辅导员评价会在总成绩中占一定比重),

但是若自己本身确实没这方面的能力就别硬撑了，否则会让自己、让同学们都很尴尬。不要背包袱。一般竞选班委都是同学投票。竞选班委时不要背稿子，不要炫耀，遇到念稿子的很让人尴尬。没有选上也不妨碍为班级出力，积极点比不积极更好。当然同学们不必过于将“挣表现”放在心上。毕竟学科营是一次珍贵的回忆，班级活动本就应该以开心、放松和广交志同道合之友为主要目的。

（二）数理化笔试

数学两个半小时，8道大题。仅以2016年为参照，全是证明题，涉及三角函数、不等式、数论、数列等，不等式是重中之重。难度非常大，我感觉难于北大自招试题。物理化学共120分钟，都是自招内容。物理6道大题，化学要注意有机和结构的内容。

（三）面试

北大传统面试是6名学生对3名老师，不一定有自我介绍，但是要准备好自我介绍，我当时是有自我介绍环节的，两分钟（博雅计划是同样的面试方式，却没有自我介绍）。每人抽一道题目，两分钟准备，5分钟回答时间，内容涉及科技、政治、经济等（我当时遇到的问题是：有人说，中国电动汽车多靠火力发电，相比汽油车只是将污染换了地方，你怎么看？博雅计划时的问题是：古人云“古之学者为己，今之学者为人”。谈谈你对这句话的理解）。每人答完后会选择几个问题再进行综合讨论。

（四）实践考核（工学院特有）

要求学生以PPT的形式展示自己的实践作品（小发明、小制作）。我因为有科创作品，此项目较为轻松。建议作品中多涉及物理知识、电子技术知识等。

去学科营的意义从不囿于那几场考试。在学科营中，北大不再是一个简单的虚影,而是真真切切的、有实感的一草、一木、一塔、一湖,以及优秀者和追求优秀者的一个整体的集合。策划班级节目时正值雨天,辅导员和学长学姐们费尽心思地带领我们进入邱德拔体育馆排练,只为那晚的演出中能有更精彩的表现。实践考核前,学长在我们男寝一个接一个帮我们审核PPT,耐心地提供意见及建议;偌大的讲台上,教授们的身影显得如此渺小,但他们的一言、一行都让我有仰之弥高的由衷的敬畏心。

也许,正是这一段经历让我"北大梦"的种子扎根,并不断往上冒,最终破土而出。大学之大非大门之大。尽管北大有令人流连忘返的景色,但北大的真正奥妙也许还是在一个"人"字——北大的师与生,是友善可爱的,是思想进步常维新的,是博雅的。

Tips:

1. 初审:两方面要求,一个是学习成绩,一个是参与的活动、项目等。就我而言,我因成绩较好,又有科创项目,因此初审过关。两方面都有权重,但并不是说一定要两方面兼备。所以,同学们要勇于尝试。

2. 笔试内容:要有针对性地、高效地对自招内容进行训练。在现在的高考背景下,自招内容绝非仅仅是锦上添花的东西,不能抱着"学着玩儿"的心态学习。自招内容和高考内容是我们的左腿和右腿,两腿并行才能最高效行走。不要过于紧张。我开始拿到数学题目时一脸懵,每道题思考十分钟,连续跳到了最后一道题,基本上一半时间过去了,一道都不会。但是回到第一题,慢慢思考和尝试,竟然还是一点一点地突破了。两个半小时下来,我做了五道题,算是一个不错的成绩了。

3. 关于面试:平时训练面试技巧很有必要,这点科创的学生比较有优势(比如:分条作答,分点作答)。注意逻辑清晰,简明扼要,(把我引上科创道路的恩师张荣庆老师指出,最初我科创中最大的问题就是回答问题时拖泥带水,总想把自己知道的知识全部答出来)答错了也不要紧。当时我把"今之学者为人"的"人"理解为"为他人奉献",其实本意应是"为别人而活,迷失自我"。但是经过老师的引导后我及时纠正了自己的思维，还被一个老师问道“知道自己答错了，心里是怎么想的？”获得了多发言的机会，也算是因祸得福。

四、博雅计划

流程：

a.初审有“不通过，通过，优秀”三档。“优秀”免笔试，但是面试会涉及数学物理题目；“通过”参加笔试和面试。

b.笔试（语、数、外、物、化）

c.综合面试

严格地说这是有别于自招的另一个体系。进入博雅计划的唯一途径：期中、期末平均成绩排名靠前（每个学校名额不同，原则上为年级前1%）。

初审通过后，在高考结束后参加北大笔试（自招内容），一共五个小时；并参加综合面试，形式同学科营。通过初审、笔试、综合面试的成绩决定降分幅度。

Tips：一定要两线并行——高考内容和自招内容。高考内容助你在平时名列前茅，从而赢得博雅计划入围资格。自招内容才是决定降分幅度的关键。两条线中哪条松了都不行！博雅计划入围者不乏一分未降者。

评估自我，选择最适合自己的道路

写了这么多，主要目的是为学弟学妹们提供多元化的上北大途径参考。那么，我们应如何选择最适合自己的道路呢？

我对自身情况的分析是：

1.我的数理基础较为扎实，但是自我的感觉是并没有好到能让我冲刺竞赛的程度，所以我整个学习生涯都没有参加过竞赛。

2.我妈妈是英语教师，我的英语水平较高，也就是说我是各科都比较平均的“水桶型”成绩，高考应该是我的主线。

3.我从小酷爱电子技术，因此科创的机会到来时我果断抓住了——给自己心中理想主义的那一块儿有个完美的交代。

4.我的综合能力较强，且喜欢自己探索新知识，因此自主招生这样一条多元化的道路比较适合我。

我认为，每个高中生在选择自己的道路之前，都应该认认真真地审视、剖析自己，看清自己的优势与劣势，理性思索。

当然，我是比较幸运的，一开始就能认识自己，一开始就有明确的目标、明确的规划。大家也会有对自己认识不清的时候。如何处理？我的建议是，选条路，一直前进就好。能力都是激发出来的，不去走一遭，谁能发现自己真正擅长、热爱的东西呢？

破壳峰会

破壳峰会（Perk Summit）是一场设立于重庆的纯公益夏令营项目，也是目前中国西南地区最具影响力的高中生活动。首届举办于2013年，截至目前已有来自全国各地近600名优秀的高中生参与。破壳峰会包含了名校迷你课堂、社交舞会、嘉宾演讲、小组任务等诸多元素，旨在打造一个专属于优秀高中生的交流空间，并试图打破传统教育体制的束缚，展开对新兴教育理念的探索。

我在2014、2015年连续两年暑假参加了破壳峰会（2016年暑假由于与科创国赛、北大工学营、北大优生营时间冲突而未去），我打心底里推荐所有优秀的高中青年们都去体验。

2014年，我初中刚毕业。初到破壳峰会时，见识到了如此多元化的道路:自然科学的、人文的;国内的、海外的……半年后,面临科技创新与高考学习时,也许正是破壳峰会让我有了勇气跳出高中学习的框架——我不愿走一条太过传统的高考道路,而毅然选择了科创,自己学习电子技术基础知识、立项、市场调研、产品研发、测试评估、参加比赛……面对关于"可行性"的思考时,我总会想起,破壳峰会刚建立时那四个创始人朝气蓬勃的灵魂。

峰会上有我的诸多第一次:第一次邀请素未谋面的女生跳舞,第一次组织策划 Talent Show,第一次独立撰写商业企划书……也是第一次见识到了那么多国内外名校的"大牛们"的非凡经历。

我认为,破壳峰会和自主招生与北大的气质是吻合的——"独立之精神,自由之思想"。正如峰会所倡导的那样,"优秀从不止有一种定义",而这不正是自主招生的目标吗?在此,真心力荐破壳峰会给年轻的新高中生们。

结　语

鲁迅说:"其实地上本没有路,走的人多了,也便成了路。"也许你认为你的眼前只有一条路,但你得多走走,多走走——说不定就踏出了一条未曾谋面的新道路。

期待我与读者您,能在美丽的燕园相遇。这我毫不怀疑——毕竟,如果我们都足够优秀的话,终将会相遇的。

高楚桐:毕业于重庆巴蜀中学,就读于北京大学工学院

走向成熟

聂 扬

有人说:由于各种机缘巧合造成的某种偶然,我们不妨称之为命运。知识能否改变命运,能多大程度改变命运,我并不知道。但至少目前,学习在很大程度上改变了,并还在改变着我的人生。这就是我——一名来自四川省安岳县农村的新生来到北大的开场白。

首先做一自我介绍:我叫聂扬,17岁,四川安岳人,毕业于重庆巴蜀中学。安岳县隶属四川省资阳市,位于四川盆地中部,历史悠久,北周建德四年(575年)置县。它是全国唯一的柠檬生产基地县,此外还有通贤柚、伤心凉粉、安岳竹编等特产。欢迎老师同窗们以后有机会到我的家乡做客。早些时候读过的一本书让我知道,人的成熟有三个阶段,下面我就从这三个阶段谈谈17年来我渐去青涩,不断走向成熟的一些片断的人生感悟。

第一阶段:认识到自己不是世界的中心

小学和初中,我都顺风顺水,在本地的一所乡镇中学中里,我一直做着班级甚至年级的领跑者。我一直以为我就是世界的强者。初中升高中时,一个朋友推荐我到重庆一所名校参加外地生考试。这一次,我明白了世界很大,我所看到的世界还很狭窄,招生的老师仅仅因为我们与大都市格格不入的打扮和气场而把轻视和不屑写在了脸上。当时是父亲陪同我一起去的,我们一致决定离开那所学校的招办。而到了巴蜀中学,他们真诚的挽留让我们最终选择了留下。

更大的打击在后面。进入高中后我选择了做“竞赛党”。但我的选择过程和其他人是不同的。在一个竞赛低龄化的时代,高中才开始学习竞赛的人大多被戏称为“陪跑的人”。陪的对象,自然是那些从初一甚至小学就开始学习的未来竞赛“大牛”,因此大多数人进入高中后都不敢尝试这一新事物。记不得三年前我为什么要学竞赛了,或许是年少轻狂,或许是好奇心爆棚,总之我就这样懵懵懂懂地闯进了数学竞赛的世界,才有了那段我人生中至关重要的经历。从此我的高中生活和大部分高中生不再一样:不做作业,没有双休,没有寒暑假。但这依然没有挽救我。第一次月考,因为竞赛而耽误学习的我考得一塌糊涂。雪上加霜的是,在竞赛上毫无基础的我同样折戟沉沙,高一的联赛中连三等奖都未拿到。伤心也好,懊悔也罢,在经受了这些挫折之后,我开始懂得了自己不是世界的中心。地球上少了谁,都照样公转自转。成熟的第一阶段是痛苦的,因为我第一次输得这么彻底,败得这么完整。

第二阶段:感觉到有些事情无论怎么努力也做不到

第一次竞赛失利之后,我萌生了退出竞赛的想法,并且已经付诸行动,我告诉我的竞赛教练我想放弃。教练让我先稳住,过几天再做决定。而他紧急联系了我的班主任,让班主任给我做思想工作。我记得班主任连续找我谈了几个晚上,还联系了我的母亲到学校一并做工作。最终,我决定留下,继续坚持这条望不到边的竞赛之路。反复被鼓励后的我再次踌躇满志,坚信通过努力一定能在竞赛中取得成就。重拾信心后,我决意投入更多的时间在竞赛上。我开始不再只完成家庭作业,周末不再玩游戏,寒暑假也待在家里做题,心里怀揣着高二进入省队的火热梦想。

高二联赛,我信心满满地踏入考场,梦想可以在此次比赛中有所斩获。事情似乎也正向着这个方向发展,第一堂考试中我感觉良好,发挥出色,做完试卷后还有闲暇来检查一番。数学竞赛分两堂考试,第一堂和第二堂之间仅有15分钟的休息时间。对第一堂考试志得意满的我幻想第二堂考试时也能这样。或许"天欲取之,必先予之",第二堂考试中我一道题都没有做出来。不知道我是怎么回到家中的,浑浑噩噩的,头脑中一片空白。到家后,我把自己关在房间里待了一整天。这一整天里我想了很多,终于领悟到有些事情是怎么做也不可能做好的。没有基础的我,在这条竞赛路上终究还会继续磕磕碰碰。

第三阶段:明白了人生中很多事只要尽其所能就会成功

第二次联赛后,我颓废了一段时间,总觉得竞赛这条路走不通。退吗?太晚了,我已经落下太多课程,回到班上的压力只会更大。尽管我还是整天嘻嘻哈哈,每天按照教练的要求做题、总结,然后再做题、再总结,可是那段时间中我的内心总有挥不去的阴霾。从未努力的失败并不可怕,可怕的是努力后的失败。所以很多人选择在困境面前退缩。我的努力是为了什么呢?这个问题的答案我一直到走进联赛的考场时才最终领悟:我的努力不为任何东西!明知山有虎,偏向虎山行。我不是享受结果,我是在享受过程。我选择了数学竞赛,我就应当为之付出。"坚信不疑,便是一种强大!"于是我选择了坚信自己,选择了走向强大。最后一次联赛中,我超水平发挥,进入了重庆市省队。

很难说数学竞赛的生涯中我还学到了其他什么,最想与大家分享的,就是这种面对人生困境时不屈不挠的态度和要扼住命运咽喉的怒喝。如今,我已是一名准大学生,祝愿正在学习竞赛的学弟学妹们明年的这个时候能前往北京,和我一样在未名湖畔掀开人生新的篇章。

聂扬:毕业于重庆市巴蜀中学,就读于北京大学工学院

社会科学学部

国际关系学院

北大国际关系学院是国内普通高校中建立最早的国际关系学院，是我国培养国际问题的教学与研究，以及外交与涉外工作专门人才的重要基地。1960年，北大建立政治学系，1963年改名为国际政治学系。国际关系学院即由此发展而来。1996—1998年，北大原国际政治学系、国际关系研究所和亚非研究所经合并调整，组成现在的北大国际关系学院。

目前，国际关系学院由5个系和3个研究所组成，即国际政治系、外交学与外事管理系、国际政治经济学系、比较政治学系、国际组织与国际公共政策系、国际关系研究所、亚非研究所、世界社会主义研究所。学院现有4个本科、9个硕士和6个博士专业对外招生，其中本科包括国际政治、外交学、国际政治经济学、国际组织与国际公共政策管理等专业。

从“南”至“北”

李林静

南有青瓦白墙，湖畔人家。北有阳关大道，豪情万丈。南开中学与北大，算是我生命里的两个驿站，共同承载起梦想的重担，此情此景，以文为记。

前些天闲来无事，不知不觉闲逛入南开中学，母校仿佛具有桃花源似的魔力，让思绪也飞到与世隔绝的内心深处。一进校门，便是一条笔直道路通向毛主席雕像，这条路印刻着我无数个因为要迟到而极速飞奔的脚印，其实当时，也可以再起早一点。

我停在南楼下，抬头仰望二楼角落那个教室的窗，那里曾经燃过我们梦想的灯火。此刻，准高三学生们正在苦读，去年今日，同样是暑气惹人恼的时节，我们也是这样，怀着期待与恐惧参半的心情搬进了高三教学楼。而我呢？正因为文综考试的突兀到来和倏忽而增的压力而感到焦头烂额，无所适从。当时我们学校的进度比较慢，各科老师都在努力往前赶，留给我们的是堆积如山的作业和没有什么复习时间的考试，有洒脱的朋友放弃了作业，也有同学仍然轻松玩乐，而似乎有一点强迫症的我就算熬夜到深夜两点也要把任务啃完，然后第二天又昏昏沉沉地继续学习。那段时光，像是被雾气笼罩，苍茫，潮湿得让人窒息。那次期末考试，我的成绩跌至低谷。

不得不承认我这个人拥有一股不服输的冲劲儿，最后能进入北大在很大程度上也是靠了这股劲儿的支撑。那次不理想的考试后的暑假，我模仿学校课程表给自己做了一个计划，从书店淘来一堆习题，几乎是把自己关了一个暑假,还自嘲为“闭关”。也是在这个暑假,我参加优生夏令营,第一次参观了燕园。日记本上的那篇名为《燕园情》的文章还端端正正摆在那里,像是为我庆祝着这情怀。

光还在,再深的沟壑也不会黑暗。

我散步至毛主席像右侧小路,于图书馆前驻足。这座图书馆与我有缘,缘于高一我读过的那些美文,缘于高二我自修时的那个专属座位,也源于那晚上曾差点把我吓到昏厥的雕像。我讨厌听一些人吹嘘自己的成就全靠智力,任何人都需要投入时间与精力来完成自己的愿望。世上没有捷径,图书馆的保安叔叔可以作证。

接着便到了排球场。想起听过学姐打趣说,各大学的排球队基本都被南开同学承包了,也想起我们文科班因为男生太少排球赛时用女生顶替的辛酸史。也是在这个排球场,有过社团招新时的熙攘。当年高一的我懵懵懂懂地加入了戏剧社和模联社,在南开大礼堂的舞台上也曾留下过白毛女的身影,也曾通宵赶模联新闻稿与背景文件,一群年轻人在一起奋斗的感觉真好,充满了力量!这些过往的细节,的确需要我们放慢脚步品味,是你的过往一块块地砌成了当下的你。人生,就是一幕动态的舞台剧。

再往前走就到津南村了,碧蓝的天,阳光打在房瓦上冒出蒸汽,有摇着蒲扇的老人哼唱小曲儿,有点恍惚,仿佛置身民国时期。这是我们的“后园”,我喜欢在这里与路过的猫开玩笑,与好友翘掉体育课溜到这里,看通幽曲径,听贪嗔痴傻。

故乡,永远是一个令人落泪的词。还未离别,已然思念。有些地方,不只是一个地方而已,那里的一花一木,甚至是每粒尘埃,都能牵动记忆的弦,让迷茫无措的游子潸然泪下,或为志得意满的学徒提醒初心。又或者,只是因为一些人、一些事,一座城便有了生命。故乡的南开,是这样的一个凝聚点,凝聚了我高中生活的或放纵,或自律,或颓靡,或拼搏的回忆片隙。思绪游移至此,不禁有些伤感,情绪弥漫鼻翼,真是要离开了,那个从小就挂在嘴边的梦，真要实现了。在录取的惊喜渐渐消散后，不舍的心情占据主角。

逛了一圈，从女生宿舍那条路往回走。道路两旁的老树斜伸着枝杈，交叉着遮蔽了阳光，只有点点光斑在沥青路上打转。我也旋转着，尽情呼吸母校的芳草气息。有不舍，却不遗憾。高中三年，我体会过苦涩，品尝过艰辛，收获了友情，还结识了良师。我没有荒废学业、游戏人生，也没有“一心只读圣贤书”。我可以问心无愧地告诉母校，这里的每分每秒都是有意义的。大学不意味着别离与结束，而是高中的延续与升华，带着这样的南开精神进入燕园，就算是北方的寒冷也能四季如春。

我笑着走出了南开。

李林静：毕业于重庆市南开中学，就读于北京大学国际关系学院

我还站在这里

罗波伶

从初中的学生会主席到高中的模联宣传部部长，从篮球校队到健美操队员，从山城志愿者到阿拉善志愿者，我并非想将那些年的所谓事迹拿来炫耀，我只是想说，我也慌张过。当工作任务与学习要求冲突，当时间挤压与精力透支时，我也焦躁过，烦闷过，发泄过，而我选择了坚持和突围。所以不要害怕，这些都将成为我们征战高考的能量。

那年秋冬春夏，我们坐在教室一隅，或奋笔疾书，或废寝忘食，或困惑，或痛苦，或欢欣。我相信，每一个高三学子，都有付出，只是深浅不一。

那时苦，就自励；累，就坚持。常常提醒自己，高三的世界很狭窄，高三外的世界却很广阔，以使自己不至于在日复一日的重复中迷失。难过的时候，就和信任的人吐吐槽，谈谈心。朋友失意的时候，就打打气，偶尔说句“只有看得远，才不会对前景不安”。

记得临考前的课桌上，贴满了五颜六色的便利贴，每一张，都是力量。班主任每一次分享心得，我就贴上一张，并写上体悟、冥想、灵感。它像日历，贴满了，那一天也就来了。

我的高考之路，有失落，有沮丧，有悲伤，然而我从未后悔。它是我独一无二的生活体验，或成或败的每一段经历都弥足珍贵，它使我成长，让我回味，是我生命的原子细胞。

那些努力，并非徒劳。它们没有在高考中淋漓尽致地被发挥出来，却铺就了通向北大的桥。

所以我仍然相信,高考没有捷径,需要脚踏实地,不问结果,但求安心。

“人生没有彩排,每一天都是现场直播。”每一个孩子,或幻想,或期许,或希冀,而唯一所有的,是当下,走得勇敢坚定,行得铿锵有力。

每个人都是思想的种子,我从不会给别人贴上标签,无论那时结果如何,去向何方,没有人愿意被抹杀所有的努力,只要有梦,有行动,不论早晚,有一天世界将会因你而不同。

那句话“怀才就像怀孕,时间久了才会让人看出来”,说来好笑,却也别有深意。所以我愿意交流,而每一次交流,我都惊叹于生命的奇妙,我发现每个人都是思想的种子,渴望沃土,渴望雨露。

从八中到北大,从父母到师长,从家人到朋友,每一个生命中的你,都是我不可或缺的阳光、水与空气。

小学班主任“话疗”下的积极乐观,六年,不长不短,足够永恒。初中师长的潜心培养,孜孜不倦,殷切期盼。高中,追梦的路上感谢有你们,一场谈心,一杯姜茶,一条短信,一个坚定的眼神,一句勉励的话语,都是我前进的原动力。

我还记得,那时我们在宿舍谈天说地,指点江山,似有万丈豪情。我们在走廊边,看大学城的四角天空,把失落烦闷捎给清风。我们在深夜的医院就医,你嘴上的调侃和扶着我的手,实在很不成正比。原来,我也经历着那些经典的片段,这一次,却不是别人的故事,是关于你我。

父母,我全部时光的参与者,可能想说的太多,却无法表达,只有结环衔草,涌泉相报。

那些爱与呵护,是我坚强的后盾,永不误读,点滴在心。

2014年国庆,初入燕园,红楼、石舫、湖心岛,眼底未名水,胸中黄河月,满目皆是情怀。2015年夏,博雅塔下,我认识了一群小伙伴,他们性情率真,“关切现实,又洞明人生”。在优生体验营中,我第一次坐在教学楼的书桌前,北大不只有自由包容的校园趣味,还有科学、严谨的学术。2016年夏,博雅计划，像一座弯弯的桥，让我与北大，此岸与彼岸的距离总算化为零。好巧，终于等到你。

的确，通往北大的路上，小插曲不少，兜兜转转，走走停停，我很庆幸，原来你还在这里，为我敞开，成为我生命中的小确幸。

“谁终将点燃闪电，必长久如云漂泊。”正如之前所说，我不害怕暴露弱点，不害怕展现脆弱的一面，因为强大与脆弱本就相辅相依。我愿意遇强则强，对理想不离不弃。

而目力、心力、治愈力之于我和我的征途，就好像千岛寒流之于北海道渔场，麦哲伦环行之于新航路开辟，我会把握，并牢牢抓紧。

弦韵秋声，纸含岁月，我想，既然我来到这里，便会不遗余力，让自己在每一个路口，有话可说，有事可记。

罗波伶：毕业于重庆市第八中学，就读于北京大学国际关系学院

你是我最想留住的幸运

柳　靖

高考后总想着应该写些什么，却又不知道该如何落笔。今天终于有了这样一个机会。我不是典型的学霸，没有太多好的学习建议可以与大家分享。我也未曾有幸踏足北大校园，燕园情结于我还有些距离。因此，在这里我只能回忆我的高中，回忆那些美好的时光和可爱的人，谨以此与我再也回不去的高中时光说声“再见”。

那些人

三生有幸，我遇见了一个十分有爱的集体。忘不了我们一起看过的《我的少女时代》《霸王别姬》《八月照相馆》，也忘不了运动场上穿着“哈利波特”的方阵，更忘不了高三时我们一起经历的哭哭笑笑。老师们都说我们班的学生很幼稚很单纯，但我们都知道我们有共同的坚持，百日誓师大会上激昂的誓词——那带着泪水的怒吼，就是最好的证明。高中三年，我们在一起挨过多少骂，我们一起经历过多少的失望、绝望，可喜的是，我们最终都得偿所愿，不负荣光，即使有些遗憾，也不负高三，不负己心。

三生有幸，我遇见了一群可以交心的朋友，那些喜怒哀乐，有她们一起分享。高三时，每个人都仿佛背着一座泰山，喘不过气来，教室里的气氛压得我们不敢多说一句话，所有的情绪都被压抑着，只有在寝室中才得以放松。我们曾一起为未来畅想过,为现在担忧过,为过去怀念过。我们曾高谈理想,关心国家大事,也曾八卦,谈明星和并不存在的初恋、暗恋。高三时最大的放松大概就是每周六的晚上我们一起在寝室里聊天唱歌。那时候,仿佛所有的压力都消失了。

三生有幸,我遇见了可敬的教师集体——那些个性鲜明,亦师亦友的老师们。印象最深的应该是在高考前四五周时和地理老师的一次谈话。那时我的成绩仍很不稳定,起伏特别大,在一次周考中我的地理选择题居然错了九个!我当时就觉得又好气又好笑,能够做到这样,我大概也是个"人才"。当我冷静下来,只感到深深的无力、绝望。最后我决定去找老师谈谈(老师本来也打算来找我了)。我带着近三周周考的卷子去了办公室,老师特别耐心地将他在课堂上讲过的题一一给我分析了一遍。最后他跟我说:"我知道你是那种并不引人注意的人,老师不会特别关注你,同学也是。但正是这样,你的心态能比别人更好,能在考场上发挥得更稳,说不定你就是这次高考中的黑马。"最后,我真的成了这次高考中的黑马,把我自己也震惊到了。虽然后来我才知道,那时他只是单纯地想安慰一下我,但那番话确实给了自卑的我极大的鼓励。

那些天

不知道从什么时候起,我养成了每天一个人在校园里散散步的习惯。一个人,可以想清楚很多事。高二是我整个高中最黑暗的一段时期,整个人都跌入谷底。学习总找不到合适的方法,效率低下,成绩也直线下滑。于是有过自暴自弃,有过怨天尤人,也躲在被子里哭过……我总想:"凭什么别人能做好而我就不行?凭什么我要比别人差?凭什么站在那个位置上的人不能是我?"在这股不服输的劲儿下我又开始努力。结果,又一次失败。于是我又安慰自己:"我想要的不过是每天都过的开开心心罢了,为什么一定要去和别人比？这样争来争去有意思吗？这是我想要的吗？”那时我特别喜欢听《Try》这首歌，它仿佛唱出了我的心声。因此我又暂且放下。可终归是不甘心啊。就这样，我进入了一个死循环：努力失败努力失败努力失败……好在无论怎样绝望，我都从未放弃。

高三到底哭了多少次，数不清。“一诊”败得一塌糊涂，差点让我失去了学习的动力。夜深人静时，一个人坐在床上究竟在想些什么，我也记不清了。高三后期，很多同学都在积极地准备自招材料，可我明白，我连最基本的入选资格都没有。看着别人为自招忙碌着，我只能低头忙着做作业，然后偷偷地哭。高考前最后一个假日我回了一趟家，那天晚上和妈妈聊了很多。“高考是我十二年换来的，我真的很怕，很担心，万一我考不好，我对不起我自己。”说着，我便哭了出来。我想那时的我大概是本能地想要来自母亲的安慰吧。然而，她说：“如果你还是这个状态去考场的话，你一定考不好。”很冷静，也很冷酷。我不知道自己一个人在房间里哭了多久 。但我记得那是我高三一年中哭得最放肆的一次。后来，我书桌上的水果刀不小心掉到了地上，动静有点大，我妈飞快地闯了进来。原来她也在担心我。

我与北大

至今仍不太敢将“我”与“北大”这两个词放在一起。我出生于农村，最早听说过的大学就是北大清华了(那时才五六岁的我还以为北大清华是同一所学校)。每次大人问我长大后要考什么大学，我都特别骄傲地说我要考北大清华。如今想来真是童言无忌。很厉害，特别厉害，这大概就是我对北大的初印象了。但当我真正知道了什么是北大、对北大有了基本的了解后，我却再也不敢想象北大了。北大，终究还是离我太遥远，远到只能在梦里才看得到。高三时听过好几场北大老师在我们学校的讲座和招生宣传，我看着屏幕上的北大想：“要是能进入这样一所学校，我一定会连做梦都笑醒吧，真羡慕那些能去北大的人。”可“报考北大”这种想法我一刻也不敢有，它只能在梦里。

一直到高考结束，到公布分数，我都没想过自己能去北大，直到班主任打电话通知我去重庆主城区。在路上的那几个小时就像是在做梦一样，一点也不真实。机缘巧合下，我圆了儿时的梦。幸福到想要飞起，却也倍感压力。北大，突然从一个虚无缥缈的影子变成了我触手可及的校园。我明白这一切都来得太偶然，有不少运气的成分，但我会在我的未来继续努力，终有一天我会自信地将“我”和“北大”放在一起。

“原来你是我最想留住的幸运。”就用这句歌词来结尾吧。我想，我是幸运的，无论是高中那些五味杂陈的日子，还是即将去往的北大，都是我最想留住的幸运！

柳靖：毕业于重庆万州高级中学，就读于北京大学国际关系学院

非典型"学霸"的北大梦

韩雨成

作为一名高水平运动员，我不是一个典型的"学霸"，可是当足球特长生也并不容易。每天完成和大家同样繁重的学习任务后，已经心力交瘁，下午还要抽出两个多小时时间进行高强度的足球训练，晚上再拖着疲惫的身体去上晚自习，常常都是晚上一回寝室倒头就睡。暑假、寒假都要跟随队伍到各地去打比赛，几乎都没有休息的时间。大部分时间还会有各种擦伤、扭伤等伤病陪伴。因为热爱足球，所以我不觉得辛苦。踢了11年的足球，我学会了很多。最重要的是"单丝不成线，独木不成林"的团队意识，还有磨炼出的不畏吃苦的精神（你可以想象在重庆的酷夏我还在操场上奔跑）。感谢足球，我小时候经常生病，是足球给我带来了健康。我其实是个比较自卑的人，踢足球对我的性格帮助很大，使我养成了积极的心态。

如何处理好足球训练和文化学习的矛盾一直是足球特长生最大的问题。但我认为，只要找到一个属于自己的调节方式，让自己能够劳逸结合，学习的时候认真学习，训练的时候全力以赴，该休息的时候就好好休息，就不会有太大的问题。我的教练常常说："足球训练和文化学习同等重要，就好比一个人的两条腿，我们要做一个健全的人，就不能一只脚走路吧。"他常常会因为我们没完成作业而停止我们的训练，让我们深刻牢记"学习第一，足球第二"的原则。为了能够训练，我们必须先认真完成学习任务。

能够读上北大，我认为是命运的安排和自己对机遇的把握。其实我一直都觉得北大这样一流的大学对于我来说是可望而不可即的。直到高三，我才了解到北大高水平运动队也要招收足球特长生并且有优惠政策。到了考试报名时间，班上一些比较优秀的人都踊跃报名，我也想报名去试一试，可是我一直认为我离北大还有太长一段距离（天啊，那可是北大！）犹豫不决的我直到报名截止前的最后一天，才突然想通："人生中就只有这一次机遇，为什么不给梦想一个机会呢？"于是那一天我急急忙忙准备各种报名资料，终于赶在截止时间前报上了名。那年北大要在175名足球特长生中选出9位优秀队员，全国各地厉害的足球运动员都前来竞争。当我站在燕园足球场上的时候，看着北大足球队的各位学长，听着教练严苛的招生要求，呼吸着北大清香的空气，我就暗自下定决心：我不比他们差，我一定要尽全力去考试，展现出我闪光的一面给教练看，让他把进入北大的通行证发给我。于是我怀着这样的心态，成功获得了教练的认可，通过了足球测试。

北大入选球员名单公布得实在太晚，4月份才出通知，离高考仅剩两个月，确实因为日常训练和比赛非常多，耽误了一些学习时间，我离要求的成绩还有一定的距离，我做好了吃苦耐劳、艰苦奋斗的准备，也深知"行百里者半九十"的道理，所以这两个月，成了决定我命运的两个月。每天听着《为明天而战》起床，点燃我一天学习的欲望。泡浓茶、喝咖啡，课间十分钟也充分利用。最后两个月真是对我意志的一个磨炼。最后高考时，我超出规定成绩36分，成功进入北大校园。我必须要感谢最后两个月中照料我的妈妈和爸爸，每个星期都给我送营养餐，打电话关心我的状态；更要感谢最后两个月中教导我的老师们，他们在我情绪低落的时候一直鼓励我，不抛弃不放弃，倾尽全心辅导我功课；还要感谢最后两个月中陪伴我的足球队的兄弟们，他们常常关注我的情况，为我加油打气。

进入北大，并不代表我已经成功，我以一个足球特长生的身份进去，心里清楚自己比其他人还差很多。所以做一只笨鸟，要勤奋地飞。人生重要的不是所站的位置而是所朝的方向。进入北大后我会更加努力，不辜负家人的期望,更要对得起自己的明天!“天行健,君子以自强不息。”在逐梦人生的旅途中,不懈坚持就是我紧握的筹码。

韩雨成:毕业于重庆第七中学,国家足球一级运动员,就读于北京大学国际关系学院

法学院

北大法律学科发轫于1904年,在中国现代法学教育中历史最为悠久。1999年北大在法律学系的基础上成立了法学院。

法学院拥有许多蜚声中外的知名学者、跨世纪的中青年教学科研骨干和新世纪人才,拥有经济法学、法理学、宪法与行政法学、刑法学四个国家重点学科。同时,作为拥有国家法学一级重点学科的法学院,北大法学院在国际法学、民商法学、诉讼法学、法律史学、知识产权法学等诸多法学二级学科都有很强的教学和科研实力。凭借梯队合理的法学精英师资团队,北大法学院在教学和科研等方面取得了突出的成绩,为创建世界一流法学院打下了坚实的基础。

2013年,在世界著名的高等教育QS排名中,北大法学院名列中国内地法学院第一名。2015年至2017年,北大法学院连续三年位列QS排名全球前20名左右,稳居我国内地第一名及亚洲前三名。

命运由我不由天

彭千钰

雨夜，睡得格外香甜。

起床开始又一天的新生活。桌边的红色通知书让我有些错乱，分不清楚是梦还是现实。

高三一年，由于不够优秀和出众，我失去了很多机会，比如自招、博雅计划。周围很多的人鼓励我，没关系，还有高考。我总是笑笑，我明白自己的实力，让我就这样裸考上北大，非常艰难。

手指触摸到通知书，突然有些感慨。这一路走来，跌跌撞撞，曾经惶恐不安，曾经迷失方向，曾经在深夜的时候因看不到未来而泣不成声，曾经在晨起的时候因疲惫不堪而自我放弃。所有的委屈难过，终于，在这一刻获得了宽慰，得到了救赎。谁说结果不重要。

2015年6月7日，我写下了一段文字，像是一则宣誓。里面有这样一句："我把高三当作一场成人礼，来成就一个注定简单而不平凡的青春。"我一直相信，我的命运由我不由天。我的人生的轨迹由我来决定。

只要我想，巍巍千山也要低头。

回忆起2014年盛夏初到北京，真的像那首脍炙人口的歌谣一样，这座城市"流动中充满魅力"。我记得站在网易和搜狐的大厦下看大楼一夜灯火通明，我记得在中关村看见各国人民相互交流、相互碰撞，我看见从高级白领到流浪歌手都在为自己的前途奔波劳累。我喜欢这座城市，我喜欢这样有目标、有节奏更有灵魂的生活。我认为，北大更像是这座古老城市的一个缩影，他是一个拥有宽阔臂膀的中年男子，渊博、包容、勇敢、与时俱进。我站在北大的西门，对着那座古老的校园说着“灰太狼”的经典台词：“我一定会回来的！”

转眼之间，一年过去了。高三吹响了号角。我从不曾忘记我和燕园的约定。然而现实让我明白，赴约的难度不是一星半点。挡在我面前的第一座高山便是历史。选择题百分之八十的错误率想来就觉得可怕。很多人包括我自己都曾总结过这个问题出现的原因，最后只能归结于心理因素，通俗来讲，大概就是我已经错怕了，已经因为惧怕而总是思维短路，因此出现了高错误率。心病只能心药来治。于是我开始了长达一年的战斗，除了平时课上的练习题，我开始疯狂地做历史选择题，甚至梦中都是整篇整篇的历史选择题。一年下来，应该做了好几千道吧。题目多了也便麻木了，再遇见历史选择题我似乎比以前坦然了，高考时也终于把错误率降到了史上最低。我的数学是另一座高山，一般可能会比同一水平的考生低十分左右。常被说教的成绩，让我抱着一种赌气的心理开始疯狂地做题，我记得固定的一周四套综合题，最疯狂的时候一周做了八套。题海战术是有用的，至少数学这一科让我尝到了这种战术的甜头。

其他学科仍旧按部就班，不紧不慢。我依旧喜欢在校史馆的顶层，就着南山和煦的阳光看我的思想政治；我依旧喜欢在宿舍灯光朦胧的蚊帐里翻看我的成语辨析小册子；我依旧喜欢借着看地理的名义和同学们抱着一本地图册讨论毕业旅行；我也依旧喜欢在背单词时跳过那个“Abandon”。日子如水般流走了，转眼六月就来了。

比我想象中更为平静的六月。我记得月初的我总是失眠，在宿舍的小床上翻来覆去合不上眼，每天晚上想起未来总是惊恐不安。六月最后一次去校史馆，快闭馆的时候，从顶层下来，在楼梯间里看到了初中2013级的全年级毕业合影，我找到了自己。那时的我留着厚厚的刘海，眼睛里毫无畏惧，笑得那么张扬，对未来充满期许。突然觉得，怎么三年过去，自己反而变得畏缩了呢？再看看校史馆里陈放的各类奖章，开始感叹自己选择了一所多么优秀的学校。第一次发现“荣誉、责任”的校训是这么热血，这么让人难以平静。我开始觉得，高考是一次机会而不只是一次考试，它让我真正能够实现“今天我以二外为荣，明天二外以我为荣”。接下来的几天，离高考更加近了，全世界都变得更加温暖而充满善意。学校的红衣叔叔说：“大家好好考！这几天的水我就不收钱了，这几桶水，叔叔还是承受得起的。”突然就觉得热泪盈眶。世界如此温柔待我，高考又有何可怕？

迷迷糊糊考完四场试。我也没有对答案，一半是我的感觉并不好，一半是我期待一个惊喜。恍恍惚惚，到了23号中午，我仍然记得打开网页看到那个数字时的感觉，哽咽难言。我终于还是给了自己一个完美的答复，青春荒唐，我也没有辜负自己。

我如愿得到了北大的录取通知书，现在它正在我的手边。

我一直相信，越努力，越幸运。所谓的运气，不过是通过一年的努力奋发积累起来的勇气与信心。命运由我不由天。

我一直相信，每个人的一生都应该有一段值得回忆的过往，一段值得铭记的时光。我给了自己一个值得永远回忆的高三生涯。我也希望，通过燕园去拥抱世界的美好。高考是结束，更是开始。我相信，我亦能在燕园拥有一段充满惊喜的激情燃烧的岁月。

暗夜渐渐织上天空。今夜南山一定依旧凉风习习。雪松苑里翰墨飘香，大雅堂内丹青焕彩。前些日子的此时，我应该坐在琢才馆里奋笔疾书，书写我的未来。再早些时候，我应该会早早地奔到食堂买上一碗七块钱的酸菜肉丝面，呼啦呼啦吃完后，去操场上看学弟们踢球，或者是去报刊亭买杂志，又或者……回忆这东西，若是有味道的话，像樟脑的香，甜而稳妥，像记得分明的快乐，甜而怅惘，像忘却了的忧愁。高三这枚樟脑算是永远地升华掉了，然而它的这股香气将令人永世难忘，时常怀念。

另:感谢西小,感谢二外。感谢老师,感谢同学。

感谢家人,感谢17岁的我。

彭千钰:毕业于重庆第二外国语学校,就读于北京大学法学院

一个失败者的北大路

罗　威

序

2015年6月8日，我的第一次高考结束时，外面还在刮着风，下着雨。心中想得很多，却也最终归于平静，归于淡然。灯火依旧，欢笑依旧，热闹依旧，喜悦却属于别人。那种感觉，就像在赌场看到别人赢了很多钱，自己却输掉了全部。

成绩出来之后，我傻眼了，梦想与现实距离太远，青春三年的美好时光，再与北大无缘。小时候喜欢吹牛，意气风发，说非北大清华不读，现在自己打脸了。

我就这样认了吗？不。

或许人生就是这样，越得不到什么，就越容易被什么吸引。

我选择了为北大复读，我相信自己值得拥有更好的东西，我会去接受，去相信，去争取自己可以改变的一些事情。

疲

复读的感觉，就像玩游戏读档重练，也就是说，做过的题再做，背过的书再背，写过的作文再写，一成不变的学习模式，永无休止的单调重复，为的是一个新的、美好的结局。我以为自己可以展开新的一页,实际上却只是重复了以前的步伐。旧路重走,难免唏嘘。

全机械化的学习生活,遥遥无期的来年高考,让我感觉无力而又无助。神经变得敏感而脆弱,而后变为迟钝和麻木。

所以,我刚上"高四"的时候,特别容易打瞌睡。然而,我已经没有了退路,何能自暴自弃?不能把握自己,何谈把握梦想?

我用了很多办法对抗身心的疲倦,跑步、扎大腿、喝咖啡……后来,我还尝试了拿风油精涂在眼睛底下,尝试了干吃咖啡豆,以此来对抗自己的睡意。方式千奇百怪,目的却很纯粹。原来,为了上北大,我可以抛弃过去的自己,把自己当成"变态",再苦熬一年。我发现,努力是被逼出来的。

累

复读累吗?因人而异。以前我勉强算半个学霸,由于种种原因在高考中落败,复读时又把北大作为唯一的目标。这给我带来了很大的压力,对失败的恐惧,对成功的贪婪,让我变得身心俱疲。我变得争强好胜,却又忐忑不安、畏首畏尾。

很自然,意料之内,被现实一次次打倒。天将降大任于斯人也?想多了。我终于明白自己不是主角,没有主角光环,不是文曲星下凡,也不是武侯转世。但我仍不断挣扎,因为尘埃还未落定,不是掉泪的时候。

说老实话,"高四"时我并没有深夜看书,也没有课间做题,但我还是很累,这个累是身体的,也是精神的。我发现,失眠的深夜,睡觉是一件很奢侈的事,包括突发的胃炎,也可能是由于精神的紧张。这是一段不愿提及的过去,更是一段无可替代的经历:想上北大,需要的不仅是努力,对我来说还有牺牲。

孤

“梦想是注定孤独的旅行，路上少不了质疑和嘲笑。”这句话对“高四”的我非常适用。我时常觉得自己是风中的一枚落叶，朋友们都走远了，去了海角天涯，独有自己留在原地打转。这一年，我是孤独的，好像全世界的人都在帮我，而我却在痛苦中独自挣扎。也就是在这样的环境里，我认识到了，活得好不好，在梦想面前根本不重要。

我

我的复读生活，是与世无争的桃源生活，没有网络，既无手机，又无电视，外界的一切都暂时与我无关。仅有的教学楼和操场，温馨却不压抑，可以说“大隐于市”。一心一意，心无旁骛，经得住诱惑，耐得住寂寞，坐得住冷板凳，可不只是说着玩的。

梦想不能打折，更不能妥协。目标很明确，就有了前行的动力，不会迷茫徘徊，不会浑浑噩噩，所有的烦恼和痛苦，阻碍与失意也都不值一提。所以，不必回头，只要向前看，我相信，北大就在前方不远处。

于是，我背着失败者的名号，摆出一副过来人的姿态，安静地看着，笑那些不认真备考的人，笑那些装腔作势的人。我明白，努力不一定成功，但不努力一定不成功，每一朵盛开的鲜花都曾浸透奋斗的泪水和汗水。

梦

今年高考结束后，我做了很多关于考试与复读的梦。有时梦到自己为了复读，燃尽了热情与希冀；有时梦到高考铃声响起时试卷上却还有大片空白，手足无措……离奇、怪诞，却是紧张忧虑心情的真实写照。

“高四”又何尝不是一场梦，走在通往北大的路上，前途充满了未知，有时候我会觉得很孤单，很想和别人说说话，可这世界中只能找到自己一个人。很多人说想回到高中那段美好的时光，而对于我，那是不堪回首的压抑与孤独，痛苦与噩梦。还好，结局不是悲剧。

喜

最后收到那封北大录取通知书时，成功的喜悦让人窒息。平淡无奇的生活，在一瞬间不复以前。如刺破黑暗的太阳，重新开始闪耀光芒，果然天无绝人之路。

其实我自己都不相信，我竟然能一路拼命走过这365天。

今年高考结束后我称了称四年的试卷、书本、学习资料，有43公斤重。我想，这就是梦想的重量。

转眼间“高四”全部结束了，或许是命运配合我，或许天无绝人之路。复读这一年，收获大于预期，我考上了自己期许的北大法学院，已经值得鼓掌。

以前不懂为什么运动员站在领奖台上听国歌时会哭个不停，现在我明白了，这块奖牌背后的汗水和泪水，只有自己知道。这一年，感谢自己安静而勇敢的陪伴，感谢北大给予我前行的力量。

“高四”是一个人的朝圣，是在一场场考试中自我修炼，自我升华。回味酸甜，冷暖自知。复读这一年带给我的，不只是北大的录取通知书，更是精神的力量——野心、梦想、无畏的追求、无悔的担当。

结

一个人，365天，1457公里，重庆到北京，只凭信念的力量。

我相信，北大人都是天选之子。而我，天资有限，又路途坎坷，勉强上了北大,算不上成功人士,但也没太失败。

庆幸,感激,珍惜。

罗威:毕业于重庆市第八中学,就读于北京大学法学院

我没有故事，也没有酒

杜辛怡

今天下了一场倾盆大雨，就算是漫长炽烫的八月，也有结束的一天。不久我就要离开山城，窗外的桂花会为其他的赏桂人留下芳华。

不由得想起，去年秋日在桌上写下的一首小诗：

我有一壶酒，足以慰风尘。宿醉囚妄志，举杯唁星轸。
金柚结郁郁，桂华馥深深。醒怯问归期，舒卷叩前程。

彼时，高三号角刚鸣。我不仅踌躇满志，而且志在必得。从小到大没经历过什么大挫折，一帆风顺来到高三，我当然是希望高三也稳稳当当。

然而，出师不利。开学考试成绩刷新了我的人生新低。老师说“一轮复习”要打好基础，还好开学那一踅不久后我就爬了起来，一步一个脚印，夯实了基础，总结了模板。一切似乎回归平静，我又感觉稳操胜券。

诚然，在巴蜀这样的强校里，我的名次不太好看，在年级第五名到第十名这区间里宛若浮萍，不上不下，不进不退。依我的性子，本该随遇而安，坚守着“无欲则刚”的原则，没想要杀进前三甚至登顶。但是，在巴蜀这躁动不安的明德楼中，在一班的文渊阁里，一往无前的同学们是呵不退的。正如逆流而上，不进则退。

于是，高三上学期，我也走火入魔了一把。数学选择题老粗心，那便罚自己做题,清晨提早一刻钟,中午晚离开二十分钟,直到不错为止;英语基础总是不扎实,那便看单词书、看语法书;政治大题总是答漏知识点,那便用小本本记下思维模板,闲着无事便翻翻那厚厚的一沓笔记……

总算,在这半年的风起云涌中,我稳住了第七的位置,只是没想到会如此吃力。

说高三没有故事,其实也不然。老赵"精美哩"PPT,阳台上"乒乒乓乓"的变奏曲,早饭太香被抢或骗,极小的趣事儿都能让我们紧绷的神经颤然不已。五楼的小窗,三楼的球台,也有能唤起拼搏意志的阳光微笑。

寒假太冰冷,封印了我们的梦想,说大学生活的时间少了,谈热点时政的时间多了。高三,在下学期开学考试后成为数字游戏,倒计时稳稳地翻,我的名次却和倒计时天数成反比。

大家看见这篇文章,就早已知晓结局。可那时的我,却不知要如何破釜沉舟,才能够披荆斩棘。

老师问:"是不是在隐藏实力,想给我们惊喜?"

我答:"但愿如此。"

父母责问:"是不是休息不好,饮食不营养?"

我答:"这对学习的影响并不会那么快生效。"

同学笑问:"是不是我们太闹腾,让你心烦?"

我答:"怎么会呢。"

一次三十名,我为自己找了填涂机读卡错位的借口,笑着说下次会好起来;再次四十名,我怪自己状态不佳,注意力分散,笑着说,再来;三次近五十名,我哑口无言。

从前,都是我嬉皮笑脸地说下次会好起来,被老师教训;这次,我还未开口,老师便让我坐下,仔细分析起我的优劣势,告诉我一定会好起来。我点点头,犹豫着信了"这只是阵痛"。接着走出办公室,忍不住泪如雨下。初春二月,春寒料峭。这个月,我未曾遇见阳光。

大课间从来都认真学习的我，开始撑着伞走出教室。阳台上残冬未退，死寂一片。枯藤也像是从未发芽便死去那样，此般景象，甚是应景。

没经历过什么挫折，离高考还有一百天时，名次翻几个番地打击，对那时脆弱的我来说已是霹雳。毕竟，三个月，不是说翻身就能翻身的。我看过《花开不败》，也读过无数个在高三逆袭的故事，而被击垮的颓丧和疲惫，强迫着我凄然叹息。我懊悔我吊儿郎当，努力伸出手想抓住逝去的每一寸光阴，但再虔诚的忏悔也无法挽救谷底的我。

一片新叶，哪怕只有小半个指甲壳那么大，都能攫住我的目光。为了剧情需要，我发现了它。一时间我突然想起来"提利尔家族"的箴言：生生不息。

嗨呀，就是生生不息啊。高三这一年的时间，就是要把自己磨砺成一个配得上北大法学系的人啊。这样整天哭哭啼啼的像什么话！我缺少刻苦，缺少坚强，缺少冷静，但更缺的是效率和方法，在这寒冬里怎样抵御冷风？别哭了，别哭了。

那之后的日子，我仿佛一个人格分裂症患者，一会儿无所畏惧地在文综试卷上挥霍笔墨，一会儿又患得患失地盯紧排名，一次次地失望。再来！再来！

我捧着标注着小分的试卷，追着老师问。书写潦草涂改多，我下次交上工工整整的试卷；语言不得当不流畅，我摘抄正确答案和时政评论争取下次用上；答案思路太过清奇，我借来"学霸大佬"的卷子仔细研读见贤思齐；作文审题立意不当，每天写一篇提纲，时间能改变的太多。高三，需要慢慢来，但是不能不来。

在得知我能有参加博雅计划的机会那日以前，我在三十名上下徘徊了两个多月，我挣扎着，不是想要朝圣，只是希望能够自我救赎。北大老师来面谈那天，我得知我那周的周考得了第二。那时我恍然大悟，无论是多坎坷的挫折，都是问题的集中爆发，是自我提升的最佳时机。

6月6日，我看见明德楼的灯火悄然熄灭。

6月7日，我为语文填错的选择题黯然流泪，为"套路极野"的数学选修奋笔疾书不寻常的20分钟。

6月8日,我用笔墨攻城略地,斩下文综,下午5点,合上笔盖,仿佛出征的将士将血红的利剑收回剑鞘。

7月18日,我收到被北大法学院录取的通知。

那一瞬间,往事纷纷扬扬。我想起五年前在家中各种角落写上北大(Peking University),想起挚友送我的那一本宪法典,想起恩师小心翼翼地呵护我梦想和自尊的每个瞬间,想起父母背地里为尚处在低谷的我付出的每一滴血汗,想起同窗们毫无保留地分享经验,想起毕业聚餐那日在嘉陵江畔高歌,想起录取结果公布前招生老师说可能会有惊喜,没想到我竟然真的进入了法学院……高三的跌落,不但成就了六月的我,而且让我触碰到了父母师友的伟大力量。

此生不悔入巴蜀,此生不负入北大。

上面是我小小的故事,倾注了很多感情,未免矫情。

下面是一些干货建议,希望能给学弟学妹们一些帮助。

1. 心态十分重要。避免盲目自信和过于自卑,谦虚才能充实,自信才能阳光。输赢乃兵家常事。

2. 避免虚假努力。时刻防止自己发呆,做无用功。保持注意力集中。

3. 合理制订计划。可以规划时间,也可以制订计划。但是不能没有目标。

4. 短板效应与长板效应。各科注意统筹规划,不能放弃短板,也不能牺牲长板。适当的“唯分数论”也未尝不可。

5. 多与老师同学们交流。我在高三上学期闭门造车,虽然基础很牢固,但应题能力弱,与老师交流才得出来这个结论,并在老师的帮助下走出低谷。我们班的同学虽然也在竞争,但彼此坦诚。很为能有这样的老师同学而感到庆幸。

6. 珍惜时间。

我在北大等你来!

杜辛怡:毕业于重庆市巴蜀中学,就读于北京大学法学院

“乱七八糟”朋友圈及评论精选

陈俊晓

2016.5.15　重庆八中大学城

要在大学城这个荒凉的校区度过最后一年了。

这里一届又一届的人们来来去去，有人声震山河，有人深自缄默。

不知道我的足音能否铿锵。

……

班主任陈老师：最后一年再冲一把！

2016.7.15　北大环境科学与工程夏令营

说来惭愧，这是我第一次来北大。

虽然在大学中并不算大，但也大得我不得不导航才能从地学楼走到宿舍。

……

WYJ：传说八中可是从前门能看得到后门，羡慕！不用上课。

2016.7.15　北大环境科学与工程夏令营

震惊！宿舍竟无独立卫生间！冒菜中惊现芝麻酱！

……

学姐：不用去澡堂，每层楼有浴室。惊不惊喜？意不意外？

老妈：幺儿，北方的大学差不多都是这样的。

ZJR：拒绝！我选择用湿巾。

班主任陈老师：习惯就好。好好表现！

2016.7.19　北大环境科学与工程夏令营

我不是一个热烈的人，只有五天，谈不上爱。

但我的的确确感受到了我所向往的自由。

……

班主任陈老师：今天回重庆吗？

陈俊晓回复班主任陈老师：对，今晚的飞机，明天回来上课。

2016.8.5　北大创新作文赛场

题目是“遇见”，好久不见的命题作文，终于可以放飞自我。

于是写了一篇议论性科幻散文。

人类和宇宙的相遇，始于数十万年前第一位抬头仰望星空的猿人。

……

WYJ：我也不知道我写了个什么鬼。

语文老师陈老师：有点儿意思。

2016.8.19　北大优秀中学生夏令营

北大说:你怎么又来了,一个暑假来三次是不是暗恋我。

……

老妈:幺儿,重庆热死了,在北京正好避暑哈。

2016.8.21　北大优秀中学生夏令营

考完试他们说,语文那道简体字改繁体字的题,有人把“圆梦北大,筑梦中华”看成了“圆梦北大,筑梦清华”。我没笑,因为我也看错了。

语文试题非常有意思,比如用“意思”这个词的不同意思造七个句,比如写八句带“月”字的诗,比如作文“在路上”,等等,爱死这种任我天马行空的作文了。

在路上的可爱与可恶在于,四野无人,任何一个方向都可能是来处,也可能是归途。我们最扎实的努力,全然是为了一个摸不着的目标;可这个缥缈的目标,就是我们今天所立之地最深远的真相。

数学、化学、英语都还比较正常,物理没学竞赛的人就别想了,能得30分我就谢天谢地。

……

LSJ:你没写成清华吧?

陈俊晓回复LSJ:应该没有,只是第一眼看错了。后来反正写不来繁体我就照抄了一遍。

LSH:考完了可以浪了。

陈俊晓回复LSH:来啊,快活啊。

2016.8.22　北大优秀中学生夏令营

八中七人车队半夜查房后骑着小黄车在黑漆漆的校园里游荡，与另一上海三人车队狭路相逢，在某一不知名、不知用途的建筑前合了个照。

后来班主任打来电话，我们才导航回宿舍，带着不知会不会上北大黑名单的惶恐和浪子的莫名骄傲，以及满腿的蚊子包。

……

ZSY：没遭吧？

陈俊晓回复ZSY：没有，就是回去发了个纪念册和缴费发票。

LSJ：那栋楼好恐怖。

2016.8.24　北大优秀中学生夏令营

最后一个晚上，准确来讲是半夜，在百讲门口席地玩“狼人杀”，没有灯，打着手电筒，不然连牌也看不到。将路过的三个广东妹子拉入战局，厮杀到破晓时分。

……

LSH：我没有说谎，我何必说谎。

TJY：我说了所有的谎。

2016.8.24　北大优秀中学生夏令营

这一次我没有把自己当成一个过客，敢说我在这里生活了五天而不是来参观或者旅游了五天。

有些复杂和庞大来不及品尝，但确实卷走了一些东西，又带来了一些东西。

“我在北大等你。”

……

50人点赞

2017.5.11 大学城家里

打开了新世界的大门。

我也是见过凌晨五点的大学城的人了。

无法总结。用顾飞的话说,超级无敌雷霆闪电霹雳好看。

要去睡一个小时了,毕竟等会儿要上早自习。

……

LSY:哈哈哈哈哈哈你也在看。

CQK:666

2017.5.19 重庆八中大学城

要离开大学城了。

一头扎进复习的洪流里,洪流一日,人间三月。

每个人,想冲的、不那么愿意冲的,都在往前飞奔,冲起来的时光,真是追不上也拉不住。

大学城和来时没有什么不同,但使用了离别滤镜,看哪里都是回忆。

有一天走四次的路,有我倚仗班上篮球大佬拼搏过的篮球场,有晚自习课间被强行拉去跑步的跑道……是真的讲不完。

……

50人点赞

2017.5.26　重庆八中本部

“二模”,最后一次考试,又创历史新低了。

不过各位不要担心,也没有低到让我怀疑自己,没错,我就是迷之自信。

……

班主任陈老师:完全没关系,最后十来天该做什么做什么,绝对没问题。

数学老师“宝哥”:市里的“一诊”“二诊”你考得很好,说明大考也会考得好。

老妈:没关系,幺儿,晚上给我打电话。

LYB:我也考差了,你说陈老师是不是怕伤害我们俩所以没贴成绩出来啊,哈哈!

陈俊晓回复LYB:有道理,哈哈哈。

2017.6.6　重庆八中本部

明天高考。

好像大家都没什么感觉,看来各种大考、小考、月考、模拟考、联考的确是有用的。

晚自习的时候语文老师说我们一副如临大敌的紧张样子,我倒觉得面无表情,难道不是我们一贯的样子吗?

……

语文老师陈老师:想让你们放松一下,聊聊天,反正现在复习也是没有用的。

姐姐:妹妹高考加油!

一众亲朋好友:高考加油!

2017.6.8　重庆八中本部

对于高考曾经有许多害怕：作文遇到没练过的类型，物理遇到第一题都做不来的大题，理综的选择题没有把握……以前以为遇到这些难题大概只有复读了，现在觉得也就那么回事儿。

不知为什么我心态好到可以算是没有心态了。

……

同学：今年的作文简直了……

2017.6.8　重庆八中本部

来不及伤感，明天又要马不停蹄地去北京参加博雅计划面试。

吃“散伙饭”时想起年级主任对我们的威胁：“你们这些要参加博雅、领军、自招的人，8号吃个饭就行了，要是晚上让我看见你还在喝酒，我就一脚踹你回家。”

……

LSH：你好歹吃了个饭，我考完试就飞北京了。

LSJ：快来北京陪我。

2017.8.11　北大

面试的题真的比我想象中简单太多了，我以为会难到只看得懂题目。大概是因为考察的重点不是做难题而是思路和讲题。

物理教授是一个非常和蔼、温柔、可爱的奶奶，讲完题后和我聊天，我给她介绍了我们学校的王俊凯。

数学教授是一个高冷的年轻大叔，全程表情很“虚幻”，时不时轻飘飘抛出几个问题，好在有高三的残酷训练，再加上我天不怕地不怕的性格，兵来将挡水来土掩。

突然想到小学时，数学老师常常让同学去课堂上讲题，我是她的一号小老师，那时候每一次上台我都特别抗拒，觉得被大家盯着浑身不自在。现在站在时光这头，看时光那头，我却想道一声谢。

综合面试的考官是两个青年人，然而他们全程基本盯着电脑，也不知道是不是在看我的“黑历史”。自我介绍完后他们问我的缺点是什么，顿时想起不知是谁嘱咐我的：“别说性格缺点，比如我生性多疑。”

……

LSJ：你说的是什么缺点？

陈俊晓回复LSJ：懒。

2017.8.18 巴厘岛某小学

阳光是一样的，甚至风似乎也是从海边跋涉而来的，夹杂着一丝海的气息，但乌布的山区和图兰奔的海滩却像是两个世界。

一个年级只有一个班，教室里的桌椅是原汁原味的木材，光源是孤零零的两个灯泡和只有一边能照进来的阳光，几个黑黝黝的孩子。

起初看到这样的学校，我以为这里的生活是贫苦而艰辛的，我以为这里的孩子身上背负着沉沉的枷锁。但当我看到他们明媚的笑脸和怎么也抑制不住的顽皮时，我才知道他们一样是在生活着而不是挣扎着。

以前总是嫌弃八中嫌弃大学城，但在这里，我却无法控制地在可耻的对比中感到一种幸运。

2017.8.27　家

我渴望与你分享我的故事，但我知道，唯有你也想听我讲述时，我的故事才有意义。

本文创意来自明开夜合的《落雪满南山》番外，每一条朋友圈和评论都是虚构的，毕竟我是一个一条朋友圈都没有的人，但内容和评论的人都真实存在。

高中三年在我的心中固然是不可替代的峥嵘岁月，但我不是竞赛生，论拼搏只能是班门弄斧，也没有什么大喜大悲，只有一些细碎的小情绪，一些悄悄触及格子边缘的叛逆，一些沾沾自喜的明潮或者暗涌，平铺直叙出来的确稍显苍白，因此我选择以这样的方式，至少搏个新颖。

借写这篇文章的机会，才认真回忆了一番——这样的过去，是那样过来的。

由于性格原因，再加上自己虽然不怎么像但也算是个“学霸”的身份，以及身边的许多可爱的人，高三在我这里，痛苦和迷茫是一条线，快乐和幸福却是一个圈。

陈俊晓：毕业于重庆市第八中学，就读于北京大学法学院

日复一日，风中追风

李舒豪

梦中做题的日子过去了一个半月，神经已经有些大条，不想去回忆许多，只是静默地将它们埋在记忆深处。恰逢此机会回顾往昔岁月，偶得一二琐事述说，大抵关于偏爱，大抵关于信仰。

从小就贪玩的我，信奉的准则是：休息的时间从不学习。也正是如此我有点蠢地退出了竞赛班。2016年5月入驻大学城的我，才知道每个高三的周末都只有半天，那半天还有可能用来上自习……高三上学期的寒冬真的很冷（初中、高中六年从来不穿秋裤的我表示要得风湿病）；高三下学期的酷暑也同样难耐。人类的情感力量无异于是这段漫长旅途中最好的强心剂。亲人是永远伫立于我内心深处的灯塔，静静守望：来自陪我长大的爷爷奶奶的周末电话，来自老爸老妈时不时地探望；而朋友与兄弟更是人生路上不经意处或留意处的一汪热泉：在陌生的教室陌生的位置上不经意间翻到他们写给我的生日信；在难过时寝室中游荡的《阴天快乐》，开心时吟唱的《告白气球》；每周体育课必定满头大汗的打篮球；每天上课与前后左右伙伴一起起哄带节奏寻开心的快活；甚至是我下铺那位去了清华的兄弟在回自己的学校考试之前留给我们的小纸条……更有一位位老师们的谆谆教诲，回想起来，感恩之心愈发真挚。

这段风里雨里同舟共济的经历，让因为参加博雅计划、领军计划而被耽误的毕业聚餐更加遗憾。大概只有6月8日的夜晚，才能衬托出每个高三学子心中最恣意的情绪。

但我仍然记得，记得高考期间跑来探望却因害怕影响我节奏而未曾告知我的老妈；记得默默忍受我时常抱怨的老爸；记得“二诊”完亲自来重庆陪我半天的爷爷奶奶；记得那个因为我一个电话就从云阳坐了六个小时大巴赶到重庆吃饭唱歌的“熊二”们；记得一起约定今年十月去鸟巢看英雄联盟的世界赛的“科比”们；记得在黑板上写下“天王盖地虎，全上985”“清华北大，不在话下”的“李华”们；记得常常被我顶撞惹生气却耐心依旧的老师们；记得内心如少女，外表不苟言笑的“航哥”。多谢你们，陪我度过漫长岁月，陪我风中追风。

第一次接触到这个神秘的园子，是在2009年的盛夏。2016年的优生夏令营，我才知道这里真是个人杰地灵的好地方。2017年的博雅计划再入园子，似乎有种自己本该属于这里的感觉。也许北大就是一种命中注定，不管是运气，还是实力，既然来到了这里，便携着最珍贵的情感与信仰之力，风中追风。

PS 学习建议

大家只要保持“蜜汁”乐观就行啦！

李舒豪：毕业于重庆市第八中学，就读于北京大学法学院

信息管理系

北大信息管理系,其前身名图书馆学系,始建于1947年。自二十世纪中期以来,王重民、赵万里、于光远、傅振伦、王利器、刘国钧等一批著名学者先后在本系任教或授课,为学科的壮大奠定了基础。信息管理系目前有图书馆学(本、硕、博),情报学(硕、博),信息管理与信息系统(本),编辑出版学(硕、博士点为自设)等两个本科专业与三个硕、博士点。

信息管理系目前正承担教学科研工作的专职教师共28人,其中教授16人,副教授11人,讲师4人。主要研究领域有:信息资源管理与知识管理,信息存储、组织、检索、传播与数据挖掘,图书馆学理论,图书馆管理,数字图书馆,文献目录学,阅读文化,出版产业、政策与管理,政府与企业信息化管理,信息资源产业,网络技术与应用,情报分析与咨询,信息政策与法规等。

志与愿

张一心

“高三的生活就是一场灾难。”

在过去的一年里我常常这样抱怨。

刚刚结束高考，即将进入大学的我，回望着自己的高三生活，发现对于我来说，最可怕的不是那一摞摞习题，不是那些铺天盖地的试卷，而是面对浮躁的无奈，面对挫折的挫败感，以及对未来不可知的恐惧。

想要真正投入学习，就必须克制这些情绪。

浮　躁

在备战高考的过程中，一颗本来平静淡定的心或许会因为一道做错的习题、一个努力回忆却依然模糊的知识点而变得狷急躁动。这时，即便我有着极大的学习热情，也难逃低效的事实。于是，干脆撒手不做，将书本习题扔在一边。就在这时，内心却又升起了一种强烈的负罪感，心中有个声音在告诉我——光阴是把利剑，若你消遣生活，将来定会被生活所消遣。于是我又无可奈何地拿起书，皱着眉头努力平复自己的心情。其实，强迫自己的屁股紧紧贴在椅子上，强迫自己的眼睛紧紧地盯着书本，并不能真正使自己平静下来，暂时转移自己的注意力不失为一个好方法。

于是，我会听听自己心中的“愿”。“愿”字在我看来，是本原之心，是本色，是对自己的诚实，是对当下的自己心平气和、真诚相见。想想自己那些美好的愿望，想想在旅途中看到的美景，想想自己在琴键上飞舞的手指……总之，我会想想自己最开心的时刻，想想那些被高三的快节奏挤压得无处安放的回忆，想想那些不那么耀眼却一直温暖着我们的人们，想想自己最初的梦想。既然“烦恼所逐，不得自在”，何不尝试几分钟的放空，倾听心中的“愿”？

挫　败

鲜有人的胜利是以顺遂换来，大多数人的成功是由苦难孕育。对于那时的我来说，或许会因为一件小事而踌躇满志，连走路的步伐都快了起来，仿佛急于面对未来的人生，但是当鞋中掺进了一颗硌脚的石头，便开始呼天抢地，甚至倒戈弃甲。但是，挫折是学习道路中不可避免的，而对于极度敏感的高三时期的我来说，挫折则显得尤为可怕。分数的下降、名次的倒退，甚至是一道看似简单却无论如何也解不出的数学题就常常使我陷入深深的自我怀疑。于是，我开始了一系列“追问”——是我变傻了吗？是我的记忆力下降了吗？是我不够努力被他人超越了吗？我该怎么做？是该多吃点核桃，还是多做几套题？

其实这时候，我最需要做的，是拥有足够的自信与足够的坚定，这种自信和坚定来自对自己的了解，也来自心中的“志”。

自信来自豁达和底气。高三生活中的许多苦恼，不是来自外界，而是由自己强加给自己的。对自己的怀疑便是给自己制造苦恼，仿佛用绳索束缚住了自己。这时我们更需要给自己加油鼓气，相信自己的能力与努力，相信“功夫不负有心人”。

“志”字在我看来是士人之心，“士不可以不弘毅，任重而道远”。我告诉自己，不能将目光停留在当下的困难，或是说停留在那些直接而现实的利益上。若是将学习仅仅看成谋取个人利益最大化的工具，便难免会陷入斤斤计较、时时谋划的漩涡，对挫折感到更大的恐惧。相反的，高三的学生应该拓展自己的视野与格局，关心一下国家与社会，关心一下历史与军事。这不仅能让我们放松心情、丰富知识，也能无形间使我们的人生观、价值观更加清晰，让我们更加明白任重道远，更加坚定地去面对挫折。

不可知

或许我的内心更偏向悲观主义，所以对于未来的不可知也让我时不时感到恐惧。我总是担心自己从前那些美好的愿望最终会在阴差阳错之下换来一个最仓促潦草的现实，担心那些热烈的奋斗会换来苍白的妥协。

在我看来，“志愿”二字亦可以帮助我们。“志”乃士人之心，“愿”乃本原之心。我崇敬宋儒张载有“四为”之理想，也崇仰吴良镛先生“读万卷书，行万里路，拜万人师，谋万人居”的夙愿。一个真正的“读书人”应该具有掌握并运用人类智慧与成果的能力，亦应有“士以天下为己任”的责任感。这份责任感不会让我们感到沉重，反而会让我们的脚步更加轻盈，让我们更有勇气去面对未来的不可知。

的确，有时我们需要从小事做起去完成大目标，有时我们也需要看到自己的诗和远方来克制当下的畏惧。多一分情怀，或许便能多战胜一分恐惧。

的确，这三种心态难以完全克服，即使是上高考考场前的我，也多少带着这三种心态的影子。我写下这篇文章，一是希望讲讲我是如何在备考过程中尽量克制这些消极情绪的；二是希望告诉学弟学妹们，你们永远不是一个人，你所难以战胜的消极情绪也在困扰着别人；三是希望告诉大家，没有人是完美的，也没有人能永远保持着最佳的状态，可即使是那个不那么完美的你，依然能像你们的学长学姐们一样走进自己心仪的大学。

张一心：毕业于重庆市南开中学，就读于北京大学信息管理系

社会学系

北大社会学系建立于1982年，是改革开放以来我国高校最早建立的社会学系之一。经过近多年的建设，北大的社会学系已经发展成为一个涵盖了社会学、人类学、人口学三个二级学科，社会学、社会工作、人口学、人类学四个专业设置，本科生、硕士研究生、博士研究生和博士后四个人才培养层次的相对完整的社会学一级学科教学与科研体系。

北大社会学系（含社会学人类学研究所）现有全职教师41人，其中教授22人，副教授13人，助理教授6人；“文科新世纪优秀人才”3人，教育部“跨世纪人才培养计划（人文社会科学）”人才2人。属国内高校中学位结构相对较高、师资力量相对较强、学术影响相对较大、深具发展潜力的社会学教学科研机构之一。

“我的劣迹”

张 淦

优秀总是相似的，恶劣则各有各的恶劣。我想，使我成为我自己的，不会是我并不怎么突出的成绩，而是我的“斑斑劣迹”。我是犯着一般意义上的各种禁忌度过高中的。它们曾使作为一个高中生的我徒增压力和烦恼，却使作为一个少年的我更加丰富与独特。

这篇文章拖延了一个多月，算是在盼望同道中人。现在看来，不管是因为拥有类似秘密的人都保持了超然，还是确实只有我曾甘冒大险，我都将是这里的一个特例。在走向北大的路上，我曾见过不一样的风景，亦有荣焉。

Hello,world

透过电脑屏幕，我常常听见与人类第一个计算机程序相似的低语：“你好，世界。”一个个世界，一颗颗头脑在致意和倾诉，来自每一个游戏的设计者和制作人。

是的，在高三的紧张和急迫里，在老师多年来的教诲和告诫里，莫说沉迷于游戏，就是偶尔遐想都是奢侈甚至危险的。我也从不否认自己常常分心。

可是，若我心向往星辰大海，我就找不到理由总耽在眼前的沟渠。游戏、电影，是声光与思想的艺术，是视觉和体验式的阅读，就像马基雅维利与古人彻夜深谈。

不知道还有哪些人曾被那句“Hello, world”所吸引——我清晰地记得是人输入了代码，却又深受震撼地感知到一个类灵魂物在CPU（中央处理器）里诞生。

Hear me roar

小学的启蒙老师邀我叙旧，我们的回忆相互吻合，十二年里我都是一个直来直去的狂后生。熟悉孤单，也体验过热闹；一贯直言不讳，却也知道适时沉默。就算到了今日，高中业已结束，云横秦岭，雪拥蓝关之时，我也不肯一刻低伏，偏要说些什么“劣迹”，“哗众取宠”一般。

不过，我也无须讳言：我在师长的告诫和批评里，在心中的愧疚和矛盾里，坚持着自己的选择，干了些“坏事”，到最后，尽管有再三侥幸，尽管自认名不副实，我也取得了高考这个小小的成功。很惭愧，只做了一点微小的工作，但我亦“为之四顾，为之踌躇满志”。

我能说我自己“知其不可而为之”吗？我从不优秀，却又很少谦虚。我狂妄，我自负，我不知收敛，我一往无前。

走向北大，走向未来，我只会一天天地渺小和平凡下去，曾经克服过的已经过去，我渴望征服的则陆续到来，狂妄将让我付出代价，小聪明终会伤到我自己。可是江山易改，本性难移，愚蠢本就是愚人的骄傲。

忽然而起，忽然而终，只是觉得自己连自己也不知该如何解读。初入燕园，着实献丑，坦诚而已。

张淦：毕业于重庆市第八中学，就读于北京大学社会学系

行舟，从南开至未名

李适源

“为了见到你，所有的跋涉，都算不上艰辛。”

这是我喜欢的诗人马德的一句诗，想要留在篇首，作为写给北大的情话。

一、海市蜃楼的魔力

为了见到你，彼岸的未名，我登上了船，握上船桨，升起风帆，借着去年的夏季风，一路向北，似乎见到了你。你像是海市蜃楼，可望而不可即。

2016年8月，我有幸参加了北大的暑期学堂，第一次在未名湖畔晨跑，伴着泥土的气息；第一次与大师同聚一堂，怀着不可言喻的惊喜；第一次感受传说中的自招试题，还剩有惴惴的余悸。

可是，你的一切都离我很远，遥在天际，而我却想划到未名湖畔，紧紧地拥抱你。

二、调整航线的幸运

好险，差点偏离了航线，多亏了你，我的未名，是你唤醒了我的一意孤行。

暑期学堂的一个夜晚，“院系大观园”活动中，我见到了心仪的心理与认知科学学院的老师，并向他热忱地表达了我对心理学的渴求。可是晴天霹雳,北大的心理学属于理学部,那无疑是一道很多文科生都难以逾越的天堑。

不过故事远远没有结束,后来我才知晓,北大是鼓励学生修双学位的,以此促进学科交叉,培养复合型人才。我可以另辟蹊径,学到我热爱的心理学。

三、风平浪静的日子

九月,我的船,伴随着锋面雨带回到南开,重新挂上风帆,重新起航。这一次我找的不是海市蜃楼,而是要踏踏实实地行舟到未名彼岸。

启程的这段日子,风平浪静,甚至是顺风顺水。"一轮复习"刚刚开始,我没有花大量时间做练习题和机械记忆,而是把重心偏向于对全国卷高考题的研究,琢磨命题意图,寻找历年延续的命题风格,标记常见设错陷阱……日积月累,我仿佛听得见正确答案的心跳。

我把可喜的成绩,归功于自己独立思考的意志,不盲从模拟题,不被作业奴役,不迷信参考答案,而是崇尚教材,尊重考纲,亲近真题,因为它们才是我行船的灯塔。

四、暴风骤雨的洗礼

一月,西伯利亚高压开始咆哮,冬季风肆无忌惮地南下,我也遭遇了风暴。

"一诊"考试,我的名次下降了很多,那一晚,阴风怒号,浊浪排空,樯倾楫摧。可是我没有返航,一场大哭,我冷静了下来,开始了思考。

我的失利,从何而起?自信,一帆风顺的成绩,让可贵的自信变了质,变成了不可理喻的刚愎自用。从前是不被作业所奴役,现在是对一切作业都嗤之以鼻;从前是重心偏向文综,现在是剑走偏锋只学文综,忽视了自认为简单的英语和数学;从前是着重研究真题,现在是好高骛远不重视基础知识的记忆……也许是行船太顺利了,沾沾自喜之余却没有发现,理性的风帆已被蛀虫啃得千疮百孔,一旦风暴来袭,行船危在旦夕。

总而言之,我只顾伸手摘星,却忘记了脚踏实地。反思以后,我及时地纠正了学习方法,为我的船换上了一张全新的风帆,它朴实无华,却坚不可摧。

高三下学期以来,我的船颠簸不断。滔天浪花,着实让我晕船。最艰难的时候,远方的你,派来了激励我的使者——北大的冯老师、姚老师和代老师,一次又一次,月复一月地来到南开中学鼓励我、开导我。既然是行船,自然有海浪,有海浪就有波动;既然不能避免波动,就学习如何驾驭波动,减小波动。

我的未名,你在黑暗里,绽放出耀眼的光芒,让我在黑潮里,找到了前进的方向。

五、黎明之际的考验

六月初来,终于要见到你,终于要等到黎明,只需跨过最后一道海沟——高考。

数学考试,第6题的三视图,对于缺乏立体想象思维的我来说,无疑是当头一棒,没有思绪,放一放;第9题,从未涉及的逻辑推理,读完题我只剩下冷汗。两个题的位置,都属于中下档的难度,我却要眼睁睁地丢掉10分,焦虑、恐惧、绝望、愤怒,所有的负能量在30秒里占据了我的船,但仅仅是30秒而已。

我牢记着老师的一句话:“状态本身不重要,调整状态最重要。”30秒过后,我开始闭上眼睛,减少交感神经的兴奋,有节奏地深呼吸,积极地暗示自己:“我就是天下第一,我做不出来的题,没有人能做出来。”于是,我选择搁置它们。

真好,这套题的其他题目都莫名的简单,于是我留下了充裕的时间,重新审视那两个顽固分子。毕竟完成了绝大部分题目,分数有了保障,在安全感的护佑下,我的理性得以苏醒,最终成功解题。

每一艘驶向未名湖畔的船,都要经历这一场黎明前的考验。它并不着重考验我们的勇气或者智慧,它更看重的是我们的信仰:我爱的未名,我已为你倾尽所有。天道酬勤,我会胜利。

六、久别重逢的未名

如愿以偿,我的船停靠在未名湖畔,上了岸。别急,这不是结局。

越努力,越幸运,博雅计划我被认定为优秀,得到了降分的门票,可这仅仅只是门票。

高考完以后两天,南开中学的老师们挑灯夜战,为我们讲解自招题目,指导面试技巧,为我们披上铠甲,在南方,为我们加油。

高考后的第三天,我又来到了北大,久别重逢的未名,谢谢你给我的惊喜。在面试环节,我抽取到的问题,刚好与犯罪心理学和社会心理学息息相关,那是我六年里无比痴迷的学问。突然就想起,南开中学格言榜上的一句话:“未来的你,会感谢今天努力的自己。”

终于遇见你,我心爱的未名。

不虚此行,不负君心。

李适源:毕业于重庆南开中学,就读于北京大学社会学系

圆梦北大，感恩前行

简　志

首先，我的表达能力有限，也没有和其他同学一样的辉煌过去，更多的都是些辛酸史，我主要讲讲我读“高四”的心路历程，希望与各位尤其是复读的学弟学妹们共勉。

“这一刻，唯有感恩。”在得知自己被北大录取后，我在朋友圈中写下这样一句话，这是我当时内心最真实的感受。回想自己走入北大的这一段路，尽管坎坷却也足够幸运，从育才中学到黔江中学，一路跌跌撞撞，终于幸运地圆梦燕园，为过去的十几年画上了一个较为圆满的句号。

高一之前的暑假，我有幸参加了育才中学组织的北京优生夏令营，第一次实地感受北大，说实话我只知道北大是中国非常好的大学，想着自己以后要是能在这里上学该多好。我并不敢抱太大期望，彼时北大于我只是一个梦而已。

在育才中学的三年，是我知识成长最重要的三年，育才中学开放自由的学习环境让我整个高中还算是学得比较轻松的，尽管高一时不是很适应，但后面两年调整过来后，学习成绩还算是跟得上大家的节奏，而且育才中学丰富多样的节日活动也让我有了一个精彩的高中生活。

还记得是那年的6月23日，怀着欣喜与期待的心情，我当着母亲的面在手机上查了第一次高考的成绩，刹那间我以为自己看错了，可是我知道我没有看错，巨大的失望与自我怀疑顷刻间涌上心头，痛苦的表情让母亲知道了这是个不好的结果,她说:“要不再复读一次?”一开始我是拒绝的,在看到昔日同学都考得不错,父母隐约露出的失望表情和一些亲人的劝说后,也就半推半就地拾起书包再次走进教室开始尝试着复习。录取结果出来了,算是一个不错的学校,也是不错的专业。所以我就面临着人生的抉择,要么选择已经安定的城市、学校以及专业,轻松地过一个暑假;要么承担着巨大的压力,冒着未知的风险从头再来一年。父母不能为我做决定,17岁的少年必须对此负责。那段时间我整夜整夜地失眠,连午休也不能睡着,去了学校也是上课犯困睡觉状态奇差,实在令人崩溃。直到有一天我回家午休又失眠了,一个人在房间里失声痛哭了半个小时。之后,我就下定决心再拼搏一年,想到无论复读结果如何,我都不能给自己留下遗憾。

去黔中复读时,杨校长还有其他老师都跟我说:“你能考上北大清华,我们相信你的实力。”在很多人的鼓舞下,我也渐渐想通了,复读就得跟自己死磕一年,于是我更加坚定地把北大定为自己的目标,“求其上,得其中”,哪怕没成功,相信最后也差不到哪儿去。在黔中复读期间,我差不多断绝了与外界的一切联系,卸载了QQ,关掉了微信朋友圈。手机里只有几个学习应用,心无旁骛地复习。其间也曾怀疑也有失落,但更多的是平静与淡定,我不停地告诉自己,享受拼搏的过程就好,不要急于去想最后的结果。一直到“一诊”考试,我的状态还是保持得挺不错的。可在进入5月后,我的成绩突然下滑,尤其是语文和数学两科让我连遭打击,各种自招计划也都没通过,而且那段时间家里也突然遭遇重大变故,一位亲人突然离世……命运总是这样,“给你点燃梦想的火炬,却又给你下一场暴雨”,现在想想那段时期是我整个高中最难挨的一段时间了吧,那段时间真的以为天都要塌下来了,复读生涯即将结束,距离高考仅有二十几天,可我的状态却处于最差时期……过了好几天我才缓过来,思考了很久,我把它当成是命运的考验,我在一个激励自己的小本子上反复写着:“燕园情,千千结,问少年心事,眼底未名水,胸中黄河月。”每当想退缩时,我就重写这句话,它一再地提醒我,北大只招收最坚韧的人,少年只有放下一切杂念,拼尽全力,才能走进燕园。

山重水复疑无路,柳暗花明又一村。

就这样,我带着不是太好的状态走进了第二次高考的考场。分数出来后,尽管感到有些遗憾,但想到自己"高四"这一年确实也尽力了,比上一年还是有所进步,而且后期发生的那些猝不及防的事情我也没有办法规避。我想到考北大大概是无望了,四年高中生涯"差不多"就是这样了。这时候,又是杨校长,他认真地给我分析志愿填报,带我去主城见招生组老师……

最后录取结果出来——北大社会学专业,算是圆梦。成长的路上总是会遇见一些命中贵人,为你在绝望中带来希望,我想他于我正是如此吧。

我感恩育才,带我初识北大;

我感恩黔中,让我圆梦北大;

我感恩父母,无论我选择文科,还是选择复读,他们都尊重我的决定并始终支持着我;

我感恩自己,谢谢自己那颗坚韧的心,永不放弃。

唯一的遗憾,大概就是那位已经走了的人再也没有机会看到他曾经最疼爱的人考上了北大吧。

"成功的花,人们只惊羡它的明艳,谁知道它当初的嫩芽却浸透了奋斗的泪水,洒遍了牺牲的血雨。"学弟学妹们加油,听从内心的召唤,奋斗吧,金秋的燕园最美,希望我们在燕园的下一个金秋相遇。

简志:毕业于重庆市黔江中学,就读于北京大学社会学系

时光缱绻　静思流淌

邱占萱

我相信一个人的爱好是其性格的缩影。

我热衷台球，因为我觉得冷静地分析与推理进而做出判断是生活的常态。

我热爱排球，因为我觉得男儿当有热血，和平年代不能战场洒血，当应球场挥汗。

我嗜好读书，因为当你面对生死产生恐惧，面对未来的生活产生迷茫、无所适从时仍有一故友相伴。

我依恋睡觉，因为梦中的自己无忧无虑，闲云野鹤，不用写长篇大论做自我介绍。

这是来自西大附中的一封抒情信，亦是无数次静夜深思的缩影。这条路上，只有一个坚定地向着北大求学的学子和他心中未名湖的倒影。

高一报到的前一天，早上六点过，二班少年已经在操场上整齐列队。我站在人群中，望着静谧的校园，和大家一起肃穆地站在那里，仿佛在等待着什么。紧接着第一束阳光越过了山巅穿透而出，收割了我们的沉默，一个嘶哑的男音大喊："红日初升，其道大光，起！"梁启超先生的《少年中国说》以歇斯底里的方式，带着信念与坚定在操场爆发："美哉我少年中国，与天不老！壮哉我中国少年，与国无疆！"那一刻我想到了很多，想起了梁启超先生1922年3月在北大礼堂的演讲，想起了北大曾作为中国青年最前沿的阵地掀起的五四运动，彼时彼刻，我在心里埋下了一颗种子。

一天晚自习时，我突然被告知需要学习化学竞赛的同学以后每个星期四的晚上都要到万象楼206上课。猝不及防的，我的化学老师找到了我，问我愿不愿意学，他告诉我这条路的艰苦，也告诉了我如果成功，基本北大清华随便选。出于对自己能力的自信，抑或其他原因，我想都没想就答应了。我没有想到的是："树林里分出两条路，我选择了人迹罕至的那条，从此决定了我一生的道路。"

高一的时候参加全国青少年科技创新大赛，偶然间在燕园旁惊鸿一瞥，便构成了我对这所陌生城市里熟悉大学的第一印象：厚重却朝气蓬勃。日后我常思索是什么带给我这样的感受，如果说春天微风拂面带给你心中一丝温馨，是因为春天的生气与温度，那么当你置身一所大学的校门之外，覆盖你的，将是一所大学的底蕴。历史是底蕴，大师是底蕴，藏书是底蕴，一代代走出去的学子，也是底蕴。参加全国中学生化学夏令营的时候，我才真真正正走进了北大校园。每天早晨沿着横竖交错的马路穿过校门，穿着崭新的实验服，中午来到农园食堂刷着阳光卡，回到寝室美美睡上一觉，内心渐渐产生了一丝归属感，似乎生活本身就应该这样恬适、规律而淡然。有时候晚上睡不着，便跑出南门吃没有汤料的杂酱面，在北大的学长总能骑着电动摩托走街串巷带我们找到各种小吃，为枯燥的竞赛学习平添精彩。

夏令营到科学营之间是最难熬的日子，就像一个人闭上眼睛，堵住耳朵，塞住鼻子，失去触觉，两耳不闻窗外事，一心只读圣贤书。像是在一条充满迷雾的迷宫中前进，或许走过下一个路口就是光明，抑或者万里长征才刚刚开始第一步。其中辛苦，不足为外人道也。

科学营的日子里，很遗憾没能住在校内，却更加真实地了解了北大。除了两堂考试的时间外，我走在未名湖畔，走在街边的咖啡馆，走在温馨的小书屋，我在心里暗暗许下诺言，以后我一定会成为这家咖啡馆的常客(因为每一个咖啡桌的旁边都会摆上一本书，真的是很喜欢这样的安排)。

冬令营决赛实验考完的当天晚上，流言四起。45层的酒店，我看到大厅电梯,甚至员工电梯的终点站永远是北大招办所在的42楼。我一个人站在房间门口看着电梯,心里面有一丝萧索,又隐约间有一丝茫然:人人皆梦入燕园,有些人是冲着北大这“金字招牌”,有些人是不知道考哪里只好往最好的去考,有些人是看中了高排名的院系,有些人是求师于闻名中外的教授。我又是为了什么选择那里?是夜,辗转反侧,直到第二天接到志愿者的短信,走进保送生的特别接待室,提笔填写信息的一刹那,我突然意识到,或许这个答案很早以前就有了,从那颗种子开始,抑或是我更小的时候。

前几天我又回到了附中,原本红瓦的万象楼已经脱下了外衣变得坑坑洼洼,教室里空无一人,新建的实验楼已拔地而起,整个学校将统一成肃杀的灰色,似要带走我的回忆,又似在伤感远去的游子。

或许多年后,从远方回来,母校已经焕然一新,但我仍能被楼与楼的间距这种细微之处勾起回忆,因为一个人对家的记忆永远是最深刻的。北大将会成为我的第二个家,也许又隔了许多年,当我回到北大这个母校时,当我又一次用脚步丈量这片古老的土地时,我可以置身未名湖畔自豪地说:“我是北大人!”言语铿锵,掷地有声!

邱占萱,毕业于重庆市西南大学附属中学,就读于北京大学社会学系

王者未名，以我为名

黄紫陌

这个嚣张的题目想煽动另一些年轻的心脏，说说几件关于信心的事。

燃烧得再隐秘，也比发霉来得好

不论是学校要求还是班级创意，我们都会在刚进校时接到一个“做梦”的任务。把“我的理想”转化成便利贴、座位标签，还有励志宣言。这种时候“匿名”二字几乎是一张免死符——我们敢写哈佛、耶鲁、牛津、剑桥，只要没人知道我们是谁。当然，一个班总会出现两三个胆大包天写自己想进“加里敦（家里蹲）大学”的。其实抖机灵不算错，许愿本身也仅仅是一个仪式。但我想说的是，没有人规定野心是一种令人羞耻的存在。每一张便利贴的书写者和他所写的内容之间都是有联系的。冥冥之中，这种联系会给予我们牵引，或微弱，或强烈。也许一开始不相信，但当这种联系真的变成坚持与放弃的界限，崩溃边缘的一根稻草，我们就会感叹劫后余生，还好没有过早熄灭。

我记得高一时自己有多不害臊，一排字“我希望2018年北大校园歌手大赛TOP10里有我”写得行云流水，未干的油墨在荧光绿的纸片上亮闪闪的。谁能想到，这会在之后的三年里，成为一朵隐秘的火焰。

烘干胆怯，燎成光原。

敢输敢赢，敢开口大声宣战的自信，才有资格叫作青春

对我来说，高三过得倒没有很累，只是输得累。

一年中我去了三趟北京，夏令营、冬令营，听起来都是让人羡慕的谈资。但心塞的是，三次停留都并没有为高考获得哪怕一分的保底。高一、高二听了多遍的自主招生，真正被号召提交报名表的时候，却成为我破釜沉舟里的“釜”和“舟”。从前自负有多次机会慢慢去抓，其实不过剩高考一座独木桥而已。

高一上学期期末的“一诊”，算算账，以当时的成绩想进理想大学，每天平均要涨0.47分。

把“0.47”贴在课桌上之后，却不如自己想的那样，步步为营，凤凰涅槃。反之，直到高考前的倒数两次考试，我都没敢看一眼成绩单。总之要么状态崩坏，要么在找状态的路上。

除了任成绩摆布和“一周一小哭，一月一大哭”之外，高考前最深的体验是，不敢谈任何实质性的理想，成天把以前根本不屑的，抽象的心灵鸡汤往桌子上贴。大概是不敢开口宣战，却成天默念“黄沙百战穿金甲，不破楼兰终不还”的感觉。

高一时在日记本上写了十几条想考北大的理由，高三那一年却没敢翻回去看一眼。百日誓师时破着音吼出的誓言，也不敢重新听一遍。

知道大家离高考的天数都一样，可你总好像置身事外，原地踏步。

不觉得自己可以死灰复燃，好像无论怎样都是在苟且偷生。

一次调整状态回来，走进教室，座位周围的人都转头看你。

“昨天你哭着跑去哪儿了？找了你好久！”

“你还晓得回来！哈哈哈哈哈……”

“这一天发的卷子都给你收拾了，这么大一堆，再不做更做不完咯！”

那时候，你知道在硬抗的不止自己一个人，大家总是在一起的。

一起按部就班，一起猛灌“鸡汤”，一起找着缥缈的信心，一起等着六月七日快来，又怕它来得太快。

王者未名，以我为名

高考前夕我干了件傻事，目的还是一个，找信心。

我把高一前在北大门口买的那盒明信片拿出来，在最后一张——未名湖的风景背后，赫然印上了我这句狂妄的口号。并且，这八个大字，在高考答题前的几分钟也不断洗着我的脑。

我甚至将初中至今的印象中各科的最高分加起来，一看，七百三十几，才有胆子睡觉。

我知道民主社会里没有王，知道那些个最高分都是陈谷子烂芝麻的事，知道明天考场上真要怕得手抖手滑也没有办法。但这是一种令人上瘾的暗示，好像自己真的那么厉害，一切都是理所当然，可以释怀的。

就是有野心，怎样？

因为敢像疯子一样去做白日梦，别人才没有为你设限的资格。哪怕这一刻连自己都心存怀疑，也不要放弃。真的。

“高考只是座小土丘，只是因为离它太近了，才会被阻碍所有的视线，认为它不可逾越”，越过它，依然作为自己的王，放着胆子，去征服，去眺望。

前路迢迢，邈邈无疆。

黄紫陌：毕业于重庆市育才中学，就读于北京大学社会学系

新闻与传播学院

北京大学享有“中国新闻学和新闻教育之摇篮”的声誉。1917年,徐宝璜教授在北京大学开设《新闻学》选修课,是中国新闻学教育的开端;1918年,北京大学新闻学研究会成立,由校长蔡元培亲任会长,这标志着中国新闻学科的诞生。2001年,北京大学恢复建立新闻与传播学院,逐步形成具有北大特色、适应时代发展、面向国际前沿的新闻与传播学研究、教学和人才培养模式。

本学科拥有新闻传播学一级学科博士点,以及传播学、新闻学、新媒体学二级学科博士点,并设立传播学、新闻学博士后流动站。新闻学专业为教育部“第六批高等学校特色专业建设点”,国家一流本科专业建设点。全国新闻与传播专业学位研究生教育指导委员会秘书处设在北京大学。

学院师资力量雄厚,入选国家级重大人才计划2人、中宣部“四个一批”文化名家1人、教育部新世纪优秀人才1人、全国广播电视和网络视听行业领军人才1人、高校和新闻单位人员互聘“千人计划”5人。

无名小卒的未名之路

徐子涵

在他被燕园顶上的阳光晒黑几度，在未名湖的水面上与博雅塔同框之前，他和这座大学的关系浅薄得如一位不上心的“迷妹”和她房间里贴歪了的海报上的明星。

而这座汇聚着真知灼见与各路豪杰精英的象牙塔瞬间征服了他。那之后呢？

无名小卒拿出他吊儿郎当的十几年中从未拿出过的认真劲儿，虽然对自己没有十足的把握，但还是为了那张未名湖的船票夙兴夜寐奋笔疾书。他心爱的吉他蒙着满身灰尘对他说：“你变了。”他大禹似的沉默走过。他分数难看的数学卷子板着脸给他讲：“别做梦了。”他勾践般地卧于习题册上。子夜一点的雨和早上六点半的雾也慢慢认熟。

一切稍有起色。癞蛤蟆虽然起起落落，但跳得越来越高，逼近着天鹅的高度。

决战的前一天晚上，他住进了一间陌生的营房。背部被自己沸腾的热血和对命运的焦虑烧得滚烫，他深夜两点方得入睡。决战很快就结束了，他甚至怀疑这是自己第一天晚上做的一个梦。命运真正在自己手上的时候，自己反而战战兢兢、不知所措，手放在命运的咽喉上，却抖得发不了力。

几天后，第二次来到未名湖畔，在决战中或多或少有些慌张的他突然有了一种释然。往者不可谏，来者犹可追。还有一战，只能全力以赴，尚有希望挽回局面。可能是之前做了不少字迹潦草的笔记并且好好记忆了的缘故吧，面对面试前两个小时的漫长等待和预想的模式大不一样的面试题型，他难得地冷静，巧妙地“抖”出自己不少的见解和特长。回酒店的路上，他有一种拿破仑炮轰狮身人面像后的成就感。

接到电话通知被降至一本线录取时，他差点撞上门框。对于一个默默无闻且自信不足的人来说，这是他人生中至今为止得到的最大的认可和证明。

反反复复地输入了好多次账号密码后，他终于看到了那一串让他浑身乏力的数字。史上最低，彻彻底底的滑铁卢，一切关于失败的词在他脑中搅作一团，挥之不去。同学满是期望的询问让他喘不过气。父母掩饰不住的失望让他心如刀绞。“我终不过是无名小卒，滑铁卢之后，我甚至也当不了科西嘉的怪物。”他想。

而去咨询志愿那天，他和爸妈灰头土脸地坐在下楼的电梯里时，一位学长却对他说：“来了就好！谁没有发挥失常的时候？北大已经认可了你！”

或许这就是他向往那里的理由吧。形形色色的人，无论游客或学子、功成名就者或无名小卒、志得意满者或灰心丧气者，未名湖都会温柔地用她的波光抚摸你的倒影；不管你摔倒多少次，博雅塔都会教你站直。

决战注定是有些人的土伦，有些人的滑铁卢。决战之前，练兵不可懈怠；决战之后，失败亦不可惘然。

我们都是普通人，我们都不过是无名小卒，我们脆弱、容易失败又害怕失败。诚然失败令人撕心裂肺，但失败亦使人反省与坚强。既然失败，必定有问题可改；准备充分却在关键时刻又失败了，很大程度上就是对失败的恐惧造成的，失败未必很快孕育出成功，但至少能培养面对失败的勇气——当命运的咽喉在手，不能有片刻犹豫与恍惚。

细细想来，失败对人最大的伤害，是对人的“名”造成破坏，是摧毁人的自我期望、恶化人的他人评价。如果甘做无名小卒，便无名可伤；默默无闻地坚持自己的梦想，前进，哪怕是作为一个受人鄙夷的败者。

就这样,作为一个败者的无名小卒总算是到了未名湖,但如同丘吉尔说的:“这只是开始的结束。”还有很长的路,很多的滑铁卢。

但他会开心地“滑”,拿出拿破仑在阿尔卑斯山下策马的气势。

后　记

高考失败对我来说真的算是一次毁灭性的打击,然而我并没有被毁灭,更没有被战胜(笑)。我反思的结果是,(接下来是超级乏味的分析)自己在紧要关头对失败的恐惧是最大的原因。这种恐惧源于自信不足与过度看重结果。自信不足,一来是性格使然,二来是没有充分准备到自己可以完全放心的地步;过度看重结果,一来是高考自身的重要性实在令人难以轻视,二来则是自己对自己、他人对自己的期望成了很重的包袱。性格上的自卑,只有努力多成功几次来解救吧;对于准备的不足,我真的还想再学五百年,通过更有计划地安排和学习来提高学习效率算是一种解决办法;至于高考的重要性,我认为适当的重视是很有必要的,但是高考并不决定命运,在这上面可以合理汲取“读书无用论”的合理成分,得到关于大学和人生关系的正确认识。最后说一说期望吧,这对我来说真的是一个很沉重的词(特别是在我爸喝醉酒之后说我让他失望了的时候)。一开始我只是个挣扎的高中生的时候,在自己和他人眼里都不过如此,学得很自在;后来大家慢慢看到了我的进步和可能性,父母以及不少亲戚就开始有意无意地流露出期望,自己也渐渐对自己有了比较高的要求,学的时候就开始有了包袱,会觉得表现不好会丢脸、辜负别人。虽然我没能完全挣脱期望的束缚而且在出成绩之后很长一段时间内处于郁郁寡欢的状态,但我还是要说,只要尽了力,没有任何人有资格对结局失望,包括自己。所以为了还击所有的失望,尽力吧!同时也正如上文所说,不要把“名”看得那么重要,也许期望就不会使我们那么痛苦。

一大堆话吐完,希望大家这几分钟的阅读时间没有白花,哪怕只是浅浅一笑:这人真傻! 也算是达到了娱乐的目的吧。

徐子涵:毕业于重庆市第一中学,就读于北京大学新闻与传播学院

人文学部

中国语言文学系

北大中国语言文学学科的定位是“中国领先，亚洲顶尖，世界一流”。本学科迄今已创建110周年，学术薪火相传，历史上名师辈出，铸就了本学科“铁肩担道义，妙手著文章”的人文信念和学术传统。改革开放以来，众多学者在学术上不断开拓，续写了学科的辉煌历史。当下，由袁行霈、李零、曹文轩、陈平原等学科带头人，以及6位博雅特聘教授、20多位杰出青年人文学者等组成的学术中坚力量，汇集本学科百余教师大力开拓前行，为学科建设、人才培养、学术传承和社会文化进步不断努力工作，做出卓越贡献。

中文系目前有全国最完整的中国语言文学学科建制，共有5个本科专业方向，8个博士学位授予点，并设有1个博士后流动站。自2011年英国QS发布“现代语言”和“语言学”学科排名以来，中文系的该学科始终居于第5-25名之间。2018年公布的“QS世界大学学科排名”中“现代语言”列第6位，“语言学”列第10位，在目前国内闯入世界前10名一流学科方阵的7个学科中占据2席。

我的路

王兰苓

与之前无数次的矫情想象不同，我的高三生活总体来说非常平淡。没有一鸣惊人的大起，所幸也并无一蹶不振的大落。就好像经历了一次不长不短的行军，道路曲曲折折，但每一步都不在云端或深渊，而是踏踏实实地踩在路上。

然而这样的平淡之中难免也有颠簸。大概“二诊”前后，我接连两次周考失利，成绩单上的排名其实落差不大，却足以在我与梦想之间劈开一条沟壑。我并不是一个自信的人，叔叔阿姨们问起想报考的学校时，我总是回答“人大”“复旦”，将梦中的北大小心翼翼地藏着掖着，害怕万一梦碎，这些信誓旦旦的豪言就是对自己最大的讥讽。这时面对不尽如人意的成绩，自我怀疑的情绪不免愈发膨胀。我没有豁达到只享受过程而坦然面对前途未卜的地步，于是不禁一遍遍问自己：如果这样的状况出现在高考怎么办？如果单调的练习、深夜的苦读、所付出的一切努力最后难以开花结果怎么办？这些念头一度缠扼得我慌乱又焦灼。

幸运的是，我找到了将自己从负面情绪中拽出来的事物。

高中大部分时间，我都在外公外婆家解决午饭。外公吃饭时喜欢倒一小杯酒慢慢抿，兴头上还爱高谈阔论他在西藏的军旅生活。说起那些修公路、训新兵、换阵地的陈年旧事时，他眉飞色舞，乐在其中。进入高三后，到校时间提前，午休被压缩得非常紧张。于是外公再啜饮他的小酒，激情澎湃地挥舞筷子指点河山时，就会遭到外婆不客气的拦截：“吃快点！苓苓还要睡午觉！”妈妈也附和道：“对头，等娃儿高考完了，你想喝好久喝好久，想说啥子说啥子。”外公便配合地三两下滋味不知地扒完一碗饭，或是干脆放弃了那杯助兴酒。

我知道外公对此一定没有怨言。当我无数次想要放下手中的笔时，我想着：要对得起外公匆匆扒掉的饭，对得起那个搁进橱柜的空空的小酒杯。我还想着：不远的未来，要让外公真正尽兴地喝他那一小盅酒，不用顾忌时间，慢慢地、小口地喝，把那些早就被岁月风干了的雪域上的往事用美酒再浸泡得鲜活一些，和着他外孙女刚刚实现的年轻的梦想，再有滋有味地咀嚼一遍。

于是我再次握紧了手中的笔。

生活中还有一些小细节可以把我从消极的情绪中拯救出来。第一个是我锁在抽屉里的边角残破的绿皮本子——那是我小学时代的素质评价手册。在三年级下学期的教师评语栏内，我的小学班主任，长发及腰、温和慈祥的陈老师一笔一画地写道：“孩子，一步一步，像现在这样发展下去，你一定会是清华或北大的学生。”

第二个小细节来自我的政治老师蒋老师。那次周考失利后，我被叫到年级公用电脑前分析成绩。晚自习已经结束，蒋老师来签到时瞥见我，主动帮我分析了政治问答题的得分。结束之后，她笑吟吟地看着我说：“继续加油！”我感觉到她的手轻轻拍了拍我的肩，又亲昵地掂了掂我的发尾。

第三个小细节同样撷取于那次糟糕的周考后。进入高三后本是我强项的地理突然下滑，在又一次擦着及格线堪堪掠过后，地理老师姜老师将我叫到办公室，提出五一节帮我补补课。我非常不识好歹地拒绝了。不是贪玩，我确实挺懒，但当时只是单纯不忍心占用老师同样被高三的课业侵吞得所剩无几的休息时间。“我怕耽搁您。”我怯怯地、吞吞吐吐地辩解，同时深深埋下了头。这时我听见姜老师总是在课堂上引发大笑的，夹杂着河南与重庆味儿的普通话在耳边响起。他叹了一口气，带着诚恳、焦急的语气说：“但是你的地理还是这个状态，我也很着急啊！”

我在老师面前，一直是一个畏畏缩缩、胆怯又害羞的学生。我喜爱并信赖自己的每一位老师,却也常自暴自弃地想:老师们肯定并不喜欢我,毕竟我不那么主动有趣,面对老师常声如蚊蚋,扭扭捏捏。但当我深夜摩挲陈老师秀挺的钢笔字,擦拭它唤醒的一个孩子晶莹的梦想时;当我回想起蒋老师温柔的手,姜老师语音中真切的焦灼时。我懵懵懂懂地相信:老师们也许同样喜欢我、信任我。他们在为我稚拙的振翅认真地欣喜,也为我偶尔的跌落恳切地忧心;他们在聆听我每一声梦想的回音,且毫不怀疑我终将乐声激昂。

这让我在迷茫之中也觉得并不孤独。

第四个小细节是我偶然间发现的。高考一个月前,我们搬入了综合楼。从我那扇靠窗的座位看出去,视线刚好对上一栋楼屋顶的三角梅。那株小小的植物只占据了辽远天空的一隅,却出人意料的并不显得单薄。相反,它非常蓬勃而热烈。

正值花期,那些柔韧纤细的枝条像渴求拥抱的婴儿手臂般拼命伸展,上面炸开团团簇簇的花丛。玫红色的花朵过于繁密,沉甸甸地将枝条压得微微弯曲,划出一个柔软的半弧,如同绽放的微笑。每一朵花都毫无顾忌地盛开,张开艳丽的唇瓣等待亲吻。风吹过来时,整束花枝都在轻轻颤动,让人感觉其中流动的旺盛生命已不甘于静止,花丛仿佛要立刻化身为一群挨挨挤挤的雏鸟,随时准备振动羽翼,离开枝头,扑棱棱地乘风飞去。

在冲刺阶段乏味的日子里,我常常从书堆中抬首欣赏这株英勇的植物,然后惊异于它带给我的平静与勇气。它像是苍白天空中一只明亮的眼睛,烁烁紧盯着我,厚积薄发,它毫无保留地将自己累积的美好盛开在我眼前,而我愿与它共勉。

高三结束已两月有余。再次回望,却发现来路已然模糊。稍稍清晰一点的,只有这段平淡路途中短暂的艰难时光。它深刻,并不是因其压抑,而是在灰暗背景衬托下,那些格外明亮的人、事与物——一只小酒杯、一行钢笔字、一双手、一句话、一束盛开的花。

我自认为不是一个目标坚定、志存高远的人。我向往北大,关注社会,热爱祖国，却无法像许多优秀的同学那样，将其直接转化为前行的动力源。我极其普通，因此迄今为止，我曾经付出的一切努力，我为之坚持的所有理由，不过是害怕辜负家人、师长甚至对面楼顶上盛开的花朵，不过是为了对得起我心中那些平凡却美好的事物，对得起那些愿意相信我这个普通人拥有不凡力量的人们。

而这样普通的我，终于幸运地到达了一个不普通的站台。我仍然不那么自信，仍然有些惶惑。但我的平淡模糊、偶尔波折、终于明亮的高三旅途告诉我，那些酒杯与花朵告诉我：不要害怕。坚持你简单的信念，珍惜你不愿辜负的事物，所有汗水与努力都将会得到回应，那个逐渐靠近的未来将释放出光明，而你无须恐惧，只要握紧所爱，奋力向前。

王兰苓：毕业于重庆市江津中学，就读北京大学中国语言文学系

不曾苟且

梁梓琳

高考结束后，我还是第一次认真执笔。经过一个夏天的蒸腾，查到录取结果时的欢喜早已消退，沉下的更多是回望来路时心底的坚实与感动，以及面对征程的不安与期待。

小时候听到长辈口中的北大清华，总觉如神殿笼罩在光辉下，高不可攀、遥不可及。十岁时游玩北京，本计划北大一览，却因道路施工未能成行，心中不免怅然，倒也引我萌发想法——今后能否有缘细细参观这座园子，去识得其中一草一木，一砖一瓦，与之共呼吸？初中离家求学，在校有一点微小的成绩，很少受过打击挫折。年少轻狂不免心高气傲，以为伸手就能触到那层光环。那时一心向往文艺青年的生活，执意于文学，现在想来我其实并不知文学为何物。十四岁的我在QQ空间里写下：我的梦想是北大中文系。从此，北大就犹如一个图腾，奔涌在我生命深处。

初入高中，便清楚认识到了距离，我与“学霸”们的距离，我与北大的距离。进入新环境的不适应，陡增的学业压力，强手如云所带来的焦虑与失落……打击接踵而至，差点让我失去了方向，每日浑浑噩噩地游走于宿舍和教学楼之间，庸庸碌碌，噢不，连庸庸碌碌都算不上，只是随随便便地听课、自习、写作业，以为事事皆无关痛痒。一次阅读材料时，我读到了卢新宁在北大中文系2012年毕业典礼上的致辞《在怀疑的时代依然需要信仰》。“一群衣衫褴褛的知识分子，气宇轩昂地立于天地之间”“为天地立心，为生民立命，为往圣继绝学，为万世开太平”，北大精神、北大人的精神唤醒了我，让我再次为情怀动容。这个世界会好吗?我的世界会好吗？我想，是时候埋下一颗改变的种子了。2014年的夏天，我郑重地在分科志愿征集单上写下文字，我知道，要开始为自己选择的路负责了。

之后两年，经历过从年级第四名到第六十四名的大起大落，更多时还是深陷风霜雨雪中的平淡感动。我记得，春天的小花园，草在结它的种子，风在摇它的叶子，日光下澈，影布石上，我们坐着，背历史知识，就十分美好；我记得，傍晚的操场，跑道黄叶有着雨后泥土芳香，我们流下汗泪，也留下少年心事，直到星星替代夕阳；我记得，黎明前的大学城，那真是个难熬的冬季，我们日日走在黑暗里，因天寒地冻畏畏缩缩，因疲倦而跌跌撞撞，但依旧前行，借着教室灯光在走廊上读书温习，等待曙光；我记得，不管小测验还是大考试，我们不忌惮袒露失败，也不吝啬给予同伴鼓励和拥抱，我有多少次在数学和文综上失去信心，你们就有多少次一边无语地帮我分析“你唧个回事儿”，一边无私地提供自己的经验建议，于是我笃定，即使未能进入各自的理想学府，你们始终是我最真诚的队友、最亲密的伙伴；我记得，英语老师总问我“你最近数学学得怎么样”，无微不至的关心，自始至终的信任，陪伴是最长情的爱；我记得，桌上时不时出现的小零食、小便条，和我一起迎接挑战……

撒下的种子，终于在这个夏天开花。我在这里啊，就在这里啊，惊鸿一般短暂，夏花一样绚烂。但还未到结果的时候。改变自己，改变世界，还有很长很长的路要走。北大中文系，无疑是一个很好的起点。《诗经》《楚辞》的世界，老庄孔孟的思想，李白杜甫的辞章，将会构成我激荡的青春岁月。这条道路上，我还需要怎样的力量？谨以同窗在班级作文集中所题之言作结，也算是对这几年心路的交代：正值年少，不曾苟且，虽则轻狂，一片赤诚。

梁梓琳：毕业于重庆市第八中学，就读于北京大学中国语言文学系

流动的圣节

邱晓枫

一

回忆起年轻时在巴黎的青年时光，海明威写下《流动的圣节》，他对朋友说道："假如你有幸年轻时在巴黎生活过，那么你此后一生中不论去到哪里她都与你同在，因为巴黎是一席流动的盛宴。"回忆录成书于海明威晚年，衰老、病痛犹如不知疲倦的鲨鱼，蚕食着这位"桑迪亚哥"，老人仅剩的武器，也是最有力的武器，莫过于回忆。无名、稚拙、贫困，但彼时的他，刚踏上巴黎土地，拥有年轻——肆意挥洒的才华、精力，以及一千个太阳般灿烂的生活。彼时的灿烂，或许可同他生命末尾双管猎枪喷射的火焰相比拟。

初读《流动的圣节》，惊羡于作者年轻的恣肆。静园讲座里听吴晓东先生再谈，眼眶微湿——至此刻，我仍然不知为何。但既然对作品有"言人之所不能言"的体验，必定是因为感同身受。我，北大，中文，这三个我从来没联想过的词语产生了联系，仿佛成长中的男生想起几个月、几天、甚至几小时前的自己，疑惑那真的是自己吗。事实上，这不仅是真的自己，还是最纯真灿烂的自己，这段不安的时间，也会不时被风拾起。我想：意外织成黄金的时代，也将化为流动的盛宴。

二

我不是一个爱搞事情的人，偏爱安定，但三年的青春仿佛车行于滇藏公路上，颠簸得成了国道上的另一种轨迹。

高中初始，进入拔尖的理科实验班，然而激烈的竞争只成为我忆往昔的背景，我像是一只蜗牛，蜷缩在壳里，偶尔探出窥探世界，丁点波动又开启单机模式。沉迷游戏，不务正业，家长、老师的批评大概也是枯叶掉到凛冬的湖面，泛不起丝毫涟漪。或许波澜也有，只是在冰下。那时我常常对无定数的未来感到慌乱，但最难受的是当下的虚无以及驻足不前带来的更大虚无。不断上升的游戏排位和下降的学习成绩，成为我和父母争吵的固定导火索。我抵制也享受着外界的一些诱惑，有时还会巧妙地为自己找个安心的借口。大概是因为有过这段“游戏人生”，现在对于许多诱惑我尚能把持好度，就像心理学家荣格提到的：“理解自身的阴暗，是对付他人阴暗面的最好方法。”高一学习中少有的乐趣是听语文老师在课堂上念自己的周记，现在看来无非是满足自己傻傻的虚荣心。在一个理科尖子班缀文生花不过是毫末之技，同时那时的文字跟听一夜雨偏要写一句“你若安好”这种滥情小调并无差异。

我参加了信息技术竞赛的培训，最初的想法是写程序偷懒验证数列大题的答案。然而，学习愈深，兴趣愈浓。持续小半年的时间，敲代码竟成为我回家打开电脑启动游戏之前的事情，或许是我享受解决问题带来的快感吧。初赛中我自信地早早交卷，然而究竟是学艺不精，并未进入复赛。那种感觉犹如欧·亨利《警察与赞美诗》式的苦涩：好不容易有那么点追求并切实感到可期矣，一瞬间却被没收了还未搁暖的期望。学习成绩并无起色，我靠疯狂地打游戏发泄不满与压抑。

三

有的圣节成了过去式，有的还处于进行时。

我记得面试时中文系老师的问题：你觉得进入中文系对你的语文学习会有何影响。

我的回答是：语文学习助人接受、表达信息，我以为其目的在于共情，即由情感的共鸣去体验另外的世界。在北大中文系的浸润下，一个人对先贤精粹有更系统地品析，对语言规律有更深入地思考，这有助于他提升共情的广度和深度。庄子云“乘物以游心，独与天地精神往来”，大抵如此。我期待成为这样的人。

“善于共情的人究竟又是怎样的人”，我当时的回答是不够清晰的。现在我认为，首先他是醉心阅读的。广泛而有品质的阅读能够开发一个人心灵的沃野，使那里嘉木广植，杂秽芟夷，又将为他日后清晰、深刻的文字表达奠定扎实的基础。唐诗宋词、中外名著、时文经典……对有营养文字的吸收，既满足他的心灵需求，更将他的精神喂养得充盈茁壮，于是，表达与倾吐的渴望方能日渐孕育，终不可遏止，初如源泉涓涓，次如清溪潺潺，再如小河哗哗……文字是灵魂的启蒙，灵魂的质地和深度也可借由文字得以酣畅表达。阅读的意义，我以为其根本在此。其次，他要有一颗温润之心。子曰：“君子不器。”器冰冷，人有情。共情者在潜移默化中温养自己的心灵，保持润泽，保持热忱，保持感恩：于师长，他衷心感念；于同窗，他诚挚友善；对大众，他待之以礼，行之以信。可以说这是儒家倡导的“入孝”“出悌”“爱众”“亲仁”的“现代时”表现。

对我而言，北大是一座神圣的殿堂，而北大中文系，是我灵魂沐浴先哲大师精神薪火、流风余韵的礼拜处。温润性情的哺育与启蒙，严谨学风的培养与锤炼，使这条在文字天地、性灵怀抱里自由驰骋的河流向汤汤大江、浩瀚海洋靠拢。

四

提笔之际,窗外银杏落果,已然入秋。秋是衰朽的,“袅袅兮秋风,洞庭波兮木叶下”,随水而逝的除了秋叶,还有流光。故在这个传统农业的收获时节人反而会百感交集,心灵激荡。继而由草木枯败,岁月蹉跎化为心上的秋愁:离别、相思、人生仓促……故杜甫叹曰:怅惘千秋一洒泪。

然而我深深沉醉于一场秋,因为我相信,秋也在等待安眠、新生。

陨落的万物是心甘情愿的,从有到无,为下一季春风中的从无到有留下足够的生命空白。我以为这也是多数先行、同行的北大中文人心中的秋。超越秋雨下的一己之悲,秋风中的千古之叹,我们在秋声里吟唱、成长。

“我多么爱那澄蓝的天,那是浸透着阳光的海。年轻的一代,需要飞翔,把一切时光,变成现在。”我们的系歌是林庚先生所作的《新秋之歌》。几周排练下来,那“澄蓝的天”“原野的风”“红色的果实”“金色的网”,深深映入我与同窗的心海,像落叶般零散回旋。一次次踏着月光匆匆奔赴人文学院,再将《新秋之歌》的旋律从那里,带到路灯下的银杏树小道,还有岸边微微起冰的未名湖旁。多年以后,我们想起这场充满希望的秋,脑海里它的颜色应是金黄色的。百余年“斯文在兹”的守望,我们在传承,正起航。雷蒙·威廉斯《乡村与城市》中提到,“这种结构依赖于许多真切而持久的情感:对那些我们生长于其间的人们的认同感;对我们最初生活于斯和最先学会用眼去看的那个地方,那片景色的眷恋之情”。因此我们的认同感存在于我们生活于斯,感动于此的一片景色中,比如未名湖的阳光、新秋的旋律和刻着“斯文在兹”的石块。

五

今天,之所以区别于昨天,恰恰是因为昨天的感受依然在我们心中。行文至此，我感激三年高中生活，我懂得了用追求意义去对抗虚无和一些奇妙的东西。我也感激未来四年的大学时光，诗性的灯亟待点亮以温暖我生命的旅途。那也将是我最生动的青春。

“假如你有幸年轻时在巴黎生活过，那么你此后一生中不论去到哪里她都与你同在，因为巴黎是一席流动的盛宴。”

邱晓枫：毕业于西南大学附属中学，就读于北京大学中国语言文学系

少年壮志不言愁

张铃悦

我并非没做过于“一塔湖图”中“一塌糊涂”的美梦，但梦醒之后总是无情残酷的现实。未曾想到，终有一天，我也有幸以一个北大人的身份去回首我苦乐参半的高中生活。

少年壮志当拿云，谁念幽寒坐呜呃

从幼时起，北大便是神圣而遥不可及的，我始终向往着燕园自由浓郁的学风，但更多的，是“所爱隔山海，山海不可平”的无奈。我不敢想，不敢做梦，更不敢追梦。如今再回首，万分感激之前和众多胸怀壮志的同窗一起参加的自招培训。犹记那年夏季，雨声淅沥，大家挤在教室里观看北大宣传片《星空日记》。昏暗蚕食着微弱的灯光，却磨灭不了大家炙热的眼神，他们目及之处，不仅有北大的光影，还有诗和远方。

我生平第一次为自己的畏缩感到羞愧，连梦都不敢做的人生太过讽刺。而我，不甘心，不甘心自己的一生流于这种讽刺和平庸。还记得《星空日记》开篇讲道：想要摘星星，首先你要有一把梯子，然后你要有一个夹子，星星很烫，不能直接用手摘。那天我突然醒悟，星星很高很烫，但我可以找到梯子，找到夹子。

我不是意志足够坚定的人，至少以前不是，但我足够幸运，遇到了我的精神领袖。幸得有他的支持，高三一年里，梦想与结局几乎被我画上了等号，有规划的人才能争取到未来不是吗？向命运宣战却最终称臣的人有，美好的未来就在眼前，而汲汲于眼前的苟且的人也有。不尽如人意的数学分数也好，无从下手的文综试卷也罢，拥有这些烦恼的我反而充满了希望和斗志，在目所能及的地方贴上我的梦想，书桌上密密麻麻的便利贴，笔记本封面上醒目耀眼的荧光笔，这些寻常之物承载着我人生中最重的分量——我的梦想。还好，我守护着珍贵的梦想，并且，朝着梦想努力地走了出去。

书山有路勤为径，学海无涯苦作舟

我的高三伴随着一段长时间的“高原期”。看着曾经豪情万丈立志要做完却早已被我积在桌底的练习题，翻着贴满标签还等着我解决的试卷错题，拿起文综知识框架就能想起曾经要在“如何背书”这门学问上一展宏图的壮志，如今却无从下手。我终是难以承受压力和苦痛，急切地想要从这难堪的境地中绝处逢生，丢开不堪入目的分数，破天荒地放松了那根紧绷已久的弦，去看了一场本不该属于我的演唱会，红着眼眶摇起的荧光棒，不想给熟人瞥见的眼泪，还有，所有的尖叫和叹息。我至今搞不清当时为何泪流不止，但那次放空自我后，我恍恍惚惚意识到，喜欢的东西就该追求，我喜欢我的梦想吗？完全喜欢。那之后，我重新审视我的高三，或许，一切还不晚。我开始去走廊背书，频繁出入办公室，重新在本子上贴满笔记和标签。有趣的是，每每在走廊上背书，我都会花上一两分钟发呆，痴痴望着天上的飞鸟，我早该知道那才是自己的样子，向往自由的样子。

整个高三，我铭刻于心的，是夜晚的灯光。挑灯夜读，无意抬头，却见对面楼中也是灯火闪烁，四下早已被夜色笼罩，唯有灯盏做伴，噢，那也是跟我一样在为未知和梦想奋斗的人吧！想到这座城市有许许多多与我相伴无数个夜晚的他们，我知道我不是唯一的一个。高考前夕，全校最后一次集体自习，风扇吱吱转的声音，笔尖飞旋的声音，书本翻动的声音，偶尔一两声因演算错误而懊悔的声音,伴着夏夜特有的虫鸣,我感受到了从未有过的宁静。楼口拿着对讲机巡逻的保安,在教室里守候的老师,坐在身旁抓紧分秒的同桌,还有满楼耀眼的灯光,足以照亮明天上考场的路了。

得君之所助,青去如闲步

高考前三天,我非常尊敬的一位偶像意外进了重症监护室,生死挣扎,万幸最后转危为安,当然这是后话。那几日我断绝了和外界的所有联系,周围的同学万般叮嘱我用心复习。我对外界的风雨变迁毫不知情,唯一发现的破绽是站在教室外隐约看到一位好友差点跟想要告诉我实情的同学大动干戈,追问再三得到的回答都是“专心复习”。那几日忙忙碌碌,我没有放在心上。高考结束后得知这一消息,我一夜未眠,热泪纵横。

我感激这同窗情谊,不论是为了一道数学题争得面红耳赤的时候,还是班级野炊齐心协力和面包饺子的时候,抑或是最后几日善意隐瞒的时候,我都铭记于心。

路漫漫其修远兮,吾将上下而求索

再度回首,高考的硝烟已在七月的夏日中消散,但内心那份悸动和紧张,我永远也无法忘记。蹚了千日的泥泞,饮了三年的风露,如今只叹“十年磨剑三日锋,数载人生在其中”,高中于我,爱恨交加,但说到底,爱终甚于恨。如今从眼里满是笑意和祝福的邮递员哥哥手里接过录取通知书,我突然明白前路漫长,我的人生才刚刚起航。十年斩风破浪去,何惧险峰无限重。那么,祝愿各位,前途似锦。而我,定会成为“书能香我无须花”的那类人。

张铃悦:毕业于重庆市涪陵实验中学,就读于北京大学中国语言文学系

我的"罗马"

付 恒

"我见青山多妩媚，料青山见我应如是。"山城重庆，真美。

七月中旬某个傍晚，查到录取信息的我，被一种疲惫之后欣慰而又踏实的感觉包围。三年高中，三年山城，终是得以偿我的"罗马之愿"了。谨以此文，纪念我这难忘的三年。

虽是重庆人，可不得不惭愧地说，高中以前我对重庆的了解仅仅停留在喧闹的朝天门码头、人来人往的火车北站，以及某巷口辣得人流泪的火锅。所幸，三年高中生活让我得以慢慢认识、爱上这座城市，并铸就了今日的我。

在八中，我庆幸自己遇到了17班这个有爱的集体，也感激自己遇到了这么多负责任的老师。班主任陈老师为人温和儒雅，印象中未见过他生气，他说话总是极有耐心、有趣，常在某一课间语出"鸡汤"，给或沉闷或喧闹的教室添上一丝温馨。我记得最清楚的是陈老师这句话：跳起来还差一点才有可能够到的叫目标。北大，后来也就是这么成为我的目标的。"听君一席话，胜读十年书。"此话在理。我也清晰地记得进步时老师的鼓励、认可和考场失利时老师的安慰以及解决方案。当然，每每回首，语文老师在我的随笔后画的笑脸，数学、政治课堂上的欢乐，英语、地理老师的悉心答疑……无一不是我宝贵的记忆。

生活中的我算不上活泼，些许木讷而内向的性格让我习惯并喜欢倾听。无论是周一朝会上老师同学们激昂的演讲，还是学习小组的交流，我都静静地倾听。人们常说,朋友始于互诉衷肠。而对我来说,朋友始于倾听。分科后我结识了几位挚友,为首的是W。她是一个大方健谈的女孩,但她不单喜欢说,也喜欢听别人说。与她待得久了,我竟也从一个只习惯倾听的人慢慢过渡到会听亦敢说的人了。事实证明,倾听与倾诉在学习、生活中的作用不分伯仲:倾听让我在内心有些小骄傲时学习到别人的优点,并不一味闭门造车,而倾诉让我减轻负担,吐出心中的烦恼与不快,继续前行。因而,我习惯倾听,也感谢倾诉。

学习上,我幸运地与两个志同道合的小伙伴并组成小组:我们会相互加油打气,会争分夺秒地在上课铃响之前为对方解一道数学题,会在体育锻炼的路上再抽背几个文综知识点,亦会在楼梯间痛省失利,总结血泪教训。当然组内也并不一直和睦,小摩擦偶有发生:C会在课间因比其余两人多学一分钟而小得意,Z会因某处粗心导致丢分而哀号,忘记自己是组内最高分(真是直戳人心),F也曾因为模仿某人的"椒盐普通话"而被暴击。但从任何一方面来讲,我都感激我的高中生活里有她们,我感谢她们在备战高考的过程中与我酸甜与共,亦感谢我们最终共获硕果。"人生得一知己足矣,斯世当以同怀视之。"而我真是极好运。况且,高三大学城的夜晚里,无数个认识或不认识的身影与我一同在操场上或疾驰或慢步,心中因酣畅而变得明亮,山城城郊的角落也因梦想而变得熠熠生辉。这或深刻、或短暂的友谊,无形中给了我巨大的支持。

若说师生、同窗情谊始于山城,那么家人的支持则是起于襁褓而无尽头。因父母工作的原因,我们一家三口常年分居三地,亲朋总笑说这哪里是三口之家,分明是三国演义啊。虽长期住校,但高三时我很幸运有家人照顾,几乎不下厨的父亲对着菜谱常一看就是几小时,平时上班离得很远的母亲也总是一有空就来大学城,已逾七十岁的奶奶更是在无数寒夜等着我下自习归家。家,永远是我的避风港、我心灵的栖息地。

其实高一至高二上学期,我都或多或少地抱着得过且过的心态,还不知道自己想要什么,没有想过未来,也不敢奢望进入北大。我真正受到触动是在某个刚考完试的周六,半夜突然醒来我发现室友仍在奋笔疾书,为了不打扰我,她竟用被子将自己隔到一个小空间里。时间已是凌晨,我很惊讶也很惭愧,惭愧别人努力时我在酣睡,惭愧明知别人有目标自己却仍然无动于衷,惭愧在我迷茫不知所措却不以为意时,别人早已将内心所想付诸行动。我开始改变,开始仔细思考班主任所说的"目标",开始不断改进已许久未变的学习计划,开始默默将"北大"二字藏于心中。

追梦的历程本就漫长而艰辛,更何况与自小就将北大看作梦想彼岸的同学相比,我已经差了一大截。因此,在做了数套文综卷之后仍不理想的分数面前我会突然没了向前的动力,在睡不着觉时我会在21楼的窗边想起萧红的"满天星光,满屋月亮",再看看室内漆黑一片,内心久不能平,在随笔上反复问自己一切是否会是徒劳。但好在我愿意尝试,愿意努力朝着这个目标奋斗,哪怕我跳起来也摸不到它,但能向它靠近一点、再靠近一点也好。保持这样积极的心态,渐渐地,我不再因某次考试而出现大喜大悲的情况,侧重过程中的不断积累,慢慢找到了自己的学习状态。遇不遇,非我也,守其所志而已矣。只要过程中的我坚持不懈,对于结果我便不苛求。当然,幸运的是我最终能够进入北大学习。

"春风得意马蹄疾,一日看尽长安花。"我虽还只是一名准北大学生,未一日看尽燕园花,但在此暂借孟东野之句,以抒心中之憧憬。

愿学弟学妹们也能心之所想处,亦是行之所往处。期待属于你们的"罗马城"!

今后,北大见!

付恒:毕业于重庆市第八中学,就读于北京大学中国语言文学系

历史学系

北大历史学系是全国高校历史学科中历史最为悠久、总体实力最强的院系。李大钊、陈翰笙、陈寅恪、傅斯年、李济、董作宾、孟森、钱穆、苏秉琦、陈庆华、罗荣渠、张广达、宿白、严文明、田余庆、马克垚等一大批近代史学奠基者和现当代史学大师曾在这里任教。如今的北大历史系，底蕴深厚、学风优良、学科齐全、名师荟萃，是国家文科基础学科人才培养和科学研究基地，北大中国古代史研究中心是教育部人文社科重点研究基地。本系的两个一级学科中国史和世界史皆在全国排名第一，世界排名前列。北大历史学系以精深的专业课程和扎实的学术训练，培养专业研究人才，向国内外高校和学术研究机构输送研究生，同时也向社会各界输送通古达用的高素质人才。

历史学系目前有教授42人，副教授21人，博士生导师57人，硕士生导师65人。教师整体水平在全国历史学科处领先地位，有资深教授1名，国家级教学名师3人，博雅讲席教授5人。目前本科教育设有历史学(中国史)、世界史和外国语言与外国历史三个专业，并设有中西古典学珠峰计划项目。

谁无暴风骤雨时

冉力帆

浓肥辛甘非真味，真味只是淡。神奇卓异非至人，至人只是常。

——菜根谭

非竞赛，非夏令营，非自招，非典型性北大学生，我与北大最初的结缘是在北大历史先修课，我与北大最终的相遇也在北大历史学系。我是历史学系冉力帆，谨以此文纪念我的高中，并用最俗的套路献给也许正在迷茫的你，包括我自己。

第一卷——师我者，解我千百困

不是仲尼重出世，非那孟轲再投生。一眼知那拳拳心，一言唤醒痴痴人。

——打油诗

师者，所以传道受业解惑也，人非生而知之者，孰能无惑。是以老师的授业不止于课堂，于方方面面老师都可给予你富有他们教育理念的建议与帮助。“从善如流”，一个褒义词，我深受其益。如果说我不是最聪明的（我不是），如果说我不是最勤奋的（我不是），但我一定是最“从善如流”的。一篇校长发言报告我能从中看到新鲜的观点并眼前一亮，一次班主任教育班会我能从里面发现新的、没有汲取过的养分，我喜欢倾听，倾听不代表接受，倾听不代表浪费时间，倾听也不仅仅代表尊重、代表文明，倾听更是一种能让人充满思辨能力的学习方式，从老师那里细细倾听，从经验者那里静静倾听，我相信，从中一定能获得不一样的看法。而向老师倾诉则让我获益最多，以前我从不敢展现我的懦弱，我焦虑、我慌张、我失落、我迷茫，我无法在短时间内自己解决，无法用我短暂的人生经历来让自己镇定，其实这没什么大不了的。勇敢地敲开老师的门，“崛起的路从来不是坦途”“我会每周周六在办公室等你”“冉力帆你不止这一点能力”“你的想法是对的，继续坚持”，仅仅是几句鼓励和肯定，都会让你对正在走的路坚定几分，越到后期我越珍视和老师对话的机会，他们走过了你所未曾经历的历史，和他们的对话，就是和历史对话。

第二卷——伴我者，助我千百力

忆昔三年秋，树下曾会君。今日重回想，仍是知音人。

——打油诗

不敢忘记比谁起得晚到得早的日子，中午放学后一起多待的十分钟，放月假还一直奋战到11点半一起走过大学城街道的那些日子。太多美好的回忆了，仿佛所有的关于同学的回忆都汇聚在了高三，压缩成了一个点，看不清全貌也知道它很饱满。同学的帮助与激励，祝福与安慰，笑容与泪水，印在高中的历史上仿佛就变成了花，开在心里的那种。如今我们已经各奔东西，美好的历史却没有烟消云散，反而因为各自的分离，即将书写不一样的人生而更加精彩。前几天才收到同学寄过来的北大老地图，为我这种没有去过北大的“萌新”长长见识，说要我带着他的梦想去北大，我才不带，我等你自己带着梦想来。年少轻狂又如何，趁现实之锤还没有砸弯脊梁，趁梦想还没有成为历史，加快脚步追寻人生，即使迷茫，试错又何妨。

第三卷——育我者，许我千百情

父兮生我，母兮鞠我，拊我畜我，长我育我。

——《诗经》

高三的夜跑总是在深夜，灯火阑珊，一个人在操场奔跑中思考人生，而妈妈总是坐在操场的楼梯上，看着她的女儿在操场上缓慢奔跑。很幸运，也很庆幸，我的高中我的高三都有父母的陪伴，我在高三最后50天左右才走读，在此之前我一直都是在校住读，每一周最期待的就是周末尝尝家里的煲汤，浓汤入口的一瞬间，便是那刻的天堂。想起6月6日那天，我睡得很安稳，第二天早上醒来便看见爸爸眼下的乌青，了解爸爸的我早已看穿了一切。经历过高中，我便知道很多事家庭没办法庇护你，需要你自己去面对狂风骤雨，可是它也不会离开你，至少不会让你孤单。

最 后

用一段影响我很深的话作为这一个非典型性语言风格的套路文章的结尾，与君共勉。

因为害怕自己并非明珠而不敢刻苦琢磨，又因为有几分相信自己是明珠，而不能与瓦砾碌碌为伍，遂逐渐远离世间，疏避人群，结果只会在内心不断地用愤懑和羞怒饲育着自己懦弱的自尊心。世上每个人都是驯兽师，而那匹猛兽，就是每人各自的性情。

愿你坎坷之时，继续前行。

冉力帆：毕业于重庆市第八中学，就读于北京大学历史学系

考古学系

在中国高等院校中，北大最早设立了考古学的教学研究机构。1922年，北大国学门下成立考古学研究室；1952年，在历史系内成立考古专业。北大考古的历史，和中国考古学的历史几乎同样久远。考古专业成立以来，几代学者筚路蓝缕、艰苦奋斗、励精图治，将专业发展壮大成今天的基础设施完整、学科覆盖面宽、教研力量雄厚的考古文博学院，为中国考古学术事业的发展，培养了大批优秀专业人才，做出重大贡献。

考古文博学院现有考古学与博物馆学系、文物保护与科技考古系；下设考古学、博物馆学两个本科专业，古代建筑、文物保护两个本科专业方向。

考古文博学院拥有强大的教师阵容，现有教师40人，其中教授18人，副教授（含新体制副教授）13人，助理教授9人。

一篇任务驱动型作文

徐倍婧

赵子曾曰："这个题，看一秒钟出答案。"然而很不幸，徐倍婧同学并不聪慧过人，似乎也缺乏那样的钻研精神去死磕出一秒钟解决问题的妙招。

于是赵子又曰："即便是最后一秒，仍然有翻盘的可能。" 听起来很燃很励志，但要坚持到最后一秒的曙光，除了需要超凡的体力和毅力外，徐同学认为，更重要的一点是保持真正健康良好的心态 。

良好心态养成法"大礼包"

Tip 1 找到心态的平衡点，避免两个极端——用力过猛，盲目乐观

每位同学应该都会经历一段瓶颈期，好像努力了很久仍旧没有提高。有人更加拼命，整日做题熬夜，日渐憔悴却不见长进；有人放飞自我，觉得自己真的很不错，瓶颈期随随便便就能度过，结果被不断下滑的成绩"打脸"。

用力过猛和盲目乐观皆不可取，徐同学建议大家静下心来思考自己的定位，勤和老师同学们沟通，保持适度的压力感，订好每日计划，一步一个脚印扎实前进。

Tip 2 不是每一次"call me"都需要立即回应，偶尔小小逃避或许有助

于心态的调剂

作为一个数学“渣渣”,每当数学卷子发下,徐同学就算闭着眼睛都能感应到卷子上飘逸的“call me”。通常徐同学拿着卷子战战兢兢地来到老赵跟前时,老赵都会因为我的低级错误太多,而越说越激动,最终演变为忍无可忍又倍感叹惋的:“徐僖婧嘞,你这个数学怕是要好生攒点劲儿哦,这样下去哪得行嘛。”

虽然多数时候这样的谈话会为同学们指明改进的方向,但偶尔当大家已经通过自我反省找到自己的问题并且不愿意再听到老师的数落时,其实也可以先尝试自己调节,再选一个合适的时机主动回应老师。

Tip 3 鸡汤不一定有用,但我们仍需要那一碗香浓

如果用“黑暗”二字来形容高三的日子,那么徐同学自制的“鸡汤”则是这黑暗中的一丝亮光。有时是一句歌词,有时是一个小小的愿望。每一个阶段不同的心境对应不同的“鸡汤”,给予自己积极的心理暗示,也是小小的前进动力啊。

Tip 4 保持愉悦的人际关系,是获得健康心态的基石

不要和亲人生气,这样不仅傻而且你会因为妈妈的喋喋不休而更加郁闷。

不要一言不合就和老师过不去,除非你实在想要作死或者自甘堕落。

千万不要和同桌冷战(除非你的同桌有徐同学这样的好脾气),否则你会感到度日如年且无心学习。

Tip 5 身体累了,心就放松了

你是否仍在为如何逃掉跑操而殚精竭虑?你是否依旧为了去食堂吃小面而放弃在操场上挥汗如雨?你是否还在为了抓紧时间学习而拒绝好朋友与你并肩跑步的深情邀请?

同样不爱跑操的徐同学在一干兄弟的生拉硬拽下坚持了一年每晚跑

步，事实证明，跑步的确有利于化解不良情绪。自从坚持跑操后，徐同学感觉颈椎舒坦了，不打瞌睡了，心情更加愉悦了。每天跑操，效果真的好！

Tip 6 高考后不是非要对答案，请结合自身实际选择性对答案或者干脆不要对

如果高考后还有自招等考试的同学，请慎重对答案。因为你可能在对完答案后出现两种极端情况：一是觉得自己考得太好了，肯定能上北大而不认真对待自招，最终啥也没捞到，呜呼哀哉；二是觉得自己考得太差了，给后面的自招带来过度的压力。当然，对自己的心理承受能力十分自信，并且不对答案心中不舒服的同学，我们也尊重你的权利。

Tip 7 家长的焦虑最为致命

作为一名有理想的高中生，孩子的心理压力已经很大了。尽管他也许看起来整日嬉皮笑脸，嘴里总是说着压力不大。家长也不能凭此就认为孩子没有在心态上抓紧，整日念叨：你要注重总结，多问老师，多归纳错题，要抓紧，高中只有这么几天，你看看你现在这个成绩考得起啥子……偶尔一次两次敲打即可，若是天天唠叨，不但不利于家庭和睦，还会加重孩子的心理负担。

以上观点仅代表个人意见，不一定具有普适性，还需各位同学结合自身实际，具体问题具体分析。

愿学弟学妹们享受高考这一场修行，千般苦尽，自有回甘，一路向北，燕园再会！

徐偣婧：毕业于重庆市巴蜀中学，就读于北京大学考古文博学院

高中感怀

付诗怡

筹划着写下此文已经多日，可我摊开稿纸，却久久找不到落笔之处。高中时光中的那些彷徨、迷惘、游离，那些呐喊、挣脱、坚持，仿佛都已经很远很远了。笔尖落下，我最想表达的竟只有感谢。

感谢我的父母。高一时的我，叛逆而又自负，与父母大吵小吵接连不断，全然无视了他们责备中的担忧、叮嘱里的关怀。高二时的我，因为一次失败的考试便一蹶不振、逃避厌学，是他们无条件的包容、相信和鼓励，让我渐渐走出那个封闭狭隘的自己，回到积极高效的学习节奏中来。高三时的我，在起伏不定的成绩里越来越沉默，在遥不可及的燕园梦面前愈加感到压力的沉重与对未来的迷惘。妈妈会牵着我的手在421广场陪着我一圈又一圈地散心，会在我踌躇不前、彷徨失措的时候拉我一把，告诉我要抓住机会。爸爸会每天挥舞着拳头，充满活力地跟我说加油，会在每个星期六的晚上细心准备一桌子饭菜欢迎我回家。他们总是无条件地给予我满满的信任、无微不至的关怀，让我觉得我有足够的力量和不可推卸的责任去实现我的梦想。

感谢我的老师们。很多时候我的一些困惑一些迷茫，都是在老师不经意的一句话中幡然醒悟。柏萍老师所言“不问前程，但付辛勤”陪伴我度过了那一段成绩久久不见起色的高三时光。李春老师会时常讲起自己的一些人生际遇，在笑声、唏嘘声中我也逐渐懂得没有什么过不去的坎，也逐渐放宽了自己紧绷的心。王明老师在课堂上将自己对数学的热爱感染给我，让我在数学中获得美感和幸福感，让我对理科学习从畏惧转变为充满兴趣、勇于尝试。在我游离于学习之外、心不在焉时，他的厉声责备让我及时反省，重归正道；在我自我怀疑、受到打击时，他的鼓励与信任让我愧疚又感动，无以为报，只得重整旗鼓，努力向前。

感谢我的同学们。高三辛苦，但并不痛苦。大家一起奋斗的时光总是温暖而欢乐。课前一首歌，动听的或者走调的歌声都那样令人愉悦。教室墙上精心布置的同学们的留言，奋斗的决心或是去往远方的梦想，年少的悸动或是令人莞尔的调侃。这一切都让我觉得，我从不孤独。课后一起"争夺老师"、追问疑惑，课间一起研讨难题、侃侃八卦，元旦晚会上投入地表演、游戏，走廊黑板前肆无忌惮地涂鸦、绞尽脑汁地改写诗句，这一幕幕回想起来，都是那样美好。

感谢北大，一开始就吸引着我的美丽而人才辈出的北大，后来成为一个图腾、一种信仰伴我前行的北大，今后也将永远成为我的一种情结的北大。高一伊始，我便向往着北大，但那时的北大对我而言是抽象的，是很多很厉害的人的集合名词。而我的心态也始终做不到平静淡定。真正的转折是高二暑假的两次北大之旅。第一次应称作"北大精神之旅"。我报名参加北大考古夏令营，并有幸入选。在七月的余杭，与来自天涯海角的优秀同龄人一起，与北大人一起，遍览历史中的奇迹，讨论着高中的我从未想过的问题——有关地区差异与万物平等，有关自由与情怀，有关时代责任与改革创新。第二次是真正地来到了北大，看到了我心心念念的燕园的一景一物。那是八月的北京，我在北大参加全国创新作文大赛总决赛。天气闷热，阳光毒辣，我却兴致盎然，用脚步丈量燕园的每一个角落，看着在网络中看过的燕园风物一一化作现实，心有澎湃。这两次北大之旅，如同精神的洗涤，在对那些优秀的同龄人的咂嘴惊叹中，在对北大与北大人更深的崇敬与热爱中，我终于摆脱那个狭隘的自己，开始以更加超然的眼光看待我的学业与未来，更加坦然地接受成绩的起落和名次的升降，更加平静坚定地做好手里的事情、过好单调又充实的每一天。

感谢那些在世界各地努力生活的人，他们中有的人我素昧平生，有的人鲜有联络。我常会透过网络的触角关注他们的生活，他们的挑战与奋斗、精彩与热情。高三的单调生活里不乏疲惫困顿的日子，但在北京、西班牙、北加州等充满热情地努力生活着的这些人，却总能给我激励，让我能看着他们的背影，一步步向前。

感谢那个坚持着、奋斗着的自己。写下这句话时我是犹豫而羞愧的。比我更为努力也更加优秀的人太多太多，而让曾经的我深受打击、深感迷茫的也不过是些名次波动不定、理想大学遥遥无期之类的小事。可是，正是每一个过去塑造了当下的我，而当下的我回顾我的高中岁月，回顾那些小小的成长与改变，也颇觉欣喜而感慨。曾经我因为语文考试没写完作文而烦恼甚至翘掉晚自习，却不料结果出来我的语文成绩竟是年级第一，反倒是数学因被上午的语文影响了心情而发挥失常。曾经我因为十几名的退步而一蹶不振、止步不前，却不料在高三中后期我能够坦然接受一百名的名次波动。我曾因错失港大的提前面试机会而沮丧彷徨，却不料我最终能接过北大的橄榄枝实现我的燕园梦。

九月临近，大学又将是一个新的开始，我也将开始寻觅新的目标、新的人生意义。我很感谢在我敏感脆弱的高中阶段出现的你们，感谢身边的每一个人对尚且不够成熟的我的包容与信任。但我也明白，前路漫长，我更应当学会独立：独立地解决问题，独立地调节自己的情绪，养成独立而坚定的人格，成为更强大的自己。

最后，我想以下面这段在知乎上看到、出自北大校刊的一句话作为结尾："我们企盼这所校园能哺育这样一群学子，现实者不功利，理想者不空谈，仁爱者不软弱，刚直者不偏激，每个人都是尽责的公民，每个人都能坚守自己独立的人格，每个人都能为他人的幸福感拓展纵深。"与君共勉。

付诗怡：毕业于重庆市第一中学，就读于北京大学考古文博学院

哲学系(宗教学系)

北大哲学系始建于1912年,初名“哲学门”,1914年起正式招生,是中国最早的哲学系,标志着现代中国哲学学科的开端,迄今已培养近万名毕业生。蔡元培、胡适、熊十力、汤用彤、梁漱溟、金岳霖、冯友兰、宗白华、朱光潜、张颐、陈康、贺麟、沈有鼎、郑昕、洪谦、熊伟、冯定、张岱年、任继愈、朱伯崑等学术大师先后在这里执教,培养了数代中国最优秀的哲学家,北大哲学系被誉为中国的“思想家摇篮”。经过百年的积累与发展,北大哲学系学科齐全,涵盖哲学门类所有8个二级学科,并于1995年成立国内第一个宗教学系。两系实行联体运作,合并招生,共同培养。

北大哲学系师资雄厚,拥有专职教师67人(教授43人、副教授22人、讲师2人),现有黄枏森、张世英、汤一介、楼宇烈、叶朗等饮誉海内外的资深学者,有杜维明、陈鼓应等海外知名学者担任讲席教授,并有一批年富力强的学科领军人物,以及近年从哈佛、普林斯顿、芝加哥等国外一流大学引进的青年才俊,学术梯队合理。

又回到最初的起点

孙　洋

博学笃志,纳天地万物之萃华;
守正创新,思人文风雅之承启。
静作凝定,品水流花开之雅韵;
动为飞扬,展鸢飞鱼跃之俊朗。

各位读者,先让我为您沏一杯朗润茶,再听我为您细细道来我与北大的故事。

大梦方起

一切要从高一说起。

中考之后,我以不错的成绩升入一中本部。那时的我,无知懵懂,更带着一点幼稚的自负,总觉得天空似乎都如七月一样蔚蓝,考北大也会如同做出一道题那么简单。

开学后的一天晚自习,我高一的班主任邹老师给我们每人发了一个信封,让我们取一张纸,自信地写下自己三年后想去的梦想大学。

当然,我写下了"北大",折好,装进信封,密封,只等三年之后的自己打开。

同样是一天晚自习,邹老师把我叫到办公室。

我知道，高中以来，自己的总名次一直上不去，理科成绩总是在拖文科成绩的后腿，但我从未想过读文科，因为即使自己喜欢政史地，却也很难放弃最钟情的物理。

选择是自由的，却也是痛苦的。最后我看清了自己：文科这条路，或许才是我圆梦北大的正确选择。

燕园初探

高二，在文科学习过程中，我找到了自己的方向，也磨掉了轻狂的棱角。

我渐知：学习，应当脚踏实地；待人，应当温润如玉。不必狂风暴雨，争朝夕之功；却似春雨润物，生无声之妙。

摸爬滚打，日积月累，我一步一步向着远方靠近。

在高二下学期，我获得了第十届全国创新作文大赛总决赛的参赛资格。得知比赛将在北大举行之后，我激动得整晚都睡不着觉：在百花齐放、人文荟萃的燕园，或许手中的笔也能沾上些才气。

上午作文比赛结束后，我在农园餐厅傻傻地取了多得吃不完的菜，却见旁桌几乎没人剩菜，只有把所有菜硬撑进肚子。接着，自然是暴走的探景之行，顿觉高耸的博雅塔，让我绕回原点的未名湖，还有名字如同空山禅房的“静园”，都印成我脑海中美好的记忆符号。

重庆到北大很远，但我一定会再回来的。

博雅之约

博雅计划，一个带有浓浓北大风的名字，将我和北大再次连在一起。

从计划出炉，到填表报名，到通过初审，到去北京赴试，这是一场跨越时间和空间的约定。然后是漫长的等待，等待高考，等待一场大戏的美好结局，等待与北大的再次相遇。

观塘中的芙蓉从才露尖尖角，到一一风荷举；赏二教庭中的栀子花开又花落，清气溢满乾坤；看墙上的倒计时牌一页页翻过，桌上的复习资料一本本变少，决战就要到来。

高考结束，我的心异常平静，似乎又是一次月考，明天一早还有自习。

第二天，出发去最后一站。我又回来了。

我的博雅计划考试在轻松中度过。笔试一如既往的不可捉摸，索性不给自己压力，随着感觉努力去做到最好；面试也尽量自然地应对（虽然最后面试成绩只有80分）。我想，我已经做了我所能做的，其他的事儿，干脆就让它随风吧。

绝地后生

仲夏的风夹着热浪翻滚，吹送着炎意，一切都被等待成绩的焦急炙烤着，仿佛天地都在流汗。成绩如期而至，对照名次，简单一算，大概是我分科之后考得最差的一次吧。

世界仿佛悄无声息地崩拆了，只有窗外不知疲倦的蝉声依稀入耳。

好在，通过博雅计划取得的降分，我被从梦碎的边缘拉了回来。

失之东隅，收之桑榆。我在高考中重重跌倒，却在另一片坚实的土地上爬起，跌跌撞撞地赶赴与北大的约定。感激兼容并包的北大，感激招生组永远满怀热情的各位师长，是你们助我将前路的迷雾驱散。

一切都如此难以置信，却又真实地发生着。

我想，大惊之后的大喜，或许才是“惊喜”的真正含义吧。

梦再起时

我最终乘上了通往北大的末班车，并幸运地被自己想读的专业录取，各位读者似乎都看到了所期待的“套路”结局。

别着急着散，得告诉您，前面的故事，只是这本“沙之书”中的第一章。

打个不恰当的比方，您随便问一问一个北大学生，“你的终极梦想是什么”，您会得到很多答案，但绝对不会是“考北大”。因为考上北大，对于北大学生来说，只意味着登上了一个新的舞台，而登上这个舞台的原因是为了今后更好地表演。一个演员，如果仅仅把登上舞台当作艺术生涯的目标，那无疑是一出荒唐剧。

也许，考上北大，是一段旅程的结束，更昭示着下一段旅程的开始。

如果，要在世界中保持自己的存在，要为上一段不易旅程的结束赋予永恒意义，要真正报答北大与一切帮助过自己的人，我想，除了不断前行，别无他途。

我，又将回到这个地方，这个梦想不断开始的地方。

孙洋：毕业于重庆市第一中学，就读于北京大学哲学系

探索思想的星空

文　武

一个人的思想是一个人的路，也是一个人最大的束缚。选择哲学，也就选择了探索思想的星空，热爱思考的我，在北大找到了自己的路。

我本出生于农村，儿时因家庭原因，随爸妈在外两年，虽是艰苦，但也走过了祖国的大好河山。心有多大，这世界就有多大。很幸运我的世界也因此不再局限于小小的山村，而是走出封闭与保守，走向整个世界。

后来我一直都待在县城里，极少出去。也或多或少陷入迷茫，但我坚信，我的世界不仅仅是这一方小小的天地。

真正地找到自己的梦想是在高中，之前我表现平平，浑浑噩噩，初中有一年因沉迷网络游戏而荒废，最后一年努力考上了高中。初中结束后妈妈却离家出走，离开了我，爸爸在外工作，我一个人在15岁的年纪真真切切感受到了肩头的责任。直到现在我还要管理家里面的生活，爷爷、奶奶和弟弟需要照顾。有时候真的要崩溃，我也只有一个人默默地承受痛苦，孤独前行。

也许是痛苦让人成长吧，我变得勤奋刻苦，付出了也就有收获，最终得以考上心仪已久的北大。其实学无定法，我的心得也就是思考，这也是我所热爱的。对于所有的知识点，我从来没有死记硬背，而是理解性记忆，也很注重思维的辩证性。

其实经历了这么多，我也渐渐发现了，这个世界是无喜无悲，客观实在的。说白了，我的脑海里已经萌发了唯物主义的思想了。而真正让我选择哲学的原因,还是源于家国情怀。哲学是指导人们生活得更好的艺术,而太多的现实问题,太多的痛苦,都与人们脑海中正确的指导思想的缺失有关系。一个人的思想是一个人的路,也是一个人最大的束缚。哲学的重要性不言而喻,我们整个社会,都需要正确的思想指导。这份沉甸甸的历史使命感和社会责任感让我在填志愿时义无反顾地填了哲学。

回望整个高中生活,真是蜕变的三年。还记得高一开学时我在日记里写下:"洗去尘埃,褪尽铅华,青春在此,扬帆起航。"责任的力量是强大的,推着我不断前行。第一个学期过得充实而紧张,我一下子就从普通班的学生考到了年级第二名。而在分科时,我本想选理科,我的物理、数学等也一直是最好的。但不知怎的,我又接受了老师的建议,选择了文科。后来我也曾迷茫过,彷徨过,但后来的学习告诉我,当时没有选错。

分科后我有些迷茫,有时候,真的找不到方向,成绩也跟着有些起伏,一度落到十名开外。那段时间,真是煎熬。但是"宝剑锋从磨砺出,梅花香自苦寒来",这是痛苦,也是历练,我坚定了自己的内心,在逐梦路上不懈前行。一个人默默地承受痛苦,穿越黑暗,迎来黎明,到达彼岸。

这样,我的成绩一年一个台阶,到高三时稳定在年级第一名,而且多次超越第二名很多分。直到高三的后半学期,我迎来了高原期,成绩不断下滑,虽然还是很强,但总感觉有劲儿使不出来,各种失误,各种出错。其实我心里也明白,是太疲惫了,但是,除了努力,我找不到其他的方向。最后几夜,我清楚地感觉到身体受不了了,但居然靠着意志力坚持下来了。后来高考成绩出来,确实还是在下降,考出了高三最低水平,但至少还给了我一丝希望,并没有差太多。高考完我就去北京参加筑梦计划和自强计划的考试,那几天没有学业的压力,放松一切,反而正常发挥。我没有机会接受专业培训,全靠高中阶段所学的知识应对考试,最后也得到了30分的降分录取。

认识北大,还是从余秋雨的书中看到他与北大学子的对话。从那时起,我便对北大有了憧憬。大学之大,在于人之大,而人之大,在于思想之大。

北大的包容、自由使其成为思想的圣殿，也让我用尽全力也要在未名湖畔度过我的大学生涯。

好事多磨，感谢一路的风雨与我相随，我最终得以考上梦想中的北大。还记得最后几夜，我在坚持不下去的时候，想想北大，又有了力量。因为，这是我的光明未来啊！

文武：毕业于重庆市秀山县高级中学，就读于北京大学哲学系

外国语学院

北大外国语学院于1999年6月由英语语言文学系、东方学系、西方语言文学系、俄语语言文学系四个系组建而成，现下设英语语言文学系、俄罗斯语言文学系、法语语言文学系、德语语言文学系、西班牙葡萄牙语言文学系、阿拉伯语言文化系、日本语言文化系、南亚学系、东南亚语言文化系、西亚语言文化系、朝鲜（韩国）语言文化系、亚非语言文学系、外国语言学及应用语言学研究所、世界文学研究所、翻译硕士专业学位教育中心、语言中心，共计12个系2所2个中心；拥有英语、俄语、法语、德语、西班牙语、葡萄牙语、日语、阿拉伯语、蒙古语、朝鲜语、越南语、泰国语、缅甸语、印尼语、菲律宾语、印地语、梵巴语、乌尔都语、波斯语、希伯来语、意大利语21个本科语种专业。与元培学院、历史系共建有外国语言与外国历史专业；与元培学院、考古文博学院联合开设外国语言与外国历史专业——外国考古方向。

目前学院现有教师系列220人，其中教授53人，长聘副教授10人，预聘副教授2人，助理教授35人，副教授80人，教学教授1人，教学副教授3人，讲师36人；博士后14人。

谁记当年翠黛颦

尹　媛

“如果我回头，一切都完了。”

龙女丹妮莉丝默念着这句话，穿过多斯拉克海。我高一时开始读《冰与火之歌》，就常常想象那个场景：她做着深呼吸，她的头僵硬地抬着，她的双眼平视前方，她的双唇微微颤抖，她的步履仪态万方。她面前是奔流的星河，她身后是汹涌的火海。

“如果我回头，一切都完了。”

高三那年，像中了邪似的，我想得最多的就是这句话。明知道时间洪流势不可挡，有时还觉得明日梦想遥不可及，面前是倒计时牌一页一页翻，身后有大考小考一步一步来。不回头，不退缩一步。我们十年寒窗，用青春祭祀，只是“无悔”而已。很久之后，我才领悟到：无悔，不是无事可悔，而是无心欲悔。

“与君初相识，犹如故人归。”小学时去北大，在未名湖边玩水，心里惊叹怎么会有校园比公园还秀美；初中时去北大，与同伴走过校友桥，数着桥底的涟漪和重逢的日期；高中时去北大，明明是最后一个冬天的序曲，却度过了生命中最美好的夏天。

是的，在那个夏天，那些旖旎时节的花雨流经我们的发间，像极了一阵风，奏地记忆的铃铛如浮冰一样作响。粼粼湖光，巍巍塔影，依依杨柳对镜梳妆，亭亭荷叶有泼墨而生的风韵，四面可长出唐诗。墙壁仍然布满青苔，岁月依旧青葱，只是心情已有所不同。因为我知道，这一次，与我邂逅的将不仅是燕园的风景。

当然了。从“破冰游戏”的打破坚冰，到趣味运动会的并肩连体；从名师讲座的相视大笑，到院系见面会的彼此指引；晚会表演前的“加油！加油！”呐喊声，定向比赛时的“快点！快点！”鼓舞声，图书馆前的圆圈，比萨店里的长桌……我们有最温柔、最热心的辅导老师，我们聚集了最优秀、最友爱的文科同学，我们共度了最难忘、最斑斓的夏令营时光……巧的是，我们班一起去的四位同学，最终都如愿跨入了北大校门，这已不是“幸运”二字能形容的了。

踏上燕园的土地，犹如故人归。返校以后，有一片梦境植满心田，枝繁叶茂。我的书架仍然摆放着《此间的少年》，扉页上的话犹在唇畔：

“年少时我们相遇在那片后来被称作‘江湖’的天空下，吉他弦唱，空野聆音，白衣飘飘，手握风云。多年以后，白首相知。”

暑假结束，高三开始了。也许是假期充足了电的缘故吧，上半学期我一路春风得意马蹄疾，每一步都轻飘飘的有些不真实感。当然，如果这最后一年一直都这么顺利，那我就没必要写这些废话了。有句话说得好：“山峰的顶点，再迈一步，就是悬崖。”

最后几个月。当我的名次下滑已经从等差数列变成等比数列时，我决定破釜沉舟。我踏着霞光进校，我披着夜色归家。我狂刷数学题，即便有一种凄凉叫“这道数学题已超出了我的语文理解能力范围”；我晚饭后到走廊背文综，伸手就能碰到楼底榕树的繁叶，我见证它从嫩绿转为苍翠；我傍晚到操场跑步，坐在椅子上仰望静默星空，难得矫情地看到满月，我心想“糟了，我要变身了”；最后，熄灯睡觉前，我喜欢站在落地窗台上，丹尼尔·克雷格式挺拔的站姿，俯瞰14层之下的灯红酒绿、车水马龙，想要把每一处绚烂灯火都刻在记忆里，背景音乐仿佛都变成了Skyfall……我想要每一天清晨都轻笑，每一个夜晚都安眠。即便希望渺茫，即便煽情明显，我仍然紧握着那句话：“成功是坠落到底时反弹的高度。”

那些行程千回百转，但终点线始终一样。那些让你哭的故事，总有一天你会笑着说出来。现在想来，我几乎从未怀疑过我的北大梦——或者说，我没有安排时间来怀疑。一路向前，义无反顾。不停步，不回头。

六月得到了《高考指南手册》。里面写了什么我没仔细看，只记得我在扉页工工整整地抄上了《神探夏洛克》的台词：

“The stage has set, the curtain rises...We are already to begin.”

“往事已酸辛，谁记当年翠黛颦。”有些战役在高考后结束，有些则刚刚开始。回忆到这里，我已觉得无比疲倦。往事如浮光掠影、逝水无痕，我能记住的只是些碎片，而我向来擅长过滤掉那些脆弱无助的眼泪，只记录下光辉灿烂的笑脸。“往事已酸辛，谁记当年翠黛颦？”白鸟衔起翠枝远飞天涯，桃花下的马匹一夜之后迷途于江湖。

“试拂铁衣如雪色，聊持宝剑动星文。”凝视我尚未蒙尘的昨日，我能看到很多令人后悔的事，但好在我有一颗坦然无悔的心。我能这样告诉自己：这是我自己的选择，造成的一切后果，都由我一人承担。这是我自己的人生，我不能书写命运的星轨，却能紧紧抓住今天和未来。此刻收拾行装，向埋葬的过去洒酒，为那枕戈拭剑的日子，为那滚烫的热血和冻结的决心——“如果我回头，一切都完了。”

然而我的语文老师曾告诉我“没有岁月可回头”。我最应该感谢的是他们——是父母无微不至的关爱，是老师全心全意的付出，是同学们风雨同舟的情谊。没有你们，就没有今天的我。离别在即，愿把珍重别在衣襟。寒窗无悔，青春无价。

情长纸短。啰啰唆唆写了这么多，我究竟想要表达什么呢？高三的意义何在呢？……如果一切终会烟消云散，加缪在《夏天集》里的话总让我们微笑：

“在隆冬，我终于知道了，我身上有一个不可战胜的夏天。”

尹媛：毕业于重庆市巴蜀中学，就读于北京大学外国语学院

一场无关风花雪月的求爱

梁佳成

一

北方有佳人，绝世而独立。一顾倾人城，再顾倾人国。

故事从高一文理意向性分科开始，那是2012年的秋天。带着一个初中升入高中的所谓“优生”的惯性，怀揣着和好友兄弟一同并肩前行的安定感，在那一夜之前，我都没有选择文科的念头。学校意向性分科的突然宣布，让那一夜的我，陷入自我怀疑、隐秘渴望、内心挣扎的漩涡，彻夜无眠。那时，我分科考试的名次排在年级第二，文综三科一塌糊涂，但短暂地尝试三科竞赛的经历让我对自己的理科天赋产生了怀疑。我有些偏执和愚昧地认定，自己读理科，能上清北的可能性不大，以后从事科研也走不到顶尖。这时，内心深处一个隐秘的渴望开始慢慢浮现：我要上北大，我要当文科状元。初中以来，语文都属于年级顶尖水平的我，自诩若选择拥抱那个人文的世界，或许能够走得很远。于是挣扎，于是迷茫，于是在懵懂中结束了对一个世界的探寻，开始了对另一个世界的求索。四年后的此时回首往昔，个中滋味难言。那是我做出的第一个关乎人生的重大选择。没有利弊权衡和深思熟虑，没有太多人给我经验和指导。我背弃了理工的世界，那么轻易又那么决绝，仍记得把课桌搬到文科班后的第一节课上，我整节课面对黑板痛哭，那些痛苦的眼泪，是我对理科的诀别。我听从着内心深处某种难喻、难状更难究的声音，选择了文科，选择了人文的世界，更在心中的那抔黄土里，埋下了对北大的爱恋。北大，为伊倾倒，那一刻，成了我的命中注定。

二

窈窕淑女，寤寐求之。求之不得，寤寐思服。悠哉悠哉，辗转反侧。

2014年的夏天，我作为学校文科综合排名第一名参加北大2014年优生体验营，那是我第一次真正地踏足燕园，触碰北大。不是没有在目睹你容颜之时便偷偷想象过，想象过你的柔荑之手、凝脂之肤，想象过你的落雁沉鱼之姿、闭月羞花之貌。当你真真切切地站在我的面前，向我挥手，对我耳语，冲我微笑时，我也真真切切地被你所俘虏。食堂、讲座、定向赛，理教、宿舍，初到时兴奋地独自乱闯甚至迷路，兴浓时和新结识的好友在塔下湖畔的流连，离别时的“心似双丝网，中有千千结”。彼时的我不太明白，那个夏天的旅程是我对你的认定，还是你对我的一次挑选。回到高中校园，带着对你的患得患失，我慌乱地进入高三的决胜时期。越想要，越得不到。我对你的思念愈加深，自己的学习节奏几近崩盘和没有获得自招、博雅计划资格的消息让我觉得你离我愈加远。一年，多难熬，“审判”的日子越来越近，渴望得到的情绪和求之不得的预感间的碰撞越来越烈，几欲将我撕裂、毁灭。那一天还是到来了，题目出乎意料的简单而我发挥得意料之中的差劲。高考结束后我在妈妈送我回家的车里哭泣和嘶吼，感到在车内这一个狭小空间内的我，被剥夺了所有。那种直击灵魂的空洞感将我包围，我捶打着车窗，感到自己无所依存。

三

曾经沧海难为水，除却巫山不是云。取次花丛懒回顾，半缘修道半缘君。

2015年6月24日，拿成绩，查一分段表。北大，梦碎。我不得不用理性来填充彼时心灵的空洞：我告诉自己，不管怎样，好好地填报志愿。专业、学校、位次、志愿排序，我近乎严苛地在那几天里研究志愿填报，不对未来做出任何设想。然后是请教学长学姐以后的发展方向。接着是和一位同样高考失意的好友去出国机构做详尽的咨询。做完这一切，我才开始真正审视我的内心。我开始认真地思考哲学中“决定论”“自由”“宿命论”等概念，开始直面属于我的因和果。北大，你的轮廓在我心中又开始渐渐清晰，你不再因雾而失，为月所迷。“曾经沧海难为水”，我的心，自始至终都只属于你。那就复读吧。决定复读的那一刻，我彻底地平静了。那些因爱恋而起的心火，因离别而生的悲戚，彻底归于平静。“半缘修道半缘君”，在我前行的人生路途中，我甘愿为你折返，也为了那个在路途中曾因你而前进的自己。有幸连续两次参加北大优生体验营，除去客观因素，去年的夏天我还是因实力不足而在考试中发挥得不好。但我仍旧知足，珍念和新朋友一起感受你的时光。

四

衣带渐宽终不悔，为伊消得人憔悴。众里寻他千百度，蓦然回首，那人却在灯火阑珊处。

复读的日子，平静而忙碌。在新环境里，我仍然和应届那年一样手忙脚乱，但内心却有着一份独有的从容。不再计较得失，不再胡思乱想。这一年，我把对北大的热切化归于对自己一切付出的笃定。我对你的爱，不再炽烈滚烫，借用一个朋友的一句话："他只想要完成。"完成我对你的朝圣，完成我对你矢志不渝的挚爱。我曾为你"衣带渐宽终不悔"，但当爱到深处，当爱在诀别后，我明白，我爱你，与你无关，当我"寻你千百度"后领悟，我爱你，不需越过千山万水，不需等到沧海桑田，只需在那爱意化作的灯火阑珊里，守护着你在我心中的投影。这份平静有时又会被点燃，在我的复读岁月里给我以煎熬。申请博雅计划时，得知出局，我在金科小操场上夜奔三十圈，只想在沉默追逐中把那些负面情绪全部发泄掉。

五

几回花下坐吹箫，银汉红墙入望遥。似此星辰非昨夜，为谁风露立中宵。

时间溜得飞快，"二战高考"结束。破釜沉舟的背水一战，没有退路。真正的时刻来临，我远比想象中紧张。没有了模拟考时的从容不迫，只剩下一个溺水者歇斯底里地挣扎。我在心中对自己怒吼："没有什么心态好坏，只有实力高低。"回顾6月7日和8日这两天，不可否认，当时过度紧张的神经还是对我的发挥造成了负面的影响。就连本在"三诊"考试时基本已经做到的零低级失误，在高考中，也造成了至少10—15分的失分。6月8日当晚，对答案，估分，我告诉自己，那位北方的佳人，终究还是离我远去，芳踪不觅。接着是赶赴北京参加北大外国语学院的测试。在应届那一年同学的陪伴下，我在中国人民大学的园子里踱步了一圈又一圈，却让他们不要再提关于北大的一切，我也不愿走上几百米的路再看一眼那个我魂牵梦绕多年的她。不敢提她，不愿见她。高考出分的前夜，我删除了北大曾发给我的所有短信，"取关"了北大的微博和"未名渝音"的微信公众号，在同学生日宴会的KTV里咀嚼内心的苦闷，等待次日的宣告。

六

自问曰:“绸缪束薪,三星在天。今夕何夕,见此良人?”

自答曰:“死生契阔,与子成说。执子之手,与子偕老。”

出分,比估分低十分左右,我正担心着中国人民大学有没有希望,却看到了出得奇早的一分段表,18名。那一刻,我的心脏漏跳了一拍,两拍,还是三四拍?简单地判断后,我知道,北大有望了。短暂的波澜后,我迅速地平静了下来。经历过无数次绝望后的重生,却没有了欣喜若狂,只剩下一声长叹:“今夕何夕,见此良人?”一个远在新加坡的好友在得知消息后送上了她的祝福:“虚惊一场才是最美。”我却知道,这不是虚惊一场,而是真正绝望后的失而复得。这样的情感,甚是难言,大概是“沉默着的欢喜”和不必言说的承诺——“执子之手,与子偕老。”你是我日夜的渴求,你也是我的命运,你投我以木桃,我必报之以琼瑶,以期永以为好。这是我对北大的求爱记,无关风花雪月。这也是我自己的长跑,关乎心灵的叩问与探寻。录取通知书上说,我们每一个人,都有着被选中的庄严感。我知道,在我的庄严感之中,还夹杂着我对北大的爱,如渔歌菱唱,犹不能止。

后　记

在冯老师数次催促下,我才在入学前夕用一晚上赶稿完毕,万分惭愧。既是赶稿,也就意味着没有十分用心,但我字字真心。有同学说,我的经历挺特殊,写出的文字一定很感人,还要让弟弟妹妹们来看。我却在想,究竟该把这篇算作自述和总结的文字写成怎样的风格?是苦情的自白、恳切的勉励还是空洞的哲思呢?想来想去,我选择用“求爱”和类似“情书”的方式来叙说,只因还算有趣。也不必让自己在深夜里写一篇凄凄苦苦的奋斗史,让自己心绪难宁也或许会让读者也心绪难宁。絮絮叨叨地总结了我与北大相关的几个关键时间节点，以作纪念（第一次用渔歌菱唱，感谢文科16班的你们）。

梁佳成：毕业于重庆市巴蜀中学，就读于北京大学外国语学院德语系

没有哪条路让我们望而却步

马尧力

“历史的道路不是涅瓦大街上的人行道，它完全是在田野中前进的，有时穿过尘埃，有时穿过泥泞、有时横渡沼泽、有时行经丛林。”

车尔尼雪夫斯基的这句话，在高中语文学习积累的素材中给我留下了最为深刻的印象。我的北大之路，也有不少的“尘埃”“泥泞”“沼泽”与“丛林”。

回首高中生活，个中滋味，冷暖自知。我写下这篇文章，分享自己一路上的经验与感悟，更是向那些美好年华、那段青葱岁月作告别。

心　态

这个词语，在各位老师的口中重复过不知道多少次，把高中生的耳朵不知磨出了多少茧子，足以见心态之于高考的重要性。

申请夏令营未通过、博雅计划初审不合格，从未踏足燕园的我，似乎与北大并无多少缘分。高三一路走来，看着自己与身边同学起起落落，我对这个词有了更深刻的认识。在我看来，良好的心态是高考乃至今后人生成功的关键。

良好的心态依靠知识和能力的支撑。知识与能力的获取，不仅需要个人的刻苦练习，更需要和老师密切沟通与交流。辛勤的老师们是我们进取之路上最好的朋友，值得我们结伴前行。

良好的心态需要对未来和结果的合理预期。无论准备得多么充足，考试时总还是会有各种各样的“意外”发生。学会理性分析考试成绩、合理制订高考目标，将会为我们在圆梦之路上减轻许多负担。

良好的心态来源于强大、乐观而独立的人格。“允公允能，日新月异”的南开中学校训是我人生的重要向导。在高中学习之外，我们还应该积极关注国家与社会的发展变迁，积极寻找自己的兴趣爱好与理想之所在，努力调节自己的情绪与状态，不忘初心，负重前行。

在今年致博雅计划初审未通过考生的一封信中，北大招生办用形象的文字，描绘了合格的准北大人所应具备的精神面貌：

“我们一直期待未来的你——那是有勇气从头跨越自己的，笃定踏实、睿智沉着、永不放弃的你。承受得住风雨的人，永远是渊博的；为远方而扬起风帆的人，永远是雅正的。从来不因为现实的好或坏而动摇的人，永远是我们需要的。”

坚　持

高三是一场长跑，既考验体力，又磨炼心智。养成合理的锻炼习惯，坚持规律的作息，保持健康的身体状态，是高三学习的基础和前提。同时，拥有良好的心理素质，坚强而理性地面对一切挑战，是顺利度过高三生活的必要保障。

高三是一场长跑，不到最后不见分晓。无论是遇到考试失利还是拔得头筹，在自主招生和综合评价中表现优异还是遭到淘汰，我们都应当保持稳定的节奏，调整自己的心态，继续专注于高三的学习。

高三是一场长跑，沿途的风景很美。我的班主任杨海军老师曾说：“高三时你只有一个烦恼，高考后你会有无数个烦恼。”的确，从某种意义上说，高三的生活是美好而单纯的。我们应当学会感悟高三生活的幸福之处，珍惜这段意义非凡的时光。

在我还未毕业之时，我就对高三这段时光充满了不舍与留恋。这段时光，包含了青春的几乎一切要素：汗水与泪水、成功与挫折、爱情与友情……许多片段，恐怕永远也不会忘记。

我想感谢所有在我的高三之路伴我一路同行的人。感谢班主任杨海军老师以及其他所有老师的辛勤付出，感谢高2017级16班所有同学的共同奋斗与陪伴，感谢家人坚定而温暖的支持，感谢你们让我明白了许多许多。

最后，用一首高三语文培优课上老师曾展示过的诗与诸君共勉：

学会等待

汪国真

不要因为一次的失败就打不起精神，
每个成功的人背后都有苦衷。
你看即便像太阳那样辉煌，
有时也被浮云遮住了光阴。
你的才华不会永远被埋没，
除非你自己想把前途葬送。
你要学会等待和安排自己，
成功其实不需要太多酒精。
要当英雄不妨先当狗熊，
怕只怕对什么都无动于衷。
河上没有桥还可以等待结冰，
走过漫长的黑夜便是黎明。

马尧力：毕业于重庆市南开中学，就读于北京大学外国语学院

我与北大一见倾心

杨映雪

我大概很早就和语言有着说不清,道不明的缘分。父母都在大学从事外语教学工作,一直就很注重培养我对文学的兴趣和感悟能力。从我记事开始,房间里便一直有靠墙而立的两个大书柜,里面的书籍林林总总,便是儿时不可分割的奇妙世界。也许正是家里浓重的书香氛围,使我对语言文字有着莫名的情愫,总想进一步学习摸索,看看语言的背后究竟隐藏着怎样的情感和哲理。那时开始我便喜欢上了古龙的武侠小说和中国古典文学,那些精练语言背后的遣词造句真是妙绝巅峰,怎么读都令人回味十足。时常也会忍不住自己试着写一写,在和大家对比下的差距中我更是被激励着去探索更多,寻找遣词造句的奥秘。

除了一些中文的启蒙外,父母也比较注重培养我的英语能力。所以当初我并没有什么犹豫就选择了外语学校。在浓厚的外语氛围下学习了六年后,我和语言的羁绊也更加深厚。还记得当时的英语课上,老师会在有连堂时拿出整整一节课讨论同学们准备的话题,用英语进行思想的交流和碰撞也特别有意思,既能吸取新颖的观点,又能学到很多表达方法。那些年争论过天文地理,时事政治,等等。大概就是在各种英语材料和活动的潜移默化下,我对语言的兴趣逐步加深,能力也渐渐提高了不少。看外媒和外国人写的文章,发现全新不同的视角和思考方式,是一种很新奇的体验。在语言的学习中,我觉得自己每次都有收获,永远被激励着继续前行、探索,愿窥得那背后的冰山一角。这种满是收获的感觉是幸福的，让我一直都充满学习的动力。我想，如果有这么一个事物让我愿意去探索，让我的生活充满了收获和感悟，那我就应该坚持走下去，延续并加深这份缘分和幸福。

于是，后知后觉意识到真爱是语言的我(真的挺晚，可能高二时才恍然大悟)，才考虑到参加外语保送考试。而北大外院，正是全国外语院校中的“头号大佬”，真真正正在国内外语界拥有霸主般的地位。北大于我，当时感觉有些遥不可及，毕竟那是人人口中相传的中国顶尖学府，是多少人求而不得的期盼，但是我内心对她的渴望又是如此强烈。

犹记得初至燕园时，我便被她古朴厚重的气势所震撼：土木交构所筑成的大门低调而张扬，门匾上镌刻着四个笔锋遒劲的鎏金大字——北大。内里一塔湖景，参天古木，亭台楼阁，绰约可见。她伫立在此，见证了中国百余年来的风雨兴衰，充斥着历史的痕迹与岁月的气息。

我对有着古朴和浓重人文气息的大学简直没有抵抗力。古色古香的土木建筑，精致大气的镂空花纹，树木伴着石桥而生……能在这样美好的环境里学习，能和这里最优秀的学子和老师们有交流的机会，简直是难以想象的幸福。

大概，于北大，我一见倾心。从未有这么一所学校，她内敛的气息和魅力让我有拼命追随的冲动。所以，即使知道前路艰难，我仍然毫不犹豫地选择了参加她的外语保送考试，姑且做奋力一搏。

尽人事，知天命。对北大的憧憬和向往，是我备考时最大的动力。想着那些教学楼上的花鸟纹饰，凌空而起的房檐壁饰，想着那一潭碧汪汪荡漾的湖水，想着未来可能和志同道合的优秀同伴在草木掩映下的欢声笑语……即使只是一时尚未实现的幻想，便足以抚平我备考时或焦躁或疲惫的心，使我安定下来继续前行。北大，已从小时候眼中求而不得的期盼，变作如此真实而美丽的憧憬。

备考的那几个月也算是煎熬和收获兼而有之。每天吸取的新知识量都特别大，我充实而忙碌地准备着，而且大多都要靠自学，这对学习自主性和合理安排要求很高。当时每天语数外三科轮流练习，做题，或者进行课外补充。英语看着“专八”和美国高考(SAT)的阅读抓耳挠腮，在一会儿全然不解一会儿恍然大悟的学习中痛并快乐着。每天晚上抱着《古文观止》和文化常识在那里读着记着，和同学们一起讨论字词的用法和阅读的正确理解方式。有时对一些特别反感的长难句感到头疼，勾画圈点下来，找老师和伙伴们细细探讨，慢慢地我便对语言的使用机制有了些感悟。打基础慢慢积累时无甚感觉，但稍做歇息时回首看看一路的积累，恍然间，语言的掌握能力竟似又迈出了一大步，以前读着便觉得头疼的文本现在已能相对流畅地看完全篇并理解到位。在这样的激励下，我便会每天更认真地去练习、积累。因为语言学习是个不进则退的过程，只要肯下功夫，自己一定能有所成长。学会发现自己的进步，也是激励自己坚持下去不断前行的好办法。

备考时，提升最为艰难的当属数学。我的数学相对于语言功底来说差了不少，平日里面对校内考试还好，要到外面考自招以上难度的考试，却着实吃力许多。最开始尝试学习突破时我心里也很忐忑，总怕自己不是学数学的料，要是在几个月里水平一直提不上去怎么办？我焦急也没用，想着姑且尽最大努力，走一步看一步，至少要拼一把吧！那时天天练习各种数学题，还会在办公室里泡上几节课，缠着温柔有耐心的徐老师解答疑难。最开始时我的进步并不明显，状态还时有波动，一张自招卷子做下来，大多数时候是按照对了多少来计算的。焦急的时候想想心里的憧憬和信念，平复下心情便更想试试自己究竟能走多远。毕竟，“尽人事，知天命”。还好，前几个月的量变终于在考试前一个月引发了质变。我做题的正确率越来越高，“数感”也强了不少，最后考试中数学成绩也发挥得不错，算是一个小小的惊喜吧。

外语保送考试的备考也像一场小高考一样，从中我收获了不少。心中有一个信念，便要为它一直不懈努力，一直冲刺，能走多远是多远。有一个信念，并享受学习本身这个不断升华自我的过程，才能实现持续地高效自主学习。“尽人事，知天命”，一直是我努力的信条。毕竟要尝试过了，才会明白自己究竟行不行。

最后在此祝各位参加高考的同学，能在高考考场上发挥出自己的实力，为梦想奋力一搏。相信汗水终能换回梦想的果实，加油！

杨映雪：毕业于四川外国语大学外附属外国语学校，保送至北京大学外国语学院阿拉伯语系

艺术学院

北大于1997年成立艺术学系,2006年成立艺术学院。经过长期发展,北大已形成独具特色的艺术学科传统,成为全国高校美育和艺术教育的中心。教育部2013年公布的一级学科评估结果,北大艺术学院艺术学理论学科位列全国第一。

目前,艺术学院有教师27名,其中教授14名,副教授5名,新体制助理教授8名,在站博士后8名。现有三个本科专业方向面向全国招生:一是戏剧影视文学,二是艺术史论,三是文化产业管理。

北梦南追

胡宛若

北梦南追啊，北梦难追。

如今梦圆，愿回忆往事，愿去分享那些经历。每个北大学子为高考奋斗的经历都各不相同，我的经历同样不可复制，虽不像“学霸”那样，可以将理想的大旗挥扬，但它同样弥足珍贵，它是逆袭，是幸运，是一个心中藏有巨龙的平庸学子的隐忍与坚持。我爱它，愿将它展现在你面前，展示在那些和我一样深感梦想高贵，现实卑微的虽中上水平，却希望摘梦的学子面前。

是否每位刚跨入南开中学的学子，在学校林荫道上的光荣榜前都曾暗暗发誓：三年后要将自己的照片呈现在榜上！我也一样，进入南开中学，是我的盼望，它给了我更高的平台，更好的资源，更棒的情怀，当然，也提高了我对高考，对梦想的估值。可是，我想大部分同学，在一次又一次的考试中沉浮，被一个又一个“学霸”碾压之后，对自己的实力认知也逐渐明了之后，是否会忘记初心？我从来没有忘记。

高一分科前综合排名五百名开外的我没有忘记，我要上北大。分科后进入文科实验班，连续两次考班上倒数第一和第二的时候，我没有忘记，我要上北大。连高三成绩逐渐稳定后都只能排名年级二十多名的我，依旧没有忘记，我要上北大。这排比看起来是否连贯而有力量？似乎这坚毅的自信就能理所当然地助推我上北大？

其实，保持这样的想法很难很难，尤其对我这样一个很敏感，不够自信，多愁善感,想法纠结,优柔寡断,专注度不高,且很难把重心完全投向学习的人,真的很难。看着自己平庸的成绩,不敢宣扬自己的梦想,就那样偷偷摸摸,小心翼翼地把这个梦想藏着掖着。相信自己,谈何容易啊!你的确成绩不够好,你的确有弱科,你的确无优势靠智力体力硬拼……的确,的确,没有人认为你注定就可以上北大;的确,的确,还有其他的东西在牵扯着你,以致不能一心一意……

笃定与希望的转机是参加北大在2015年7月举办的全国优秀中学生艺术学夏令营。从小学习书法、绘画、朗诵,也喜爱唱歌、跳舞、钢琴和二胡的我在家人的支持下向北大艺术夏令营投出了一封个人自荐书。哈哈,藏有小小心机的我用了1.0的中性笔来进行书写,希望自己漂亮的字迹能为选拔加分。强烈的报考倾向,漂亮的书写,真挚的情感和自我剖析,饱含温度和情感的叙述与思考,我想这些都是打动考官的地方。

结果如愿以偿,我被选入了夏令营。五天的体验,北大的美丽与博大感染了我。艺术史论、文化产业管理、戏剧影视文学专业老师们讲课时那飞扬的神采和知识底蕴的呈现,传神而深情地呼唤着我:来吧,我们热切期待你的到来,我热爱着的瑰丽文学艺术,你们也会热爱的!那种真挚和期盼让我更加渴盼来到这里,并终身与美相伴。犹记得北大艺术学院名誉院长叶朗先生曾说,为什么千百年来这么多人为艺术呕心血,沥胆汁——他们是欲罢不能啊!在北大的五天,我和北大的同学一样吃在北大,住在北大,行在北大,慢慢竟觉得自己就是这儿的人了。五天中很重要的笔试、面试环节,自己认为也发挥得很不错。临走时在北大买了一件T恤,之所以买它,是因为它上面绘有北大的标志,很小很小,远看像小爱心一样,很符合我这种纠结型人儿不想被别人洞察梦想的想法。

有了这样一段经历,带着这样一份期待的我回到了南开中学,又开始了奋斗的历程。等待等待,等待得都要丧失希望了,优秀营员的名单怎么还不公布?那么多优秀的人,我怕是落选了吧?这样的想法有时忽地在脑海中一闪也就过了,继续做题看书才是正道啊……

进入高三,外公外婆到学校来陪读。他们都是知识分子,从小在他们身边耳濡目染,也让我们相处和谐,沟通畅快,祖孙两辈人真是无话不说。有了他们的嘘寒问暖和后勤保障,我高三的状态愈加好了。“好”,指勤奋,也指专注和自信。班主任梁老师对我说,他觉得我状态挺好的,只要继续保持下去,结果不会差,关键是自己不能丧失信心,考得再差都不能。那这可怜又可贵的自信又如何培养呢?

从小到大,我没有办法轻松地自信起来,我要看到成果,得到认可,感受到自己因进步而有的安心,才能有从心底油然而生的自信。我承认这是我的不足,但也许这也激励我努力的程度比较高,努力的方面比较多吧。这样的我,如何获得整个艰苦高三的支撑,以及成绩下滑到谷底都非北大不上的自信呢?

我想到了一句话:人在做,天在看。有时候我多多少少有点“唯心”吧。五点半起床的我会安排一个早早自习,上午上课时我用清凉油加冰水涂抹太阳穴和颈后,喝浓咖啡。课间操我应该是全班最认真的(有时候认真得会被同学笑,真的有点好笑啦)。中午放学后,有同学吃完午饭返回教室了,我还没离开。走在回柏树村的路上,或拿着小册子背书,或冥想,或实践“感恩大法”……晚餐在家与教室的路上解决,通常就是两种水果,一片葡萄干面包,一杯酸奶,几颗核桃。晚自习第二节课下课和怡萱一起跑四圈小操场,晚上几乎是整幢楼里保安叔叔和保洁阿姨目送着最晚离去的一个(为此,高考后我还给保安叔叔写了一封信,感谢他们的宽容和守候,感谢和结果无关,它只关乎记忆和温度)。

踩着路灯,踏着最后放学的音乐,回到家,洗漱后再开始下一轮学习,睡前冥想感恩,周末听听王菲的《心经》,或古琴曲《流水》,或圣桑的《天鹅》,这些都是最能让我安心的东西。

说这些并不是说这些方法多有正确,对学习成绩的提高有多管用,对我而言，我希望能保持一个自始至终的、全方位多角度的向上的姿态。我要用我的勤奋来告诉自己，这是我自信的源泉。我需要每天锻炼来让自己的高三看起来不那么憔悴，而是蓬勃向上，身姿挺拔的。我需要用健康而不会增肥的来保持自己的血色是红润的，面貌是舒展的。我需要有空时就练练书法，唱唱歌，看看书，来提醒自己，我是一个享受生活并注重培养自己综合素质的人。我需要每天坚持感恩来让自己爱自己，保持高三良好的心态并给同学们提供一个同样温暖、善良、知足、上进的同伴。我需要竭尽全力地抓紧每一分钟时间来告诉自己不是堕落的，因为每当我不这样时，我都觉得自己不配拥有北大的梦想了……我做这一切，只是想对自己说，我是问心无愧的，多想问问上天，这样的我，你该不该给一个好结果呢？

九个月后，我获得了优秀营员称号，也获得了自主招生最重要的入选资格。喜悦在心，我只告诉了几个同学，还请梁老师不要告诉他人，主要还是觉得自己实力不够，怕大家笑我痴人说梦吧。

后期的我，心情更多的时候真的是平静的，特别是到了最后临近高考的时候，几次大考，我各科成绩的发挥都比较平稳了，而且我最弱的科目地理，在“二卷”上连续几次都得到了49分或49分以上。心情平静时，我会翻翻自己的作文素材本，我的作文素材本有一个特点，就是绝大部分是手抄的，这可能会有点浪费时间，但我抄的都是“干货”啊，也当练练字吧，发现以前更偏向于怡情的自己在高三记了很多有奋斗色彩的东西，比如俞敏洪《挺立在孤独、失败与屈辱的废墟上》中的文字，比如汪国真“你若有一个不屈的灵魂/脚下，就会有一片坚实的土地”这样的诗句。我想，这也是高三的作用，它让我的小女生气质脱掉了很多，健全着我的人格。最后几天搬进实验楼上自习，最先心中有些乱，因为整整两排同学的课桌板凳是连在一起的，只要一人稍有晃动，连带着就会有一种前后左右都在动的“飘飘欲仙”感，老师说，其实是我的心在动，也的确是这样，真正专注之后，整个教室也就如一池湖水，平静安然，偶尔有动静，也都当作美丽的涟漪了。

最后几天晚自习第二节课下课后的跑步改成了排球场、操场上的玩耍，因为黑暗的缘故，我可以无所顾忌、大大方方地在排球场上奔跑、旋转、跳跃，感觉自己是美好、舒展的……即使在高考的前一天和高考的第一天晚上，我都没有什么心慌啊、想提前回家之类的想法，依然是把最重要的知识要点复习完，坚持到最后一刻再从容离去。

高考成绩对我来说是正常发挥的，参加北大的自招考试，超出预期地获得了降分40分，然后就妥妥地读上了自己最向往的学校和最喜欢的专业。反正就是天时、地利、人和各种幸运，在高考这一次集中爆发了。

写到这里就是想要感谢了，感谢、感谢、感谢!

感谢南开中学，那么优秀那么包容，让我进入这个更优秀的集体后，面对更优秀的同伴们非但不觉得压抑，还更愿意享受自己，展示自己，学习他人。

感谢我的老师，感谢他们的非功利心，感谢只教了我高一和高二的老师对步入高三的我依然倾注着热情与关注。感谢各位老师牺牲休息时间为我解题答疑，好多次啊！牵绊得你们中午一点都没回家。感谢班主任梁老师对我一直不变的信任与鼓励，欣赏与期许。

感谢保安叔叔容忍我这个拖延症少女，感谢体育老师在高三还教会我这个体育白痴各种球类运动。感谢妈妈每天变着花样，绞尽脑汁为我创编的或诙谐或抒情的“鸡汤”短信，让敏感又依赖的我有着不竭的心灵慰藉。感谢爸爸关心的是我开不开心，而非考得好不好。感谢生病的外公忍住咳嗽怕影响我学习，感谢好强的外婆容忍我不懂事的小脾气。感谢善良的同桌“小鹿子”经常表扬我，鼓励并相信，我就是最终将杀出的那匹黑马。感谢温柔的雅心在我愁苦着“我怎么就不是每次考试杀出的那匹黑马”的疑问时，给予我“黑马是持续努力，期待又意料之外的迸发，留待你的最后一次考试吧”的温馨答复。感谢可爱的怡萱每天和我一起跑步还欣赏月色。感谢16班这么团结温暖，让每个人在高三努力的同时不会被人际关系困扰……要感谢的人真的很多。也要感谢上天，这是你给我的幸运!

高三很宝贵，有的同学会为了躲开高三而采取其他途径。而我真的觉得高三对一个人的人生意义重大。它是最纯净的一段时光，世间喧嚣与你无关，你只需要用你的智慧和努力去勾勒自己的梦想。你可以去专注地学习知识，不是去追求知识带给你的附属品，而是非常单纯地去追求知识本身。它让你学会独处，体会孤独，就像我个人觉得，孤独是迷人的，孤独的时候，恰好是你可能性最大的时候一样。它强制你去摘得许多美好的品质：坚忍、执着、乐观等等。你可能从未发现，你可以这么努力，这么向上，这么拼，心这么安静，灵魂这么澄澈。同样，这么可爱。

北梦南追，北梦难追，但北梦可追，北梦要追，北梦必追！

胡宛若：毕业于重庆南开中学，就读于北京大学艺术学院

素履以往

曾骎袁由

我将不停地行走，不停地歌唱。

因为这是我自己的歌吟，我自己的诗章。

——叶芝

高一上学期开学后第一个月里，偶然间看见了曹文轩先生在1998年北大百年校庆时所作的一则访谈。曹先生说："我们任何个人都无权骄傲，有权骄傲的永远只能是北大。奋斗不息的我们，最终也有可能在黄昏时享受背景，为溶入背景而终止自己。这大概是我们都期盼着的一份幸福而悲壮的景观。"

我抄下了这篇文章，一笔一画，告诉自己，我要上北大。我想走出小城，我想拥抱这个最棒的平台，我需要这个背景。无所畏惧，完全不曾想过自己万一不能去往北大的情况。

然而迎面的却是落差的煎熬。数次失败的考试，越来越靠后的名次，让我不禁怀疑自己曾经的成绩。我想去北大，可仅凭当时的情况只能是天方夜谭。我也想做一个可以春风浩荡的人，但我越来越不自信，越来越觉得自己似乎看不到未来。北大依然是那个有资本骄傲的北大，而我离它却越来越远。

我出人意料地选了文科，以为路会好走一点，事实上并不然。高二下学期临近期末之时，通过老师了解到北大学科夏令营，只是第一眼便瞄准了艺术夏令营。怀揣着兴奋与好奇北上，却在第一个晚上便受到打击。听着营里同学们一个比一个更厉害的介绍，我有些沮丧。散学后回寝室时，我在偌大的北大校园里迷了路，天很黑，灯很少，突然觉得一切都没有改变，我依旧是那么平庸，面前的一切都是假象，给父母打电话时边哭边摸索着路，最后在欠费中走回了寝室。得到了很多安慰，也想通了道理，之后几天我抱着平常心情度过，也不奢望获得“优秀营员”的资格了。夏令营结束后，我匆忙参加创新作文大赛，倒蛮意外得了一等奖，完全不抱期待反而还获得了更好的结果。

非常平静地进入了高三，上学期成绩还比较稳定，然而下学期于当时的我而言，完全是一场煎熬，唯一令人开心的事就是拿到了“优秀营员”的资格。从第一次月考开始掉出前十，接二连三几十名几十名地往下掉，五月初那次考试我考出了从来不曾想过的糟糕分数，几次考试下来平均名次差不多在班上倒数。班主任找我谈过很多次，各科老师都交流过，甚至还第一次跟校长谈过话。那段时间我真正体会到什么叫浑浑噩噩。每天努力地学习，背不进去书也要背，晚上看书常常看着看着就大哭，对自己有着恨铁不成钢的失望。当时只剩五月底唯一一次大考，在那个月里，我告诉自己就拼这一个月了，不去想任何成绩，也不去谈任何梦想，按自己的计划把所有知识点落实。结果在五月底时，我居然考到了第二名。咬着牙度过了最后一个星期，广播中放着煽情的歌，听着各位老师对我们的寄语，离开了校园，无暇悲伤，迎战高考。

高考头一天晚上，我辗转反侧到凌晨三点钟。九点钟的考试，期间我只睡了三四个小时。考完对了答案后知道自己发挥失常，庆幸自己还有自主招生的机会。口试完匆忙飞去北京，与北大的学长学姐们吃了顿轻松的饭，忘记了高考的惨状，毫无包袱地再次上了考场。早已知道自主招生难度很大，也没期待超常发挥，三个小时的考试之后，我告诉自己已经尽力了，任何结局都令人满意。

等待自主招生结果的过程漫长而忐忑，高考成绩公布前那天晚上终于登录进了北大本科招生网,我紧张到第一时间只看到自己的考试分数,没看到降分。对于分数还算比较满意,虽然是一个特别二的数字。一分钟后反应过来应该有降分结果,又登录了进去,看到"给予你北大60分录取认定资格"时,我第一时间就哭了出来,60分,只要我没有考得特别差,应该是可以上北大了。第二天出成绩,看到成绩的那一刹我心里还是很失落,可一想到自己可以上北大,也就觉得没什么好忧愁的。后来想过很多次假如,想过很多次如果,只是这世上没有假如,没有如果,我所能做的,大概就是一直向前看吧。一切属于我的东西,终究会来临。

曾经幻想的高三会苦不堪言,对于当时的我,也确实是心理上的折磨,暑假与学弟学妹们交流时,很多人都会问为什么看不出来我是一个经历过高三的人。高三后期,很多人都说我没以前那么喜欢笑了,那段时间我真的非常不快乐,却还要硬着头上。而现在,回忆早已过滤掉那些痛苦与折磨,剩下的只是那些快乐的、平常的、并肩作战的岁月,只是满心感激,感激我的父母不辞辛劳地奔波,他们每周都会从县城赶到重庆,无论我的成绩怎样,他们都始终支持着我;感激我的班主任,在高三下学期那些难以熬过的日子里,曾给了我莫大的勇气;感激所有的科任老师,他们每一个人都对我给予了帮助;感激我的亲人和朋友,他们以各种方式为我打气鼓励;感激我可爱的16班同学们,我美丽的总会安慰我的同桌,我无法想象如果我们不并肩作战,我究竟会不会挺过来。

最后,我想感激这一年的自己,我们终于获得了想要的。你过去所做的,现在所做的都是爱你的人为之骄傲的事,你要跟我一起,继续坚持下去。不去苛求以后会不会有完美的终点,但至少每一步都要踏踏实实走过。很多很多年后回头看,绝不后悔。像杰克·凯鲁亚克所说:"永远年轻,永远热泪盈眶。"

曾骎袁由:毕业于重庆市巴蜀中学,就读于北京大学艺术学院

没有故事的同学

李不言

没故事但有黑历史。

我不是和很多北大新生一样从小就遥遥领先(当然现在也并不遥遥领先),如果你穿越到2009年,找到我的小学,你并不难找到我。在数学课的教室外孤零零站着的那个表情呆滞的人就是我。我那时候最喜欢上课时说话,下课打架,最讨厌听课,最无奈的是被叫到教室外罚站。当时我被冠上了一个特对不起我爸的外号,叫"李言多"(说好的"不言"呢)。考试名次永远被埋在一大堆名字里面扒都扒不出来,说得上话的同学不超过十个,朋友一两个,梦想是当导演或私家侦探。

然而2010年的时候,我们换了一个数学老师,就连我考58分的时候他也没有很凶地批评过我,而是耐心地跟我讲题,跟我很认真地谈心,从那时起我才知道原来被关心是这种感觉。我想是不是只要当"好学生",就可以长期得到老师的关心了呢,于是我就有了学习的动力,后来慢慢地找到了学习的乐趣,成绩有所好转,尤其是数学进步很大。

真正拼命学习是在初中。初中班上有一个特别优秀的同学叫徐艺嘉,我一边暗暗仰慕她,一边明目张胆地向她学习,我们一起打闹发疯,也一起交流学习方法,两个人都得到了很大的提升。

高二下学期,我离开了宿舍开始走读,晚上一个人在家。看不见寝室里认真学习的同学,我终于暴露了自律能力弱的缺陷,开始无休止地玩手机,追星追剧,每天一两点才睡,六点又要起床,极度缺乏睡眠。这对学习的影响一开始并没有显现出来,月考半期考都是第二名,我还毫不在意,可是一到期末那段时间,所有积弊全部暴露,包括心理上的心虚、悔恨,学习上知识不牢固、方法不到位,最后在消极的心理暗示中,考出了高中史上最“丑陋”的成绩。各位同学一定要小心,心有所好乐,则不得其正啊!

那段黑历史结束得很突然,就是把智能手机交给家长,然后整个人都慢慢正常了,学习也恢复了(当然过程是很痛苦的)。

不够正式的“北大梦”

2010年的一天,我在一本杂志上看到了北大的简介,“世界上牌子最硬的大学”,当时觉得牛得太过分,就剪下来贴到了卧室门上踮脚可及的最高处。我当时哪里知道自己的成绩是什么概念,哪里知道上北大要付出什么代价,不过是觉得天天仰望着最高学府可以给自己一点学习的动力。后来上了初中,才知道什么叫差距,什么叫渴望。我越来越高,看那张纸的仰角越来越小,离北大也越来越近,最后,还没来得及平视那张剪纸,我就来到了这里(其实我一辈子也不可能平视它,当年贴得实在太高)。我是不会撕下它的,进入北大,不是停止仰望它的理由。

在一期娱乐节目中,主持人问我的偶像的理想大学是什么,他说:“北大比较好。”他被很多人狂喷,说他自以为是、心高气傲。心痛和气愤之余,我更加执拗地想考上北大,不管是争气还是争光都好。

幸好一路有你们

没有你们,谁在我脚踝剧痛的时候从家里给我带来一瓶药酒呢?谁把答得整齐规范的答题卷借给我学习呢?谁在我为考砸而哭时给我递纸巾和小卡片呢？谁在我十七岁的那一刻撩开床帘塞上来好多礼物呢？谁和我每月两次交流学习经验和共享笔记呢？

没有你们，谁会每周都要开车到重庆来给我送饭呢？谁每个月都要陪我到学校外面看一看，转一转呢？谁在每次大小测验以后都要"Call"我呢？谁那么细心无私地给我分析卷子制订计划呢？

同学，父母，老师，是你们让我感到永远幸福，永远热泪盈眶，我爱你们，永远！

一直陪我的旧物

1. 日记本。八年，两个日记本，自我对话、流水账、小创作，都在上面，写日记和翻看日记本是我最喜欢的放松方式之一。

2. 计划本。一天一页，满满的都是学习任务，下晚自习时看到好多红勾我会觉得很充实。

3.MP3。里面有一首我偶像的歌，三首街舞背景音乐，以及五十多首听力音频。它完美地替代了智能手机。平时听听力，心累就听歌，下午放学冲回寝室放上音乐运动(其实是拙劣地练街舞)，选这个时间回寝室，主要是为了错峰吃饭，更是因为这个时候基本没人回寝室。

4. 笔筒。把参差不齐五颜六色的笔插得层次分明，没什么实际用处，不过赏心悦目。

互 勉

1. 课间十分钟的运动比课间十分钟的补觉更有用。

2. 少补课，多自习，多找老师多总结，多问同学多学习。

3. 东西井井有条，需要的东西一秒之内能拿到。

4. 不怕困难多,就怕思想滑坡。

5. 盲目做题一百道,不如啃透十一道,啃透什么?考点、考法、解法。

6. 成立互助小组,共享学习资源,所有成员都将会得到质的飞跃。

7. 吃饱吃好,不要怕长胖,坚持运动,胖也健康。

8. 举世誉你要加劝,举世非你更要加劝。

9. 成长不是学期制,人生没有寒暑假。

要说的差不多就是这些。日月迅迈,唯各勖励,望与君共勉。

李不言:毕业于重庆市巴蜀中学,就读于北京大学艺术学院

医学部

基础医学院

基础医学院的前身是1954年成立的北京医学院基础医学部。2000年北大与北京医科大学合并后，更名为北大基础医学院至今。北大基础医学院现设12个系、1个教研室、2个研究所及1个医学实验教学中心。学院以师资力量雄厚、治学严谨著称，拥有一批国内外著名的专家学者。学院现有教职工389人，其中教授67人、副教授91人；具有博士学位者206人。学院拥有大批优秀人才，其中中国科学院院士4人；工程院院士1人；教育部国家级高层次人才7人；国家杰出青年科学基金获得者8人；获得"国务院政府特殊津贴"14人；获"国家人事部有突出贡献的中青年专家"称号4人；获"卫生部有突出贡献的中青年专家"称号5人；教育部跨世纪优秀人才2人；教育部新世纪优秀人才16人；获国家自然科学基金"优秀青年科学基金"资助8人；博士生导师72人。

目前基础医学院招收基础医学和医学实验技术两个专业的本科学生。其中基础医学专业为八年制本博连读学制，旨在培养德智体全面发展的基础医学各学科师资和高层次科学研究人才；医学实验学专业为四年制本科，培养具有生物医学基础理论知识和熟练掌握医学基本实验技能、具有从事高级医学实验技术工作基础的医学实验技术应用型人才。

这是一篇未名文

江彦君

高中篇

曾经的我,也浏览着学长学姐们的“燕园情怀”,幻想着收到北大录取通知书的那一刻,该是怎样一种在暗夜中挣扎过后初见黎明的惊喜。我曾坚定地认为,我才不会去怀念那一段挣扎的岁月。而当黎明真正来临时,我竟也无比怀念这段在暗夜中行走过的时光。

一段匆匆的时光过后,我感觉到越来越轻松了。并不是因为越来越容易,而是越来越坚强。

故事从高二开始。吴老师的来临点亮了我的物理竞赛梦。我略带痴狂地询问道:“从高二开始学竞赛还能不能进冬令营?”

“可以,但有点难。”

于是,征途开始了。这是高中三年最重要的一段岁月,甚至可以说是我高中的全部。“蔡神舒老”的课堂,勾起我对宇宙的遐想;难题选集的较量,教会我转动惯量……夜深得太快,草稿纸太少,外界无论多少喧嚣,我的内心依旧宁静。从此课堂上多了一个被叫起来却一脸茫然的男孩,他轻轻地抽出课本遮盖住桌上那本竞赛教材。为了在竞赛场上一展身手,从高二下学期开始,我毅然选择放弃高考全力冲刺竞赛,做好了一无所有的准备。竞赛结束了,一个小小的疏忽让我与决赛擦肩而过。果然,我一无所有回到了学校。哦不,还有因为竞赛欠下的大概500页的“大一轮”复习资料等着我去赶上。回来正好遇到月考,同学说:“来,我们一起复习生物选修三。”而我只能摇摇头告诉他:“抱歉,我还没预习呢。”

就是在这样的一种压力下,我尝到了高三的苦头。考试成绩创下历史新低,新的作业做不完,旧的作业还没补上,一个月过去了成绩却不见起色。情绪一天比一天低落,学习效率不及上竞赛时的一半。这段时间我每天都在反复问自己一个问题:刚才老师讲了什么?

终于,我意识到自己要么这么继续躲在竞赛的阴影里等待高考,要么把脸迎向阳光。显然我只会选择后者。我开始想尽各种办法提高自己的学习效率,我开始尝试接受这一场我非常不喜欢而又不得不面对的战役,我开始从堆积如山的习题册里翻出有价值的题目进行解剖和反思,我开始从题海中寻找着那难以发现但又确实存在的乐趣。终于,我在喧嚣中找到内心的平静。渐渐地,我能够平衡学习和生活,意识到了高三放松的重要性。即便在这么紧张的学习生活中,教室里每天依旧会有不断的欢声笑语。偶尔课间打打乒乓,周末玩玩游戏未必不可。

这段时间,我经历了从做不完作业到平均每天能够剩下一个小时自己复习消化,从被动的学习状态到主动掌握学习节奏,从考试做不完题目到离考试结束还有二十来分钟时便完成了试卷。我还懂得了什么叫作天黑时痛哭,天亮时微笑。但不是所有人都懂得这些笑容背后是咬紧牙关的灵魂。

高三是一场与自我的博弈。它教会你如何为了一个目标而拼尽全力,教会你如何在竞争中重新去认识自我,教会你如何去缩短理想和现实的差距。人是一台高度智能化的机器。现代医学表明,人与人之间硬件设施的差距并不大,而软件功能则相去甚远,你自己就是程序的编写员。高三的路大部分是一个人走,学会自己给自己写更先进的程序至关重要。

高三坚信“天道酬勤”绝对没错,但必须意识到低效的努力不是在助你通向成功,而是在无形中将你逼向崩溃的边缘。很多时候,最残酷的事情,并不是单纯地经历痛苦，而是自己明明不断努力地追求幸福，却被现实一点点掐灭了希望。这种痛苦是一种自己想起来都觉得心酸的经历。虽然不是人人都能获得幸福，但人人都能追求幸福。如果不这样做，什么都不能改变。不是吗？当你面临了这样的悲惨遭遇，其实也没什么。别人的评论并不能决定你的人生。永远不要说永远，总能做点什么。只有没受过伤的人，才会讥笑别人身上的伤痕。也许每个人都有过在暗夜中挣扎，寸步难行的时光，它教会了我们怎么抓住希望。往往内心坚强的人背后，都经历过巨大的痛苦。如果你的整个高中都被阴霾掩盖，那又如何，至少心灵成长了。毕业了才发现，曾经拼命追求的一张录取通知书，原来远远比不过内心的成长和强大，比不过高三经历的酸甜苦辣，比不过学物理竞赛那段不遗余力的时光。

高三的警钟敲响，意味着你的时间已经不多了，意味着我们不能什么心灵鸡汤都傻傻地一口闷。提高效率才是关键。这里我献上几个关键词与大家共勉：

专注：心理学上将专注力视为一个人智商水平的侧面反映指标，也许智力并不是那么虚无缥缈。

思考：即使你能跟上节奏，也请停下来思考一下，学习就在此刻发生，不是吗？

总结：高考有很多套路。及时总结，比你一味埋头做题更有效果。

理解：我喜欢有自己认识的理解，或许它不是那么完美，但我觉得解题运用它比那些死板的定义公式来得直接。

定时：无论做什么作业都要定时，而且只能允许自己用考试的百分之八十的时间来完成。这是一步步通向高效的法宝，学会这招你才有多余的时间来打乒乓。

筛选：高三初期作业多而且做得慢，一般都做不完，但并非所有作业都适合自己。当你不具备筛选题目的能力时，你要做三道题才能收获一道题，所以,我认为筛选题目的能力很重要。

运动:高三不上体育课等于光开车不保养。

燕园篇

说到为什么喜欢北大,很难描述。我真正开始爱上北大的时候是在暑期课堂,“自由开放,兼容并包”,刚好与我产生共鸣。

我对她充满敬意,那里有我需要探索的知识海洋;我对她充满钦佩,愿意为了自由而付出代价;我对她充满喜爱,觉得北大就像是那个玩世不恭,略显狂妄的我。

也许这就叫一见钟情吧。就是因为北大长得漂亮,就是因为北大有气质,就是因为我跟北大合得来,不需要太多理由。

即将真正踏入北大的校门,我已经做好了心理准备,迎接北大给我的惊喜。

江彦君:毕业于重庆市巴川中学,就读于北京大学医学部

经济与管理学部

经济学院

北大经济学院是北大历史最悠久的院系之一，也是中国高等院校中最早建立的专门的经济系科。1912年，严复创立经济学门（系），成为中国第一个经济学科的诞生地。1985年，北大经济系领风气之先，创建经济学院，成为1952年我国高校院系调整以后北大设立的第一个学院。北大经济学院百余年的历史中，数代学者为我国经济科学的发展做出了卓越的贡献，涌现出很多在学界享有崇高声誉、学养深厚，影响深远的大师级人物，可谓"大师如林，贡献卓著"。如李大钊、马寅初、赵迺抟、陈岱孙、樊弘、陈振汉、熊正文、杜度、赵靖等。

经济学院现有经济学、国际经济与贸易、金融学、保险学、财政学、资源与环境经济学等6个本科专业。根据ESI数据显示，北大经济学与商学学科2011年进入全球前1%，是中国内地此学科最先进入全球1%的学术机构，且这种全国领先优势保持至今；在QS 2018年排名中，北大经济学和计量经济学位列全球第31名、全国第一。在最新公布的"双一流建设"名单里，北大理论经济学和应用经济学同时入选。

不多也不少

夏宏远

许久未提笔，生疏不少，觉得自己读书不多，想得不少，又觉得来年更换时空，应该长进，故吐露一篇梦话，零零散散，不成体统，幸而家人与许多好友指点纠错，才不至于漏洞百出，在此恕不一一致谢，但毕竟水平有限，恳请诸位不吝赐教。

一、“李尔王之问”

北大：此刻向我吐露你的心声。

我：我不那么爱北大，我对北大的爱，不多也不少。

二、从前爱

曾经偏执地热爱数学竞赛，在整整一个暑假，抛开了作业的羁绊与旅行的惬意，向它倾诉衷肠，以至于在联赛前的两周，不顾班主任的三令五申，将所有学习任务置之度外，以为一切尚可弥补，北大触手可及，可当联赛结束，随之而来的却是联赛失利的无奈，跌入成绩单底层的锥心之痛，以至将所有的竞赛资料束之高阁，不愿提及。回想初学之时喜欢的函数与方程，代数与几何，在疯狂热爱中变成了自己走向一等奖或是冬令营的阶梯。于是当一切事与愿违时,无法承受的落差,难以抑制的失落,让我差点放弃了曾经所爱。

曾经痴迷于笔上的旅行,浑浑无涯的姚姒,瑰奇精深的《离骚》,三两句的引用,信手拈来。如鸟斯革,如翚斯飞,本是形容建筑之灵动,可我却看到了其中自由的色彩。山是一尊佛,佛是一座山,我想象山和佛之间的交融与通灵。我用"人生如梦",调侃纳兰性德的父亲,一代权臣明珠;我用小王子的玫瑰去召唤整个春天。渐渐地,在他人的赞美与艳羡中,我好像太执着于词句,忘记了风骨,拼命寻觅连珠妙语,再也不复一气呵成的畅快淋漓。

曾经厌恶一切敏锐知觉带来的快乐,觉得唯有不停地学习才是自己无上的幸福。

曾经毫无怀疑地相信天道酬勤,唯对天赋这道鸿沟视而不见……

三、燕园一隅

初入燕园,只是游客,只觉新鲜,一塔湖图,匆匆而过,走马观花,古色古香的教学楼好像大同小异,不太显眼,一层一层的博雅塔不够玄奇,汇入人群,自己的脚步声仅仅是过客的马蹄声。

再入燕园,多少算是故地重游,写了关于抉择的征文,一不小心偏离了航线,没有了竞赛,没有了自招资格,没有了夏令营,北大的门在一扇扇地向我关上,我发现只有高考这扇门透着些许光亮。

我还没有三入燕园,虽然我有这个机会。高三稳定而傲人的成绩让我得到了博雅计划的入场券和另一所高校的优秀评级,我想未名湖的近况也许只能从他人口中才会得知,一切好似已尘埃落定,再无涟漪。

直到填志愿的那一刻,我才发现荷塘月色固然很美,可那不是我的风景,我不那么疯狂地爱着北大,北大的一切却一点点侵入我的灵魂。

北大是围城吗?我想不是,虽然外面的人想进去,可是里面的人却好像不想出来。

四、归于沉寂

疯狂的热爱难道不是妖魔？爱着数学，可是疯狂却让我偏离方向；爱着写作，可是疯狂却让我难以提笔；爱着学习与考试，却无法容忍劳逸结合这个更好的方法；爱着这周遭的一切，但难以理解世界的不同。

我不那么爱北大，我对北大的爱，不多也不少。

当一切归于沉寂，我发现自己还是爱着数学，那些为孟哥拍案叫绝的日子便是铁证；我还是爱着写作，此刻的字斟句酌不容我狡辩；我还是爱着学习，只是现在我时不时享受学习之余的闲暇；我还是爱着勤奋的法则，毕竟只是希望自己无愧于心。

疯狂让我迷了眼睛，可是对这个世界的爱让我重新清醒。

布恩迪亚上校在晚年只顾打自己的小金鱼，掀起了一场又一场的血雨腥风，最终陷入无尽的孤独，归于完完全全的沉寂。我应该感谢自己的年轻，沉寂给予我反思，却未剥夺我对一切的热爱。

五、再爱定更从容

回望高中三年，发现在记忆中香菇鸡、米线、精心筹备的艺术节和热血沸腾的运动会占有差不多的篇幅，百日誓师，毕业典礼匆匆而过，高考场上的慌张、低落渐行渐远。那些喜欢的、不喜欢的、紧张的、踌躇的，都如同照片，渐渐褪色，这些都是一种成长。

疯狂带来的阵痛，让我们更加从容。

三毛与荷西如此，赫本和格里高利·派克如此，张爱玲与胡兰成如此，成长有它的代价，也有它的价值。

我对北大的爱，不多也不少，真的如此。

还好，我还有四年，来让自己去深沉地爱它。

六、写给亲爱的你们

我对我的选择丝毫不感到后悔，我不过是在认识自己的路上尝试了一些不适合我的路，竞赛如此，写作如此，然后跌了一些跟头，尝了一些苦头，仅此而已。其实我很幸运，在高三绝地反击，背水一战的时候仍然保留一颗无所畏惧的心和时刻清醒的头脑。

我的内心是感恩的，有一直默默支持我的家长，一群互相帮助的同学，一位认真负责的班主任，许多真心体贴学生的科任老师，从前觉得感谢最为俗气，可是自己现在却情不自禁。

雏凤新声，雏凤所发出的不仅仅是自己领悟的低语，更多的是面向一个时代的敲门声、号角声。从拜读许多同学的作品，到自己动手写出小文，突然发现自己已开始融入北大，因为我开始像个北大人一样反思自己，也像个北大人一样传递着自己的正能量，像学长学姐们启迪我们的那样，去启迪尚在北大门外的学弟学妹们，这何尝不是一种感恩，何尝不是一片真心？

夏宏远：毕业于重庆市巴蜀中学，就读于北京大学经济学院

眺望是一种青春的姿态

刘馨蔚

山岌岌，水淙淙，鼓振对钟撞，清风生酒舍，皓月照书窗。
苦读经史，十年寒窗，不只为功名。
未名启程，但行好事，切莫问前程。

一、在那些空落的白天后的黑夜

回望高中三年，仿佛是经历了一场猝不及防的成长。高中以前，我在学习方面走得很是顺利。而上了高中，我才真真切切地明白了什么叫作大起大落。别人都说，我的成绩均值不高，极差又太大，要是在数学统计的方案比较中，我一定是被淘汰的那个。

我还记得刚上高中的时候第一次月考我考了年级第59名，那个时候的我，对成绩是真的不在意，我只想着怎么安逸地度过高中，或许我唯一的目标就是下次考试比上一次进步一点。我也确实做到了，接下来的考试，我的成绩一次比一次好，到高一下半期，我考到了年级前10名。看着父母和老师殷切期盼的眼神，我在想，或许我应该尝试着去怀揣一份奢望。

这份奢望，延展到未名湖畔。每个中国学生的心灵深处都有北大的一个位置，因为北大既是客观世界里中国的最高学府，又是我们精神世界里的贝加尔湖。它清澈、宁静，百年来北大人传承着苏武牧羊般的执着和坚守：独立的人格，自由的思想，文化人有些可爱与偏激的执拗。随着年龄的增长和阅历的积累，北大在精神世界里独立的存在所带给我的震撼来得愈发真切。

于是，我把北大放进了我的梦里，希望那是我这段旅程的目的地。可我就像是那种冲到顶峰后注定要折腾的人，此后的很多次考试我都一直稳定在二三十名。

高二上学期的我，还没有收心，对学习也仅停留在勉力完成老师任务的阶段。而我们班的大多数同学已经开始发奋，他们在题海中徜徉，我开始觉得莫名的慌乱，却又不愿意做题，反而将大把的时间浪费在失眠和焦虑之中。以这样的精神和心理状态，我参加了高二上学期的期末考试，考试中途，我已经预感到这次考试将会是一场惨败。果然，132名，历史最低。看到成绩的那一刹那，我崩溃了，可能舒服安逸的学习状态注定不能换来理想的结果。那一个寒假，我什么书都看不进去，手机里单曲循环着《我的未来不是梦》这首歌，心中却有一丝悲凉和孤单。三年前，旁观学长学姐们的毕业典礼时，我听到这首歌，只觉得意气风发，似乎幻见了自己将来的高光时刻，然而现在的我只看到了自己的狼狈和消沉。

真正的转变始于一场自习，当时我还在跟同桌唠嗑。话题暂停的一刹那，周遭忽然安静，只听得沙沙的书写声潇洒地占据着空气中的每一寸缝隙。那一瞬间，我真的无力伪装，这世上可怕的不是别人比你聪明，而是别人既比你聪明还比你努力。我所有的自负与潇洒都在此刻崩塌，周遭宁静中埋头挥洒着汗水与青春的同学们尚且在努力学习，我有什么资格不去努力？这一声质问，我无从用言语作答，只能用实际行动来弥补我曾经的傲慢和庸惰。从那天起开始我努力学习，高二下学期第一次月考又考进了前十。别人说，你这是在坐过山车。我笑了一下，以为自己终于熬过了下坡，却不知，原来这过山车还有好多起起落落。

渐渐地，我的成绩趋于稳定，差的时候也有二三十名，也考过几次前十名，甚至在高三上半学期还考了第三名。或许这就是第二个弯道，"一诊"的时候，我回落到了90名。我知道这不是偶然，我一直选择的是不做题策略，因为我坚信高考没有原题，我宁愿把时间花在打基础上，所以我做题的速度真的很慢，再加上考试紧张，错误频出，我考砸了。这一次，我是真的跌倒了，我有些时候都哭丧着脸问，为什么总是让我在最重要的考试中考砸呢？我是不是真的这一生与北大无缘？我甚至不知道我在问天问大地，还是在问我自己。王小波曾经说过，人的痛苦来源于对自己无能的愤怒。我真的明白了，努力有时并不能带给你想要的回报。我注定是一个平凡的人，波动的成绩让我失去了太多的机会，有时我真的很害怕黑夜，漫漫长夜，如何入眠。

二、在那不眠的黑夜后的白天

“一个人，必须要有太阳。”或许高中的我经历了太多的晦暗，最后的时光，我要彻底忘记那些烦恼，毕竟夏天就要到了啊，太阳就要闪耀起来了啊。虽然每天还是要反复面对那些永远也做不完的卷子，但是我已不再是那个把成绩看得那么重要的人了，因为教室里明亮的光线总是能让我想起我们美好的青春。你背朝太阳就只能看见自己的影子。

我的“二诊”考得还不错，但我已经不想再去问自己的名次，我只想做到自己的完美，而不是与人比较。“二诊”之后，我再也没有在意过名次。我只是反复在做自己认为正确的事：看教材，总结错题，适度练习以及背书。夜晚的明德楼很安静，我喜欢站在空旷的坝子上背书，享受那一整天的充实。那个时候的我尽管对未知的未来怀有一丝夹杂着敬意的迷茫，却也毫不畏惧。我只欲尽我所能，但求问心无愧。

六月，高考来临。为了缓解压力，老师带我们到照母山玩。在山上，我们互换了礼物和照片，每一个人在那一天都卸下了高考的压力，占据心头的只是这三年的同学情谊和来之不易的缘分。6月1日那天，本来是要下雨。然而我们集体登山的时候，天空却放晴了。老师说这是天都要帮我们6班，高考我们6班一定会“6”下去!

高考的前一天,我感冒了。那天清晨起床的时候我恶心干呕,根本就吃不进去东西。那时的我可以看到我妈故作镇定时眼角泄露的慌乱,然而,我的内心却平静如水。高考不是我生活的全部,拼搏,无畏前行,才是我人生旅途应有的内容。我还安慰着她,这个毫无保留地爱着我的亲人,我的母亲,我多希望她能窥得我心里的平静,或许这样才能给她一丝心安。勉力吃完了巧克力,长舒一口气,望着妈妈,我忽然觉得此刻的她好像一个孩子。我想这就是所谓的成长吧。高中三年,我经历了许多的起伏和挫折,但我始终没有忘记前进的步伐。因为我收获了比结果更珍贵的东西,那就是三年来与我的同学们一起奋斗过的青春,那就是恣意挥洒汗水后收获的可贵宁静。未来的日子,我也会在夜深人静或是尘世喧嚣中怀念起我们每次聚会用整齐划一的声音奋力吼出的班训:“惜时笃学,达诚慎独。6班霸气,一统江湖。”

查到成绩的那一刻,我没有预料中的狂喜,或许这就是奋力拼搏,然后实现梦想的感觉吧。北大的《星空日记》中有一句话:梦才是最真的现实。那些奋斗的日日夜夜,才最令我感动。如果没有当时跌入谷底的绝望与悲鸣,又怎会有梦想实现那一刻的从容和喜悦。我终于是要来了啊!北大,这个曾经带给我无限憧憬和力量的精神家园,我期待着九月未名湖畔的相逢。

刘馨蔚:毕业于重庆市巴蜀中学,就读于北京大学经济学院

重　逢

孙鸿蕊

时间这把锋利的刻刀，早已雕琢好一切存在过的，永远擦拭不去

与北大的初见是在小学毕业后的夏天，我年纪尚幼，旅途匆匆，走马观花，北大也未在我的心上留下太多印痕，或许是觉得她离我太远，我只能仰望；又或许觉得她太陌生，我不能读懂。然而，我却只记得她的美。云水天涯，光阴交替，我们还会相遇吗？

世间所有的相遇，都是久别重逢

春秋代序，五年弹指一挥间。没有料到，高二的暑假，我再一次与她相遇。我幸运地得到了北大优生夏令营的机会。这是我最忙碌也最开心的暑假，数学联赛在即，又即将进入高三，还要参加女子奥林匹克竞赛，在竞赛和高考中很难找到一个平衡点。我的做法着实不太高明，两头都不愿放下，却无法都进行得很深入。准备得马马虎虎，在奔波上海、深圳参加数竞培训和比赛后，我来到了北大。第一天考试，我发挥得很差，基本没有复习，许多知识点都遗忘了。考完后，心里有点小小的失落，但我天性比较乐观，就没太放在心上。几天的体验，北大就这样住进我的心里。我没有忘记，优生夏令

营全班在地下室练舞的时光;没有忘记,北大老师精彩的讲座;也没有忘记,灼灼阳光下我们飞奔于北大校园各处的背影;更没有忘记,遇到的那些可爱的人。最后一天深夜两点的未名湖湖心岛上,我的心徜徉在一片动人的夜色里。林荫路下,未名湖畔,我好像越来越爱这里了,我好想就这样留在这儿啊。

无论何时,我们都要禁得起别离。因为,有缘还会相聚

秋已至。我收起了心中未平的涟漪,回到南开中学投入数学竞赛备考上。偌大的阶梯教室里,几十个怀揣梦想的人,做着一套又一套的数竞试卷。为一道题思考许久却无从下笔的无助,做出一道难题无法抑制住的喜悦,都已渐渐远去。联赛后,回到阔别已久的教室,回到高考的复习。那几次月考,成绩可是很难看啊,也不知哪里来的自信,我告诉自己这一切都会过去的。联赛成绩一出,我的成绩压线进了冬令营。记得那天年级主任对我说接下来的日子可能会很辛苦,我笑了笑,也许吧。我没有勇气去停掉所有的课,也未抱太大希望,毕竟自己下的功夫还不够。抱着这样的心态,我把重心放在高考上。20班教室,数学竞赛教室,巴蜀培训,就这样穿梭着。从未想过这么快便是我们的重逢之日。我又登上了去北京的飞机,参加北大和清华的秋令营。我好像已经属于这里似的,听见别人说关于北大的不好的言论,我都会去辩驳,不容别人说她一点点的不是。这次秋令营,我没得到任何秋令营后的优惠政策,倒是把自己的身份证丢在了这里,也许这就是我和北大的缘分吧,我这样安慰自己。

生命太短,没时间留给遗憾;若不是终点,请微笑一直向前

时光如流水,倒计时牌上的数字越来越“触目惊心”。说来也悲哀,我为

什么总与北大擦肩而过呢，一次次机会离我远去，也许只是为最后一次蓄力吧。竞赛离我而去了，迎接我的是频繁的理综考试和刷不完的套题。我把自己的注意力主要集中在理综和语文上，随着一天天过去，我的这两科成绩有了起色且慢慢地稳定下来。高三并没有传说中的那么令人疲惫不堪，也许是我的这些经历，看似忙碌，却为我的高三生活平添了许多乐趣。高考前夕，我出乎意料的平静。第一天结束，惊觉自己语文成语和默写错了，遑论其他未有把握的题；又惊觉数学概率题最后的结果在我最后一分钟慌忙检查此题时改错了。给学弟学妹们一个忠告，最后一分钟改题一定要慎重啊。出了这些乱子，我便有点沉不住气了。第二天紧张感终于来了，好在并不影响发挥。考试结束，却未解放，当晚便开始了自招培训。再赴北京，这次一定要抓住你。出了北大自招考场，我又来到未名湖畔，一年了，你优雅如故，我来赴你的约，你还记得吗？时光之水潺潺流去，那些来不及言说的故事，散落成淡淡的墨迹，为了见你，我一直在努力成为一个更好的人呢，你知道吗？

陌上花开，可缓缓归矣

拿到高考成绩，我没啥感觉，倒是家人兴奋了许久。就像是宿命，跨越了万水千山，只为与你相遇。有梦想谁都了不起，为梦想的执着是青春中最美的印记。“花”开了，我也要抓住夏的尾巴，静待你与我的重逢。感谢陪伴我的可爱的朋友们，感谢北大驻足我的青春。愿大家都有一个前程似锦的未来，愿你我能在不远的将来重逢。

孙鸿蕊：毕业于重庆市南开中学，就读于北京大学经济学院

自　我

赵雪羚

自我评价

高三是我最爱的一年，关键词：充实。然而每隔那么两三天便会感到挫败，于是便拿出纸笔，将自己的缺点罗列下来。比如懦弱，遇挫则泣，泣而又愤，愤而又泣之；比如太过自负；比如矫情，本非谦卑细腻之人，却又得强作温婉之态……如同解剖一般，看着自己的内脏，然后发现这里有个胆结石，那里有个胃结石。但也奇怪得很，把自己从头到脚批判了一遍过后，却又格外坦然，仿佛与我的心肝脾胃肾更亲近了，就算是结石，我也得承认它是我身体中的一部分不是？然后，与自我和解，不再遮遮掩掩，假我悦他人，真我舒己心。高考前夕又刚好翻到史铁生先生的《命若琴弦》。所谓命之琴弦，一头是追求，一头是目的，两头绷紧便能弹响心曲，高三的我向着一个目的追求着，有个东西一直把心弦扯紧，让我更加意识到，所有悲喜只要是在这一基础上弹奏出来的，就都是妙曲。绷紧弦，弹好琴，就够了。我从自我否定走向了自我认同。

但什么叫作弹好琴呢？每个人又有着不同标准，考过四级的学生觉得六级算好，考过六级又觉得八级才算好，正如苏轼所说"方求黑时嫌漆白，方求白时嫌雪黑"，世间佳物，自是难得，人们对好的追求是无止境的，我愈发觉得自己之前所认为的弹好琴就够了是多么不切实际。没有个好的标准，就容易陷入虚无。明明知道那么多大家对“好”的看法，却更说不清什么是“好”，我愈发觉得学得越多，不懂的也就越多，这或许是件好事。回归正题，现在的我便处于自我怀疑的阶段，时刻想着，我的弦绷紧了吗？我的琴又弹好了没？可能不久之后又会走到自我否定的阶段，而我相信这是一个螺旋式上升的结构而绝不是简单的循环。

他人评价

他人评价与自我的关系又是什么呢？我最先觉得宇宙即吾心，吾心即宇宙，总是不遗余力地发挥着主观能动性。然而宇宙不止一个人，也就不止一颗人心，那么，宇宙是属于哪颗心的呢？人们对一个东西的评价是其心之映射物，人心不同，宇宙却只有一个，评价不同，人却只能是那一个人，不是你的评价让我成为这样的人，而是我为人的一方面加上你的主观意愿形成了你的评价，貌似这样逻辑才通，所以后来更倾向于“他人评价不能决定自我，却是自我的某种映射，同时会影响自身性格的养成”。

评价他人最简单粗暴的方式就是贴标签，“单身狗”“xx后”“学霸学渣”之类，虽然我完全不赞同一张标签概括一个人，但我了解陌生人的第一步却又是通过他身上的标签，我想这就是为什么第一印象很重要，但也往往不可靠。人是复杂的，是一个横向的与纵向的未知数，这也是他的可爱之处，当你不断发现自己与他人除开标签下的另一面，做一个人或者结识一个人也就有趣起来。总之，中肯的他人评价是正视自我的一面镜子，然而他人评价总是难逃主观性，这时便可挥舞唯物主义大旗，吼一声：“我便是我，是颜色不一样的烟火！”王梵志就吼得响亮，作为一名文人，因经常反穿袜子而受人嘲笑，他干脆作诗一首：“梵志翻着袜，人皆道是错，乍可刺你眼，不可隐我脚。”高，实在是高！人不是一座孤岛，人生而自由却又无往不在枷锁之中，这些话快被说烂了，可我还是觉得它们好，要用作结尾。你逃不了他人的标签,也会在未来的某个时间点必然地自我否定和自我怀疑,然而,当下,让我们在这人满为患的岛上戴着枷锁起舞。

后 记

早该写这篇文,只是少了个契机,这篇文章也算是在燕园待了近十天以后有感而发,看似有些不符要求,但前半部分讲高三,后半部分是最近所想,也算是与燕园有关。文章合为时而著,在我看来,文字既可跨越时空不断流传,又被时代所拘束,是永恒与暂时的统一体。我一年后再看到这篇文章,定会对里面的某些观点不再赞同,那此文又有何意义呢?大概是把我从彼岸带回此岸,看此刻雏凤,期彼刻涅槃。

赵雪羚:毕业于重庆一中,就读于北京大学经济学院

我的老师们

黄明好

年轻的面容逐渐爬上皱纹，满头的乌丝逐渐染上银白，三尺之地，您见证一批又一批学生进校，成长，离开。时光流逝，唯一不变的，是那颗坚守的心。韩愈说："师者，所以传道受业解惑也。"作为人类灵魂的工程师，您不辞辛劳、倾尽心血，只为将知识传播。"鹤发银丝映日月，丹心热血沃新花"，兢兢业业，全心全意呵护祖国的希望，虽然普通，却是太阳底下最光辉的职业；虽然平凡，却演绎一段段流传千年的佳话。师恩，如山般巍巍，使人崇敬；师恩，如海般浩瀚，无法估量。老师，铭记一生，感恩一生。

宽容、贴心、一视同仁（语文老师）

我的语文老师姓蒋，名字中带一个兰字，所以被我们亲切地称为"兰姐"，用三个词来概括她，就是"宽容、贴心、一视同仁"。她是我们班的班主任，肩上有着学校给的重任，即便如此，第一次见到我们时她还是说："我更想和大家成为生活中的朋友，虽然有任务，但我还是想尽力让你们的高三生活多些色彩。"很朴素、很简单的话语，却让我们感到实实在在的温暖，此后的日子里，她认真践行着她的话，将我们班建成了一个温馨的大家庭，而她也成为我最爱戴的班主任。她是一位宽容的老师。兰姐的宽容，已经成为深入骨髓的习惯，让我记忆深刻。因为需要两名班长，并且恰好只有两人报名，所以我幸运地担任了出生以来的第一次班长职务。由于缺乏必要的经验，某些时候我会犯一些低级的错误，其中有一次令我终生难忘。那次班里收班费，兰姐把这个任务交给了我，我当时兴冲冲地就去收钱了，并没有考虑过收钱时需要注意些什么，这也许是兰姐对我的考验或者说锻炼吧。结果，很不幸，差了50块钱，也就是说有一位同学没交，我当时根本没想过需要做一个已交钱的名单。就在我准备自己补钱的时候，兰姐把我叫到办公室，我心中忐忑不安，但她却平静地告诉我她已经把钱补上了，并且劝我不要自责，挫折每天都有，能吸取教训，方才不负挫折。这是我第一次体会到兰姐的宽容，对我的帮助极大，后来我曾想过，倘若没有兰姐那番谅解的话语，我恐怕会失去信心，直接辞掉班长的职务吧！兰姐的宽容，对任何人都一样，不因你的职位、成绩而有所偏斜，她有一颗宽容的心。

她是一位贴心的老师。老师与同学之间，总感觉存在一种距离感，也许是身份的不同，也许是存在代沟，但兰姐在生活中总会有一些贴心的小举动，不经意间拉近了老师与学生的距离。每逢天气变凉，兰姐总会提醒大家：天气变冷了，记得多穿衣服啊，不然感冒了人遭罪，又耽误学习。也许你会反驳：这算什么，我们老师也经常说。但是，别着急，还有很多呢。我们学校在一个远离市区的地方，高三一年，为了陪着我们，兰姐很少回家，不过每次只要她回家，必然会为班上的每位同学带一个水果，如苹果、梨、桃……还有一次，兰姐到北京出差，特意为我们带了糕点，因为她听以前的学生说那里的糕点特美味。她永远把我们放在心中，从不曾忘了我们。我们班上有48位同学，不算多，但也不少，而且大家寝室比较分散，有的在6楼，有的在2楼。每天晚上，兰姐都会到每个寝室看一看，询问一下大家的生活，高三一年从未间断。这些事情虽小，却让我们切切实实地感受到了兰姐的贴心，即便远离了家，我们依然能感受到家的温暖。她也是一位对待学生一视同仁的老师。很巧合的是，她的儿子和我们在一个年级，可兰姐不论是讲题还是评分都一视同仁，也许只有在晚上回到寝室时兰姐才会放下工作，单独叮嘱儿子一会儿，可这并没有什么，这是一位母亲的权利。一碗水端平，兰姐就是这样的人。正因为如此，我们班上没有人感到被冷落，无论成绩好坏，也因此，我们班拥有强大的凝聚力。感谢兰姐，感谢您的宽容、贴心、一视同仁。

个人魅力爆表(数学老师)

如果一定要选出最受欢迎的老师，那我们班大多数人一定会选择数学老师。我的数学老师姓詹，我们习惯称她“美美”，个人魅力爆表，从称谓就能初窥端倪，但这魅力绝不仅仅指外貌(虽然“美美”老师长相也不错)，更多的是指“美美”身上散发出来的一种活力，一种积极乐观的精神。“美美”的课堂是最有趣的，你永远不必担心因太累而睡过去，因为课堂氛围总是那么活跃，大家都积极参与，你甚至会怀疑大家是不是喝多了“红牛”，在这样的氛围下，想睡着也不容易。相反，你会很容易就被同学们的兴致感染，自己也变得兴奋起来。

那么为何独独“美美”的课大家这么活跃呢？想象一下，面对高三枯燥而疲倦的生活，你突然遇见一个活力四射、积极乐观的人，你会不会不由自主地去关注他的举动呢？当这样一个人是老师时，在课堂上你就会自然而然地乐意仔细听她讲课，渐渐地自己也被带动起来，融入欢快的气氛中。

除此之外，“美美”也会积极参加班级的各种劳动。每周六下午放假之后，都能看见“美美”老师组织她班上的学生彻底打扫教室，如果你认为她只是站在一旁不停指挥，那你就大错特错了。“美美”老师会主动拿着扫把、拖把、抹布，和学生一起扫地、收拾桌子、擦窗户。每当大考临近，“美美”都会帮助学生布置考场，有时会缺桌子椅子，她会帮着大家找，她也会找来胶水，和大家一起贴座签。这些事本来并不需要她做，可“美美”老师都做得特别认真，认真的人有一种独特的魅力。虽然数学挺虐人的，可谁让“美美”魅力爆表，大家依然很喜欢上她的课，甚至有人说“美美”的课是除了体育课之外唯一可以放松神经的课。“美美”的课很有趣,“美美”也给我的高三带来了很多欢笑,感谢您,“美美”老师。

一丝不苟的态度(英语老师)

曾有哲人说过:“态度决定高度。”一名老师,如果没有良好的、端正的态度,那么无论他拥有多么渊博的学识、多么丰富的经验,都不可能带出真正意义上的好学生。我的英语老师姓周,但我们习惯称她为Nancy——她自己取的英文名,她就是一位有着一丝不苟的态度的老师。作为一名理科生,英语可以说一直是我的噩梦,也是六科中最弱的一科。刚进高三的时候,数学和理综的作业量陡增,加上自己又比较喜欢数理学科,因此对英语的关注度就不断下降,结果可想而知,英语成绩直线下降,几次考试都是英语拖后腿,虽然我意识到了自己偏科严重,想极力弥补,却感觉无力回天。

就在我快要放弃的时候,Nancy找了我,她先询问了我最近的状况,在了解我的情况后,直接告诉我,成绩对高三来说确实十分重要,但对一个学生而言,更重要的是学习的态度,是否真的做到了认真学习?是否真的做到了一丝不苟?还是说仅仅光说不练,纸上谈兵。听完这番话,我虽有触动,但并未深入思考,直到躺在床上,回味这番话,茅塞顿开,对学习又充满了信心。经过努力,高考英语考了145分,我激动之余,对Nancy也充满感激。还有一件小事令我记忆犹新。一次课堂上,Nancy讲英语阅读时,有一道题即便她已经换了三种思路,讲了多次可还是有几位同学不能理解,为了不影响进度,我们跳过了那道题,我以为就这样结束了。没想到第二天英语课下课之后,Nancy将那几位没听懂的同学叫到办公室里,然后一个一个地给他们讲解,务必让每个人都理解清楚(当时英语是上午最后一节,下课后本该吃午饭)。这件事情虽小,却反映出Nancy一丝不苟的态度,认真负责,也再一次触动了我,想想看吧,这样的老师,教出的学生会差吗? Nancy不仅教给我英语知识,还教给我一丝不苟的态度,后者将使我终身受益,谢谢您,Nancy!

脾气很好的"小老头"(物理老师)

物理老师是我们班上仅有的两名男老师之一,他全身上下最引人注目的地方就是他的一头白发,其实他才50岁左右,可那满头白发总让人不自觉地为他加上几岁。物理老师姓沈,我们私下称其为"沈老头"(希望不会被他知道)。"沈老头"有两大特点:

其一是他每次出考题,不论题目困难与否,题量必定特大,比其他老师高出一大截,例如一道大题必然有3个及以上的小题,而且题目通常并不简单。所以每次"沈老头"出题,都是"怨声载道"。

其二是他的脾气很好,基本没怎么发过脾气。用他自己的话说,高三一年,就对我们发过一次脾气。不过唯一那次发脾气还是蛮吓人的。大约是在高考前一个月,当时"沈老头"正在课堂上讲题,有两个女生却一直在讲话,声音不大却还是能听见,虽然"沈老头"已经暗示她们很多次了,可她们还是旁若无人地说话,课上到一大半的时候,"沈老头"终于"爆发"了,当然我们几乎都蒙了,因为从来没有见过他发火,他也一直强调这是他教我们以来第一次发火。虽然我能感觉到他特别生气,但他还是没有直接说出那两位同学的名字,即使大家心里都十分清楚。虽然生气,可他并没有惩罚那两位同学的意思,只是告诉我们所有人,临近高三了,还是要认真准备,毕竟高考是人生中一次重要的测试,能否考出好成绩对未来的影响是巨大的。在愤怒时能保持理智,并能冷静劝说我们认真学习,"沈老头"教会了我们何为个人修养,尽管他出题的试卷让人痛苦,我仍向他致以我最深的感谢!

耳目一新的教学理念(化学老师)

我的高三化学老师姓辜,辜这个姓比较少见,至少我以前从未遇见过,她也因此被我们称为“姑妈”,她不仅教学经验丰富,教学理念也非常新颖,在我12年求学生涯中,从未遇见过类似的老师。

“姑妈”是高三时突然调到我们班上的,第一节课上,她就直截了当地说:“我的课不仅有传统的作业,也有新的不同的作业,可能高三你们会比其他人累一些,但如果你们能坚持完成我的作业,你们日后一定不会后悔。”

最开始我们并没有在意,认为她只是开玩笑的,结果后来我们发现我们错了。“姑妈”教学果然与其他老师有些不同。课堂上,她也会像其他老师一样讲教材,写讲义,讲作业,但她有不同的地方,比如讲教材时,她不会像复读机一样将教材分析一遍,她会抓住某些知识点向外拓展、延伸,甚至有些时候她讲的知识与高考没有任何关系。

我曾经向她提出过疑问,她说这样能在无形中影响我们,让我们学会在了解一种新事物时,不仅要了解事物本身,还要学会拓展,了解与之有关的事物。我又问她:“不怕影响高三成绩吗?”她说:“高三成绩确实重要,但如果能够教你们一些增强素质的方法,我会更高兴。”讲作业时,她会让同学上去讲某些题,随机抽取,而并非找成绩好的同学。课后,“姑妈”布置的作业也会有不同的地方。除了应该有的与高考相关的作业外,还有她自己想布置的作业,例如抛出一个我们从未见过的化学名词,让我们课后去查找与之有关的信息,下次上课时随机抽同学来讲解相关的信息。虽然感觉很痛苦,但确实对我们提升蛮大,可以说痛并快乐着。“姑妈”对我们的要求虽然高一些,但使我们的能力提升很多,能遇到一位更注重素质教育和学生能力培养的老师,真是我的福气,谢谢您,“姑妈”!

巧妙的教学方法(生物老师)

生物老师,也就是另外一位男老师,姓褚,我们称他“褚哥”,虽然称号奇怪,但“褚哥”却用他奇妙的教学方式征服了我们。每当他讲完一章,他都会要求我们总结本章的主要内容并画出框架图,当然这个过程要求是合上书本的,最开始我们根本就画不出多少,觉得痛苦至极。随着时间推移,我们觉得也不是那么困难了,这时候,“褚哥”又让我们画一本书的框架图,还特意用课堂时间让我们去完成,可是根本没有一个人能够完成。结果就是罚我们早自习背书。被罚多了之后,我们渐渐发现一本书的框架也没那么困难了。接下来大家可能都猜到了,就是画出高中生物的框架图,虽然更难,但我们早有准备,一次就完成了任务,让“褚哥”惊讶了很久。无论多么聪明的人,没有科学的方法,也很难成功。“褚哥”带给我们的好方法,我们将一生感激!

俗话说:“师如父。”老师就像父母亲一样用心地照顾着我们,呵护着我们。曾经有人说,我们与老师待在一起的时间比和父母待在一起的时间还多,老师的行为不可避免地影响着我们,感谢我的老师们,把我带上了人生的一条正轨,谢谢你们!

黄明好:毕业于重庆市第十八中学,就读于北京大学经济学院

匹夫不坠青云志

余思雨

“自小刺头深草里，而今渐觉出蓬蒿。时人不识凌云木，直待凌云始道高。”每个人都曾有过一段默默努力的时光。而我想跟大家分享一段曾经非常痛苦的经历，想告诉和我有相同经历的朋友们：任何时候都不能放弃自己，再晚开始都好过永不开始。

作为一个从五年级开始看小说的重度小说控，尽管早就听闻了各种关于“小说害死人”的“悲惨案例”，我也从没想过这个小小的爱好竟会让我坠入深渊，差点万劫不复。

噩梦是从高二上学期开始的。

尽管我一直都看小说，但从没有像那段时间那么疯狂：每天一放学就迫不及待地冲回家，找各种借口从家长手中拿手机看更新，每天凌晨三四点才睡，早上总是迟到，还被赵老师喊去说教，上课时根本无法集中精力听课。有时，在空荡荡的夜里，在闪烁的手机屏幕前，我也会愧疚，会迷茫，想从明天开始重回正轨发愤图强。我写下一堆计划表，誓要弥补自己浪费的大好时光，却总在开始执行的那一刻退缩，我想这么多要什么时候才能补得完呢？又默默缩回自己的小世界里，用虚幻的刀光剑影抵挡外界的风刀霜剑。在一本本小说里，我聋了耳朵盲了眼睛，看不到周围默默努力的同学们，看不到他们背完了一本本词汇书，写完了许多本错题本的努力身影。直到那个期末，考试成绩如同一场倾盆大雨把我从梦中浇醒。

不过短短半个学期，我就从年级第七名坠落到第四十一名。班主任赵老师痛心疾首地对我说："余思雨，你在这个班里是倒数了啊！"刹那间，我耳边好像响起了那首悠远的童谣"上去好像爬高山，下来好像滑滑梯，忽地一下就到底"。难道就放任自己这样堕落吗？让十年的努力付之东流吗？不！我暗暗立下誓言：我一定会回去，回到我应有的位置。

然而，理想是丰满的，现实是骨感的。"回去"，说来容易做起却并不简单。我扔开手机，戒了小说，沉下心踏踏实实地学习，像老僧入定般把自己钉在书桌前，但成绩却总是卡在十几名上不去。无数个空荡荡的夜里，我戴着耳机默默流泪。一曲终了，把眼泪一抹又投入似乎总也写不完的错题本中。那些在绝望中仍怀揣希望挣扎的日子让我永远记住：放弃什么都不能放弃自己，再晚开始都好过永不开始。

我的班主任赵老师曾分享过一句话："学习如春起之苗，不见其增，日有所长；辍学如磨刀之石，不见其损，年有所亏。"那一段默默攀爬的时光，对我而言便是一株小苗在拼命生长：我学会了从每个人的话语中抓住转瞬即逝的灵光，不管他是老师、同学还是我的家长；学会了从各种角度总结错题，让一张试卷最大限度地发挥作用；学会了不再为一场场小考打乱计划，而是把考试变成自己计划的一部分。当我终于找到自己的节奏时，我才发现，原来过往的十一年，我并未找到正确的学习方法。而高三上学期，年级第五名的成绩证明了我的努力。时隔一年，我终于可以自豪地说：我回来了。

高三一年，不可避免地有很多辛酸难过的时刻，小说瘾犯了的时候，我都会让自己想想那些一个人默默努力的晚上。费了多大的力气才重回正轨，怎能容许自己再次坠落，我咬着牙，一遍一遍地在笔记本上写：I won't give up.

让我庆幸的是，我在巴蜀，我在一班，高中三年，难过虽有，却从不孤单：微笑着说出"匹夫不坠青云志"的刘老师，总在"call me"的赵老师，在考试前对我说"You will make it"的Paul杨，还有美丽的欢姐，帅气的何老师和萌萌的煜宝宝；每天晚上陪我一起散步的好朋友；可以为一道题唇枪舌剑的同学们；永远做我最坚强后盾的父母。他们都是我天空中最亮的那颗星，在迷茫时指引我前行。赶考路上，感谢有你们。

最后的最后，想与大家分享一句话："所有的突如其来之前，都有漫长的伏笔。"所以我们愿意安然蛰伏，忍受寂寞，只为等待破茧而出时那个更好的自己。

Tips：

1. 给自己一个努力的动机。如果遥想高考后的美好愿景不能让自己动力满满，就想想失败的后果吧。

2. 有目的地做题，重在反思。相比起总结，做题更容易让人有成就感，(因为容易量化)但从成长空间来看，总结比一味做题能走得更远。

3. 找到自己喜欢的排解压力的方式。比如我会在每次大考前写一首小诗，在笔记本上写一些打气的话，在大考后的晚上看一本小说，或跟好朋友一起看一场电影。

4. 约束自己的欲望。

5. 多与父母交流学习上的心得。父母有时能从局外人的角度提出一些新的见解，我高三时的很多灵感都是在和父母交流时得到的。

6. 把高中三年当成一场F1方程式吧。一段路的落后不代表结局，一个分站的冠军离总冠军也还差得远。"垒山不止是一种幸福"，我们享受的不是结果，而是奔跑本身那让人热血沸腾的感觉。

余思雨：毕业于重庆市巴蜀中学，就读于北京大学经济学院

光华管理学院

北大于1985年设立了经济管理系，1993年经济管理系与管理科学中心合并成立北大工商管理学院，1994年正式更名为北大光华管理学院。作为北大工商管理教育的主体，北大光华管理学院是亚太地区最优秀的商学院之一。

秉承北大百年风骨，以“创造管理知识，培养商界领袖，推动社会进步”为使命，光华管理学院在厉以宁等历任院长和现任院长刘俏的领导下，已走过30余载春秋。经过几代光华人的奋斗，学院迅速发展，取得了令人瞩目的成绩，成为中国乃至亚洲领先的商学院，是中国商学教育的一面旗帜，并形成了植根于燕园独立精神与自由思想的“因思想，而光华”的独特精神气质。

光华管理学院现有全职教员116人，其中国家自然科学基金优秀青年基金获得者6位，教育部新世纪优秀人才支持计划获得者10位，国家杰出青年基金获得者11位，国际学会会士2位。

关于太阳

张洪攀

高三仿佛已过去很久一般，回想起来那些日子与现在的我之间已有了隔阂。此生此世或许都不会有那种精微难言的感受，日复一日的沉迷学习，两点一线的苦行生活，以及不可捉摸的未来，都像层层渲染的云朵在高三的天空中游弋。尽管当下也忙碌充实，但一切都是尘埃落定后的日常琐事。

搬进高三院那一日正好期末考试结束，日头毒辣得出奇。我需要把重重的一箱书从教学楼搬进高三院，望着楼顶的教室，心中油然生起一种欲哭无泪的感受。我咬紧牙关，猛地抱起书箱，往前奋力冲去，可没走多远又不得不把书箱放下。断断续续走了近三十分钟才将书送到新教室。而我早已汗流浃背，周身被焦灼的热气包裹，仿佛身处枯干的草丛中难以挣脱。摊开双手，掌心被勒得红白相间。我长吁了一口气，找出纸巾擦净额上细密的汗珠。

我至今记得那天的酷热，被勒红的掌心，如泉涌的汗水，以及天空中一动不动的云朵。无论如何，在那天，我的高三生活正式开始了。

其实我至今都不理解为何那次考得奇差无比，只知道那次考试与我高三的学习没有任何关系。前方道路漫长，任何挫折都阻止不了行者的步伐。

暑假结束后学校要求每位同学写下高三学习宣言。我趴在桌上，突然想起一句不知从什么地方看来的话“太阳尚远，但必有太阳”。我觉得学校心目中的宣言应该是“浓缩鸡汤”或者“兴奋剂”一类的口号，每日读三遍就能生龙活虎、精神亢奋地投入学习。可我觉得这句话就挺好，简单素净得像旷野中的一株植物，隐忍又不失张力。

高三的生活按部就班，每分每秒都被精准切割，每日有条不紊的生活就像流水线上的产品分毫不差。但这样的生活并不枯燥，它只是去除了生活中的所有喧嚣与浮华，无限贴近生活的本质，扎实简单。这是一种近乎修行的状态，简单无欲到偏执，在封闭的世界中与自己的内心对话。深刻沉默的心灵，或许是高三生活的终极意义。

寒假的最后几天我们可以自愿到学校上自习。我在学校里一直等着，直到腊月二十七父母催我回家，我才慢吞吞地收拾书包走出教室。记忆中很少有那日那样狂野的风，气流如同脱缰的野马在校园里声嘶力竭地奔跑，带着冬日特有的枯寒气息。天空是铅灰色的，模糊不清的阴霾在云雾中溢渗开来，重重垂在空中。我回过头，看见教室里的灯光在昏沉的天气中静静闪耀着。苍茫无垠的天地之间，教室灯光的影像是如此清晰。我默默注视着那温暖纯粹的光芒，冬日的寒风凛冽，呼啸着从我身旁刮过。我仿佛看见时光是如何奔驰的，只要挨过了冬天，便迎来了春天。

高三下学期随着春日如约而至，带来的不仅有希望，还有惊与喜。

三月份就开始自主招生报名了，每天都要填表上传材料。那一周经常忙活到子夜一点才睡觉，早上又要早早起床。早自习一下课我便倒在课桌上抓紧时间补觉，所幸报名的琐事很快就结束了，但随即而来的是“二诊”考试。

最后一科英语考试结束后我就去吃饭了，回到教室居然在黑板上看见了令我触目惊心的文综选择题答案。我扯扯同桌的衣服问他，不觉得这文综选择题答案很奇怪吗？他笑着说：“选择题很简单我没有错多少，你更不会错了。”我半信半疑地对了答案——那种感觉很糟糕，就像吃秋刀鱼罐头时猛然发现保质期过了，或者兴高采烈地小步快跑时撞到了门上——满怀希望却不得不接受错得一塌糊涂的挫败感。我一言不发，漠然收好卷子到走廊上背书去了。

晚间休息时满是各种对考试和答案的讨论，我觉得无趣，并且参与进去也只会给自己找不愉快，便在校园里闲逛。校园中夜跑的同学不少，三三两两地嬉笑打闹。我孤身跑着，并不觉得悲伤，或者说是没有任何感受，心里面满是无声的空洞。“二诊”失利总归会给我带来冲击，但潮水平息后是近乎克制的冷静，或是哀而不伤的淡然。

出成绩时我无论如何没有想到名次会那么靠前。我现在依然清晰记得意料之外的喜悦感，跌到谷底后被蓬勃生长的树木托住，在风中上升，触摸到太阳。那时我偶尔想起“必先苦其心智”，仿佛在逐步穿透这句话的表象，直抵本质。我的高三好像蒙着眼睛坐过山车，永远不知道下一秒是上升还是下落，比如没过多久我就查到了我领军计划初审没有通过。的确，初审没有过让我很失落，但我还是淡淡地对自己说：“反正你又不适合清华。”

那是一个晴朗的周六夜晚，黑色夜空之上星辰泛滥，繁星在静谧空渺中层层铺洒，渲染出斑斑点点的浓淡明暗。我跑到喷泉旁，惊喜地注目着大地之上的璀璨光华。万物都在寂静中保持沉默，我只希望这个夜晚凝固，忘掉惨不忍睹的周考和尴尬无奈的领军计划，但高三的生活一直都在向前流淌。星辰极美，但星辰也会坠入大海。

十几天后，我关闭网页，忐忑不安的内心归于安静。博雅计划初审也没有通过。我为这个考试准备了许久，脑海中浮现起为各种比赛做准备的画面，但那些努力也只能感动自己。低落的情绪终究是难免的，像一波浪水涌向胸中隔绝了空气。我依旧在克制，什么都没说，像一切都没有发生。但只有我自己知道，所有事情并不那么轻松。

周末上完晚自习后我想在校园外走一走，便和朋友一起回家。不经意地谈论起博雅计划，我淡淡地说没过初审。他倒惊奇地问我为什么会如此淡定。我说不然要怎样，哭着闹着吗？他说我也不知道该怎么安慰你，反正你肯定考得上北大。我笑笑便和他说了再见。

晚上十点，街道上静悄悄的，见不到行人的影子，街灯氤氲出橘黄色的灯光，路面映衬出行道树的黑影，倒显得几分莫名的诡谲。我孤身行走着。安静得不想多说一句话。我想起搬进高三院那天的太阳，以及“太阳尚远，但必有太阳”。然而心中的空白总难以填补。或许这就是所谓的“苦其心志”。

高考前八天，我心中郁躁难耐，晚自习无论如何也上不下去，便离校回家了。我打开淋浴喷头，让水顺着我的头发流下。我突然觉得很悲伤，想起了外在的压力和嘲讽风沙似的向我袭来。时至此刻，我隐隐约约感觉到口不能言的恶劣情绪。我不想去上自习，便一觉睡到中午。我如此沉默，如此悲伤，但我仍然知道我需要什么。毕竟追逐太阳的猎人不会在森林中迷路。下午去学校时阳光明媚，青蓝的天空中浮着牙白的云朵。我莫名觉得一切都如此愉悦，以往的波折坎坷与死去活来都不过是过往岁月中的细小灰尘，生命的刻薄与愚昧只是衬托智者的脚本，远方的太阳正冉冉升起。

高考结束后，一切都尘埃落定，我选择坐火车去西安，穿越萦绕每个文科生多年的秦岭和大巴山。车窗外山势陡峻，起伏翻腾中透着一股危险的美感，在濒临崩塌的边缘寻求到稳定的平衡。隧道很多很长，时断时续，经过时耳旁会有轰轰的闷响声。终于在光明刺破黑暗之时，我见到了平坦的原野。如此辽阔的天地，太阳在我头顶熠熠生辉。我感觉这就是我高三生活的隐喻。

成绩揭晓后的某日，母亲同我吃饭时，不经意说起我高考前八天时反常的情绪让她觉得很忧虑。我笑着说一切不都已经过去了吗。

的确，一切都已经过去了。七月份回母校那天亦是热浪汹涌，蝉声聒噪，裹挟着高温刺激着耳膜，如同我搬进高三院那日一般。我看见了我的学弟学妹们，他们神色疲倦，表情安然，但仍流淌着希望的气息。我想我当初便如他们一般神色淡然，但我心中的希望在无止境地生长，朝着太阳生长。缄默与冷淡深处隐藏着汹涌与盛大，云淡风轻的背后往往是不屈斗争的灵魂。高三无数次考试的失利，招生计划初审未通过的遭遇以及不明的流言蜚语我都一一承受，所有的苦难都是高三对生命的馈赠，向往太阳的生命永远追寻着远方的太阳。

张洪攀：毕业于重庆市万州高级中学，重庆市文科裸分第二名，就读于北京大学光华管理学院

想把你写成一首歌

郭　浪

在匆匆忙忙而又无比单纯的高三时代，我曾经无数次幻想过假如考上北大，要在“未名瑜音”上发表一篇怎样的文章来记录彼时彼刻的心情，不过大概因为每一次的心情都不相同，而现在又大多忘却，所以我现在所写的有些胡乱，各位读者就请将就点、担待点。

但愿你我的每次回忆，对生活都不感到负疚。

Chapter 1：日暮北风吹雨去，数峰青瘦出云来

回想去年此时，秋去春来，又是一年盛夏，不变的是重庆夏日火锅般的温度。我们一行七位同学背上行囊，乘着所谓的“特快列车”北上参加创新作文大赛决赛。我们跟着列车穿越平行岭谷、大巴山脉，驰骋在汉水谷地、华北平原，24小时硬座的奇妙旅行，我们在拥挤吵闹的车厢里赶着暑假作业，看着周围的人生百态，或是望着窗外独自冥想……

我的高三要从高二下学期开始说起，我记得很清楚考试那天是我的生日……当时我们第一次考全国卷，也就是文科综合卷，匆匆忙忙才能做完的我果然政史地成绩都创造新低，有种“一夜回到解放前”的感觉。对于考试来说，比分数更重要的是反思。我在那次考试之后把网名改成了“不重返前三就不改名字”（听起来好励志哟），我也把手机交给了一位好友保管，周末才拿

回来，然后每天一个人回家的时候都给自己积极的心理暗示“You can cleave all the waves！”周末也不出去玩儿了，连星期六晚上都在校自习到11点，“把至善楼钻穿”，虽然是句玩笑话，却也真实反映了我那时的心境。

从北大夏令营回来后的那次考试我下滑到第17名，碰巧的是我高一的第一次月考也是第17名，这时只有一句歌词“又回到最初的起点”能代表我的心情，所以我坚信我是可以再一次从第17名回到最前列的。不过现实又一次击碎了我，第二次月考又在十名开外。我很失望。重庆的秋天多雨，很难熬，更悲伤的是它才刚刚开始。我开始认真为每天制订计划，步步为营，我十分享受每天用笔划掉计划项目的那种成就感，嘴角微微上扬45度，手起笔落。我还有一个习惯，晚饭后读书，而且是很大声的那种（至于大声到什么程度，详情请咨询金科校区的高三同学）。我觉得大声朗读是对坐了一天的压力的释放，也加深了对知识的记忆。到了高三后期，这种习惯也对我帮助良多，只要每天完成了读书计划，心里就十分踏实，不会去患得患失，每天都这样做，最后结果自然不会太坏。

高三后期，经过“一轮”“二轮”复习，其实知识层面上已经掌握得差不多了，高手之间过招比拼得更多是内功、是心态。从660到680、690有时只是一念之间……尤其是“一诊”后，从老师到学生的紧张感也是越来越深的。所以高三下学期，有同学一飞冲天，也有同学跌入谷底，都不过是“闲敲棋子落灯花”般的寻常。过去每个人都会在这种时候触碰到一层透明的天花板，至于如何捅破也需要另一番工夫。起起落落，高峰低谷，亦是家常便饭。大概由于男孩子神经比较粗线条（尤其是我），我差不多已经忘记了那段时间有些怎样的情绪，只记得每天都要对着两位同桌，模仿地理老师的语气，握着拳头说“要有必胜的信念”。向后看才懂得生活，向前看才能生活。在“三诊”的时候我这个“千年老二”终于守得云开见月明拿下了第一，我在课桌上贴了一张“Stay hungry,stay foolish”，希望能够在最后十几天中依然保持斗志，有所提升。

我记得6号早上最后一节数学课，钟老师穿着火红的衣服为我们高歌了一曲《红日》，将全班的气氛调动到了最高点。“命运总是颠沛流离，命运总是曲折离奇”，我们乘着小小的船儿，老师就是我们的摆渡人，行至彼岸之时，我们又只能独自上岸。高考的每一堂考试，我们都要和穿得红红的老师们击掌、拥抱，配上重庆火辣的艳阳，大概是所有记忆中最耀眼的光。

Chapter 2:缓缓飘落的枫叶像思念

高考的时候我们终于回到了阔别一年多的黄花园，“大茶杯”依然冰爽可口，吸引着无数学弟学妹；那位阿姨还是那么精神干练，一身帅气；只是至善楼不再属于我们。听说明德楼上还挂有我们的班牌，只是错过的时间已回不来了，我们只能用两个紧张复习的夜晚去寻回失去的一年时光。

高一刚刚来巴蜀的时候，住读，也没有一个认识的人。也曾经在心中默默地后悔过离开家读高中，但是放弃并不是我的风格。我一直认为，人做的每一个深思熟虑的决定，都是他在那时那地所能做出的最好选择。所以我也无数次暗示过自己，登上巴蜀这个大舞台是我无悔的选择。

第一次对巴蜀产生深刻的感情是在高一的八十周年校庆，当时的口号是“无论走到天涯海角，你终是巴蜀人”，这是一句需要花很多时间、经历很多事才能真正理解的话语。在活动中，我负责为校友们讲解校史，看到了好多白发老者拄着拐杖，结伴而来，相聚在曾经的教室，唱着那时的歌谣。世界上最打动人的是时间，那些渐渐老去的“巴蜀人”对母校的情怀历经数十年而不变，给我带来震撼。

后来的后来，运动会上创造文科班奇迹的“金陵十三钗”，背着生活老师和室友聊到凌晨5点的痛快，晚自习下课至善楼外飞舞的羽毛球，上清寺春游时留下的名字……一幕幕，都是我最清澈的回忆。

还有，一场又一场的雨把至善楼对面的图书馆洗刷成风雨沧桑的模样；梧桐树筛下来的金色阳光洒在铺满落叶的小径上；暗黄的灯光还在那条悠悠的岁月回廊尽头等着我；菩提树在明亮的窗外窸窸窣窣地摇曳……一帧帧，都在我脑中挥散不去。

比起黄花园的青春洋溢，高三的金科校园多了一份安静和成熟。生态环境无比良好的结果是生物多样性得到极大保护，捉虫子成了为数不多的乐趣之一。一周最快乐的时光当然是体育课踢球，虽然手脚并用，从不越位（在我们的字典里没有这个术语），不过因为布、冯、段前锋，还有众多女生组成的铁桶式防守，我们总是可以轻易地打败与我们同一节体育课的班级。最喜欢的还有背着母亲大人和室友一起去吃二食堂的炸酱面、铁板烧，一边吃一边憧憬着高考后要一起去吃万州烤鱼的美好未来，每次总是吃完面就开始后悔吃撑着了，然后去操场散步消食，或者跑步出汗。“走不完的长巷，原来也就那么长；跑不完的操场，原来小成这样”，用Yoga的这句歌词来形容金科简直不能更合适。还有我可爱的老师们：永远18岁深深迷恋着李敏镐欧巴的陈孃孃，总是在打击我写作水平二流、病句不断，同时鼓励我练瑜伽；看起来比我还小的华东师大“情歌王子”剑剑，不管我数学考得多差都不慌不忙地告诉我“否极泰来”；和优秀的老公、儿子一起过着幸福小日子的陶陶，总帮我分析完一个又一个语法错误然后寻找着“Any volunteers”；请来女儿助阵的“活佛”潇洒，总是在“培优”的时候对我这个困难户多加关照；忧郁“雅痞”整天“嘻嘻、嘿嘿”无比强调“历史同情感”的波波，总是在第三节晚自习下课最饥饿的时候为我送来存着巨款的饭卡；还有永远不老、永远说着鸡汤的Young妈，总是耐心地帮我分析完每一张不满意的答卷然后又握着拳头说“加油，小伙子”。当然了，还有最真性情的老朱……

金科的生活单调却单纯，那些酸甜苦辣，都因为这些小小的幸福而值得回忆。

7月份的时候我们再次回到校园，为学弟学妹们讲解自己应对高考的浑身解数，一年前2015级的学长学姐们为我们加油打气的场景恍如昨日，而早些时候去北大参加自招考试的时候，2014级、2015级的学长学姐们还放下期末季的疲倦为我们做向导。我想，这就是巴蜀精神的传承吧，“无论走到天涯海角，你终是巴蜀人”。

无论走到天涯海角，我们终是巴蜀人。

至善钟声仍响彻故土，陪伴我从最后到最初。

Chapter3：心之所向，素履以往；生如逆旅，一苇以航

我已经记不得是什么时候开始以北大为目标的。在我们这个一年都不一定有人能考上北大的西部小县城里（当然现在不同了，每年清北人数都在增长），一个以北大为目标的孩子只会受到同伴的嗤笑和家长象征式的安慰。只是，《星空日记》里面说："一百年来，我们就是被笑完了才走到这里的。"高一的时候负责文学社的工作，帮忙销售校友作家新出的《北大梦》，才明白，"不以北大为目标的学生不是好学生"这句话中，北大是一种图腾式的存在。

高二的暑假有幸到北大参加优生夏令营，五天的燕园生活里，静园的草坪，未名湖的柳影和图书馆前的繁星闪烁，都让我常常怀想。印象最深刻的是哲学系周师兄在最后将要分别的晚上带我们夜游燕园，在"德才均备体健全"斋门外，星空静谧无言，唯有蛩声点点，他说"为天地立心，为生民立命，为往圣继绝学，为万世开太平"是北大人的信条，"虽不能至，心向往之"是北大人的执念。感触良多，或许这就是大学的意义：为我们搭建更高的舞台，让我们遇见更好的人，邂逅更优美的思想。青春，即无限可能。北大，则为我们提供了更多选择和新的可能。

"读书人当以改变社会为己任，当你们还是读书人的时候，希望能时刻想起这个使命，不求名垂青史，但应唤醒和力行"，是高中历史老师给我们的毕业赠言，我谨记在心。他在繁忙的高三生活中，给我们放电视剧《少帅》的片段，希望我们把自己置于历史长河与无限时空之中，莫要过分计较个人得失。

凡我在处，即为中国。虽千万人，吾往矣。

郭浪：毕业于重庆市巴蜀中学，就读于北京大学光华管理学院

From winter to summer

冯恋雅

I came to win, to fight, to conquer, to thrive
I came to win, to survive, to prosper, to rise
To fly

——*Fly*

“Fly”,我的名字与飞翔有奇妙的联系。

飞过春秋,越过冬夏,飞越繁华而充满活力的重庆,飞向文化厚重、魅力无限的京城。

“人生到处知何似,应似飞鸿踏雪泥。”谨借雪泥鸿爪,献给我的高三、我的梦。

一、One day & My songs

我听着久石让的*Summer*,走过高三。

清晨的闹钟响了三次,小径行人稀稀落落,空气润湿而清新。食堂里的枣糕还冒着热气,走廊上已有不少身影。

陈阿姨用咖啡机为我们自制奶茶,宝二爷面带神秘微笑穿梭在因考试而安静的教室里,Eric继续自豪地展示着他的地理功底,老朱一边复习经济生活一边“忧国忧民”，张老师一边安利《少帅》一边教导我们要胸怀天下，杨妈一边讲卷子一边为我们端上温暖的“心灵鸡汤”。

一楼同学惊叹着二楼的我们冲向食堂的速度，满面笑容的大叔“推销”着小火锅和魔芋鸭。

晚自习后的操场有些拥挤，汗水洗去了疲惫与压抑，胸腔里跳动着勇敢与坚定。

城市里的灯火逐渐暗去，来一碗可口的羹汤伴上《一站到底》。手表的嘀嗒声在夜里格外清晰，做完最后一张卷子的我终于沉沉睡去。倒计时牌上又少了一天。

我们的心中都有一团火，热烈、旺盛，足以燃烧我们的小宇宙。我拥着这梦想之火，撑过每一个短暂的白天和困倦的深夜，背下大段大段的文字，做完一篇又一篇的练习，整理好笔记与错题，用红笔将计划表上完成的内容一项项划掉，再写上密密麻麻的新任务。这条路，难免冷清。我们要拒绝诱惑，暂别往日鲜艳多彩的生活；我们踽踽独行，咽下失落、焦虑与痛苦，独自追索着突破与进步。我们在孤独中坚定，在坚定后坚持，为梦想的“果”种下有力的“因”。

一个人时，我爱听听音乐。有的人钟情于一种语言、一种风格的音乐，我爱漫天撒网、四处搜罗，遇到入耳的歌，一听便是十几遍。清晨上学时，我会选择充满元气的歌；夜晚伏案时，我更青睐舒缓轻柔如《月光》的钢琴曲，或者悠远绵长的江南小调。歌词、乐调、气氛，每首歌都能创造出独一无二的意境。它们贯穿我的每一天，陪我从秋到夏。

音乐是私己的美学。追梦时勿忘求美。

“希望长有翅膀，栖于心灵之上，吟唱曲调，无须言表，天音袅袅，始终环绕。”

二、秋　怀

秋天，我和Lucy搬进了学校旁的小区，告别欢脱的7007寝室，开始了高三的征途。

父母周末有空时便会来陪陪我，变着花样做出可口的菜肴，一起散散步，聊聊天。

老师们一如既往地关心着我：有针对性的建议，热切的鼓励，温馨的提示，中肯的批评……抑或是一个苹果或两包豆干。

吾之幸，在享温暖之亲情、遇传道之恩师、识智慧之挚友。

谢谢天天伴我回家的你，谢谢愿意听我唠叨的你，谢谢欣然接受我灌的“心灵鸡汤”的你，谢谢陪我去解放碑买药的你，谢谢陪我去财富中心逛街的你……

谢谢和我一起追偶像、听新歌的你们，谢谢和我一起冲去食堂吃饭的你们，谢谢和我跑步、打羽毛球的你们，谢谢和我聊天、逗趣、拥抱的你们，谢谢离我千百公里依然挂念、鼓励着我的你们，谢谢带给我无尽的温暖、感动与快乐的你们。

“不是渐行渐远，而是有一天终要重逢。”

三、冬　韵

川端康成在《雪国》里写道：“贫寒之中自有一种强劲的生命力。”

去年的冬天特别冷。平常总爱在走廊上背书的我选择了待在教室里。李老师发明了“新式门锁”，但冷风依然会“乘虚而入”，每次我的座位换到前门边时，我总希望自己能变成Elsa，但事实是我蜷缩成了长草君。

杨妈说：“冬天越冷，第二年越丰收。”

熬过冬天需要更强大的耐力与意志力。平常早睡早起的我，在那个冬天选择了晚睡。我坐在书桌前整理当天的笔记，用暖手宝或者装满热水的杯子缓和手指的僵硬。有时我也会把自己裹成“蚕蛹”，留一双眼睛盯着面前的书本默默记诵。橘色的卧室墙纸伴着淡黄的灯光，给寒冷刺骨的夜增添了几分暖意。我可以倒头大睡，在被窝里休憩，但既然选择了与孤灯相伴、与星月对话，就必须咬牙坚持。当我全身心投入其中时，寒冷已被心头的火焰照得无所遁形。

生长在南国的我们，终于见到了大雪纷飞。“一诊”结束后的那个周末，睡梦中的我被窸窸窣窣的声音吵醒，瞬间似有所感，跳起来拉开窗帘，尖叫着看到了与我暌违多年的冬天的第一场雪。搭在窗户上的树枝已落满“梨花”，窗外白色柳絮纷飞，素尘遍地。

我不见书中着力描画的雪地红梅，却发现好多车上都堆起了憨态可掬的雪人。或许这正是雪的魅力：洗去阴郁与黑暗，唯留纯白与洁净。背负再多压力、重担的人，也能在雪中找回那份童真与悠然。

我看着桌前摆放着的银装素裹的博雅塔的照片，心中暗许：“瑞雪兆丰年”。

寒假里得到招生组冯老师、郭老师及恩师们的亲切关心与指导鼓励后，我又在春天欣喜地迎来“优生夏令营优秀营员”的消息和博雅计划初审“优秀”的结果。最后的冲刺伴着初夏的蝉鸣顺利完成。

高考前我把最后一批东西搬出校园时，广播里朴树正低沉而沧桑地唱着《平凡之路》。我们也是一群平凡的追梦人，笑着、哭着、沸腾着、不安着、骄傲着、渴望着。我们走在这条路上，就这样，走出冬天，走向春夏。

四、夏　馨

我喜爱迷人的夏天：我在大漠的风中唱起飞天的歌谣，我在彩云之南聆听风花雪月的传说，我在青海湖旁看牛羊成群、彩旗飘飘，我在故宫里寻历史踪迹、皇家威严……

去年夏天，未名湖的石舫上歌声悠扬，博雅塔的日落宁静而肃穆，新太阳的深夜灯火通明，邱德拔的上空红旗招展。青海的男生豪爽风趣，浙江的女孩儿温婉可人。学姐讲述着高中的心路历程与山鹰的辉煌传奇，学长科普着社团的丰富与北大生活的多彩，招生组的老师们为我们答疑解惑并寄予了殷切期望，开讲座的教授们让我们领略到学术的魅力与智慧的光芒。食堂里有五湖四海的美食。图书馆里满是伏案钻研的学子。我们跑遍北大的每个角落，许下“来年夏日聚首”的约定。

今年夏天，我圆了江南梦。平江路的小店里有慵懒的猫咪和说着吴侬软语的姑娘，西湖旁有撑伞的行人和空灵的乐音，秦淮河边的万家灯火穿越了千年时光……

今年夏天，我圆了北大梦。未名湖是个海洋，倒映天光。我的梦就在那里，今朝得偿。

我将背起行囊，一路北上，暂别故乡，几度春秋。我将收起回忆，燕园徜徉，未名博雅，我心悠悠。

继续跑
带着赤子的骄傲
生命的闪耀不坚持到底谁能看到
与其苟延残喘不如尽情燃烧吧
为了心中的美好不妥协直到变老
——GALA《追梦赤子心》

从夏到冬，从冬到夏，珍此初心，惜此流光。

冯恋雅：毕业于重庆市巴蜀中学，就读于北京大学光华管理学院

四 季

姜 畅

高三，一年，四季。

秋 天

去年的秋天对我而言是艰难的，记忆里是暗淡的。暑假里参加了优生营、学科营、暑期学校，我发挥得都不理想。那时我曾在未名湖畔伫立，心中失望，看着水波摇曳，似乎在勾勒一句模糊的谶言。带着郁闷和烦躁，九月我参加了准备已久的数学竞赛，然而最后的结果十分糟糕，我为此更加苦闷不安。

南开中学的秋天仍是一如既往的绿色，风不凉，雨不冷，阳光竟还是夏天的模样，这样的明媚景色与我的心情格格不入。怀着想在高考复习中证明自己的心态，我回到班上后用从未有过的精力学习，试图在十月月考里用一个正常的表现挽回失落。然而事与愿违，这次却是我未曾经历的惨败。滑到五十名开外的我开始实实在在地怀疑、焦虑和恐惧。我战栗着学习，如履薄冰，茫然于那眼前如此真实的血迹。与此相随的是我变得更加投入，更加在意，更加敏感：为一些细小的寒意而黯然，也为一些微茫的温暖而感动。我常常流泪，安静地，嘶吼地，在座位上，在电影院里，在布满童年玩具的窗台边，在小操场夜色温柔的树影中，在回家的路上。公交车车窗外夜风匍匐而过，有属于秋天清晰的凉意。地面上积水倒映出一条残损的街，街上的灯奔流成橘黄色的河，汇集着来不及回味的每个刹那，淹没着千万个我生命之外的生命，我真想一一铭记。陌生的面孔，埋着我无从知晓的悲欢，单薄或厚重的生活承受着每一个人。我，也必然如此。

冬　天

我一直等待着冬天。

我预想那严酷的寒冷，那漫长的夜。十一月月考再次失利后，我便进入了一种平静的蛰伏，一种反复成美感的坚持。冬天天亮得晚，出门后，我为寥寥晨星的光明陶醉。到了学校，早读、上课、放学。中午我常常留在学校，妈妈总站在南楼后的空地上等我。我将她手中的饭菜带到食堂楼下偏僻无人的角落，那里的风常常吹冷了米粒，也吹醒了我常常浑浊的头脑。我以最快的速度吃完，回到总是无人的教室，静静地面对未完的任务与只属于自己的奋斗。傍晚一个人走向食堂，短短几十秒冬阳的光，照亮着皮肤，荡漾着脑海中还未止息的思绪。晚自习的灯火燃烧后，我在操场跑步，闪回着一天里只有自己知道的点滴收获，将沉重的寒冷化解为一步步前行。旁边繁华的街上霓虹常常混着吉他声笼罩车流，我眼前的轨迹远去又归来，月亮现身又隐没，一圈圈重复，像冬天里一个个日夜的轮回，我唯一能做到的，就是脚步不停。在这样的旅程里，我并未选择孤独。我有尊敬的老师，有真挚的朋友，有体贴的父母；在夜晚归途上，也有我所崇敬与热爱的星辰。明亮的星，我愿像你一样坚定。让我设想，在群星之中，有一颗星是指导我的生命通过不可知的黑暗的。

春 天

我在自习室中度过了寒假。我将生物书一字一字地抄遍，我写了一篇又一篇的作文。我将试卷撕去一套又一套，日复一日，离开自习室时脑海里还翻涌着那些错误与收获。早春二月，我看见树枝上的嫩芽一夜舒展成遮天的绿影，我看见石廊上铺满的三角梅红艳成醉人的美梦。毕竟已到了高三下学期，高考100天的倒计时牌钉在了黑板边上，夏天已在不远处。我盼望着一条稳稳的路让我前行，让我无须惶恐挣扎。可仍有未尽的寒冷不时窜动，提醒着我默默等待。

我已经等待了很久，我将继续等待。

夏 天

“二诊”出成绩那天，天空晴朗。倒计时牌上“50天”的红底白字，异常醒目，让我难以忘记。我从教室的中央望向六点钟的窗外，看不清远方的楼和山，看不清轻如羽翼的云，看到的仿佛是纯粹的光，灿烂得像一个不真切的梦。亮光拼命从窗沿漫入，渗入我的皮肤，没有褪去的迹象。我知道了预料中的成绩，为这终于到来的温暖慰藉而感慨。我长叹了一口气，仿佛那些古老的关于苦尽甘来的告诫确有其事。我终于可以用一种坚实的姿态面对最后一个月，面对近在眼前的告别，面对那最后的考验。博雅计划未通过对于我而言如同遥远的往事，被我留在了去年八月的未名湖畔。

我在难得的平静里，迈出步伐。

眼前的校园浸在一片灿烂里，我看着满地金黄的叶，踏在那柔软的窸窣声中，向一切告别。我向自习室淡灰色的桌椅告别，那里曾有一个个激烈又珍贵的夜晚；我向桃李湖上的细雨告别，那里的宁静曾洗涤我多少躁动不安；我向通往食堂的小路告别，最后一次走过时，夕阳里的女贞叶片依旧光明美好。我仰视我们奋斗四季的教学楼,那里安放了多少顽固又易碎的情感,寄存了多少甜蜜又苦涩的青春。眼前的一切就要结束,我只是想好好说再见。

提笔,放笔。当高考最后一项英语考试结束,我走下教学楼,恍然间不知身在何时何地。一切都如此漫长,长到星霜轮回,草木枯荣;一切都如此短暂,开始结束都还未细细品尝。四季,很多事在变,很多事又从未改变。花开花落,不变的是一往无前的旅途;有泪有笑,不变的是身旁温暖的陪伴。

所有的梦还在那里,生活还在那里,四季还在那里,它们属于过去,也属于未来。在南开,最后的四季已经结束;而在燕园,一个新的四季即将开始。

姜畅:毕业于重庆市南开中学,就读于北京大学光华管理学院

姑妄言之

席子涵

前　言

即将踏上新的旅程,关于高中三年,一直还是想写一点什么,感谢北大重庆招生组提供的这一平台,“雏凤清于老凤声”,姑妄言之,希望对后来者能有二三启迪。

我假定并希望这篇文章的主体读者是即将开始高中生活或者正在高中拼搏的学弟学妹们,并希望以此为出发点,结合我自己的亲身经历,谈一点肤浅的认识,力求避免文采藻饰带来的轻浮,以及近乎哲学式的思辨带来的空洞感受。

一、一点看法

可能你看过很多篇类似的文章,也可能闭上眼睛就能勾勒出其中的框架:要不就是心怀梦想却在几次月考中心情跌入谷底,在老师、同学、家人的鼓励下走出失落的情绪,或在自招或在高考敲开北大的门;要不就是深爱某一学科参加竞赛面临纠结,或实现心愿或铩羽而归继续高考取得不错的成绩。无法否认,一件事情的框架看起来并不那么有趣,不过,在你身临其境补上属于你的细节的过程中,那种如同组合问题的复杂性却能让你在当时沉醉，日后怀念，甚至珍藏一生。并且，虽然感觉像在传播“心灵鸡汤”，但我不得不提醒你，并将一直提醒我自己，再优秀的人也会经历并不算小的挫折，如同我很优秀的一位好友，阴差阳错，最终没能实现与我共赴燕园的承诺。“希望大家都考取好成绩”是一句经不起推敲的祝福，我更愿意说，我希望你们中的大多数人能有一个好的过程和一个应得的结果。

二、竞赛与高考

其实我感觉自己并没有在竞赛与高考其中任一方面获得严格意义上的成功。数学竞赛进入省队，却只获得了安慰性的三等奖。高考考入北大，却只是靠着降分进入了光华。但我一直感觉满意的是，我经历过很多。高一报名数学竞赛，多是零碎时间的学习，直到高二下学期，才投入了较多的时间，受时间所限，我高考复习只能尽力不放松，又参加了学科营与优生营，一套小蓝本，并未看完，《中等数学》增刊做了十套左右，便已高三开学。竞赛省集体停课，在阶梯教室静静上着自习，可某些课程我还是会回教室听课，数学竞赛教练多次相劝，班主任也觉得很难管理，现在想来，当时的我，大多是一种迷茫。不太清楚自己想要什么的时候，或许就真的没办法拼尽全力。这种困惑一直延续到了联赛后。获得冬令营的资格固然难得，可是我并不太清楚我是否愿意在本科以第一专业学习数学，甚至可能有点像事后的自我安慰，我都有些害怕获得保送的资格。于是我又开始两头跑，白天参加冬令营培训，晚上在委托同学记下的任务清单上打下一个个勾，我很不善于熬夜，高中三年绝大多数工作日都在十一点之前睡觉，但这段时间，我不得不暂时放弃对绝对效率的信任。

在完成了第二天的四个小时学习之后，我很明白我能收获一个怎样的结局。于是回到了正常的高考复习中，浑浑噩噩到了寒假。在寒假我制订了很严格的作息表，慢慢填补上一轮复习的漏洞，感觉精神状态很纯粹，高二下学期学习便已回到了正轨,尚有波折,高考也不乏遗憾,但最终有惊无险,圆梦燕园。回想起来,其实很羡慕目标明确的同窗,可能想法更单纯一些,才能更好地在某一方面做到极致。我很不愿意你们也像我一样纠结,我只是将我纠结的经历简单写写,希望你们有了前车之鉴后,能更好地做出自己的选择。而最后,如你所看到的,我选择了光华而非数院,一种看似很功利的选择,我也很难评价甚至永远无法知道这个选择正确与否,因为我无法真切地再走一遍另一条路,但既然已经选择,便希望做到最好。

三、那些很有趣的事

总还是有些难忘的事。难忘高一高二周五晚上必定玩儿几把游戏,在负责任地思考未来之后将其放下;也曾翘掉自习课与同学冒雨踏上绿茵场,难忘一锤定音的欣喜,以及十二码前的遗憾;甚至也曾执着思考未想通的问题,在未学习之前已在头脑中诞生了微积分和非欧几何的雏形。你也一定会遇到自己的闺蜜或知己,也有那个在学习上暗自较劲相互促进的所谓对手,也可能会在青春懵懂年纪对某个异性产生爱慕之意,以及一个用朋友称呼他更合适的老师,那是你若干年后回到母校想最先探望的人。甚至,其中的挫折在后来都会显得不那么讨厌。你可能将选择题的横竖涂反,可能在考试后想着想着就惊出一身冷汗;你可能体验过成绩起起伏伏的困惑,也可能发出过“世事一场大梦,人生几度秋凉”的感慨,可能被误解,可能失去友情,可能对未来充满迷茫,可能怀疑过自己。但那又何妨呢?只需带上你所珍惜的人和事继续往前走就好了啊。

四、后　记

最后,感谢你花费时间读完这篇文字并不优美,也并不算很实用的文章。

我仰慕苏轼,但后来发现,文章本天成,妙手偶得之,才气可能是很难学来的,但或许融入真诚,亦能达到触动人心的效果。而这也是我从苏轼的作品中所读到的。苏轼他并不空喊建功立业的抱负,并不以隐居聊以自慰,在仕途的沉沦中不隐藏不甘,在人生的垂暮却能常带乐观,热爱生活,心系黎民,交往不乏僧道,挚友多是白丁,亡妻十年仍念,手足他乡互勉。并不完美,却很真实。我也希望能此般极力保留好的东西,枝叶风吹雨打,树身岿然不动。

最后,感谢那些给予我帮助,给予我动力的人与事,我也很愿意尽自己的绵薄之力给他人以力所能及之帮助,希望未来能在未名湖畔认识你,也让我听一听你的故事。

席子涵:毕业于重庆市南开中学,就读于北京大学光华管理学院

他们来了，请睁眼

朱子沛

先浏览一下“写在前面”，再根据“前方高能”的目录阅读感兴趣的部分，调查表似乎很有观赏价值。“写在后面”也挺有趣的，特别是最后那一碗“鸡汤”，一起“干”了它吧！

写在前面

话说我最初已经写了大半的感怀高中、展望大学的散文，却实在是不能让我满意。自非才子佳人，很难挥毫万字，但还是可以编辑文档、敲敲键盘的。灵机一动：何不收集正在读或是即将读高中的学弟学妹们的疑问困惑，再请本年度重庆的文理状元、数物化生信竞赛最高分获得者进行回答，最终把他们的回答整理成文？父母觉察出我的良苦用心，嘻嘻哈哈地说：“还不是为了逃避自己写1500字征文的任务……”我也不置可否：“这可是绝境处智慧的闪光！反正那么大的信息不对称就被我给解决了。”更开心的是，我的想法得到了极大的支持，既有来自“学霸”们的，也有来自同学们的！谢谢你们！所有“学霸”和一位学长（稍后介绍）都爽快地答应了我，然而自从郑雅文豪爽地答应后，清华就开学了，随即就开始了军训，所以雅文学姐实在是很难有时间思考并回答这些问题。于是我便邀请了重庆市2014年理科状元、现就读于北大光华管理学院的王棋明学长，既解雅文之急，又提供了从大学看高中的别有一番风味的角度。同时,我也收到了来自高中不同年级的学弟学妹们的500余个疑问困惑,谢谢你们！下文出现的问题和调查表就是由这500多个问题浓缩分类整理而成,涵盖了这500多个疑问困惑中的所有热点问题。

为了确保语言的简练性、表述的准确性、逻辑的严密性,所有“学霸”都主动用文字进行答复。为了更加真实地呈现他们的回答(况且我也很难评价他们回答的优劣),我尽我所能地处理了别字、漏字、冗字,并就我无法理解的地方与回答者沟通确认后进行了修改,也保留了唐何文嘉的亮色强调,并未再更多地修改什么、删除什么。本文或许显得冗长不堪,还请谅解。下文中的提问是“学霸”们选择性地进行回答,没话说、说够了就不说,没有进行字数要求,能够准确地表达清楚自己的想法即可。譬如唐何文嘉只回答了一组问题。而表格每个人都是填了的。虽然我力求简洁,然而到本文句尾的问号为止,我已经啰唆了1000多个字符了,看来1500字还是很容易凑齐的,对吧?

前方高能

一、高中生活

时间与安排

1.周末、假期怎样安排？开夜车吗(熬夜学习)?

2.有学习以外的喜欢的事情吗?

3.打游戏吗?

4.怎样安排时间才能平衡文化课学习、自我提升、身体健康、放松娱乐?

二、高考学习

1.预习与复习(包括复习笔记和错题)应当怎样安排时间？如何进行？应达到怎样的效果?

2.关于做题

(1)怎样评价做题?

(2)做新题与归纳整理怎么分配(高考与竞赛)?

(3)如何"归纳总结"错题、好题、经典方法?

3.有愿意与我们分享的实际有效的好的学习方法吗?

4.如何分配各科时间?可以透露一下自习安排吗?

5.学习效率低怎么办?

6.高中如何学好数学?

三、文科?理科?

1.如何选择文理科?

2.文科就一定比理科差?出路差很多?学文科丢脸吗?

3.(准高一,参加学校的夏令营,可以理解为9月入学后受到了高中的当头一棒)目前学理科有些吃力,如课堂上反应慢,做题慢(但是思考久一点又有想法),是正常现象还是不适合理科?

四、竞赛学习与自主招生

1.竞赛与高考的时间分配,如何平衡?发生冲突时优先选择谁,怎么办?

2.如何在不影响平常学习的情况下准备自主招生?

3.准高一,没有学科竞赛基础(没有预习过),但是热爱它,有望竞赛成功吗?

4.高一、高二时为竞赛应当做哪些准备?

5.在竞赛中遇到大困难时怎么办?

6.刚开始觉得竞赛很难,也考得不理想,但是有兴趣,能学好吗?

高中生活

1.时间与安排:

(1)周末、假期怎样安排?“开夜车”吗(熬夜学习)?

(2)有学习以外的喜欢的事情吗?

(3)打游戏吗?

(4)怎样安排时间才能平衡文化课学习、自我提升、身体健康、放松娱乐?

王棋明:以下分别是关于问题(1)(2)(3)的回答。1.学校安排自习。自习就看书做作业,莫开小差。不要一天到晚三五成群天空海阔任我行。高中不“开夜车”,因为高三开过之后效果适得其反。2.喜欢的事情多啦,不讨厌都可以称作喜欢,三分钟热情。3.打游戏,我是资深玩家。4.说到平衡,说实话,自己感觉最舒适的才叫平衡。每个人目标不同,平衡点也不同,有人专注高考成绩,有人还要在社交方面做得好,有人要学竞赛、艺术、体育……首先你要明确自己要哪一方面,分出先后主次来,然后再谈平衡。总的来说,这种时间安排很微妙。个人不喜欢严格的时间表,感觉会像机器人一样。我是觉得学得差不多了就换,放松得差不多了就学,但是要保证效率和成绩。如果觉得跟不上就加把火。但是不建议你们像我这样做,因为这样做必须要对自己的状态有一个清晰的认识。如果你时刻知道自己现在的状态怎么样就一定会平衡下去。就像走平衡木一样,你要问我身体怎么做才能保持平衡,我只能说你左倾的时候就右移重心,反之亦然而已,保持自己状态即可。

罗天创:以下分别是关于问题(1)(2)(3)(4)的回答。1.就我而言,高一、高二一般情况下周末的时间有一半会安排给竞赛,包括上竞赛课和练习。其他的时间就大部分花在高考上,还是以完成作业为主(我在作业上花的时间比较多)。总之周末主要是自习,有时候锻炼身体。假期的话还是劳逸结合,在竞赛和高考上分配的时间比例在竞赛结束前呈递增态势。总体而言，假期时间还是以学习为主，如果觉得假期作业不是很好我会自己补充练习。当然，除了特殊情况，出去放松几天也是很有必要的。晚上我一般会学到23:30-24:00，高一、高二可以早一点，高三休息时间会逐渐减少，但最好保持稳定的习惯，比如规定自己24:00点前必须睡觉。2.有学习以外的喜欢的事情，比如一些体育活动，还有玩游戏。3.一般在假期和大考后才会玩游戏，平时很少玩儿。4.我觉得要灵活，适合自己的安排是比较好的。灵活是指在不同的时间段、不同的心理状态下，时间分配的比例可以有所不同。比如一段时间里专心学习新的知识，另一段时间里多总结整理，自我提升。其中，锻炼身体最好还是长期坚持。适合自己就体现了每一个人不同的学习特点和生活习惯，上述的各个方面并不完全矛盾，大家可以坚持自己的合理习惯，不同的安排方法都可能使你很有收获。

邱占萱：关于问题(1)的回答。周末就是每周一次的法定节假日啊！节假日不放松放松？而且你放心，你想放松学校也会抓你去补课的。不“开夜车”，容易翻车。

潘晨希：关于问题(1)(2)(3)的回答。周末假期我会把大部分时间用来上自习，完成功课。剩下一点时间放松一下，做点喜欢的事，比如画画、“开夜车”，不打游戏。

高考学习

1.预习与复习(包括复习笔记和错题)应当怎样安排时间？如何进行？应达到怎样的效果？

王棋明：这些问题真的很教条化。我以前就一直在思考，如果真的有一套可以完全被人遵循的学习方式，人人遵循之后成绩都可以提高，人人都得到相同结果的提升，从逻辑上来说不可能存在。预习的作用在于知己知彼，成竹在胸，复习的作用是查漏补缺，坐实根基。如果你是像我一样接受新鲜事物很快然而却粗枝大叶的人，就有必要把重心放在复习上，反之慢热型选手就有必要着重预习。复习笔记是巩固基础，如果你拿到题就蒙了，赶紧复习笔记，如果觉得做题的思路大概没问题结果考试时却错一堆，复习错题吧。因材施教、对症下药，方法都是人想出来的，分析分析自己的试卷看看为什么会有不完美的地方，自然就知道该怎么做了。最终效果很明显，把分数拿到手就可以了，当然如果你不满足可以选择譬如高等数学啊四级六级等难度更高的考试。

罗天创：预习的话有时间就做吧，其实我自己日常预习得不多。刚刚进入高一的时候建议预习一下化学，因为最开始可能进度会有点快。复习我个人觉得很有必要，平时最好要每天记复习笔记。有时间的话可以在自习课复习，如果时间紧张抽课间时间复习也可以。我习惯在改正错题的时候就多花一点时间，之后复习错题的时间可能不多。错题本不一定有必要，固然方便复习，但整理错题本还是比较费时间的。不如利用这整理的时间把错题熟练掌握。复习一是要记住细节处的那些必须记住的知识点，二是最好记住知识体系及框架，至少做到对笔记熟悉。其中，数学、物理的复习应当以练习为主，即重做错题、难题、经典题等。如果能通过复习使知识成体系就比较好了，这就需要多次的复习以及复习时注意联想、归纳。

奚海罡：当日复习当日完成，解决当日问题。

2.（1）怎样评价做题？（2）做新题与归纳整理怎么分配（高考与竞赛）？（3）

如何“归纳总结”错题、好题、经典方法？

王棋明：关于问题(1)(2)做题是必然的，之所以会觉得痛苦，是因为，比如说这类题不会做，第一次见它很痛苦，然后马马虎虎过了，第二次这道题换了个花样，又觉得犯迷糊，马马虎虎又过了，第三次、第四次……“子子孙孙无穷匮也”。所以说，每道题先坐实，再去做新题，先弄基础题再弄高难题。竞赛更是这样，竞赛我一开始完全是一道题都不会，后来我就发现人有这种心理——面对自己做不出的题，总想快点摆脱它，看看答案觉得有道理就走了。这其实是一种弱者心态，直面自己的无能，然后改变，就可以了。问题(3)至于怎么归纳总结，很简单，不看答案再做一遍，不会继续总结再做，会了接着做下一道。每道题都有每道题的精髓所在，就像人的灵魂，做多了之后就会感觉出来，这个时候根本不需要机械的归纳，自己做完题之后就会点评这道题出得怎么样。学到深处，自己出题完全没问题。再强调一遍，机械的方法可能的确有助于成绩的提高，但是会让你缺乏独立思考的能力，因此我更加崇尚一条学习的自我觉醒之路，自己认可的方法为上品。

罗天创：问题(1)(2)做题有必要，是提升熟练程度的重要方法。建议合理做题，一是有选择、有针对性；二是做题后注意归纳整理，力求有做题的效果。个人觉得应该以归纳整理为主，以新题作为补充。尤其到了高三后，新题的量已经比较大，不一定来得及归纳整理。而且如果以练习的方式来归纳整理，或许可以起到练新题的效果。这方面的心态可能需要有所调整。问题(3)归纳总结，就像我之前提到的一样，注意练习、理解、联系。

奚海罡：做题必须在之前的归纳整理前提下进行。

邱占萱：(1)(2)做题是必要的，而且是最后一步。我讲讲竞赛吧，就化学而言,看书一遍,记不到要点则看两遍、看三遍,记不到要点,还可以抄书抄要点,听说有“大神”看了十遍教材把封面和目录都翻烂了翻掉了。看完一个新的知识点做两三道题就好了。准备两年多,最后留下了一个多月才开始做套题。当然也有做题刷出来的“大神”(膜拜欧阳)。(3)我自己很少去总结,有时候不得不相信一个叫“题感”的东西,或许是因为奥赛的内容很灵活,去总结方法反而不太好。“高考党”就不用这样了,该怎样就怎样吧,相信你们的老师。

石宇堃:(1)不管高考还是竞赛都是逃不掉做题的,只是数量多和少,效率高和低的区别而已。(2)做新题的同时要归纳整理啊。比如高考一张卷子整理一次,竞赛一天整理一次什么的。(3)不知道,我有时候会在题目旁边写一写解题点,然后同类的见多了就会有方法了。

3.有愿意与我们分享的实际有效的好的学习方法吗?

王棋明:做自己以前做过的卷子——然后你就会发现,人不可能两次踏进相同的河流。也许当时自己做对的题现在反而不会,有时会觉得自己犯的错愚不可及,有时会觉得自己智商爆表,这么难的题当时都会做。温故而知新,这是很简单有效的方法。难在心理关,面对自己不如意的卷子总想逃避。有时候感觉心情不好的时候看看考得好的卷子,然后装作面前有一个同学,你给他讲解自己做得好在哪里,真的会有一种成就感,没错这就是精神胜利法。

奚海罡:随意好了……看自己情况吧,有的人适合什么方法都不用,一学就会。

邱占萱:每个十分钟的课间休息以及中午和晚上晚自习之前都要睡觉算

吗？我觉得这样的话下一节课、中午自习和下午第一节课和晚自习效率会特别高。

石宇堃:做题实际有效。但效果因人而异。

4.如何分配各科时间？可以透露一下自习安排吗？

王棋明:自己摸清状态自己找感觉。一个病人找上门来,大夫还可以察言观色,望闻问切诊断病情。但如果你直接问大夫——假如有个病人来找你,大夫你会怎么开药呢？这就真的有点滑稽了。原则就是,对于偏科的同学,在保证整体水平下,先补最容易提分的一科,一科坐实再补下一科,否则按下葫芦浮起瓢的情况很常见;整体不错的同学,先补成绩波动大的一科;整体不错加成绩稳定的同学,寻找提分潜力比较大的一科。总之,先保证整体不被拉下,再一科一科的来,不要急不要慌,哪怕六科都不好,一科一科提上来也不是不可能的,事实上经验表明数学提上来理科基本就好了。自习做作业看书,没什么特别的安排。我特别能知道自己现在处于什么状态,因此不需要什么刻板的规划,对症下药即可。

罗天创:仅从理科的角度。到了高中时间分配上普遍会以数理化生为主。语文和英语的时间可以保持在一定量,不一定多,但应坚持。而对于政史地,上课最好还是认真听,下来可以少花一点时间。

奚海罡:先完成作业然后再玩耍。

石宇堃:高一高二做完作业完事。高三语文英语平时做作业,考前多复习。英语做题。理科平时做题总结考前复习。

5.学习效率低怎么破?

王棋明:上课自习爱睡觉的建议不要再熬夜;上课自习想谈情说爱,想打游戏,各种原因开小差的,建议戒一段时间;单纯不想上课自习的建议找人谈谈心,建立起信心,越自卑的人越难敞开心扉,无论学习还是生活都是这样,需要一个主动突破;感觉智商不够用节奏跟不上的,笨鸟先飞勤能补拙,纯粹是懒的,借助家长老师同学的外力逼自己一下。各种综合征就各种手段综合治疗,总有一款适合你。另外明明知道学习效率低下,很着急,然而就是不行动不想干的,那真是无能为力了哦。

石宇堃:找个人和你一起学习……是真的在学习才行,这样至少不会太糟。

6.高中如何学好数学?

王棋明:高考数学,大部分题都有套路,套路搞清楚了就没问题。做题明确思路——也就是大框架,考点——也就是小细节。基础要掌握好,所谓基础不是死记硬背,首先知道有这个东西,然后知道这个东西是怎么推理出来的,然后知道怎么用,最后内化成考点。不可能会有叫你默写某某定理的数学题,因此背定理完全无益于考试拿分。比如说勾股定理,首先知道这么个东西,然后知道怎么拼图来推导,然后知道怎么用来求边长,最后看到直角就想到有这么个东西可以用,更深的是知道它是余弦定理的一个特殊情况,就掌握了。同时说一说,有天赋的同学,做题时多想一想出题人为什么这么出题;感觉自己比较吃力的,做题百遍,其义自现,做题破万卷,下笔如有神。我搞不清楚它怎么来的,我熟悉了怎么做总可以吧。

罗天创:高中数学和初中的差异很大。个人觉得重在理解方法,遇到相关题目不妨多体会体会。对于一些难题,可以多阅读体会优秀的解题步骤,用这种方法使自己学会更好地表达。

文科?理科?

1.如何选择文理科?

王棋明:这里有一个矛盾。有兴趣的不一定学得好,没有兴趣的不一定拿不到高分,我就不大喜欢学英语。因此,如果对某一方面兴趣浓厚,真心建议去学,对未来好处很大。如果只是一般的情况,考虑一下自己拿分的天赋,不要以为理科全靠理解,文科全靠背,两者都密不可分。一般高一还没有分科,自己觉得哪一方面更好拿分就学哪科。抽象一点,如果自己思维偏感性,学文科,偏理性学理科。最后最重要的其实大多数人文理天赋差不多,我大学学文科课程一样学得风生水起,选择了就不要后悔,瞻前顾后容易使心态失衡,一旦失败就归咎于选错了科。一般学竞赛的都会选择理科。

奚海罡:高一结束你自然就懂了。

石宇堃:一看兴趣,二看成绩。

2.文科就一定比理科差?出路差很多?学文科丢脸吗?

王棋明:典型的功利主义以及科别歧视。你要问出路,首先想一想你想要的出路是什么?是当一个社会精英,很体面然而每天身心俱疲?还是想要简单幸福温馨的小家庭？人各有志，但按照大众的价值观，也许学文科没有学理科那么容易找工作。但是你要有自己的想法，某大学的某专业只有一名学生，那个学生很丢脸吗？老师很丢脸吗？相反，坚持自己理想的人才是值得敬佩的。

潘晨希：胡说！

石宇堃：没人这么说，不清楚，文科不丢脸啊。

3.（准高一，参加学校的夏令营，可以理解为9月入学后受到了高中的当头一棒）目前学理科有些吃力，如课堂上反应慢，做题慢（但是思考久一点又有想法），是正常现象还是不适合理科？

王棋明：正常啊，当初我也是一脸懵，苦尽甘来啊。只要思想不滑坡，办法总比困难多。

罗天创：我觉得是正常现象，刚开始还没有适应，能通过长时间的思考取得突破，说明你应该有学习理科的能力，同时还具备了钻研问题的好习惯。我认为在这种情况下完全可以大胆地相信自己。

潘晨希：很正常啊，学习有个循序渐进的过程，看的书，刷的题多了，再进行总结，自然渐渐就有思路了，速度也会快起来。有些人的逻辑思维很强学理科占优势，但如果没有这样的头脑，就只能付出更多的努力。

石宇堃：学校夏令营其实是为了挑选精英（比如挑选竞赛选手）的教学，所以就算吃力也不一定是不适合理科。更重要的是你怎么能单凭这几十天的初次尝试就知道自己更适合文科还是理科呢？而且能自己想出来其实就不算太差，多想想就好。

唐何文嘉：因为上面的几个问题有所重叠，所以我放在一起回答。作为一个当年选择文科时“纠结到死”的人，这些问题我一定要回答。从小经常听到长辈们说“女孩子小时候成绩好，上了高中就不行了，都去读文科”之类的话，再加上自己成绩不差，所以一直对学文科有一种抵触情绪。直到高一下学期班主任找我谈分科问题之前，我都从来没有考虑过读文科。而在我选择文科之后，在走廊上碰到其他的同学时，仍然有人问我：“你成绩那么好为什么要读文科呢？”可见即使是现在，大家对文科的偏见也是客观存在的。那么文科到底怎样呢？

首先，有几点事实必须承认。第一是文科的专业选择范围比理科的确窄很多。尤其是专业的“技术”性不强，带来的直接后果是与工作的对口性不强，也就是很多人口中的“学文科找不到工作”。第二是在现在的很多学校中，文科都属于“弱势学科”，学校没有给予其与理科同等的重视，造成文科人数少，管理自由散漫的印象。第三是由于文科的门槛低，灵活性强的特点，有许多成绩较差的学生选择相对轻松的文科，造成“学文科的都是差生”的印象。

那么，文科就一定比理科差？学文科丢脸吗？当然不是。文科的优势有什么呢？首先，由于文科中文字学科的比重大，所以相对在高中三年中对文字信息的接收、筛选、处理的训练更多，需要口头表达的地方也更多，而这种阅读、写作、处理文字的能力和良好的表达能力是绝大多数工作岗位所必需的，因此这将成为文科生的一个隐形优势。其次，就一般情况而言，由于对政史地两年的系统学习，文科生的整体文化素养相对更高（当然，许多理科生也有很高的文化素养），这对一个人的影响是潜移默化的，无形中影响了人的世界观、价值观，也能提高人的生活质量。与此相对，高中所学习的理化生知识对于不从事相关专业的人而言则显得用处不那么大了。再者，由于文科的学科特点，文科的学习与时事政治，与社会、世界密不可分，这使一个人的视野更加开阔，也更能掌握时代、社会的发展趋势，因此常常有文科生头脑更灵活，对社会问题思考更深入的印象。由此可见，学习文科所带来的好处大多是软性的、隐性的，也许短时间内难以显现，但我认为这些素质正是一个人成为"人"的基本所在。

终于说到了文理科的选择问题。最重要也是首先要考虑的当然是个人的兴趣问题。如果你对文科或理科某一科有很强的兴趣，就直接选择，不必犹豫。也可以看看大学的专业，找一找自己感兴趣的专业，想想自己以后希望做怎样的工作，希望成为一个怎样的人。如果自己有想读的理科类专业，那就选择理科；如果对理科类专业都并不那么感兴趣，而自己的文科成绩又更有优势，那么不妨选择文科。当然，作为一个高一学生，你很可能对未来并不那么清楚，更多地考虑的是成绩问题，这当然也是重要的一方面。最简单的做法是文科成绩好读文科，理科成绩好读理科。但我并不建议这样做，最好能具体问题具体分析。由于现在的教育和工作情况，对于中等水平的学生而言，客观上理科生的竞争力更强。但同时由于文科生数量较少，在高考时有更大的机会脱颖而出。因此，如果仅仅考虑成绩，我个人的建议是：如果读文科有较大把握使你上更高一层次的大学，那么就选择文科；反之选择理科。当然如果你能够达到文科生中的一流水平，那么就坚定地选择文科吧。当然，选择文科不能忘记提升科学素养和训练逻辑思维，选择理科不能忘记丰厚文化积淀和提高表达能力。只要你足够优秀，不论文科还是理科，都能给你一片属于自己的舞台。

竞赛学习与自主招生

1.竞赛与高考的时间分配,如何平衡?发生冲突时优先选择谁,怎么办?

王棋明:就高考生而言,现在竞赛政策不大好,优先高考。但是从一个竞赛生的角度出发,不应该这么功利地看待问题。感性地说,竞赛真是一段很浪漫的经历,和谈恋爱有异曲同工之妙,差别在于竞赛在实际上有助于高考,然而谈恋爱并不一定。高一高二先稳住高考再谈竞赛,最后一考可以冲刺,听竞赛教练的安排,多咨询老师,现实风云变幻,需及时“见风使舵”。

郑洋:高考之余搞竞赛。搞竞赛也是一条路,看自己怎么选择。

罗天创:那还得看自己的能力和定位。我想说的是:最开始即使不认为自己会坚持学下去,还是可以先在竞赛中听一段时间,因为高一开始学习压力其实不是太大,在竞赛上面学一点还是有长远的好处的。竞赛中途还是不要轻言退出为好,可以适当地多花一点时间。有两方面的原因:一是第一遍学竞赛听不懂很正常,老师不一定打算让你完全理解,他们增大难度的目的可能是大量地筛选掉一些人,在这个时候不要因为听不太懂就否认自己;二是有人以高考分数下降为由退出竞赛,这时我建议你再看看有没有其他的原因,事实证明退出竞赛的同学高考成绩不一定会有直接提升,而竞赛带来的思维能力和知识储备的提升对高考是大有裨益的。如果竞赛中、学习上确实有很大困难,也不必太勉强自己。如果你坚持到了竞赛后期,与之前相反,你务必注意最好不要在竞赛上孤注一掷,高考不可放弃。总体而言,我认为学习竞赛的策略是:前期可以多在竞赛上投入,高考方面力求充分理解知识点,而重复性的练习可以稍微放松一些;竞赛结束后再抓紧练习,提升熟练程度,高考的总体水平不会很糟糕。

奚海罡:选定竞赛就认真搞,不然就退吧。

邱占萱:这个我很感同身受,一定要说说。我听二外的同学说他们竞赛不能占用高考的时间。但在我看来,竞赛就是另一次高考,不同的是,这是一次高风险高回报的高考。主科平时上课跟着老师走,但在竞赛结束前,课后没必要再做任何有关作业之外的练习了。除此之外的一切学习时间,甚至是主科老师上课给我们讲笑话的时间,都拿来去学竞赛。当然,该参加社团活动,该参加运动会,该排练缤纷节的时间就不要再时时刻刻想着学习了,别让竞赛和高考成为你高中生活的全部。当然了,这是我的观点,这种观点应该基于竞赛失败后,在剩下的几个月仍能把高考补起来的自信。所以,恰当评估自己的能力,了解自己的天赋,做出合适的选择。

潘晨希:除了在竞赛的大考之前优先选择竞赛,其余时间以高考为重。高考不是竞赛的退路,而应该是一条主路。如果竞赛没能成功,有出色的高考成绩依然可以上好大学。

石宇堃:首先你要明确自己是不是真的要赌竞赛这条路。如果是,那么毫无疑问应当优先选择竞赛(毕竟自己是“竞赛狗”),当断则断。到了高二没有所谓的平衡,两边都很紧张,只有优先选择一个。

2.如何在不影响平常学习的情况下准备自主招生?

郑洋:我们自招在高考后,高考前不用刻意准备,如果想准备可以多练练难题。

罗天创:在高一、高二可以了解自主招生的相关知识,以之为拓展思维和拔高学习难度的途径,这会有利于平常学习的进一步提高。想要参加自招正规培训可能还会经过老师的选拔,如果你能被选上,就不必太担心这对平常学习的影响。对于高三,我建议回归高考,不要过早地寄希望于自主招生为好。做更难的题不一定能使你在相对简单的题目上得心应手。

3.准高一,没有学科竞赛基础(没有预习过),但是热爱它,竞赛有望成功吗?

王棋明:现身说法。我是从区县来的,高中完全没有数学竞赛基础,稀里糊涂报了班,高一差不多混了一年,第二学期结束考了一次,成绩不太好,暑假冲刺了一下有了感觉,第一次考试一等奖压线,因为一等奖名额有限被刷成二等奖,第二次就进冬令营了。化热爱为动力,你爱它就会得到回报的。

郑洋:可以,那个时候我也没基础。

罗天创:这个问题其实和你选择的竞赛种类,和你怎么定义竞赛成功密切相关。在此不过多去谈。如果热爱,建议先自己试一试,之后怎么样再根据实际情况调整。

奚海罡:有希望,但是主要看天赋。

邱占萱:我和你真的好像,三年前,我准高一,没有学科竞赛基础(没有预习过),但是热爱它。

潘晨希:一切皆有可能,不仅取决于热爱程度,还有你的学习能力和毅力。我是从高一的暑假(准高二)开始学的生物竞赛。

石宇堃:当然有希望!没试过怎么知道?我本来只是想去玩玩的。

4.高一、高二时为竞赛应当做哪些准备?

王棋明:这个……教练比较专业,做题就对了。平面几何我就完全是做题做出来的。还有,要做好没有周末和假期的心理准备。

郑洋:大量练习啊,教练会说的。

奚海罡:问教练……

潘晨希:就生物竞赛来说,尽可能多看大学教材("多"包含广度和深度),抓稳基础。高考课程好好学,保持一个稳定的优秀的名次。锻炼高效的自学能力。

石宇堃:高一、高二说实话不是在做准备了——都走在这条路上了,认真听课,自己做题肯定都非常重要。

5.在竞赛中遇到大困难时怎么办?

王棋明:量力而行,能屈能伸大丈夫,该放弃就果断放弃。

郑洋:慢慢做,当作锻炼。

罗天创：这很正常，我觉得既可以独自解决，比如加大投入，调整方法，也可以找同学、老师讨论。学竞赛当然需要坚持和面对困难、瓶颈。

奚海罡：要么退，要么坚持下去。

邱占萱：你不会做的，很多人也不会做。有些人会做的，很多年都不会考。知道自己的差距，永远不会做到最好，也永远不可能是最差的一个。总之，摆正心态吧。

潘晨希：大困难？衡量自己的能力，与教练沟通，如果觉得有希望就继续奋斗，克服困难，如果觉得前途渺茫，趁早退出，回归常规课的学习。

石宇堃：调整心态，降低目标，相信自己的实力，不要过于关注一时的得失，要看到长期状态。必要时和老师交流，这很有帮助。不要轻言放弃，多寻求老师的意见。

朱子沛：北大心理系姚翔老师在重庆校友会的发言中提到了"自我效能"，即人对自己是否能够成功地进行某一成就行为的主观判断。一般来说，成功经验、做出有挑战性的成果会增强自我效能。因此，要更加对某件事有信心（比如学好竞赛、学好高考知识），最好的方法就是成功地完成它。为了度过这段成功前冷寂的时光，姚翔老师告诉我们——要有韧性，遇到困难咬牙上。至于有韧性、咬牙上的方向对不对，那就得各位自己思考或是与他人共同探讨了。

6.刚开始觉得竞赛很难，也考得不理想，但是有兴趣，能学好吗？

王棋明:同上,踏上这条路就全力一搏。

郑洋:可以的。

罗天创:是可以的。“刚开始觉得竞赛很难,也考得不理想”即使是高手也会有这样的问题。能不能学好还要看你之后的付出和努力。

奚海罡:有可能,不要急着退。

潘晨希:Again,取决于你的学习能力和努力程度。这个只有自己悟。

石宇堃:有兴趣是一方面,但是你的付出也是一方面。刚开始可能很多人都会觉得很难,但是要经过一段时间的努力尝试才可能有所改变。建议先坚持一段时间并抽空多去理解竞赛知识,而且数学、物理、化学竞赛一般都是考高考内容再考竞赛内容,所以通常不会有太大问题。

写在后面

恭喜你将要看完这篇连载四期的征文了！长舒了一口气吧？都忘了他们怎么回答的是吧？而你是否更加气愤:我辛辛苦苦看了那么久,就等着那个唯一的标准答案出现,结果你却扔给我八个不同的答案！我该如何是好？还说要看自己的情况,这种万能的“鸡汤”话简直……其实学弟学妹们提出的问题几乎都是“松散结构问题”,它们往往没有明显正确的答案。哪怕是专家、权威在面对许多“松散结构问题”时,也无法找到明确的解决方法——他们只能提出一些个人的看法,这些看法反映了个体的价值观、经历、信仰。

其实许多问题并没有肯定的答案，至少暂时如此。但我们仍需做出评判，而且可以比较各种评判的优劣程度——基于现有的信息，某些评判更有说服力、推理过程更有逻辑。因此，我们更应当感谢这些学长学姐们为我们提供了他们最真实的想法。因此，也希望大家尊重他们每一个人的发言。

这八位北大学子不尽相同的观点，会更大程度地避免我们在相同的声音中误入歧途。在与他们联系交流的过程中，我深深地感受到了他们的认真与优秀，并为能够和他们成为同学、校友、“邻居”而自豪。而在整理文稿时，我又似乎在编辑、拼凑、欣赏一个剧本，每个角色都是那么个性鲜明、可亲又可爱。真诚热忱的唐何文嘉念叨着“我一定要回答这个问题……一不小心写多了……你看看有不妥当的地方修改一下吧”；王棋明深夜两点半发来电子版回复，他妙语连珠、逻辑严密的文字让我五体投地；郑洋好似一位逸群之士，微信回复迅速但他的回答总让我有“寻隐者不遇”之感；罗天创的回答总是很温暖而详尽，给人许多鼓励；奚海罡的回答使我振聋发聩；多次把我折服的邱占萱大哥豪爽地发来一个可以做表情包的照片，并不厌其烦地向我解释他的回答的深意；机灵的潘晨希会用“胡说！”“我没有高考”，还有可以给飘柔做代言的秀发来“为自己代言”；还有认认真真、一丝不苟的石宇堃，他自愿回答了所有问题，答不上也会写道“我不知道额”……

北大的“思想自由，兼容并包”大概已经体现在这些即将踏入燕园的学子们身上了吧？北大令人神往的，不仅仅是她在中国的文科教育体系、理科教育体系、博雅教育体系中的地位，还有她图腾般的精神内涵。衷心希望这篇文章能够让还未高考的学弟学妹们向着好的、往上的路上走！

看到这儿，各位读者都累了吧？那我就以一个“鸡汤”作为结尾了。电影《史蒂夫·乔布斯》上映后，每个人都会对男主角的行为做出各种解读。但当你一味地把时间花在分析男主角的成败之处，整天空想着怎么学习他或是批判他时，可能你离男主角的境界就越来越远了。因为成败是自己走出来的，仅仅是参考别人而不有所行动，只是务虚不务实，是难以走出自己的道路的。我想男主角也不会一直花时间分析别人是如何成功的,估计他只会把时间花在研究如何创造出自己理想的新世界上。反正只要他通过持之以恒的努力创造出了新世界,他的一切行为都会被研究他的人判定为成功的办法。所以说,与其过于务虚只是研究别人如何成功,不如即刻务实去寻找、发现、并踏上属于自己的道路,做到了你自然就成功了。譬如这篇文章都没有人说好有文采,那你不妨就偏偏在评论中说:"透过作者提到的书籍和表面上稀松平常的文字,我认为作者其实是一个文采非常斐然的人!"

呵呵——这位读者,你若不是"犀利哥",就必定是作者请来的救兵吧?再次向为本文提供过帮助的所有人致谢!

北大等你来!

朱子沛:毕业于重庆市第八中学,就读于北京大学光华管理学院

谈谈矛盾

谢 添

引 言

劳君耳目,愧何如之!

人生才刚刚起步,谈不上成功或失败。只是忝为学长,有一些征途上的思考和有趣的回忆,值得对学弟学妹们讲述,供以参考。

如今,一旦把视野拉回到三年前,我就会发现自己进入了一个迥异又亲切的世界,如同溯流探源。在日复一日听着南开校歌缓步来去之际,改变,慢慢地发生了。诧异于昨天和今天几乎完全一样,但去年和今年已经大有不同。这正是我想说的,心困、虑衡之后的"作",和征色、发声之后的"喻"。有相伴始终的矛盾,有有始无终的矛盾,有聚而后散的矛盾,但不管如何,它是内心世界飞跃的引线,是成长的江流开辟成河床的泥沙。面对它们的时候,我才是我,我又才不是我。无须多想,不妨一个个地品味。

一、分数与学习的矛盾

没错,这成了矛盾。

这是一本难忘的书——《大卫·科波菲尔》。当语文老师在第一节课上,向我们推荐起教材后面的推荐书目的时候,我毫不犹豫地买来,兴致勃勃地开始读。排斥心当然难以避免,毕竟读起来不是想象的那样有魅力。基于一个很纯粹的念头——读了书可以提高语文成绩,我一直坚持着,慢慢还品出了不少趣味。可一天天过去之后,平时的作业压力已经很大,还要花很多的时间学习物理竞赛。更为困扰我的是,内心的怀疑慢慢浮出:像这样看书真的可以提高语文成绩吗,如果能,那是为什么?所以常常,我是掂量着这本厚重的大书,强烈暗示自己,这是名著,一定要攻克它,但又无可奈何,不知道该对它怎么办才好。

我对物理的珍爱始于对哲学的钟情。解决一个个物理问题时,我也满怀着自信和深情。于是没想太多,高中就毫不犹豫地选择了竞赛的道路。一开始的困难对我而言非同一般,因为我很强烈地意识到这将是一个与我现有的相比完全不同的思维空间。但最初高考内容压力不明显,热情和好奇心推动着我花很多时间和精力在物理上面。同样的,在强度加大之后,我逐渐产生了这样一个问题:为什么我要学物理竞赛,并且想要学好?我把问题说给了我颇为敬重的物理老师。他的回答触动我的一点是:可以对高考物理有帮助。这样的答案在较长一段时间里给了我推动力,但是仍然没有让我明白为什么自己一定要去学好。我反复问自己,这个学科对于我到底意味着什么?

南开中学的社团活动丰富多彩。开学后不久,社团招新的时候,我要做出自己的选择,是加入社团还是不加入,加入的话应该选什么。那时的自己视野相当狭窄,想法也很单纯:只要不打乱我正常的学习规律就是可以的。但当听说社团要求每周都有一定的时间去完成相应任务的时候,在观望之中,我选择缩回原来的框架里,不去做出突破。可一年之后回想起来,让人万分纠结的是,那些看似浪费的时间也不见得那么有价值,错失的许多乐趣足以让自己忽略掉这一个问题。在一个个刺激之下,我被迫主动思考,我想要的是什么,我该怎么办。我把学习摆在了在我看来应该在的位置上——塑造人。正因如此,我离不开学习,而学习却离得开学校,离得开课堂和考试。

于是我一直“忤逆”着学长学姐们的建议，每天中午、晚上睡前看的是我自己想看的一些书，而不是生物小贴士。因为从个人发展的角度看，学习一些其他的知识有利于促进思考，而读名著，则是一种个人修养、文化底蕴的难以名状的修炼。不在于它们对成绩有什么帮助，而是因为我在学课内知识的同时，需要这些养分。哪怕分数决定我能去哪所大学，以后从事哪种事业。如果我能一直这样做，我就能更多地开发自己，接近天赋让我应该走到的那个极限，而不会后悔。读《大卫·科波菲尔》就是我的开始。

物理，则毫无疑问是我生命中的必需，竞赛中的辛苦和困难也可以磨炼自己。不得不说，在我把它当作是我一生中不可或缺的事业的时候，我就愿意放弃很多，愿意受很多苦，来给自己鼓劲儿，掌握学习的主动权。

为错过而后悔之后，参加活动也成为我的正轨。为运动会、联赛我甘心花时间去享受，虽说加入社团迟，社团里的一些繁杂的事情也能让我兴奋。这使我心里洒满光明，就像打开了一扇门一样，光和热不知不觉地来了。

二、理科与文科的矛盾

相信这是我们这几届学生中相当常见的矛盾。

进入高二之前，文科理科的选择真真让我头疼。不比上一个，它俩完全是处于激烈斗争中的。当时我纠结的是，文科或许好学但是不一定能学好，学理科的信心还可以但可惜不是真爱。

当然也有突破口，因为那时自己想读哲学，直接纠结的是读理科好不好学哲学，障碍大不大。不过最初是这样单纯地想，后来越来越觉得这样也过于焦虑，毕竟到了那个时候想法会不会改变，也不得而知。正是这种放大的思路，给了我灵感。

好在，既然想到了人生的计划，那就想到了人生的理想和追求，想到自己想要什么。于是这个问题顺利归入上一个。自然科学的素养是我所不能舍去的，而高中的理科具有很大的启发意义，不可不学。无所谓，将来学什么都无所谓，至少我明白在那一个节点上，我应该向这一边转。

或许这就是“小事化大”的魅力吧！

三、实际与情怀的矛盾

这我最喜欢这个矛盾，经常和它纠缠。说说情怀吧。

情怀之一：语文。我始终觉得，语文是一种信仰，它唤起的是人骨骼中、神经中、肌肉中的呼吸。所以我一直觉得应该有情怀地学语文。踏实的功课当然要做，文言文字词，成语释义，要仔细地摘录，大阅读的积累，也要细细地做好。而情怀在于，要把它变得更美。比如早自习，只愿面朝树林放声诵背古诗文，而不是其他，并在心里默念“这才是语文嘛”。又比如考试答题卷，只愿真性情地写行书，毕竟写楷书就发掘不了那种“呼吸”了。而写作文时，不想寻章摘句地引用，只想用自己的语言讲明白自己的道理。这当然就要出点事了，比方说平时积累的素材早自习不读就不如别人那么熟悉，而作文题那种间隔的格子让我写行书不能更别扭，作文也难得高分。但是心里始终觉得，毕竟这是我选择的学习方法，可不能轻易放弃。于是一次次月考我就在行书与楷书之间变换，早自习铁了心就是不读素材，甚至下决心高考就写一篇纯议论文。不过最后还是心软了。楷书是吧？那就写楷书吧。读素材就读素材，反正也读不了几个月了，而且该用还得用。

没办法，情怀不得不给现实让路。

情怀之二：课间操和体育课。人人都说，体育锻炼可以提高大脑活力，对学生成长很有好处，而且也能强身健体。于是不管是课间操还是体育课，我都始终用这一点来说服自己不要去看书做题，尽力去享受运动。只是，这样的运动结束回教室后短时间内精神实在难以集中，而且有两次我还因为换衣服不及时而差点感冒。但是情怀告诉我,该享受运动的时候一定不能缚手缚脚,否则就变味了,也一定要坚信运动的功效不会被一点点副作用所掩盖。这一次,我没有妥协。后果呢?时间太短,尚不明确。

这样的例子还有很多很多。而往往我所经历的都是,情怀与实际不可兼得,有的时候是“求生以害仁”,有的时候是“杀生以成仁”。情怀指向的是一种底线,或者说是对生活的定位。本来面对的就是知之甚少的前景和未来,好多挫折都要靠信仰的支撑才得以从自己的方向突围。

请珍视心中的矛盾,那是属于你的渡船。

尾　声

燕园已经在招手,我这南开桃李湖的前浪就要启程,等待后浪们来未名湖涌动波澜!

谢添:毕业于南开中学,就读于北京大学光华管理学院

梦，开始

刘　妍

1062天前，我踏进了南开中学的校园。稚嫩的心，强烈地跳动着。抬头，夏日的骄阳穿过交织的绿叶，打在那几个至今滚烫的大字上："南开，梦开始的地方。"

一、选择：纵使痛苦，仍要坚定

还记得刚进南开中学时，我年级排名三百多。当时，我是没有自信的，可是仍坚持踏实学习，努力钻研，那些复杂的天体运动，那些永远记不住的化学方程式，困扰着我，也激励着我。从三百多名，到前一百名，再到高一期末的前五十名，我挑战着自己，也证明了自己。然而当时最棘手的问题，便是文理分科。我已经记不清当时的想法，只记得在将文科申请表装进信封时，我在颤抖。这信封，代表着暂别"理化生"的学习，开始"政史地"的旅程，更代表着与高一的同学们告别，去迎接另一个未知的集体。从最终的结果来看，大家都会说，你的选择是正确的，成功的。然而，在这艰难的两年文科学习中，我无数次地犹豫，无数次地后悔，而又有无数次地坚定，无数次地坚持。刚入高二，每当在复杂的历史材料中挣扎时，在看到自己政史成绩在及格边缘徘徊时，在"背了忘、忘了背"的失落时，我总在想，我的选择对了吗？这是适合我的吗？我能够做到吗？最失落的时候，也曾在深夜躲在被子里哭泣，对未来学习的迷茫,对自己能力的怀疑,就像乌云一样笼罩着我。那么,你们或许会问,既然说起来如此痛苦,你又是如何坚持并进步的呢?我的回答很简单:因为没有退路,没有后悔药,能改变现状的,只有努力。也不记得从何时起,我不再纠结是否选对了文科,而是纠结如何找到正确的方法学好每一科,也许正是从那时起,我的成绩也在一次次进步且稳定,我的心也更加坚定。许多学子可能都会像我一样在文理科中纠结,这时,可以问自己几个问题:我喜欢吗?我适合吗?我有信心学好吗?我会让自己后悔吗?如果,你已经做了选择,那么剩下的就是,坚定,坚持。正如汪国真曾言:既然选择了远方,便只顾风雨兼程。

二、学校:既是学习,也是生活

我从小便喜欢参加学校班级中的各项活动,说好听点叫活跃,说难听点叫贪玩。在南开学习生活的三年,各项活动我都不曾缺席。高一的篮球联赛,我为得分,手臂摔伤也不曾叫苦;高二的足球联赛,我组建啦啦队、编排啦啦操,为班上的健将们加油助威;运动会三人健美操,我们利用课余时间自编自排,最终夺得全校第八名的好成绩;学校自编操比赛,我与另外两名同学一起编排、带领大家不断练习,最终班级获得了一等奖;在五云山寨活动周,我作为班长带领大家搞活动,同学们又唱又跳,那个欢乐的夜晚是我最美好的回忆之一;高三的排球赛也与同学们一同练习,排球场上挥洒的汗水,是我们青春激情的见证……学校,是学习的地方,每天从7:20到22:00,我们怀着梦想埋头苦干着。然而,学校,也是生活的地方,生活离不开友情,离不开欢笑,更离不开一颗热情的心。许多人都曾问我,为什么参加这么多活动,学习却还能这么好。其实我无法给出答案,因为人各有异。就我个人而言,就是要在心里明白什么时候该做什么事,对时间和精力要有合理的安排。举个例子,如果明天要考试,那么今天就静下心来学习复习,专心备考;如果昨天刚考完试,那就换上运动装,开开心心去排球场打个痛快,绝不牵挂考试的得失。在学习与课外活动中找到平衡点,这确实很难,但也绝非不可能。南开中学给我的最大收获,不只是高考令人满意的分数,还有在学习生活中锻炼的组织领导能力、与同学们结下的深挚友谊和形成的积极多元的世界观与价值观。

三、高三:调整状态,积极面对

如果要我用一句话来形容我的高三,那便是:时而天堂,时而地狱。高三上学期,我的成绩很不稳定。考好的时候,情绪高涨,学习也有劲头;成绩下滑的时候,我就陷入迷茫,开始怀疑自己的实力。在经历过好几次这样的打磨后,我渐渐放宽了心,或许就是所谓的"考试太多,已经麻木了"吧。高三下学期,我脑中想的都是如何找到自己的问题,然后立即去解决它,千万不能拖到第二天。成绩依旧小小起伏,可总体上却渐渐进步。所有的进步都源自每一次痛苦时的坚持再坚持,而高三,就是一个历练的过程,十个月的奋战,我的抗压能力也逐步增强。所谓调整状态,就是少想,多做。少想那些还未到的事,多做手边眼前的实事。不管考好考差,都是为了在高考前弥补缺漏、积累经验。所以,将高三的一次次考试当作检验自己的工具,积极面对成绩,对自己有信心。要相信一句话:美好的结果总是水到渠成的。

没有哪一条路能让南开人望而却步。北大,给了我梦想;南开中学,是我实现梦想的地方。从南到北,变的是环境,是任务,是不同的人生体验;不变的,是一颗怀揣梦想的年轻的心。南开中学的青葱岁月渐行渐远;北大,新的篇章,新的梦,开始了……

刘妍:毕业于重庆市南开中学,就读于北京大学光华管理学院

北大博雅计划及光华专业面试心得

曾心怡

学弟学妹们好，我叫曾心怡，是2017级的毕业生，获得了博雅计划优秀的认定及40分的降分，参加光华的专业面试获得了30分的降分录取。作为一位高考失利的学生，对于博雅计划我是心存感激的，是它让我圆了我12年来不变的梦想，圆梦北大，圆梦光华。所以我也有一些心得与大家分享，不求对大家有很大帮助，只要大家能从我的经历中吸取到一点点的经验或者是教训，我就心满意足了。

我把我想说的分成三点：关于高考后备战博雅计划的心态，关于博雅优秀的面试，关于光华专业面试。

关于高考后备战博雅的心态

大家都知道，博雅计划的面试在高考后几天，8号晚上在大家都在狂欢的时候，我就已经开始在南开中学上起了晚自习。

首先是一定要摆正心态。我高三时的老师吕老师说，越优秀越折腾，你要知道你有机会坐在这里备战高考后的又一轮考试，是你优秀的表现，一定要积极地应对，不要有烦躁的心理。要知道，你来参加博雅计划的考试，是多少人梦寐以求的，也是你高考前努力争取来的机会，也许它的结果会是你高考时候的救命稻草（比如我……）。所以，一定不要因为高考完了就放松了，甚至不想考了。这是极其错误的！一定要积极备考。

关于博雅优秀的面试

博雅优秀的面试分为数学面试、物理面试和综合面试。

首先老师会把你安置到一个大房子里备考，不会给题目，不能带手机，但你可以带资料进去看，我的建议是一定要带一些东西进去看，因为可能会等很久会很无聊。像我就是分到了最后一组，从一点钟等到三点钟才开始面试。

然后就会把你带进备考教室，老师会发给你一道物理题和一道数学题。关于解题我就不多说了。我想说的是关于题目难度和心态的问题。

我觉得题目分为两种：一种是大家都可以解出来的，一种是大多数人都解不出来的。

我们面试的上午就是那种特别特别难的题。下午就是大家都认为很简单的题。如果你遇到很简单的题，当然是要全力以赴，把思路理清楚。你在给教授讲的时候，教授可能会追问，所以你要想一想他会追问哪些问题。不要到时候慌忙尴尬。

而遇到那种特别难的题，有可能是在考你的心理抗压能力。这时候不要心慌，自己能想到的尽量理出来，如果实在不会还可以委婉地向教授请教。比如"教授，我的思路真的不是很清楚，您可否我提示我一下？"

而你遇到的数学系教授可能就会比较冷淡，物理系的则可能比较幽默。不管遇到什么样的教授，都不要怕，重要的不是你解没解出这道题，而是你能否在教授的引导下学到一些东西。

综合面试我遇到的题目就比较简单。像我之前准备的社会热点问题，老师一个都没问，只从我的个人简历中问了一些问题，所以你一定要熟悉自己的个人简历。如果有"夸大其词"的，一定要先想好怎么应对。

关于光华的专业面试

对于这个面试，我真的是非常感激。因为我的高考分数是670分。如果光华没有降分，能够选到的专业可能就比较少。但我有光华30分的降分。加起来有700分，也就是说如果加起来的分数上了北大的线，你就能上光华。对于我来说就是天上地下的区别啊，所以这个降分真的是我的救命稻草。

关于这根救命稻草，也不是那么容易拿到的……要知道，只有博雅计划面试获优秀并且第一志愿填光华才有机会参加光华的专业面试，所以你要全力以赴，但是如果没能拿到降分，也不要太过伤心。要摆正心态，积极争取。下面进入正题。

光华的面试分为小组和个人(哪个在前不一定，要看老师的安排)。光华的面试进场时间是上午11点，学院会提供午餐。可能会在下午2点左右开始面试，一定要抓紧这段时间熟悉你的小伙伴，记住对方的名字，多聊聊天，不仅可以缓解紧张的气氛，还可以使你们的交流更加无障碍，对后来的小组面试更有利。

小组面试就是教授会给你一道题，然后你们有45分钟的时间来讨论加汇报。

讨论教授不会参与，但会在旁边看。这个时候他们想看到的是你们的团队合作能力，以及个人敢于质疑、敢于提出自己看法。要注意你的队友不是你的对手，不要一心想着怎么去反驳他，当然他有不对的地方，你也一定要据理力争。因为最后的评分是小组评分。像我之前看到2016级的学长写过的关于小组面试的几个角色，我这里就不一一赘述了，大家可以看一下以前的文章。我当时当的是Time keeper的角色，我觉得Time keeper和Leader都比较容易出彩。你如果选择了Time keeper就要控制好谈话进程，要控制讨论时间在35分钟左右，并且如果你发现哪个同学的谈话在不断地重复，就要有礼貌地打断他。还可以提醒语速太慢的同学加快语速，等等。总之，要做到有礼貌地控制谈话进程。

还有，个人觉得，“为了大我牺牲小我”的精神，教授也是赞同的。比如当时我们组最后准备每人再次陈述意见，最后汇总时，就只剩几分钟了，我就主动说我和上一位同学不说了，直接进入汇报环节。我觉得可能这也是一个加分项吧。当然，不要故意这样做，我是迫不得已，能发言还是一定要发言，发言一定要是新的想法，有逻辑，不要啰唆重复。

个人面试就和一些社会热点、价值取向有关，相信大家在准备博雅计划综合面试时已经准备得比较充分了。我也不再多说。总之要有自信、微笑、与教授有眼神交流。

好啦。以上就是我的个人经验，希望可以对大家有一点点帮助。

曾心怡：毕业于重庆市南开中学，就读于北京大学光华管理学院

我的筑梦之旅

陈　彦

其实我本来以为自己没什么可写的,可思绪一打开,那些记忆深处的东西像潮水一般涌来,于是便想,不妨拾一下回忆,珍藏一下过去的十八年。

初闻燕园,心系北大

"北大清华,中国最好的两所大学!"第一次听到北大,是从爷爷口中听到的这句话。山村的环境相对闭塞,如果不是靠家里的那台旧电视机,我的视野也许仅仅局限于此,自然不会知道北大之名。受"读书才有出息"的思想影响,家里的人格外重视读书,我也因此得以在老人们的闲聊中得知北大这所中国的顶尖高校。

那时候的我只是模模糊糊地感到北大的遥远,仿佛是天上的月亮,可望而不可即。但毕竟是小孩心性,我豪情满怀地告诉家里人:"我就是北大的苗子。"这句话我至今记忆犹新,依稀记得爷爷当时只是笑着说:"那你以后可得努力啊。"一晃十年已过,也许是造化弄人,当年戏言已成真,而爷爷却再也没机会看我踏进北大的校门。

进入二中,为梦起航

我真正觉得北大不像以前那么遥远,是从进入高中开始。我的小学和初中学校在万州并不出色,中考的成绩在万州也排不上号,更不用说整个重庆。那时候想,也许命运注定我与北大无缘,梦想终究只能是梦想。然而,正当我准备接受这一现实时,上天又给了我希望。进入二中后的第一次月考,我考到了年级第三名,这个成绩对当时的我来说绝对是一个巨大的惊喜,它意味着自己有了机会,一个圆梦的机会。后来我又从我班主任那里了解到北大清华对农村学生的优惠政策,那时候我内心只有一个想法——绝对不能错过这么好的机会,否则我真的会后悔一辈子。

于是我开始了我的高中生涯,投入到繁忙紧张的学习中去。因为在二中,学习氛围十分浓烈,老师们都很认真负责,同学之间也相处融洽,这确实是我理想的高中生活。我以前一直有些自卑,有些内向,但渐渐的,我开始享受这段高中时光,在同学们的欢声笑语中向着自己的梦想一步一步前进。

说到学习,虽然同学们老师们都说我智商高,但我知道自己的能力:我并不属于特别聪明的学生,哪怕到现在我依然是这么认为。因为很多时候我的节奏永远慢半拍,课堂上如此,考试时也如此。课上,老师提的问题,班上很多人都明白了,而我还盯着题目内心茫然。考试时真正的"学霸"早已提前半小时做完试卷,而我却磨蹭到最后,甚至会做不完。当然,我也有我的优势。我会思考总结,很多课上不懂的问题,我下来后会彻底弄懂。我并不喜欢问老师,除非自己实在是想不出来。也许正因为我喜欢思考,才弥补了我的不足——虽然我学得比别人慢,但我可以掌握得比别人好;虽然我有时做不完试卷,但我可以将做了的题做到基本不丢分。考试考的并不是智商,而是仔细程度,是平时的积累。

高中的另一个回忆便是自主招生的准备了。记得高一时年级选了几十个人培训物理,高二时数学也开始加入培训内容,高三时等竞赛结束后直到高考都没接触过自主招生。当然,由于学校并没有自主招生的经验,师资、方法、培训时间都跟主城学校没得比,记得当时一周只有两节培训课(由于各种原因有时还会取消),课后基本就没准备过自招,所以当时只觉得完全入不了门。后来,寒暑假时,我们会去主城参加自主招生培训,渐渐地有了感觉,虽然对付竞赛还远远不够,但面对自主招生也算是有了底气。当时并不会想到,我所有的付出都会在那个关键的六月化为最暖心的回报。

高三低谷,涅槃重生

高一高二两年,我是在平淡中度过的,学习成绩一直稳定在年级前几名,我知道只要我能将它保持到高考,我极有可能实现梦想。然而,命运又和我开了一个玩笑。也许是以前的问题彻底暴露的缘故,也许是刚进入高三的不适应,我的低谷不期而至,于是我陷入了持续整整一个学期的压抑。高三的第一次月考成绩不理想,我对自己说没关系,第二次不理想,我安慰自己要沉住气,第三次、第四次的连续挫折,让我彻底失去了冷静。因为一直憧憬北大,所以当时的自己只有一种梦将醒来,北大于我只是虚幻的感觉。那段时间我甚至对考试产生了畏惧感。因为太在乎,所以更害怕。害怕北大只是梦,害怕让老师失望,害怕看到一直相信与支持自己的父母眼中的遗憾。这种压抑一直持续到了"一诊"考试。记得"一诊"考完那天,自己对完答案估完分后,看着那可怜的数字,只觉得心里堵得慌。我只记得当天晚上发了很久的呆,充斥在胸膛里的,有遗憾,有不甘。"一诊"成绩出来时,我正在重庆参加自主招生培训。当我知道自己进入了万州区前五的时候,只觉得压了我整整一个学期的大山终于消失了,毕竟这个成绩,对于当时的我来说,是一个莫大的安慰。

也许是一个学期的低谷,也许是来自老师们和同学们的安慰,我开始重新调整自己对学习、对考试的心态。我以前太在乎成绩,太在乎结果,所以会接二连三地考差。高三下学期，我开始不去想成绩，每天只想自己又知道了什么易错点，又问了哪些题，又懂了什么……也许是由于每天只关注自己的进步，我开始在忙碌的时间中享受那种充实的感觉。考试中也是一样，我不再为成绩而忧心忡忡，我脑子里想的只是：现在我的唯一任务便是面前这张试卷，把它当作一个平台，我要做的只是竭尽全力，呈现一份最完美的试卷，这样想之后，即便有做不来的题，我也不会有什么遗憾了。当我真正沉下心来，才发现自己可以做得很好。也许正是这种心态，让我高三下学期的成绩基本稳定，让我能够涅槃重生。

火红六月，筑梦北大

这个六月也许会是我一生中最难忘的一个六月，这个六月有太多的惊喜。首先面临的是高考。我曾想过我会在高考前彻夜难眠，也曾想过在考场上瑟瑟发抖，但它真正来临时，一切却是出人意料的平静。我仍和平时考试时一样，考前一样的复习，考场上认真仔细。当我考完最后一科英语时，才后知后觉高考结束了。当时觉得自己发挥得还正常，但本来可以做得更好。后来我想，发挥正常对我来说已经算是最好的消息了，因为我将状态保持到了高考，起码不会有太多遗憾。

然而，高考之后，前方还有一个大挑战在等着我——自主招生。8号晚上6点考完，7点便开始自主招生培训，第二天又直飞北京，我和几位同学一起，参加了北大、清华的自主招生考试。经历了北大博雅计划和筑梦计划紧张的笔试、面试、体测之后，我一直绷着的弦才松了下来。当时我想的是：我能做的都已经做了，无论什么结果，我都要坦然接受。

等待是一个很难熬的过程，毕竟不到最后一刻，没有谁猜得到结果。终于，6月22日，我等来了北大博雅计划和筑梦计划的结果。我当时表现得很平静，但只有我自己知道我内心有多激动，因为这意味着我的梦想即将变成现实。也许正是筑梦计划结果带来的惊喜,等我查到高考成绩时,虽然结果比我预估的要高几分,但我并不是特别激动。不过还是松了一口气,终究没有让各位老师失望,终究没有辜负一班,终究没有辜负父母,终究没有辜负自己。

如果三年前有人告诉我,我会进入北大光华管理学院,我只会把其当成一份祝愿,仅此而已。但梦想总会创造出奇迹,人生从来没有不可能。所以,相信自己,相信未来。

谨以此纪念我的筑梦之旅。

陈彦:毕业于重庆市万州区第二高级中学,就读于北京大学光华管理学院

花园内外

刘之铭

经历、情感和语言可以相似,但绝不相同。

——题记

从高中到大学,最后走入社会,就像从花园到国家公园,再到真正的野生丛林。作为祖国花朵的我们自然已经被花园精心培养了一番,将要走进广阔的“国家公园”——美丽的燕园,而这离不开高中这个花园。

花园内:争奇斗艳仍互助和谐

小小的花盆中少有抢营养的竞争对手,但是繁复的花园里不可避免地存在竞争。幸运的是,争奇斗艳从来不是我们生活的主流。不会忘记我看着同桌比我高的分数直白地给他说“我没考好不高兴”,也不会忘记朋友扯着我问了一晚上的英语问题。积羽沉舟,群轻折轴,有人说高三让人疯狂的不是一次考得很差,而是多次考得普普通通。同样,高中让人快乐充实的不是一次考得特别好,而是经年累日身处花园的幸福累积。

离开花园之后,很多人都说犹记得谁对我的好,只记得美好瞬间。谁又给我讲题了,谁又关心过我,还有我们独有的段子。其实说简单一点,我所珍视的,我所看重的,我所刻骨铭心的,不过是“陪伴”二字。不管是什么品种的花,还是辛劳的园丁,我都珍重那份真挚纯净的陪伴的感觉。没有争得头破血流,没有什么钩心斗角,就是最简单的一句话,无论我是否需要你的帮助,你都在我身边。在蒲泊看来:“乐趣不在人们手中,就在人们眼中。”比如我眼中有一个痛快干脆的转身,从未被我忘记。某次月考之后,天气很好,但我很是烦躁,自然是因为没有发挥好。教室里人不多,我想找人和我一起跑步谈心,又不想打扰正学习的同学们,就一个人慢慢走向操场。路上碰到了去教室的朋友,随意跟她聊了两句“我要去跑步散心”之类的话,然后她就转身跟我走了。那一瞬间,我简直受宠若惊,感觉我的同学就是上天给我的礼物,每拆开一个都是惊喜。最后她跟我聊了一上午。也许我们比很多人都要看重成绩,但我们也比很多人都懂得如何让整个花园芬芳。

花园外:满心憧憬渴望挑战

对我来说,花园之外是我憧憬的燕园。我眼中的燕园比小小的花园更加美丽,更加迷人。第一次靠近神圣的“国家公园”时是2009年。是不是觉得这个情节很熟悉啊?很多同学都在遥远的童年去过燕园,但我那时总觉得自己一定走错地方了,因为没有看到“北大”四个字。

不过遥远的记忆都是浮云,我初步接近北大是在高二吧,因暑期学堂和北大结缘。当时觉得这个校园还可以,就是走路需要高德地图。后来高三时,北大就频频出现在我的生活里了,因为北大的校徽被做大了贴在教室后面。高三有段时间,我学得越多,越觉得自己有很多还没学到,越觉得自己离北大很遥远。特别是后来在北京结识了很多其他省市的优秀同学之后,我觉得自己就像井底之蛙,在小花园里不曾见过相当剽悍的“霸王花”。转头再想一想,难道这不正是我应该努力的理由吗?既然想获得“国家公园”的门票,那就得让自己稀奇特别一点点啊。虽然高三后期大学们是不会打扰我们认真复习的,但是不得不承认燕园所传递的情感是我高三必不可缺的精神动力。

花园和“国家公园”的比喻似乎有点奇怪，毕竟高中和大学充满人类的智慧，而非仅仅鬼斧神工。但我只是想比喻我从巴蜀最终走向燕园的经历，希望我的学弟学妹们不论在哪个花园里都能健康地长大，都能有幸一览燕园风光。

刘之铭：2017年重庆市高考文科第一名，毕业于重庆市巴蜀中学，就读于北京大学光华管理学院

缘起巴蜀，圆梦北大

刘诗琪

回想起来，我的整个高中，还算是圆满。尽管有潮起潮落，但总归是一路向前，义无反顾地向那个梦想的目标前进。当然，最让我难以忘怀的，还是那些穿插在这漫长的三年里的一个个短暂的瞬间。

当我第一次踏进高中教室时，周围正是人来人往，我颇有些不知所措之时，身后传来了一句久违的问候："哟，好久不见啊。"

当我第一次听发哥讲话时，他是这样自我介绍的："我是你们的班主任，你们可以叫我发哥，也可以叫我小强。"

当我第一次入住寝室时，我也曾因为怕生而在寝室门外盘旋，久久不敢进入。

于我，高中三年，有太多太多值得铭记的第一次。而撇开因初遇而带来的惊艳，在巴蜀的时光还带给我更多别样的惊喜。

还记得高三一整年的每一个大课间，我都会揣着生物书来到四楼的走廊，把书放下，安安静静地背书。恰巧，我对面，便是一棵参天的古木。因为它的陪伴，原本枯燥的背书环节，却成了我一整天最享受的时候——看着它的新芽一点点生长，新生的叶片一点点铺成网，还有爬山虎在墙面上一点点蔓延，以及旁边那一簇我叫不出名的花朵一点点地绽放。守望着它们，我仿佛也看到了自己的成长。春夏秋冬，也不再只是几个字而已了。

还记得每天的中午和傍晚，我都会在内心不断地祈祷着老师不要拖堂，待下课后便拉开椅凳，跑出教室，穿插在人群之中，不停地变向，加速，超越，只是为了能在食堂拥挤起来之前打到一份饭菜，然后在大快朵颐之余开始和饭友聊东聊西，享受着一天中这为数不多的自由时光。

还记得每周六的晚上，无论学业有多么紧张，我都会雷打不动地在九点半离开教室，来到操场，开始我一周一次的散步，此时操场上人并不多，往往有老爸相伴。接下来的一个小时，或是静静地听着音乐，或许是与老爸聊一聊最近学业上的收获与困惑，时间不长，却是我一周不可或缺的一段时光。用一句文艺一点的话总结：生活，不只是眼前的学业，还有明月与耳畔的音乐。

那么，过去的我、现在的我和将来的我与燕园，又会有怎样的故事？我或许该从六年前谈起，抑或者从一个月前。

于我，北大一直都是我奋斗的目标。撇开小时候不无兴奋地与小伙伴闲谈日后究竟在北清之间如何取舍的懵懂不谈，我与她的相遇，应该是缘起于六年前小学时的毕业旅行。燕园的图书馆、未名湖、博雅塔在那时便已经在我脑海里播下了对北大蒙眬思绪的种子。只是，之后几年“北大”这两个字又再一次隐藏到了我记忆的角落，我当然也在学习疲累时畅想过自己的大学生活，也期盼过自己能够收到北大的录取通知书，但这些终究太过缥缈。

因此，当我再一次来到北大时，我与北大的故事，方才算得上是真正的开始——我与她，从相遇到相知。

初进北大，我便被她的美丽所震撼。再进燕园，我依旧被她那深厚的底蕴所深深折服。苍劲的古树与平整的草坪，古朴的阁楼与现代化的教学楼，新与旧的碰撞反而交融出全新的韵味。行至未名湖畔，已近傍晚。落日的余晖将湖面点染成金色，随着湖面的涟漪变幻出各式的花纹。站在湖边环望，一塔湖景，亭台楼阁，绰约可见，美不胜收。沿着校园的道路行走，周围人声嘈杂，湖畔亦时不时传来叶片摩挲的声音，但我却感到心中异常的宁静，仿佛自己正如僧侣般走在一条朝圣的道路之上。

也许，这便是燕园独特的魅力。在这里，我可以与最优秀的同龄人一起前进，与最顶尖的老师进行交流。真是想着都让人觉得心潮澎湃。突然间，我觉得自己之前三年的努力是值得的。至少，它让我有机会去选择自己的未来。北大,已经从小时候求之不得的漫思,落地成一个真实的憧憬。

而燕园自身的气质,或许是我备考博雅计划面试时最大的动力。学风之自由,是短短几天的面试期间我对燕园学长、学姐们最为直观的印象。夜间在校园里漫步时,看着学长、学姐们抱着书本来来往往,这般充实的生活让我不禁对自己的大学生活更添了几分期待。深夜灯火辉煌的教学楼,无声地诉说着一个又一个年轻的梦想。也许,有能力,有机会去追逐自己的目标,同样是我倾尽全力拼搏的意义所在吧。

而之后的面试环节同样给我带来了惊喜,当我绞尽脑汁思索究竟会遇到怎样的题目时,却不料连考题的形式本身都有了巨大的改变。这一次,是我拿起了粉笔,站上了讲台,开始讲解自己的思路。而后续的综合面试,更是如同与长辈谈心一般。面容和蔼的三位教授和我聊起了自己的未来,以至于到最后,我都忘记了这是一场考试,而把它当成了与老师们的一次愉快的交流。燕园师长,如同亲人一般,关注着你的成长。

在这里,我有一种回家的感觉。我知道,我已然寻找到了自己真正的归宿与栖息地。尽管会有新的挑战——全新的学习时间安排、全新的课程、全新的环境,一切都已大不相同。但自然也有不同的期待——每天初升的朝阳,夜晚头顶的星空,未名湖畔的耳语。尽管我熟悉的周围又一次变得模糊而陌生起来,但我知道,那个曾经不断拼搏,不断前进的自己,从来都没有变过。

正如我与燕园,尽管我也许只是燕园里一个平凡的存在,尽管我与它从相识到相知不过一月,但谁又知道,之后的几年里,我与它之间又会发生哪些精彩的故事呢?

虽是未知,我亦满怀期待。

行囊备好,此去精彩纷呈。

与君共勉,一同前行。

刘诗琪:毕业于重庆市巴蜀中学,就读于北京大学光华管理学院

跨科学类

元培学院

元培学院前身是2001年北大成立的元培计划实验班，是在北大积极承担新时期中国高等教育体制改革重任，探索新时期中国综合性高水平研究型大学本科人才培养新模式的背景下诞生的具有示范性的优质本科教学基地。

学院以北大老校长蔡元培先生的名字命名，借鉴世界优秀大学的成功经验，坚持贯彻加强基础、促进交叉、尊重选择、卓越教学的方针，建立起一套中国特色的博雅教育计划和北大风格的本科人才培养模式，学院旨在以先进的培养理念和优质的教研力量，培养具有爱国情怀、国际视野、创新精神和实践能力，各行各业的新时期高素质领军人才。

元培学院尊重学生的自由选择。元培学生可在学校教学资源允许的条件下，自由选择全校各个专业的任意课程。在对北大的学科状况、专业设置、培养目标有所了解后，元培学生于第三学期在导师指导下根据能力和志趣在全校范围自主选择专业。同时，元培学院整合全校优质教育资源，设立跨学科专业，为学生的自由发展提供更多可能。目前已经开始招生的跨学科专业有“古生物学”“政治学、经济学与哲学”“外国语言与外国历史”“整合科学”和“数据科学与大数据技术”专业，独有的跨学科专业为元培人提供了更丰富的专业选择。

On the trails to our dream

李相廷

同学们好，作为南开中学2016级毕业生，以及北大的新生，我非常高兴能有这样的机会跟大家聊一聊。

事实上本文并不是正式提交的作品，但是考虑到原文过长，而且是以英语写成，较为严肃，所以我把这个小短文放在这里当作引文，若各位有意锻炼自己的英语水平，就请看后文吧。

起初拿到这个题目的时候我感到很难下手。

首先是写作意图比较难以揣测，一方面如果要给学弟学妹们一些学习方面的建议，那么很大程度上自我介绍啊、文采啊，包括图片实在是多余的东西（但是一般要求包括在文章内）；另一方面如果要讨论自己报考北大的心路历程，可能这个话题未必为读者所喜，况且我一直怀揣着科研梦想，既不曾为成绩所限，又有国家优惠的政策、加速发展的科研条件，因而一直一根筋地走过来，其历程三言两语即可道尽，也绝非引人入胜的大冒险。其次是自己作为一个直来直去的理科生，文采有限。

所以联系到最近自修的英语，特意选择以英文的形式写作，其内容基本上涉及之前所提及的两大主题，主要是结合生活中的一些经历和体验，阐述对后辈们高中生活的建议。

由于写作时间较为仓促，有些内容表述不够完整，也希望读者们能够理解。

PREFACE

A way rushed the three years of my senior school life, during which process the spiritual status and the attitude to study of me were constantly reshaped and progressed, making me a bit more full-fledged. In effect, there were innumerable setbacks that befell me, nevertheless, the prevailing idea that study is of supreme value propelled me to move on and cultivate all my potential to dig out efficacious ways of learning to be applied. Frankly speaking, the whole process, as I preliminarily contrived, should have deserved thousands of lines depicting the onerous cycles of fails and efforts, though actually, as is often the case, the recipe for success is always easier said than done. To be concise, all success stems from one's keen focus and veracious tenacity. Eventually, I blazed my trail to Peking University. Today, I stand on the threshold of college, reminiscing about all the golden days. Those miscellaneous sentiments of sweetness and bitterness, which stir up the moral reflection that life is made up of sobs, sniffs and smiles, with sniffs predominating, flood my mind.

A SPECIAL PART

This work is written in response to a special program launched by Peking University, whose intention, I guess, is to entail more excellent students to enroll in PKU, instead of the university across the street. Though, as far as I've seen, the two universities are to a high extent similar in qualities other than disciplines. My visceral advice for you is to follow your long-held dreams, if any, and to keep sober and sustain your subjective judgement. Only so will you not regret over the decision you will have made.

PART I: What your secondary school has rendered you?

Immediately after the College Entrance Examination, some schoolmates and I were taken to Beijing for comprehensive interviews in PKU and THU, where I was encountered with an imposing question that is written as the title of this part, my answer to which makes me feel regretful hitherto. Being "tortured" in the one year's so-called senior-three purgatory, I then replied instantaneously that Nankai has somehow turned towards examination-oriented education, which is characterized by blizzards of exams and numerous quizzes. However, as time eludes furtively and experience accumulates, I've come to realize more than ever what my senior life has given me, whose influence definitely goes beyond merely exam skills and relatively high scores.

One of the proof occurred when my family drove out this vacation. We were on an unfamiliar, straight path accompanied by zephyr and flowers, with cypresses lined along the road casting jocund shade on our car and mind. Under such delightful circumstances, the reminiscent of a music class introducing the Gregorian Chants suddenly struck me, and then the sacred and sedate chants lingered around us. The holy scenery fabulously rendered, the chants were harmonious interpretations of our pilgrimage-like moods. Were it not for the senior high school's curriculum in music, it wouldn't have been a catharsis for all of us. This experience of mine illuminates a shadowed fact that education has more to do with the comprehensive development of a person, and life, correspondingly, often lays more importance on these qualities, such as aesthetical and musical understanding, rather than test scores.

Take literature classes as another example of education. As some critics have put it, the mission of literature is concerned with examining states of reverie and vision and with following the intricate pathways of individual consciousness, which, in brief words, is about evaluating and thus understanding oneself. All analyses on a novel's literary devices are meant to explore the underlying purpose of its author, and henceforth you'll acquire knowledge about the author's purpose in this passage and the social background of him or her. Many of us have more or less overlooked such fundamental purposes of literature curriculum, and got through the classes by repeated and mechanical exercises, leading to instantly discarding it after the College Entrance Examination. Though you may accredit the problem to exam-oriented circumstances, it's always students ourselves that play the major role in the education. Faced with the same class, some may be half-hearted whereas others pay full attention, and only few students dig beneath the class's content and explore the unknown thoughts and ideas on his own.

In conclusion of this part, I'd contend that school offers us a unique platform, where there are abounding chances ubiquitously of self-improving not merely in aspects concerned with academic pursuits but also in the nurturing of social, communal and aesthetical consciousness albeit these chances are latent and deserve a lot of efforts.

Another important favorable condition my school has offered me is eminent classmates, who value and accentuate cooperation and competition, in which way we progressed as a community. At Saturday nights, we gathered at Night Library (a 24/7 café where students worked overnight for exams although now it's closed), studying late into night; at times, we exchanged our notes and papers, discussing about problems lying in our study; on the night before exams, we encouraged each other, helping to overcome fears of the unknown challenges. Indeed, our classmates are my most precious fortunes.

PART Ⅱ: How to face failures?

To recapitulate, all the possible weakness derived from one's fragile ability to control the comings and goings of divergent impulses to study and from one's unawareness of cultivating and sustaining the energetic and risky ones.

Instead of the traditional picture that Chinese style education eliminates the individual variance, the effects on individuals largely depend on attitudes and personalities, in that the difficulty of the CEE has steadily come down and therefore more time is left for students as long as they are working hard enough to get a relatively high marks. In most senior schools, high grades, as it were, is not supposed to be, but actually means a privilege that one can take more liberty in his interest even at the sacrifice of missing classes and homework, which leaves room and time for exceptional students to develop their own avocations. Consequently, those exceptionals get such an opportunity to improve themselves all-roundly as the Quality Education has fancied. However, many devote their effort to all kinds of distractions, unaware of the underlying value beneath relatively abounding time compared to teenagers. Thence, his exam performances tumble and pressure is to loom.

Notwithstanding the possible distractions one might meet, for a good student, the impulses to learn and to learn well are constant, though unfortunately similar impulses are too weak to sustain in his mind. The core value of those impulses, as is recapitulated above, derives from the ability of the subject to devise all possible methods, or tricks, to perpetual these impulses. Only via this approach will one find truly limitless enthusiasm in his exploration into the vast range of academic knowledge.

Simultaneously, another topic has been tightly grabbing concerns, which refers to the relationship between the "gifts" and the scores. Too many students I've met ascribed grades superfluously to one's gift, to which I viscerally object. For one thing, knowledge taught in high school is mostly so fundamental, taking into account math, physics, chemistry and English, that students may find themselves befuddled when encountered with college curriculum initially, let alone the current trend of educational reform to simplify the College Entrance Examination. For another, I'd like to cite an analogy from neuroscience that such variations in size, shape, chemistry, conduction speed, excitation threshold, and the like as had been demonstrated in nerve cells remains negligible in significance for any possible correlation with the manifold dimensions of mental experiences, which is true of the students' study ability despite their minimal differences. To an extent, mathematically, the grades are the integral of past efforts in study and the degrees of how hard you study represent the current differential coefficient. In another dimension, despite the vague categories of good students and exceptional students, one should not claim unequivocally that difference in intelligence between the recognizable classes can be observed.

To err is human nature, but not to err repeatedly does matter in one's academic success. Thorns and roses are just perpetual themes of the orchestra of life, albeit the ordinary often fail to recognize that one will not overshadow the other at all times. Grounded on the above postulate of "thorns and roses", one can conclude that whatever the hardship, it's always time to keep sanguine and sober, by way of which one can cultivate himself by introverted reflection on his own disadvantages and flaws, and thus get over encountering difficulties. From time to time, life may be tough, but it will always turn for the good unless you've surrendered and given up making efforts.

PART Ⅲ: Learning to learn.

Such is a constant question that befuddles generations of students as what should I do so as to study well, whereas the answer to it has been illuminated thoroughly since ancient times, by the unfailing aphorism that there is no shortcut to the top of the mountains of knowledge but a pathway led by devoted travailing.

Despite many criticizing the quiz-ocean tactic, it is indeed the very approach to mastering certain skills and knowledge, as is proved by endless precedents. Going through the whirls of modern metropolitan life, many of us are susceptible to be diverted by variegated effects and sounds of games, videos and animes. Albeit it is just alright to play games, it shall be univocally apprehended that there is a gulf between study and games, and that full attention shall be paid to study when it is due.

For me, the self-study room in the school library has been an indelible memory in my mind, where I spent incalculable days and nights reading and working tranquilly, and where there are traces of youths striving to pursue their dreams. As far as I can see, such sedate circumstances have the potential power to assist you in ridding off those ramifying thoughts and in concentrating on the very book you're reading.

ENDING

Thanks for reading such a tedious work, and I sincerely hope my humble work might be of slightest help to you. May the thorns on your path to dreams and goals whet your capabilities and will, and may one day you achieve your pursuits.

李相廷:毕业于重庆市南开中学,重庆市理科第二名,就读于北京大学元培学院

一份畏惧，一份渴望

罗天创

空潭泻春，古镜照神。创作这篇文章，正是窥镜而自视。至于会看到什么，还需各位与我一起品味。

“仰观宇宙之大，俯察品类之盛，所以游目骋怀，足以极视听之娱，信可乐也。”

一直很喜欢用这句话，它已经多次出现在了我的作文和个人陈述中，因为它总能使我想起，在至美的文字中，也能蕴含万物之理。

进入高中时，我带着一份对作文的恐惧。仍然记得初中时面对题目时的无话可说，需要描写时的不知所措。第一次月考，面对看似简单的作文题目，我在焦虑和惶恐中二十分钟一字未动，又在焦虑和惶恐中度过周末，不愿想象老师看到我的作文时的反应。随后每次遇到作文练习，我总会搬来一大堆作文素材，诚惶诚恐构思数小时方才下笔，却仍觉艰涩。

进入高中后，我才看到了作文中的引经据典，更重要的是，看到了作文中的挥洒自如。这时我才意识到作文或许本该如此：即使在考场作文生硬的模式下，仍需要真挚感情的抒发；作文纸虽然局促，但总会给你自己的空间。

刚进入高中时，我还带着一份对物理的喜爱与热望。很早已经接触过物理竞赛的我在讨论中成长起来，急切渴望教练正规的指导；从烦琐的细节中走来，急切盼望着更简洁的答案。怀着先人一步的自信和初识门庭的勇敢，以及一份心底的梦想，我热切地期盼着收获与成功。

于是我开始大胆表达，放下平庸的素材和无为的譬喻，走向真实的心灵和勇敢的表达。我会去收集所需的素材，一路上看见了许多不曾了解的细节。诚如登览之顷，万象森列，千载之秘，一旦轩露。濯长江之清流，挹西山之白云，穷耳目之盛以自适。文而壮，慨然想见古今之豪杰；文而婉，竟会悲伤不能自胜。也常常会感慨情狭辞蹙，言不及义。那时的我愿意花一下午的时间表达自己的思考，长期坚持，少有停歇。构思之时，情郁于中；停笔之时，怡然自适，实无以易此乐也！

同时我还惊喜地发现，文章除了随意的表达外，还需要理科的严谨，思虑的周全。而这些我又正可在理科尤其是物理竞赛的学习中得到。思维之间的影响本是潜移默化的，而当突然发现的时候，惊喜自如泉涌，一泻汪洋。

于是我开始努力探索，努力想要跟上老师的步伐，却发现事情并没有想象的那样容易。看着书上的例题和老师的讲解，笔下却总觉艰涩；听到同学的讨论和前行的跫音，总感才力不逮。一路蹒跚，我愿意投入很多，却总是发现成就遥遥无期。

我看到题目越来越简洁，却发现其中的物理内涵越来越难捉摸，普通的物理情景和规律的数学表达之间的距离似乎越来越远。思路连接不上时，我不得不用大量的说明性文字来填充试卷上的空白。然而我渐渐发现，其实正是这些文字帮我整理了思路，以连贯的文字帮我发现可能和转机。“一念清净，染污自落，表里翛然，无所附丽。”文字使我平静，也使我相信，确实有一些文字，暗中是一些物理思维的映像。

物理竞赛之余，我常以文字表明心迹，抒发情感。或如屈原般不解，或如苏子般释怀。对世事的思考总不免要和自己关联，我因此而思考自己，思考自己的责任与信仰，从中获得知其不可为而为之的勇气和力量。从某种意义上说，正是物理与创作支持了当时的我，支持了我的不同，它们占据了我的表达和思考，支撑了我的信念与勇气。

然而这些，当时的我是不会意识到的，正似太阳透过云层照亮世界，在太阳落下、黑暗来临之前，我没有意识到它的存在。

之后，也是为了我最初的梦想吧，我中断了创作，选择了物理竞赛中的沉默。当时的我没有想到，笔下的沉默会蔓延到我的日常生活中。我更执着地投身于沉默中的练习，却慢慢地逃避最初我热衷的话题。宁可独自在天昏地暗的大海中漂荡，也不愿拾起一星求助的灯火。多少次，我为一个普通的细节苦苦纠缠，对煎熬后的结果悉心守护。那段时光里，我艰难地在物理的困境中咀嚼一个人的滋味。

当我对元培学院的招生老师说出文章开头的那一句话时，我充满期待，却最终要面对让我们都不太满意的物理竞赛结局。直到最后一刻前，我都还怀有侥幸的希望，最后还是不得不面对这一步之遥或者说是天壤之别。重新回到学校，回到和大家一样的学习生活，待物理竞赛强化训练塑造的思维渐渐淡去，我终于看到了眼前生活的阴影。过去的我曾经相信，自己与物理"剖心析肝相信，岂移于浮辞哉"！之后观之，心中所剩，诚如苏轼所谓"吾侪小人，朝不及夕，相时射利，皇恤厥德？"支持自己的东西已经逝去，自然意绪不再了。

那时的我，几次挣扎奋起而无果，心中常常念及一句话："当期极饮大醉，歌吟笑呼，以适天下之乐，何其壮也！"既是对过去的追思，又是对今日的感怀。

而转机却在不经意间，那是为北大自主招生和博雅计划写的自我陈述。

为了长长的自我陈述，反复思考后我决定放弃传统自荐的写法，转而以自己的一段经历入手。开始构思后，我才发现自己与物理渊源之深远远超过之前的想象。那些从小学开始的回忆，转瞬之间，皆在目前，如见故人，如游旧径。而到落笔之时，心中积蓄的种种情感翻然脑际，让我欲罢不能，欲言难尽。当我由平实的开头，忘情地写到"在我心中，欲仰观宇宙之大，俯察品类之盛"时，竟有一种回到从前的感觉，它似波涛夜惊，风雨骤至般的触动；又似春风徐来，水波不兴般的唤醒。正是这次的构思与创作，使我更加坚定了学习物理的志向，也使我，在不经意间，找回了那曾经丢失的创作灵感。

为了物理,我曾放下了写作。那是因为我还不能深刻地认识到创作的活跃表达支持了我物理中的静静思索,而正是这二者的交汇,支持了我高中以来的道路。

而如今,北大的耳语让我把它们重新捡拾起,不仅是自我陈述的启迪。她让我在未来继续追求物理的梦想,又以她的自由思想支持我的创作与表达。

已经几次去过北大,几次在北大中游历。有校园定向大赛中疯狂的奔跑,也有一个人信步而行几近迷路的随意。一次一次,我对她越加熟悉,也就越感受到她校园的平凡,却越难以改变地深爱着她。她的学术之外又有人文,我们可以投身于其中任何一者,却又无时无刻不感受到两者共同的熏陶。

正是道相同,可相与谋。

在失去支撑的那段时光里,对北大的渴望成了我心中的灯火。经历了高考和博雅计划的我重新认识了自己,正好走上新的平台,开始新的生活。

今日提笔,似又回到了起点,情狭辞蹙,不知所言。或许心境上也有相似之处,正好带着一份畏惧,一份渴望,再次走进北大的校园。

罗天创:毕业于重庆市第一中学,就读于北京大学元培学院

遇

唐何文嘉

张晓风说："生命是一场大的遇合。"

第一次看见这句话，我心中便极受震动。

没有一条河流不是在孤单地前行，正如没有一个人不是在独自收拾自己的脚印。而在我们共同奔赴瀚海的途中，因这一份相逢的缘，寂寞的沙岸便从此有了历历的春景。

我何其有幸，得入燕园度过人生的四年。聊以此文，记录我和北大、高中的人、事、物的美好遇合。

高考才过去两个月，关于高考以及高中的事却如隔云端，恍惚而不真切。

记得刚入高中时我的心情是忐忑的，因为不知道自己究竟能达到怎样的水平。我一直是一个"胸无大志"的人，上高中以前，我从来没有"一定要上北大"的想法。彼时的我，觉得能上复旦已经是我非常不错的结局。

高中的第一次月考，意外地考了年级第十名。那时，一个混沌的想法在心中酝酿："或许我可以……"不敢细想，因为害怕希望后的失望。

高一下学期，班主任找我谈话，建议我读文科，认为我读文科更有优势，上北大也更有把握。此前的我从未想过自己会成为一名文科生，一直埋头于物理公式和化学方程式之中。在和父母的一次次交流和自己反复地思考后，我顿悟：既然殊途同归，为何不让自己走更好的路？

我常常感到自己是多么渺小，进入文科班后，这种感觉尤为强烈。同学们有的才气逼人,胸中有块垒,落笔即成文章;有的饱读史书,古今中外信手拈来;有的极具语言天分,已经熟练地掌握了英语以外的第二外语。而我,除了“成绩不错”以外,便再无其他。但我从不后悔自己的选择。因为选择文科,我才能与这么多优秀的同学相逢,度过美好的两年,才第一次认识到自己以前的眼光是多么狭隘,才第一次把埋于故纸堆中的头抬起,看看周围的世界。

高三的记忆不是绝望的黑色,而是灰色,一个普通的、既非绝望又非希望的颜色。每天的生活似乎都是一样,“背书考试做题忙,当时只道是寻常”。幸好,总有一些亮色点缀其中。楼下的栀子花开得极盛,大丛的绿叶中是层层叠叠的白花,清雅的香气浮动在整栋楼的空气中。大家都说这是个好兆头,今年学校一定能考出好成绩。是否真有如此神奇的预兆无人知晓,但是栀子花的香气却伴随了我们高三最后的日子,混入记忆之中,磨灭不去。

难过的时候,会翻看同学送给我的明信片,那是我秘密的力量源泉。有时候会恍惚觉得他们所写的人,果真是我吗?她看起来那么优秀,充满光芒,而我只是一个敏感、缺乏自信的普通女生。但正是因为有着许许多多人的鼓励,我才能一直走下去,从狭隘的自我中走出,走得越来越远。

高考的前一天,周老师为我们讲《红楼梦》。真任性啊,在高考前一天给学生讲《红楼梦》的老师,恐怕全重庆也找不出第二个吧。我最喜欢周老师的这份旷达与淡然,总觉得与庄周有几分神似。那段时光太过美好,整个教室都寂静着,只有周老师的声音和空调间或发出的响声,时间似乎也变得黏重而流动缓慢。真希望时间就此停滞,这一刻永远定格。随着周老师为我们娓娓道来,我的心境也愈发澄明。

“安时而处顺,哀乐不能入。”“时”是人力无法左右的特定的社会发展状态,“命”是不可抗拒的、异己的必然的力量与趋势。我的命运已经写好,它就在我的前方,只等我上前把幕布拉开。“世事一场大梦”,既然是梦,不妨做得美妙些。即使结果不尽如人意,也不过一场噩梦,梦醒,我的生活也还是一样，太阳照常升起。就像我一直都很喜欢的那句话："遇不遇非我也，守其所至而已。"

高考之后的博雅计划面试，是我与北大迄今最为亲密的接触。并未做太多准备，我就这样参加了博雅计划面试。尽管早就听闻北大的教授十分和蔼，平易近人，亲眼得见还是吃了一惊，面试时完全没有想象中的紧张氛围，仿佛与老师聊天话家常一般。紧张卡壳的时候，老师还微笑着提醒，让我的心情慢慢平复下来。印象最深的是历史的面试题把我难住了，我尽力阐述了一些自己的观点，在我走出考场时，或许是看出我的不安，老师笑着对我说："别担心，答得很好！"那一刻，我从心底里觉得：若有缘能再回燕园，是何等幸福！

我是如此幸运，迄今为止的人生都十分顺遂，因而我也有些诚惶诚恐，害怕自己辜负所得到的这份幸运。如今手握进入燕园的邀请函，我知道还有种种美好的遇合在前方等待着我：有某本书等我去读，去拍案，有某个人等我去结识，去敬佩，有某日未名湖的晚霞等我去欣赏，去赞叹。

我期待着与燕园的再次相遇。

唐何文嘉：毕业于重庆市第一中学，2016年重庆市高考文科状元，就读于北京大学元培学院

从"一塌糊涂"到"一塔湖图"

曹蜀阳

"你要知道,好学生哪一科都不能瘸! 要学好数学这个学科,就是靠做题。"

"到现在这时候,你应该明白自己真正缺的是什么了。光靠看《国家地理》学地理是行不通的。"

"你是不是还是要学一学历史哦?"

"应对高考英语是一定要做题的! 每天两套阅读,一篇完型自己在做没有? 课标词汇背到哪儿了?"

"之前一直没逼你做题,现在还是应该要自己做一点了。政治,尤其是选择题,就是做题做出来的。"

"我整理的作文素材,过了几遍了? 选一些来背哦。细节的地方要背准。"

高三的第一次月考,一直以来成绩在年级遥遥领先的我,遭遇了高中学习生涯的第一次滑铁卢——文科年级第六名,我慌了。第二次月考,年级第十名,老师们急了。以上对话就发生在第二次,也是最后一次失手的月考之后。面对这"一塌糊涂"的成绩和老师们的焦灼,我却开始冷静下来。反思自己高三以来这两个月的状态,完全可以用"如临大敌"来形容,每天的神经都绷得如将断的弦。于是,重新学会让自己放松,找回自己曾有过的最佳状态。对老师们苦口婆心的叮嘱,你问我做到了哪些? 我连《国家地理》都没能戒掉。我常自嘲:我这个文科生,学得可以说是"一塌糊涂"。也许这篇文章不会有很强的参考价值,但我希望它能给"一塌糊涂"的朋友们一点信心:谁说

“一塌糊涂”的学生见不了“一塔湖图”(北大博雅塔,未名湖,图书馆)的风光?你可能要问了:我所谓“一塌糊涂”的定义是什么?我用这样几个关键词来定义它:无计划、靠感觉、少做题、大胆玩儿。

其实,我高三时很羡慕那些有自己严密的复习计划并且严谨地执行的同学。他们的日程按分钟甚至是秒计算,规律而充实,一切井井有条。可是我却从来不懂得计划——至少不懂得提前很久把它们写在纸上。历史老师曾要求我们以几次“诊断考试”为分界,规划看教材的复习进度,然而我的计划情况是:2月11日,第一二课;2月12日,糟了数学作业做不完我只看一课吧;2月13日,唉好累,不想看历史;2月14日,多刷几课!……这个计划并没有“计划”应有的样子。所以我的高三学习,主要都是跟着感觉走。当然,很粗线条的规划是有的。比如:吃完饭回教室到晚自习前要和同学聊天,并且看一会儿英语小说;做完作业之后,今天要看地理书,明天做地理高考题,后天政治书……我是有了计划就觉得束手束脚的人,与其束手束脚,不如换个舒服的方法——随意一些,说不定更高效呢。当然,大家都在做计划,只有你一个人在跟着感觉走的滋味很不好受……你会怀疑,会迷茫,没有人能告诉你这到底对不对。那这样“混沌”究竟能不能学好?这就涉及第二个关键词:感觉。

什么是感觉?语感、题感、手感……这些“感”全部融合起来,就是我所说的感觉了——姑且称之为“学感”。培养出语感之后阅读英语,不必知道每一个词,你也能够理解大意。有了“学感”,你不必去想每一个具体的学习步骤,一切学习行为最终都能把你导向既定的学习目标——学习几乎成为一种自觉行为。一切的感觉都说不清道不明,我这里讲的当然也不例外。但我说的感觉,是可以通过学习来获取的。首先,你必须清楚地认识自己的实力:到底哪里差?这不是几次考试就能准确检验出来的,需要自己发现。其次,你要知道自己在做的事情究竟有多大的价值:它是能够点对点地直接提升分数,还是能够增长知识,提升能力?效果有多大?如果你习惯了反复评估自我,评估学习内容,慢慢地就能建立起自己的“学感”,就能以感觉指导学习了。

感觉的用法——于我而言——一个是替代计划，把握节奏，一个是让自己学得舒服，从心所欲。培养感觉，积累很重要。这积累不在于做题多少，比如我的自招考试，没有做过任何自招题目，而是通过语文课内课外的阅读培养文言语感，读英文小说，看英语新闻培养英文语感，看“政史地”课外书提升文科实力，最后的自招考试成功几乎就是水到渠成了。

再说说做题的问题。我是真的做题做得少的人，除了老师布置的题(部分偷工减料)，自己就只买过高考真题来做。我不是拒绝做题，我想强调的是，自己一定要对题目有自己的判断。感触最深的就是文综题目。我接触真题时间比较早，做过真题以后我就很难接受老师发的普通模拟题。老师告诫过我，高手是不挑题的。然而我一直认为水平低的模拟题常有故意混淆做题者思维的嫌疑，而应对高考，一定要按照全国卷的“正”思维去想问题。所以我长期拒绝模拟题，老师发的非高考题大多随手一做，扣分多少并不放在心上。但另一方面，对于全国卷就一定要特别用心地研究。譬如材料题，一定要理解答案从哪里出来的。是对材料的理解重构，还是教材上有依循，抑或是对常识的考察？理性客观地看待题目又和第四个关键词联系紧密：心态。

我高三的前两个月是读文科以后的低谷，当时很不懂为何明明更努力成绩却下降严重。而我的同桌一直玩得很放松，却异军突起。这让我很不解；后来慢慢感觉到，她成绩的提升源自她的轻松。于是我试着往我刚一上高三就如临大敌的心境中添进去一些“嘻哈”风格：一下课就丢掉书本，跑到阳台上蹦跶或是看风景，周末回家看电影……虽然知道有很多同学周末休息时段也在教室自习，但是我渐渐明白：只有放松的高三才适合自己。心情愉悦，很快就带动了成绩的回升；直到6月高考前最后一次放假，依然看电影、弹钢琴、乱涂鸦，自娱自乐。其实放松与否也需要环境的帮衬，比如我所在的文科“仙班”在考前常有这般对话：

“你这套模拟题错了几个选择啊？”

“10个！哈哈哈哈。你呢？”

“嘿！你太差劲儿啦！我只错了9个！”

心态良好，结果大多不会差。

就这样糊涂地到了“湖图”之间。一如开头所言，希望我这个“非典型”高考生的例子能给同样“非典型”的朋友们一点安慰。当然，有计划，靠理性，狠做题，加压力而成功的例子毕竟是大多数。

曹蜀阳：毕业于西南大学附属中学，就读于北京大学元培学院

三心二谊，共赏红楼飞雪

杨胜涛

接到冯老师“未名渝音”的约稿信息时，我心中是忐忑至极的。看着“未名渝音”征稿的几个板块，我也是很为难。我没有抒情圣手的笔法，无法化我庸常的青葱岁月为文采飞扬的青春诗行；我亦未踏足过燕园，所谓“燕园情”，不敢虚妄谈之，唯恐沦为向壁虚构之徒；而唯有书海拾贝，或许我这个被北大“虐”了千百遍的人，还可以说上几句。

一、三　心

（一）平常之心

“考好了高兴一秒钟，考差了难过一秒钟”，这是我们班主任每次考试分析会上一定会讲的一句话。“一秒钟”自然是“浮夸”，但是这种“一秒脉动回来”的精神却是成功的必需品。“北大虐我千百遍”，不是虚言。“暑期课堂未通过”“自主招生未通过”“博雅计划未通过”“筑梦计划未通过”，当一次次的“不通过”袭来，个中酸楚难以言表，而每次都是“一秒钟”精神让我迅速“脉动回来”；周考、半月考、月考，我的成绩真是应了“波澜起伏”这个词，而无论成绩是起还是伏，都必须一秒钟恢复，因为这不是高考。

无论成绩好坏，“一秒钟脉动回来”，平常心才是王道。

（二）淡定之心

“学习是一个水磨工夫，急不得，要淡定”，想必每一位老师都会如此告诫自己的学生，但或许某些老师只会浅尝辄止，只谈淡定的重要性，而不会讲怎样做到淡定。何以淡定？就我自身经验而言，只要知道自己在进步，纵使自己的分数和名次呈现断崖式下跌，就有可能做到淡定。“高三就是查漏补缺”，大家对此话耳熟能详。但有时我们补了这个缺，考试恰好又不考这个知识点，而考了一个还未补的缺，这最直观地表现为分数和名次的下降。这时，我们就会怀疑自己是否做了无用功？就会因为分数不增反降而着急。上述现象是高三的常态，避无可避。但我们不应着急浮躁，而应明白自己已经查了一些漏，补了一些缺，明白我们是在进步，从而保持一颗淡定之心。

“孩子，你慢慢来”，学习是一个量变到质变的过程，而淡定之心是量变向质变转化的必要条件。

（三）自知之心

所谓自知，即为明晓自己的知识漏洞、思维缺陷。谈及此，我便不得不感谢我高三的班主任王老师，正是因为在她的倡导下，我和几个同学组建了一个学习小组，也正是这个小组让我自知不足。说来也是尴尬，小组成立之初，在关于小组工作重心的问题上，我们和王老师发生了争执，不欢而散，而后还是迫于班主任的“强权”，决定按老师说的做——重在学习和做题经验的总结交流。但现在庆幸当初听了老师的话，因为小组中交流的是经验技巧，这就强迫我去总结归纳，促使我将自己的思维和正确答案的思维相对比，从而找出自己思维缺陷，找出自己的不足。

知错能改，善莫大焉，但倘若不知错在何处，何谈改错？“知耻而后勇”，学习亦如是。唯有先自知不足，而后可期改错。

二、二　谊

（一）师生谊

“师者，所以传道授业解惑也。”我庆幸我有一群可亲可敬更应谢的老师。

我感谢数学赵老师，正因他，我才在文理分科，摇摆不定之时，选择了适合我的文科；感谢政治王老师，正因她组织的学习小组让我自知不足；感谢历史程老师，感谢他“胜者为涛”“娃儿，我看好你的”等言语上的支持；感谢语文刘老师，感谢她那带着很明显安慰意味的但又真诚无比的鼓励；

感谢英语杨老师，感谢他的“地道伦敦小镇腔”助我一臂之力；感谢地理何老师，感谢他每周末晚来教室的看望。

老师们，感谢有你！

（二）同学谊

同窗之谊，确实不失为人生四大重要情谊之一。高中三年，同学们带给我的是一起欢笑，是一起进步。或许有人说我的内容很俗套，但除了这两样外，高中时期的友谊还能带来什么呢？

世界是普遍联系的，没有任何人处于绝对的孤立，也没有人会独自前行。所谓众擎易举，高考不是一个人的独角戏，而是属于我们共同的征程。在此段征程中，请勿让自拍取代合影，让自利取代共赢，相反，我们要感谢老师的耕耘，同学的陪伴。当然，也不要忘了感谢拼搏的自己。

当然，此文虽题为“三心二谊”，但切记学习还需一心一意，切忌三心二意。我希望你们用“一心一意”和“三心二谊”来获取“燕园通行证”，希望我们可以共赏红楼飞雪，共为一时英杰。

杨胜涛：毕业于重庆市巴蜀中学，就读于北京大学元培学院

守得云开见月明

秦　越

即将升高三的时候，我做出了决定，不去参加美术集训了。

当时很低迷，一起学画的T同学哭着跟我说："你要去北京哦，你考北大，我考清华美院，咱们北京再见啊。"

没想到我真上了北大，虽然她差一分没考上央美，但学校还是在北京。我还和她约好了秋天去香山看红叶呢。

为什么放弃画画呢？原因很多，终究我可能还是被现实的压力打败了吧。高考成绩出来以后，所有人都说，不去参加美术高考是个正确的决定。

真的正确吗？这两者也许没有什么可比较的吧，也不愿再去深究，后悔也没有用了啊。但是北大，也许真就是除了美院外，用一个同学的话来说，我的"温柔乡"吧。

校园景致

一开始我失去了目标。在热烘烘的天气里连续补课，有些力不从心。我约莫能明白，以我的成绩，应该还是能考一个不错的大学的。直到拿到北大暑期学堂的名额，坐上去北京的火车前，我都是这样想的。

最初对于北大，我怀有的仅是一种敬畏。北大嘛，"学霸"云集的地方呗。之前从来都没有，一点点也没有想要考北大的想法，觉得我站在这校园里就像是一个局外人，人来人往皆与我无关。我想做什么呢？不知道。参观校园也好，听讲座也好，趣味运动会也好，考试也好，总是怀着一种“我就是来旅游”的心态，也很无所谓。以至于当时在招生组见面会上直接睡过去了，貌似其他同学还在很认真地问问题咨询呢。

和我一起来的是“学霸”同学。她从高一到高二，长期保持年级第一名，所有人就叫她“学霸”，很少有人再叫她原名了。她于我而言，大概是一种无法超越的存在吧，毕竟长期比我高几十分。我内心就觉得，清华北大，是属于她这种人的。而我嘛，随便上个大学再看看吧。

浑浑噩噩地混完几天的暑期学堂，外加抄完了暑假作业之后，一场联谊晚会却真的震撼到了我。前几天下来，我所理解的北大，大概是深厚的文化底蕴，优越的教学设施，雄厚的科研实力等一些虚无缥缈的词。而联谊晚会，真正让我注意到了这个园子里的“人”。短时间内就能排出精彩节目的同龄人，身怀各种才艺的学长学姐们，有着高度认同感的北大人身份，似乎让我明白了，为什么大家都想上北京大学。

为什么是北京大学？眼前浮过这几天所看见的，游人眼中的憧憬，学生来往匆匆忙忙的身影和所有优秀同龄人的生气。像文化衫上写的那样：卓越，是一种选择。为什么是北京大学？因为她是能让你成为更优秀的人的地方，是能让你拥有更广阔人生的地方，是一个相信梦想的地方。

后来我在班主任发的纸上，目标大学一栏，郑重的写上了“北京大学”四个字。

不像所有的鸡汤文，不是有了目标就一直努力不断上升最后顺利实现梦想的。

高三前夕，语文老师找我谈话。我还记得，她那时候的语气和我一直低垂的头。我做了2016年的高考卷，150分的语文，只得了98分。是啊，数学和英语可以保持前三，文综勉勉强强算中上，我最大的短板，就是语文了吧。班上三四十个人，单科二十多名是常态，甚至三十多名，甚至倒数。我的语文基础真的很烂啊,还有不到一年的时间,我能做到什么程度呢?

从来不会把笔记记在笔记本上的我,买了一个语文笔记本,在第一页用荧光笔写道:“守得云开见月明。”

古文看不懂就专门买古文的题做。看不懂的词语一个一个记下来。不懂的典故一个一个抄。不会的成语抄下来背了一遍又一遍。可以用在作文里的好句全抄下来背。到高三的第一次月考,终于,考了一次年级第一名。尽管是并列,但着实让我觉得,守得云开,月光开始洒下来了。

在高三的大大小小的考试中,我考得最多的,就是第二名。其余还有一些大于五的难看的数字,居然都出自大考。在“一诊”前我都还信心满满,结果还是考得不好。“一诊”考完当天晚上我就已经大概能预测到结果了,和X同学在学校中心广场鱼塘边一圈一圈走。

“一诊”完,便迎来了十几天的寒假。与前几届学姐学长们一样,每天我还是背着书包到学校去上自习。直到除夕夜,我们有两三个人来到教室,在教室屏幕上播春晚,买了麻辣烫,对着外面的烟火互相加油。在教室走廊上放了烟花,玩了“仙女棒”,还差点被老师捉到。这是我高三时光中,不多的比较明媚的时光了吧。那时候,对着教室墙上贴着的目标大学,我们会喊出各种奇奇怪怪的话来。最后走之前,我指着我名字后面的“北大”喊道:

“你给我等着!过了今天就是明年了,明年一定来!”

虽然话是放出去了,寒假也有忙里偷闲的时候。用了三天看完了三部《三体》,玩乱七八糟的手机游戏,自习时戴上耳机听歌并在校长巡查时故作镇定没有被发现……现在想来,这样的高三也没有什么让人遗憾的吧。

上届学长回校宣讲时,送了我一张北大的明信片,能寄到2017年的北大人信箱的。于是我特别郑重地写好,满怀希望地寄了出去。上面好像还给未来的自己写了一句话,写的是什么已经忘了。把明信片塞进邮筒后,我和我妈一起迎着寒风走在街上。

“你觉得你以后有机会把这张明信片再取回来吗?”

“应该有可能吧。我还是很想拿回来的啊。”

走着走着便没了什么话语。但我知道,我妈是真的特别希望我能实现梦想的。

后来,是高中最后一学期的冲刺。周考,联考,“二诊”……太多次的打击。不知所措。而自主招生呢,全部没有过初审。连北外的初审都过不了。是高一、高二一直画画不怎么认真学习所以排名不好看?还是说,我的高三,根本就没有尽全力?“二诊”的再次失利让我陷入了自我否定之中。我开始觉得,能实现愿望的人,每年有那么多,又凭什么是我?脑海里一遍遍回想我在暑期学堂里,在燕园里度过的点点滴滴,一遍遍问自己:我为什么一定要上北大?明明按现在的成绩来看,人大复旦都还悬着吧。

但是我不想认输。现在认输的话,连最后的一点点希望可能也被抹杀了吧。

想到高一被铅笔灰抹黑的手,高二上课看过的杂志,和高三无数快要睡着的早自习和前两节课,我觉得我应该改变点什么,却又不知道该怎么办。

理所当然的,遇到这种情况的时候,我都会被班主任请到办公室谈话,俗称“喝茶”。看得出来,她貌似有点无奈,问我,这几次都考得不好,是为什么呢?通常谈话的时候,我都不敢直视她的眼睛,这次也不例外。大部分时间里我都一直盯着她的办公桌,或是自己的脚尖。而这一次谈话后,我好像明白了什么。

是啊,我再怎样想去北京,再怎样想上北大,也不能改变,高考它仅是一次考试的这个事实。我大概是因为太在乎结果而心态失衡了吧。慢慢调整着,终于在“三诊”考试中考好了一次。又一次想起了语文笔记本的第一页里写的:“守得云开见月明。”

不久,停课复习。再不久,就是高考。很奇怪,高考那两天晚上我睡得很香,只是两天中午午觉都没有睡好,不过也并未影响到我的发挥。高考第一天晚上,和L同学站在教室外吹吹风说说话。

意料之中的，她说："我觉得你肯定没问题，因为你心态真的超好。"

我苦笑道："我只是看起来心态好。我可能才是最在乎结果的那一个吧。"

对啊，平时不管有什么事，我都是笑着调侃，回家也只讲最近遇到了多好笑、多有趣的事。那些不安、焦虑、纠结，甚至痛苦、煎熬，我都只字未提，只是在某些失眠的晚上一个人默默咀嚼。不过现在，这些都已经无所谓了吧。

高考完，一些同学去了重庆、北京参加自招考试，而我什么事都做不了，一天一天为高考成绩焦灼。拿到招生计划书，北大不知道能不能上，不喜欢上海因而不想去复旦，人大又没有我喜欢的专业，为此我爸在出成绩前几天一直失眠。我也不知道要是上不了北大，我该怎么办。

同学聚会是在出成绩的前一天晚上，我和J同学在KTV外聊了许久。说了很多，谈到关于高考成绩的时候，她说："我有直觉，你肯定考得很好。"

我依旧苦笑道："是吗？优生有那么多，我能做到这样肯定也有别人能做到啊，他们不会比我低到哪去的，我能走贫困专项就很高兴了。"

不知道是酒精的作用还是因为太紧张，我基本一晚未眠。中午1点出成绩，早上6点我就忍不住起床给自己找事干。最后在沙发上看了两部《变形金刚》，一边不断刷手机，害怕成绩提前出来。

临近中午，我爸说："要不你查查吧，是不是出来了。"我说"好"，然后打开网站，哆哆嗦嗦输入了三遍考生号才输对，结果未开放，查不到。后来又断断续续试了好几次，还是不行。一家人坐在桌子边，饭也不吃，紧张地盯着手机。

突然我爸的手机响起，是班主任的电话！一瞬间全身都绷紧了。听着我爸复述着电话那头班主任说的我的分数，心跳加速到了极致。最后，便是一场解脱，和一阵狂欢了。

我也终于，去到了我的"温柔乡"。

285天，自练的四本语文练习，从98到124。

285天，近70套文综题和五本选择题练习，从210到244。

285天,练的好几叠英语单词和大量题目的堆积,从142到150。

285天,熬过每个星期四下午的数学测验,从135到148。

故事的最后,T在首都师范大学,L在北京外国语大学,J在人民大学,而我和X,在北大。

谁无暴风劲雨时,守得云开见月明。

秦越:毕业于重庆市万州高级中学,就读于北京大学元培学院

同路难求，绝泽相共

田金阳

十七岁时走过北大南门，槐花瓣落了满肩，他说还会再来，如今年过十八，他来赴约了。

今年五月的某个晚上，在大考中接连失利的我给班主任发了一条短信："从今天起，我要做一个疯子，一直到高考结束。"他回复："我们一起疯。"

忆及此事，想起《诗经》中的诗句："岂曰无衣？与子同裳。王于兴师，修我甲兵。与子偕行。"读此诗，眼含热泪，无比感激，聊以此文记录过去几年与我偕行的人们。

三载年华，只做成一事：对学习近似愚蠢地坚持。

刚进入高中的我，还怀着中考失利而没能进入实验班的遗憾，如一艘断了桅杆丢了罗盘的帆船，没有前行的动力，更找不到前进的方向。

高中的第一次月考，我考进了年级前五十名，没有任何思想准备，成了所在平行班的第一名。任谁都会惊讶，这个付出并不多的人凭什么得到最多？我找到班主任方老师，把我的迷茫与忧虑一股脑儿地塞给他，他只告诉我："你能做的是走好脚下每一步，夯实基础提高能力，不论未来有何种机遇，只要做好准备，便有抓住机会的可能。"

醍醐灌顶后，我开始重新建造我的帆船，为抵御前行路上的一场场风暴做准备，我在等一个方向，等一个乘风破浪、踏浪而歌的时机。

自那日起，一个小目标在我的心底萌生：上好每一堂课并且尽可能多的挤出时间学习。于是，拿着单词本在食堂排队，在合唱团训练的休息时间抓紧完成作业，把周末都献给阅览室，一切都成了习惯。

从年级前五十名，到前四十名，再到前十名，我整整用了一年，最终如愿以偿，进入文科实验班。

渺小，渺小，渺小。进入文科实验班后，压力骤增。同学们有的文采飞扬造词遣句信手拈来，有的饱读史书熟知时事指点江山，还有的能歌善奏余音绕梁……我用尽全力，想守住文科第一名的位置，却被恐惧一点点淹没。也许越害怕失去就越容易失去，我看见自己刚刚修缮的帆船在汪洋一片中没入漩涡，却无能为力。

高二第一次月考失利，我怀着一颗忐忑的心去见班主任靳老师。一上午时间，他把他教过的同学的经历一件一件地讲给我听，我才明白，原来这条路早已被无数前辈走过，我面对的困难也曾经让他们苦闷，但他们最终都走出来了，不是吗？如今，我仍记得他说的："不要守，你要进攻，朝着目标冲刺！"

2016年5月15日，我成为最后一届在大学城度过高三的八中人之一，掉落的墙砖、斑驳的墙面和生锈的栏杆，它们似乎在诉说着十多届八中人冲刺高三的故事，我拖着书箱爬上三楼，教室里贴满了师兄师姐们为我们加油的便利贴，这似乎是一场收割人与播种人的交接，神秘而神圣。

大学城夏酷暑冬严寒，但教室外的走廊上却总是挤满了放声读书的同学，那是我的战友们。走近一点，能看见他们乌黑的眼圈，那一张张神情各异的面孔却拥有相似的眼神，那是疲倦也消磨不了的斗志。好友与我坚持每晚跑步，我说："一起加油，我考北大，你考清华。"

逆水行舟，不进则退。大考从未间断过，我以为自己尚可应付，但看似稳定的成绩在高三下学期彻底崩溃，一次次突破我的底线，一次次刷新我对自己的认知，我问自己，我还能考上北大吗？教我的六位老师都说："我们都相信你，你也要相信自己！"

我把北大的校徽贴在床边，每天一起床便能看见的位置，清晨要摸着它才肯起床,入夜便对着它反思,我反复想起在北大参加艺术营和优生体验营的种种,不管怎样,我不要再做一个游客了。

距高考仅有两个多月,我为每次大考都做了最充分的准备,心态良好,但成绩仍难以提升,语文老师送给我们一句话:“世事我已抗争,成败不必在我。”是啊,我已竭尽全力,若是结果不佳,何人能怪我?我竟然开始从难以提升的成绩中解脱,不再在乎排名,而是脚踏实地做好每一件事。

我变得乐观起来,或许是盲目乐观,但我竟能在考得一塌糊涂时,狂妄地给妈妈打电话,笑着说:“我相信自己,我的老师也相信我,我一定会考上北大的。”

2017年5月20日,我们离开了大学城,返回本部校园冲刺高考,那天我在社交平台上发了我与大学城的最后一张合照,并附文:“予我伤,予我痛,予我希望,吾去矣。”

最后的日子里,仍在与那位相约北京的好友坚持跑步,虽然我们成绩都不理想,但我们仍在坚持,要做最后一搏。高考那天,全年级老师都穿上红T恤在考场楼下为我们加油,我不敢拥抱他们,以免情绪激动引发紧张感,对着他们微笑点头,却被语文老师一把抓住,抱了个满怀:“小伙子,加油!”

或许是我做好了万全的准备,又或许是我早已从排名的纠结中超脱,“全力以赴,考得上最好,考不上就算了!”带着这样的想法走上考场,我并不像我想象中的那么紧张,恰恰相反,高考是我高中以来应对得最从容的一场考试。考英语的那个下午,我走出考场,恍惚间还以为是月考结束,等着回到教室,老师会为我们讲题。

可一切都结束了,班主任交代完各项事务后,我们便收拾离开,走时,我看见讲台上英语老师送给我们的玫瑰开得正盛。

查到成绩的那天,妈妈激动得吃不下午饭,我也一直回复老师和朋友们的消息。最后,我得偿所愿,考上了北大,而与我一起跑步并有过约定的好友也考上了清华。

鲁迅说:“人生得一知己足矣,斯世当以同怀视之。”高考真不是一个苦行僧的朝圣路,高考,是一群追梦人同舟共济地跋山涉水。

履险易,同路人,最难求。愿你的生命里也有携手同行之人。

田金阳:毕业于重庆市第八中学,就读于北京大学元培学院

后　记

“未名渝音”上线以来，平台的投稿数量、类型得到不断丰富与完善，在北大重庆学子和编辑团队的努力下，刊登在平台上的优秀稿件取得了良好的传播效果。

这些稿件中饱含着北大重庆籍学子对高中生活的怀想，在燕园中学习生活的体悟，以及对学弟学妹们的殷切期望和经验传授。回望青葱岁月，连接过去与将来，他们以手写心，希望能以自己的真切体会，给置身其中的学弟学妹们以感染和共鸣。在编辑稿件的过程中，不少同学与编辑反复讨论、修改，力求将最具正能量的一面传达给读者。

每一个北大人心中都有无数幅不同的燕园图景，在这里，我们欣赏过春日草长莺飞，夏日荷叶连连，秋日银杏飞舞，冬日冰天雪地。

“未名渝音”中投稿的重庆学子来自北大的各个院系，对本院系和本专业的特点、优势，他们总是能如数家珍。在专业选择方面，站在十字路口的高中学子们常常会出现有关课程、出国进修和就业等方面的迷茫。闻道有先后，术业有专攻，“未名渝音”中有关专业选择的稿件是由不同院系的学子们悉心写作的，目的是给报考北大的学弟学妹们提供指导与帮助。

丰富多样的题材内容和独具匠心的写作风格保障了“未名渝音”的原创品质，编辑们在推送稿件时也力求根据文章特点，进行风格适当的排版，让千余名读者获得舒适的阅读体验。每一篇稿件发出后，重庆招生组的老师与编辑团队都会关注评论和转发中的读者反馈，吸取有益的建议，运用到之后的推送中，并与投稿的同学讨论接下来的写作方向。

“未名渝音”的创立与成长离不开重庆招生组老师、编辑团队与投稿同学们的共同努力，现如今有机会把这些优秀的稿件汇集成册出版，要感谢老师和同学们日复一日的辛苦写作、审稿和推送，感谢出版方的鼓励和支持。

也希望“未名渝音”能不断成长，越办越好！